郭万新

著

《吉庄三部曲》之三

# 草根吉庄
Jizhuang

人民日报出版社

图书在版编目（CIP）数据

草根吉庄 / 郭万新著. — 北京：人民日报出版社，2014.4
ISBN 978-7-5115-2532-1

Ⅰ.①草… Ⅱ.①郭… Ⅲ.①纪实文学－中国－当代 Ⅳ.① I25

中国版本图书馆 CIP 数据核字（2014）第 068323 号

| | |
|---|---|
| 书　　名： | 草根吉庄 |
| 作　　者： | 郭万新 |

| | |
|---|---|
| 出 版 人： | 董　伟 |
| 责任编辑： | 陈　红 |
| 封面设计： | 主语设计 |

出版发行：人民日报出版社
社　　址：北京金台西路 2 号
邮政编码：100733
发行热线：（010）65369527　65369509　65369510　65369846
邮购热线：（010）65369530　65363527
编辑热线：（010）65369844
网　　址：www.peopledailypress.com
经　　销：新华书店
印　　刷：大厂回族自治县彩虹印刷有限公司

开　　本：710mm×1000mm　1/16
字　　数：280 千
印　　张：20.75
印　　次：2014 年 5 月第 1 版　2014 年 5 月第 1 次印刷
书　　号：ISBN 978-7-5115-2532-1
定　　价：39.80 元

# 序 郭万新成了吉庄人

赵 瑜

作家郭万新,接连几部作品,根子都扎在一个叫吉庄的村落。他向读者报告了一大筐几近沉寂的乡村故事,讲述了一大群生动鲜活的新旧人物,也给自己多年来的创作锻造了一次升华。

这个吉庄在哪里呢?

太原以北,雁门关外,过去直称雁北,而今叫作朔州。吉庄,正是朔州古城东面的一座老村。古时候,曾有敕勒部落尽情游牧繁衍,渐渐与农耕文化融为一体。有学者认为,古远的《敕勒歌》即诞生于此,好一派"天苍苍,野茫茫,风吹草低见牛羊"的壮阔景象;后来,丁玲所著《太阳照在桑干河上》中桑干河的源头,就在吉庄侧畔原野上,或曰:吉庄农人护卫着桑干河之源。老泉头水旺时,一如水缸般粗壮,平地涌起三尺雪涛,老远便能看到。

有水草,有牛羊,有土地,便有牧人农夫,进而派生出悠悠历史乃至悲喜生活。这一切,对于作家则构成了盈实宝库,凝铸了文学意象,催萌了创作激情。只可惜,晚近几十年,一部分作家对于乡土史话淡泊了兴致,两脚再也迈不进村舍泥泞路,屁股坐不热农家炕头,手中一支笔,时常在豪华红木大班台上献技,心灵不知被绑架到哪里去也。老问题依然尖锐存在:作家逃离了土地,魂魄飘散于雾霾,即使置身于丰厚藏宝之地,也会失之交臂。

郭万新却是一个貌似愚钝实则聪慧的掘宝人。2010年，他推出一部《吉庄纪事》，我携山西作家协会报告文学专业委员会同仁，前往朔州研讨此著，得知他一头扎在吉庄老村，采访劳作，万事挂心，竟已两载光阴。万新家在朔州城，相距吉庄四十里地，吉庄倒成了他的后院儿，成了他打捞神奇往事的菜园子，收获不可谓不丰。万新埋头苦干，鱼水农耕，引起了大家的关注和尊重。到了2012年，他又拿出一部《吉庄的三户人家》，次年即获赵树理文学奖。评委们在作品评语中说："郭万新的《吉庄的三户人家》，讲述了朔州市吉庄村颇具代表性的三户人家的生存状况、命运沉浮及精神追求，从一个侧面反映了改革开放三十多年来农村的变迁，表现了在现代化、城镇化进程中，乡村底层民众所面临的冲击和抉择；同时，又对农村未来发展的走向作了展望。"菜花再度盛开，果实愈显丰硕。今年，万新最终完成了他的《吉庄三部曲》之三《草根吉庄》并在京出版。屈指算来，他践行田野调查五度春秋，作品从历史到现实，从全村到农户，从宏观到人情，一步比一步深入。桑干河源头的活水，滋润了作家的笔墨砚台，也滋润了万新的心田。

郭万新的创作，据土深掘，依户探访，使我想起了前辈赵树理先生。当时，中国农村公社化高潮叠浪，赵树理忧心忡忡，在他的计划中，要针对一片乱局，写出一部新长篇，名字就叫《户》。可以说，没有庄户，就没有农村社会的构成，广义上讲，没有千家万户，也就没有了中国。东方庄户人家谋幸福，不一定非要投身共产国际运动不可。而大革命换来的"土地还家"，耕者有其田，正是亿万农民帮助共产党打天下的原初动力。一旦从自家手中交出沃土，交给公社集体，农户便认为，革命只是一场泡沫般的空欢喜。队长喊人去地劳动，农妇马上就说"小腿疼"。很显然，所谓"大公无私""斗私批修""狠斗私字一闪念""舍小家为大家"等口号，对于大多数户主而言，形同梦呓。再看赞扬公社化的歌谣"大河有水小河满，大河没水小河干"，也恰恰说反了——小河不淌水，何以成江流？令人沉痛的是，赵树理先生的真知连同他腹中的《户》，都被那个时代的滔天巨浪吞噬掉了。换个角度说，生活在那个时代的中国作家，心灵只能苦痛着，中国作家和中国农民一样，压根儿看不到艳阳天下那条金光大道……

赵树理先生惨死于暴烈革命，惶惶然将近半个世纪，今日山西作家，又有人投身农户，为庄稼汉挥笔写作，数载长歌不止，我从心底感到欣慰。

现在，我们相随万新走访吉庄，情况变异极大，传统意义上那些庄稼汉的身影隐约远去。而中国村庄的内涵，万变不离其宗，是无法轻易改弃的。

郭万新的《吉庄三部曲》，写得好，意义重，他也因而成为一个真正的吉庄人。希望万新继续深挖细掘写下去，在重视文学性的同时，如果能够结合一些社会学方法，引进一些新史学观念，作品将会更佳。

祝贺《吉庄三部曲》问世！

最后我想说，一条条小河，一道道湾渠，终将汇涌而成中国报告文学的激流，奔腾到世界文学的海洋中。

还是那话：问渠哪得清如许，为有源头活水来。

2014年3月2日 于太原南华门

115　第八章　命　运

131　第九章　最后一任校长

147　第十章　「吉·李」

169　第十一章　进城，进城……

183　第十二章　官　场

207　第十三章　林玲的高考

225　第十四章　烈　属

295　第十五章　父子支书

319　草根梦想（代后记）／李世唐

# 目录

001　序　郭万新成了吉庄人／赵　瑜

001　引子

005　第一章　「小龙女」再嫁

019　第二章　李清版的「围城」

033　第三章　最后一套骡车

045　第四章　阶级

063　第五章　庙祝

079　第六章　名门之后

097　第七章　事筵

# 引子

吉庄,因为一代门神尉迟恭的传说而得名,又因为一座古堡的存在而成村;吉庄,六百载的虬枝盘结的老槐叙述着一个家族的聚散离合,两百年的参天巨桑诉说着一段田园的年轮交叠;吉庄,阅尽了荡气回肠的人间沧桑,承载着桑干河源头的深厚历史积淀,书写出时代特色鲜明的岁月记录……

    2013年4月19日,谷雨的前一天,自从立春之后久旱未雨的塞外朔州,一夜东风吹袭,竟然洋洋洒洒落下一场大雪。一时之间,在桑干河源头,绿绦素裹,万木梨花。只听过"人间四月芳菲尽",谁见过"朔地四月尚飞雪"?正是一方奇异的水土,才造化出如此与众不同、令人叹为观止的风光,似真似幻,真叫人不知冬焉春焉。

    这是一场适时的瑞雪。虽说寒意扑面,和煦隐遁,但雪下的沃壤滋润,生机闻风勃发。就在桑源北畔的吉庄村,那座被白雪覆盖的北魏大

吉庄的大槐树

全国仅有的北魏大王庙

王庙,把红墙碧檐展示得格外醒目。这座乡村庙宇,保存了数百年间农耕文明和游牧文明在朔州一地的碰撞印痕,也留下碰撞后六庙合一的包容兼容,鲜卑的拓跋三王竟和文昌帝君、送子观音、三目马王、土地老爷、桑干龙王同列供坛,和谐共处,安享香火,就像外面凡俗世界的四月大雪一样,平添了不可思议的神话色彩。

吉庄,因为一代门神尉迟恭的传说而得名,又因为一座古堡的存在而成村;吉庄,六百载的虬枝盘结的老槐叙述着一个家族的聚散离合,两百年的参天巨桑诉说着一段田园的年轮交叠;吉庄,阅尽了荡气回肠的人间沧桑,更见证了百年变迁的坎坷曲折;吉庄,承载着桑干河源头的深厚历史积淀,书写出时代特色鲜明的岁月记录。

2011年和2012年,吉庄连续举办了两届"中国 朔州吉庄旅游文化节",曾经吸引了省内外公众的关注。在人们的眼里,吉庄作为中国北方一个平凡而不寻常的小村庄,因其独有的文化底蕴而充满无穷的神韵和

吉庄的大桑树

魅力。说实话，这样的村庄在我们的视野中似乎已经不可多见。

当代文学大家冯骥才在接受媒体采访时，曾经援引官方公布的数字说，过去十年，中国总共消失了九十万个自然村，"比较妥当的说法是每一天消失80至100个村落"。"这些消失的村落中有多少具有文化保护价值的传统村落，则无人知晓。""传统村落中蕴藏着丰富的历史信息和文化景观，是中国农耕文明留下的最大遗产。但随着社会的发展，村落的原始性，以及吸附其上的文化性正在迅速瓦解。"身为中国民间文艺家协会的主席，冯老前辈责无旁贷对中国村庄的未来忧心忡忡。

我们知道，随着市场经济的发展、城镇化的进程以及人口的流动，致使一些村落的消失不可避免，也不以人的意志为转移。但庆幸的是，吉庄并没有包括在被时代所遗弃的村落名单中，而是正自信地走向新千年之后的下一个百年，甚至更长的时间。其重要原因就是，文化的灵魂赋予了吉庄源远流长的坚韧本色和顽强生命。

同样，吉庄的两千多乡里乡亲翘首迎候了2013年的那场润物无声的春雪，继而默默地承前启后地走着他们各自不同的生存轨迹。古往今来，年年岁岁，春来冬往，生生不息。《诗经》这样说："昔我往矣，杨柳依依；今我来思，雨雪霏霏。"此刻我们不妨再一次走进吉庄，接续近代百年的往昔，寻访中国改革开放三十多年间芸芸村民的人生际遇和命运浮沉，或许从一段一段凡俗却也跌宕的故事中，可以发现独具吉庄特色的"三言两拍"，也能够品读一番属于中国的草根传奇……

# 第一章 "小龙女"再嫁

薛二白的大名是薛桂兰，当年村里人都说："薛二白是全村顶漂亮的，数一数二。"名声就出去了。

看看薛二白保存着的一张老照片，记忆着她青春的灿烂和如水的清纯，也难怪同年的小后生们曾经暗地里说："和张瑜一样样的。"

2012新年刚过的元月5日，一大早吉庄就被幽咽的唢呐声打破了安静，一支送葬的队伍缓缓经过村中的大王庙山门，接着走向村外的墓地。悲伤的气氛在街巷中蔓延，不少乡亲出来肃立观望，不免唏嘘再三。

生老病死，在村庄也属寻常，只是这位死者的身份，相对有点儿特别。他叫李文富，当年曾经是吉庄包产到户后的第一位万元户。他的离世，无疑是作为村庄一个时代的标志人物，就此谢幕退场。人们发现，在

**薛二白家的小院**

他的丧礼上没有其长子存如的身影。存如离奇地出走已经整整十六年,至今杳无音讯,若说李文富死不瞑目,确实毫不过分。作为当年极尽荣耀的万元户,李文富走过的却是一段他自己也不明白缘由的悲剧。

而存如的媳妇薛二白,还在李文富丧礼的灶上忙碌,接待前来帮忙的乡邻,她却没有以长媳的身份为公公披麻戴孝。就在公公的棺柩被抬起的瞬间,薛二白的眼泪潸然零落。全是因为嫁入了这个被冠以"万元户"的家庭,让她遭遇了人生大起大落的特殊经历,用她自己的话说:"开天辟地以来别人都不曾遇到过。"

是真的。回首往昔,薛二白恍如一梦。

生于1963年的薛二白,已过五十。其实她的大名是薛桂兰,只因嫁在本村,人们习惯叫她的小名"二白",大名反而被叫得很少。村里人惯孩子、亲孩子,往往昵称"白白",因此白白就是常见的乳名,所以薛二白这个名字,看着似乎显土,实则听来很亲切的。薛二白的家庭出身不大完满,她八岁时父亲就死于白血病,母亲费尽苦心拉扯着她和姐姐、弟弟,受尽了穷困。不过,她还是一直读书到初中毕业,且出落得楚楚动人。村里人都说:"薛二白是全村顶漂亮的,数一数二。"名声就出去了。看看薛二白保存着的一张老照片,记忆着她青春的灿烂和如水的清纯,也难怪同年的小后生们曾经暗地里说:"和张瑜一样样的。"要知道那时候张瑜主演的电影《庐山恋》正在村里播放,她应该是全村所有少男的梦中情人啊。

俗话说,女大当嫁;又说,一家女儿百家求。薛二白初中毕业就到生产队参加劳动,同时找婆家就摆上日程,过程也还一波三折,或者说好事多磨。她十八岁那年,头一家许聘了北山苗子山村的一家亲戚,但男方比她大六岁,后来可能因为年龄之故告吹了。接着与邻村司马泊村的一个后生订婚了,也收了对方一千二百元彩礼。那后生人才不错,薛二白也很愿意,自己形容是"情投意合",但是对方家穷,而且两人年龄相差不过百天,迷信说法是不宜婚配,结果再次告吹。薛二白心中肯定遗憾万端,但一切都是母亲做主,她在自己婚姻上的发言权似乎微乎其微。当时抗争包办婚姻的女孩还是寥寥无几的,薛二白不是那样的异类,她是一个听话的

新婚时的薛二白（左）
确实和张瑜有些相似

乖女儿，对母亲的安排一贯顺从。

事实上母亲自有盘算。她觉得薛二白性子绵善，需要就近照管，所以把女儿的择偶范围瞄准在本村，认为这样知根知底不会走眼。但在本村，挑选谁呢？妇人的眼光嘛，家庭条件自然成为第一要素。

那时候已经包产到户，也有了冒尖的人家。吉庄村公认的头一个万元户，正是李文富，换言之，李即一村的首富。要知道20世纪80年代初，一名公职人员月薪也就三四十元，村里最好的匠人出去每天才收入三元，那么"万元户"的含金量可以想象得到，甚而一度成为时代标志明显的一个热词。吉庄李文富应该是一位乡村的手艺人，即使在大集体期间，他也从没有下地劳动，而是凭手艺吃饭，给集体修马车、架设电线、抽水浇地等，绝对是村里副业队的骨干。单干时，李文富被动员承包了副业队的家当，接手了包括电焊机、钻床等小型机械在内的电焊作坊，糊里糊涂成了村里的加工专业户。

李文富的作坊就在副业队占用过的三大王庙内，正殿做库房，西殿做车间，费用很低的。起先李文富心中没底，能不能多收入几个他也难以预测，然而，机会来了躲也躲不过。因为大牲畜和农田都承包到户了，《青松岭》式的大马车没了市场，而与单个牲畜配套的小平车因使用起来方便需求量顿时猛增，基本上家家户户都需要一辆。传统的木制小平车，构造笨拙复杂，加工周期长，不论实用性、坚固性还是工艺成本，全都跟不上时代步伐，取而代之的是铁制小平车，也就是李文富加工厂的强项，一时供不应求。应接不暇地拿到订单后，李文富带领儿子存如启动电焊机，加班加点地加工和修理小平车。不到三四年时间，李家的光景在吉庄村无可匹敌，令人羡慕之极。特别是存如，值得称道。他的大名叫李玉刚，如果换在今天，全国很多人都知道李玉刚是唱红《贵妃醉酒》的男旦明星，但在当时的吉庄，没几个人知道李玉刚，却只知道有个存如。存如不仅焊术精良远超乃父，而且吃苦精神超乎常人。他身强力壮，精力过人，干活时往往手边放一瓶啤酒，干累了就对准瓶口猛喝一口，然后继续挥舞焊枪彻夜苦战。在村里人印象里，他是勤劳致富的楷模，那专注的神情在焊花映照下成为一道亮丽的风景。

薛二白母亲为薛二白暗暗相中的，恰是李文富的大儿子存如。她为女儿淘汰了司马泊村的帅哥后，当即托付原来副业队的队长李宗富前往李文富家提亲。凭着薛二白的美貌，李宗富没费半点儿口舌就得到存如一方的积极回应：双手赞成。可谓一拍即合，事情的进展无比顺利。并且李文富还慨然表态："上一家的亏空全部补上，其余另给。"也就是说，李文富首先替薛家悉数退还所收取的司马泊村那家的一千二百元彩礼钱，另外又给薛二白一笔。薛二白姐姐为妹妹算了一下，惊羡地感叹说："人家娶你回去，得个三四千元。"横向类比，村里人娶媳妇的花销，一揽子超过千元的没有。"娶个媳妇一吨"，是当年对两千元巨额彩礼的民间形容，薛二白达到了。

1983年薛二白二十一岁时，她风风光光嫁入了吉庄的"乡村豪门"。典礼的日期是阴历七月初八，恰是牛郎织女鹊桥重逢的日子，薛二白记得那天并没有下雨，只是天上阴云飘忽，让她印象尤深。

虽然婚事全是母亲包办，但在薛二白眼里，比她小两岁的存如也还令她满意，用母亲审视后的评价来说，就是勤快、正派。固然存如的身材敦短，性格也木讷内向，可是经济的作用往往会改变女孩的审美取向。存如更为薛二白容易接纳的一点是,他俩属于青梅竹马,小学一直同班,还同桌过。念书时存如的学习不错,考试成绩始终保持在前几名,但由于弟兄姐妹较多,家境贫寒,导致他小学毕业就辍学劳动,其时才十四岁。本来家族里的读书人都劝存如继续就读,但存如毅然决然选择了离开校园,一心要走出贫困。他说过,自己一听吃高粱面就犯愁,并沾沾自喜地炫耀说,头一年参加劳动时年底就分红得了三毛钱的现金。少年的存如,能够把三毛钱看做一个天文数字,真是没见过钱,穷怕了。在这样的动力下,存如在生产队干活从不惜力,小小年纪就跻身壮劳力行列,本来小六队已经把他作为副队长的培养人选,后因包产到户才使存如失去了一顶小小的乌纱。

当然这些都是存如婚后跟薛二白说的,婚前他俩几乎没有说过一句话。不过存如有心,心中早已有了薛二白,他的新婚情话是如此跟薛二白表白的:"念书那会儿我就摘了杏子,偷偷放进你的课桌里。"可见情商不低,情窦也开得不晚。一旦致富,并且击败竞争对手娶到心仪已久的吉庄第一美女,存如的心中该是多么的踌躇满志,当然衍生的还有如影随形的惴惴与忐忑,几成心魔。因为在村民看来,他跟薛二白很不般配。甚至有女伴私底下指诟薛二白:"为什么你要找个存如?真是鸡窝里孵出金凤凰啊。图钱吧?"言外之意,是一朵鲜花插在牛粪上。薛二白赶紧解释:"他为人正派,又有手艺,我以后受不了苦。"

确实,婚后的薛二白很是滋润。存如对她百依百顺,无可挑剔,要星星不敢给月亮,据薛二白说:"两人从未脸红过,也没有过口角。"当时存如在加工厂跟父亲做活,母亲独自种着不多的几亩地,也不让薛二白出地,犹如娶回了公主。第二年,薛二白就生了大女儿,为了体现夫妻二人的结晶,很超前地取名为"李薛青"。

很快,薛二白和存如结婚已经第三年了。按照乡俗,父子也得分家,也叫另家。李文富给儿子儿媳分了三亩四分承包地、一对红漆木柜、九个碗、两个盆子,还有三千元钱,其中两千元现金,一千元的外欠白条。既已分家,再与父母合住三间土窑也不合适,薛二白小两口另外申请了宅基地,独立盖起三间大瓦房,当时在村里也是鹤立鸡群。盖房在村里就算最大的开支，连南房总共花费一万多元，小两口手头的积蓄远远不够，存如还向乡邻借了不少，最多的是闫春枝借给一千元，还有三百五百的不等，以后每年归还，三年才还清。

那时候在市内买两间带小院的平房，不过七八千元，在吉庄的寻常家庭，敢于一掷万金盖房的，也就只有存如。存如的底气显然来自加工业务的火爆，他不再是当年那个把三毛钱当成大钱的少年了。家虽分开，加工厂却不分，父子仍在一起经营。平时两家需要日常花销，可以随时支取，年终进行结算后再分红，类似于股份合作制。他们除了加工小平车，还增加了改装土汽车、制焊四轮车斗和采石场需用的打渣机等业务，有时大同那边还有业务。此外就是修理。每当傍晚干活回来，村民纷纷把车子送来整修，存如父子一般在夜间干活，有时竟要干到凌晨，为的是不误大伙第二天使用。存如的确无愧于吉庄第一焊枪，焊后的车子结实牢固，价格也不高，口碑就非常过硬。当然喝酒也出名，他跟小舅子及其三舅爷三个一顿喝下二斤白酒，不在话下，而且每天都喝，吃饭喝白酒，干活间隙喝啤酒。令人称奇的是，身体居然没受啥影响。

毕竟是负债盖房，薛二白在娘家又是过惯穷日子的，所以初分家时她的手紧，买衣服买吃喝买日常用品等，舍不得花钱。存如还负气一样嗔怨说："你不花钱，我挣钱干啥？"买回些好吃的即使不给孩子吃也得硬给妻子吃，他对妻子的宠惯可见一斑。薛二白体察出来，存如看似软善，但只要拿定主意，绝不改变。她记得刚结婚时，因为婆婆答应了她一辆自行车没能兑现导致婆媳争端，存如夹在中间不善于开口相劝，事后收到卖掉四轮车斗的三百六十五元交给妻子，说："这够买两辆自行车。"不能否认，他对薛二白的喜欢，近乎病态，也把夫妻之爱，升到了敬畏的程度，而敬畏可能也是夫妻关系的大敌，起码是隐患。对此，薛二白深有体会。她听别人说："存如那人好开玩笑，说话挺幽默的。"但存如回到家中，跟妻子总是一本正经，甚至好像有点儿羞羞答答，说话也不多。还有，薛二白性格开朗，周围女友不少，大家一起嘻嘻哈哈，无形中更加重了存如的心病，老担心媳妇飞了似的。媳妇越不打扮，他就越发踏实和开心，但一听说媳妇跟女伴结伙到附近的神头电厂逛逛，他就无比郁闷，因为到电厂要路过司马泊村，而薛二白曾经处过的对象就在那个村里，这让存如莫名地猜忌。当然，存如表达不快的方式，不过是在沉默寡言的基础上越发长久地闷不作声而已。

薛二白并非挑起家庭事端的媳妇，她从来不去过问加工厂的经营什么的，也不知道存如一年究竟具体收入多少。自从还完盖房的借款后，她感觉手头顿时宽裕起来，反正不算拮据吧，加上丈夫无条件满足她、纵惯她，渐渐地，她的消费水平提高了，不再那么缩手缩脚。况且新房需要布置，有钱了就多数用于添置家具和村里人鲜见的家用电器，比如冰箱、录音机之类，布置得很齐全，显得在村里多有面子。她还难免周济一下娘家，这样就产生了一定的负面效应，村里有人传言说：薛二白不好好过光景，奢侈浪费等。不管怎么说，那几年薛二白和存如的日子过得顺风顺水，特别是1988年他们的男孩出生，给家里带来说不尽的欢乐，没有远虑也没有近忧，一切似乎都预示着以后能心想事成。

但是，天总不能随人愿。薛二白家的转折苗头从进入1990年就开始了。

时过境迁，万元户终究不足挂齿了。李文富的加工厂业务开始出现了颓势：一来竞争对手的出现，不仅打破了乡村式的垄断，也挤轧着本已不大的利润空间；二来大件的加工会带来数额不小的赊欠，存如爷俩的弱项恰是讨债无方，拉不下面孔。以上种种，也就导致加工厂生意的萧条。连薛二白都看得明白：如果继续坚守，顶多是维持生计，小打小闹，但绝对挣不到大钱了。一句话，"钱不值钱了，钱也难赚了"。看看村里，由于距公路铁路近的地利之故，加之周边几家煤站运煤紧张，于是蜂涌而起的运输专业户成为崛起的新生经济代表，时髦话说"马达一响，黄金万两"，什么十万八万甚至几十万元户已经崭露头角，开始各领风骚。20世纪90年代初，最多时候吉庄共有一百三十多辆汽车在跑运输。

看着村里一家一家的光景后来居上，存如坐不住了，他执意丢掉焊把，脱离了父亲的小摊子。1990年，他出资购买了一辆二手的"依发"牌卡车。那种卡车还是东德进口到中国的，改革开放之初数量很多，存如购买的那辆已经很旧。类似购车这些事他基本不和妻子商量，薛二白只是

*存如没留下照片,但留下了养车的记忆*

偶然得知价格是四千多元,主要为附近的马邑煤站运煤,这样,存如也进入了运输专业户的行列。回头想想,不能排除他的主要动机,是不想让薛二白手中没钱花,不想让薛二白张口要钱时稍有迟缓,更不想让薛二白感觉自家光景比别人差。他在薛二白跟前始终保持着由自卑和不自信的心魔演变而来的盲目自尊,妻子那里不是他心中寻求抚慰和倾诉苦累的港湾,他必须竭力保持着丈夫说一不二的形象,而不能被妻子小瞧。当然,存如在村里也是非常讲信誉,人们都说只要他借钱都很顺利。至于他买车是否借钱不得而知,反正薛二白没有感觉到丈夫的资金困难,大概效益不错,因为不久存如又花七千多元购买了第二辆二手的依法牌卡车,而且有了一位合伙人,就是从小的玩伴林建国。林建国是村里较早有了执照的驾驶员,存如学不会开车却修理过硬,两人取长补短,搭配想必是得心应手的。

但市场经济往往伴随着风云变幻,同样的一块肥肉不知被多少双眼睛牢牢盯着。过了一两年,各家煤站发现了产业链的延伸所在,纷纷投资成立自己的车队,这让许多靠煤站、吃煤站的个体运输专业户感到风声鹤唳;跟随其后,全国煤炭市场陷入一场周期式的疲软,煤站也就显得自身不保。结果,吉庄村养车的个体户开始锐减,形势日渐式微。大约是1993年吧，存如的伙伴林建国也要另辟门路，跟存如和平地分道扬镳，两辆依法牌汽车留给了存如。存如虽然成了独资的老板，但肩上的担子重如千钧，加之时机不佳，真是"时不利兮骓不逝"啊。

实践证明，存如不是一位帅才，要知道真正涉足商业社会绝非吃苦耐劳就能获得回报的，特别是只读到五年级的农家子弟弄潮商海，成气候是很难的。听薛二白回忆，那时候存如雇了两个司机，其一是薛二白的弟弟、存如的小舅子，其二是村里的一个司机，而他自己坐镇联系业务、索要外欠，并负责车辆的修理。煤站没活儿，也不是意味着没事干，存如的两辆车主要承揽土方运输，在平朔露天煤矿、偏关的引黄工程以及其他厂矿和外地跑动，好歹没有闲着。不知是因为管理不善还是车辆老旧，总之两辆车的小故障不断，并且各自出过一次翻车事故。其中一辆由村民李玉斌驾驶的车子在偏关更是翻入深沟，几近报废，虽说人员侥幸无恙，修理费用却花了大大一笔。加之外欠增多，周转都成了问题。万般无奈，存如不断借钱填补，日子过得焦头烂额。

其时儿子李薛金也已经上学了，学习很优秀，期末拿回奖状，给了存如极大的欣慰，回家后难得放松，他跟儿子说说笑笑，憧憬说："以后儿子念成书，要给我争脸。"虽然存如仍旧拿回钱不误妻子零花，可是薛二白明显感觉光景紧巴起来，也隐隐发觉了某种令人不安的征兆。然后进入1996年，存如回家和儿子也没了笑容，时时愁眉苦脸，说话更少，偶然一次开口前都要重重地叹息一声。薛二白忍不住问他："你怎么了？今年老也不高兴？"问得多了，存如才强打精神回答说："车子挣不了钱，能不麻烦？"

就在那年的端午节前夕，存如从薛二白的视线里消失了。

阴历五月初二那天，存如一早就骑着自行车出门去了，也没跟薛二白说干什么。到了中午时分，同村在村北二级公路开小饭店的邱万云却把存如的自行车捎回来，转告薛二白说："今天在平朔动工的孙鹏图捎话了，说是你们的车子出了毛病，让存如上去维修。存如搭车走了，车子丢在饭店，托我骑回来交给你。"薛二白没当回事，当晚留了门，但存如没有回来。第二天，薛二白出去找几个同村的养车户询问，都不知存如的消息，她越来越觉得不对劲了。平时存如也要外出，最多三天五天，但都和家中吭气，这次就反常了。薛二白不由得心中焦急，挺着又已怀孕的肚子四处打听，直到初四听得村里跟存如惯熟的张银厚说："存如初二的后半夜到过我家，和衣在我家睡了一会儿。"薛二白问："那他怎么不回家？"张银厚说："我也问了他，他说夜深了，还得叫门，所以不愿意回去惊扰你们娘儿们，又说一会儿天亮就去峪沟取一笔欠款。大清早他又走了。"那么存如前半夜干啥来？薛二白嘀咕着，然后又去村北二级路小饭店，得知存如在那里吃了晚饭，九点多时说去村中找李迎要欠款，拍屁股走了。

村里存如的族兄李万山说，那天存如借去他五百元钱。还有存如的朋友林建国说，初三一早，存如搭了他的车说要去峪沟要钱，一路欲言又止。但峪沟在东，而林建国往西进城，结果把存如放在电厂路边。那是他俩的最后一面。

事实是，存如这么一走，竟然杳如黄鹤，影踪全无，这在村里不啻重磅炸弹，也留下许多谜团。

村里有人说："外欠过多把存如拖垮了。"还有人说："养车挣不了也罢，怎么还有了外债？"稍知底细的人说："存如外欠大概三万多元，两辆车卖掉也值三万多元，不赔不赚，不至于山穷水尽呀。"也有人说："存如正准备转行投资废旧回收和采石场，怎么就跑了？"

如果非要推测，或许只能有这一种解释：吉庄的乡俗，端午节要在神头镇赶庙会，人们习惯在这几天相互清欠，方便庙会消费；而存如的有些欠债到期，却归还不了，他不能让妻子看见他可能面临无力自拔的落魄，甚至被人上门索讨的狼狈，所以他坚决选择了逃避，以一种懦弱和荒唐之举宣告自己无力挽救困局。那个年代的专业户群体，大多昙花一现，最终血本无归的屡见不鲜，却只有存如不敢面对困局，走了极端，保住了所谓的尊严。也许，这些猜测都是莫须有吧。不过，从存如的身上，总能看出法国著名作家莫里亚克的小说《和麻风病人亲吻》中主人公让·佩罗埃尔的影子。

因二儿子也没兴趣继承加工作坊，李文富独自苦撑未几只能关门歇业，回家跟老妻鼓捣几亩田地，万元户的光环褪尽而回归老农本色，再经存如出事的打击，注定了他晚景黯淡。可能他宁愿认可一种说法：导致存如出走，不好好持家乱花钱的薛二白难辞其咎。但不管他怎么责怨，最后苦了的还是薛二白。

丈夫离奇失踪，薛二白无处可找。不过她没有报警，因为她也相信存如躲债一说，报警找人岂不作茧自缚？所以不敢。挨到9月份，二女儿出生了。再到过年，一家强势的债主前来讨债，是大夫庄加油站的，把薛二白堵在家中吵闹，结果把两辆车的车斗卸去相抵。没多久，那两辆秃尾巴的车子放在石料厂无人看管，零件被偷被卸得不成样子，失去了使用价值。

还有要债的，薛二白一概无力管顾，任之变为呆账，至于别人欠着存如的，小叔子帮着要回一小部分。一年了，存如没讯息，两年了还没有，薛二白必须接受现实，失去了经济来源的她，就像从云端一下子重重掉落到地面。虽然她没有读过那篇名叫《项链》的小说，但她如小说中的主人公玛蒂尔德·路瓦栽女士那样，开始毅然决然匍下身子，走入艰辛而带有悲壮色彩的另一种人生。两辆汽车被当作废铁变卖，家中的摩托车、自行车、缝纫机全都变卖，用于维持家庭的最低开支和孩子们读书。她不会种地，还得让母亲帮着耕作一共三亩多田地，种些土豆，起码不用买了；日常生火烧炭，村子里的人们往往到煤站去偷，她不敢，听说抓住了要罚钱，所以只好到村外二级公路上去捡。古诗中"满面尘灰烟火色""首如飞蓬无膏沐"的句子，好像是专门写给薛二白的。由于常年弯腰低头，以致留下腰疼的病根。

眼看三四年过去了，存如依旧没影，薛二白的姐妹、亲朋都劝她别等下去，赶快另嫁算了。她们都说："我们不帮你吧，看你们娘儿们怪可怜的；一直帮吧，我们也不宽裕……"唯独母亲不同意，她说："还是等着吧，等着吧，再找对娃们不亲，即使存如拉讨吃棍回来，你们还是完好的一家人。"不过老人没能看到结局，由于为女儿操心劳神，心病不愈，到1999年，她年仅六十二岁就病逝了。

薛二白记着母亲的话，她痴等着丈夫，节衣缩食苦度春秋。每到儿女读书需要钱的时候，她就不知道该找谁去张口；每到逢年过节，她就因

薛二白和孩子们合影

为羡慕别人家团聚欢乐而独自神伤，然后想起存如的桩桩好处，他的呵护以及给她的钱来伸手的骄宠。可是，大千世界，茫茫人海，他在哪里呢？他就不知道父母妻儿的想念和牵挂吗？……每到夜深时候，孤枕难眠的薛二白总感觉存如没有失踪，他只是出了一趟远门，很快就会回来，然后兴冲冲交给她一笔钱："你给咱消费去！"旋即，薛二白自己也不知是醒是梦："存如究竟回来回不来？"

村里也有个李生，前些年因躲赌债跑出去了，暗中还跟家中联系，存如却没有半点儿音讯，一年又一年辜负着妻子的期盼。但凡听到人们传说存如在这里在那里，薛二白立即循声探问，可每一次传闻都没啥线索，终归是传闻。到了存如离家八年之际，邻居李元带回一个似乎可靠的传闻，说是有人在内蒙武川县城看见过存如，存如靠电焊挣了大钱，快要回来了。薛二白大喜，马上和小叔子赶去武川，拿着存如的照片见人就问，却没啥结果，因为儿子即将中考，她只得匆匆回来。已经长大的儿子，懂事很早，薛二白教育他说："现在谁也靠不住，你得全靠自己。"儿子学习分外用功，但莫名其妙没了父亲，他心灵的磨难可以想象，这导致他初中毕业没有考上高中。就在儿子准备补习的暑期，不甘心的薛二白又和妹夫、儿子一起二赴武川，更加细致地打听，有人对着存如照片说：好像见过这个人在街上的烟草大楼工地做电焊。他们急忙寻过去，人家说工程完工好几年了，谁知道有没有过这个人？满腔希望再次化作一个破裂的泡影。

薛二白陷入绝望：即使判了劳改，还能等一年少一年的，自己这样等存如，哪里是个期限？可是她还要继续等下去，其间大女儿已经出嫁，她的全部希望和精力都给予了儿子。儿子李薛金十分争气，补习一年后考入朔州市一中。他体谅母亲没钱，所以拼命节省，别人买一元钱的饭菜吃，他就买五毛钱的剩饭剩菜吃；感觉英语成绩不佳，他硬是拿节省下的伙食费买了一个MP3，结果营养上不去，两次饿昏在教室和回村的公交车上。薛二白事后听说，几欲心碎。好在她小叔子和妹妹包括存如二叔多少周济千八百元的，帮扶着李薛金读完高中。凭着优异的成绩，2007年他一举考中部队院校——成都信息工程学院，穿上了帅气的军装，学习大气科学专业。村里人也重新认识了一个薛二白，村中的医生李忠富对她说："二白啊，存如出走，你戴了一顶罪帽，但这几年我绝对没听过有谁再对你说三道四。"

到了2010年初，薛二白仍没等到存如回来，为了供孩子上学，还背了三万多元外债。漫漫十五年，青丝也变白发了，《神雕侠侣》中的小龙女也不过等了神雕大侠杨过十六年！不同的是，许多人断言，薛二白的存如可能已不在人世。她的小女儿也进城读了初中，大女儿有了小孩，她力劝母亲说："等得眼干也不可能有结果了，妈您的年纪也大了，找个人家嫁了吧，我也为您操不了心了……"薛二白打电话和儿子商量，儿子一力赞成，于是她这才无奈地彻底对存如死心，决定再婚。经人介绍，认识了大涂皋村的樊三栓，比她小五岁，家穷一直未婚，是有名的老实人。两人协商后樊三栓入赘到薛二白家。考虑到人家是初婚，就由已经回村担任了村支书的林建国主持，于年底为薛二白和樊三栓在村里举行了一次比较隆重的典礼，请了四五十号客人吃饭。樊三栓在仪式上郑重承诺："我没别的本事，但再怎么也保证不让他们娘几个受苦受罪。"他平日跟着小包工队干活，攒了一万多元倾囊交给薛二白，薛二白叹口气，暗忖这下孩子们开学不用愁了……

樊三栓对薛二白很好，大多时间出去打工，让薛二白的经济上有了来源，有了依靠。用薛二白的评价来说："他的心胸比存如大，懂得说些解心宽的话。"历经酸辛的薛二白很满足，看着村里的人家纷纷盖起更高大的瓦房，或者谁家媳妇买了更高档的家电、谁家买了家用汽车，浑不眼红，她很珍惜这种简单清贫的生活。更令她欣慰的是孩子们毫无芥蒂地接纳了厚道的继父，得到了从小缺少的父爱，家也终于像个家了。假期回来，李薛金给继父买了好烟，体贴地说："您别抽那两元钱的猴儿烟，那烟呛呢。"他还提醒母亲多多关心继父："人家没压过家庭的重担，别压垮了。能不打工就尽量不要打工，可以守家干些轻活。"樊三栓表示说："趁年轻多挣几个。"李薛金又让母亲跟樊三栓办理结婚手续："那样对双方都好。"但薛二白去民政局登记时，工作人员向她要她和存如的离婚证，她拿不出来，人家要收六百五十元的公示费，再收三百五十元的什么费；再看樊三栓的户口，更是令人啼笑皆非，他的婚姻状况一栏填着"已婚"，他父亲那栏填着"未婚"，填反了。怕是又费什么周折，薛二白的结婚执照终归暂搁，以待下回分解。

2011年，李薛金大学毕业，到张家口机场见习，又是一件喜事，然而古稀的李文富不行了。他思儿日甚，常常抱头痛哭，最后患了肺癌，只想临死见儿子存如一面，可是哪有可能？倒是孙子经常请假回来看望他，让他稍感慰藉。挨到年末，曾经的万元户撒手人寰，李薛金又赶回来为爷爷服孝。丧礼时，薛二白过去分摊了五千元花费，小叔子很感动，但悉数退给她，说："我永远认你这个长嫂。你也困难，先拿回去用吧。"樊三栓也很豁达，说："人手紧张，我也可以过去帮忙。"有人就开玩笑打趣薛二白："哎呀，你有两个公公。"薛二白莞尔认可了。

2012年，薛二白的外债基本快还清了，儿子也要正式分配工作。薛二白满心希望儿子找一个好媳妇，那就再理想不过。开春时她在院内栽了一株玫瑰，在大门两侧栽了蜀葵，就在5月底那场大雨过后，玫瑰绽开了几朵，蜀葵也长得特别茂盛。

# 第二章 李清版的"围城"

经过林建国提名和党员投票,李清又兼任了副支书,当临时工的事就拉倒了。三年来,他一直不折不扣地围绕林建国来干工作,一项一项兑现竞选时的承诺,维修古庙、整顿学校、打井疏渠,大张旗鼓举办"中国·朔州吉庄旅游文化节",等等。

2012年的5月底,一支包工队开进吉庄村,开始为村里的街巷硬化工程施工。

朔州的媒体报道:"农村街巷硬化工程是省委、省政府实施农村新'五个全覆盖'工程之首,也是惠及广大农村的民生工程之一。该

李清家的祖宅

项工程涉及朔州市六县区一千六百八十三个行政建制村，建设里程九千六百五十七公里，所需投资十五点七亿元。"可见工程的浩繁。本来2011年已经开始，轮到吉庄比较迟了一点儿。因为全市施工现场太多，情况千差万别的，有的村子就被曝光了"豆腐渣"现象，水泥路面脚踩上去都会起皮，这导致相关人员被问责。本是一大善举，却遭来百姓的怨声一片，甚而成为新闻的热点。吉庄村看到了前车之鉴，自然不敢大意。

村里出面监工和配合协调的，主要是副支书兼副村长李清。就这一职务来说，李清也算村里的一个响当当的人物了。

首先街巷硬化工程是一件好事，为了各家出行方便嘛，本来村里自己也筹划硬化，现在政府来花钱，村里起码节省十四五万元，问起谁都愿意。但施工时候，状况就出来了。村子的形成，没有过统一布局，有的院高，有的院低，街巷内浇筑一条平整的水泥路后，有的院子低洼出不了水，有的院子出了水却把门楼悬起来；还有，有的院墙靠外，有的院墙靠里，需要尽量取齐。总不能把路修成波浪式，需要少数服从多数，因此每一条街巷都有扯皮，都有争端，假如没有村干部出面，停工是随时随地的。

李清说自从开工，他的嘴巴就没个消停的时候，每天灰头土脸地从早叫嚷到黄昏。他抱怨说："村民真是不顾大局，路基推平的时候这家要铲十公分，那家要铲五公分，实在是麻烦死了。"这是主要的，另外有的院墙靠外的，还得极力斡旋解决。其中一次，遇到了村级钉子户，把一堆土占出街面，说是看了风水阴阳要垒南墙，接着提出如想通过需要一万元现金补偿，怎么说服都无济于事。李清耐不住火性，跳着脚骂娘："再这样胡搅蛮缠下去，小心点儿吧！正好今天我两个儿子和两个侄子都在村里，看我召集过来教训你一顿！"村里嘛，天高皇帝远，有时解决矛盾确实不能只靠怀柔政策。不过李清骂归骂，最终还是忍住了，回村委会商量对策，决定分文不掏，宁愿修路绕个大S弯儿。后来，还是村里的一把手林建国出面做工作，才把事情摆平。

了解的人都知道，此刻的李清，火爆脾气已经被克制了许多。要知道他在村里也算是敢作敢为的率性之人，闯出过名头的，若不是村干部身份，打一架真的不算什么。

李清可谓"系出名门"，李家祖上虽没有居官作宦获得功名者，却出过一个富有远见的杰出人物，他就是李清的爷爷李旭。一说起"西门上李旭"，村里人们至今还在津津乐道。

一出吉庄村中的土堡西门，就是李旭家的旧宅，始建于民国初年，保存完好。布局为面南四合院，三间砖木结构的一出水瓦房，现在看来算不上多么气派，但仅凭山墙上精细的砖雕和雅致的屋脊，绝对能够断定属于当年的豪宅，"西门上李旭"显然绝非浪得虚名。李旭的传奇，始于民国二十多年，即20世纪30年代。此人身居乡下，却率先具备了资本运营的头脑，通过一定的财富原始积累，和吉庄村另一家大南院老财李会锦在商号集中的邻村神头合伙开办了票号，名曰"同义源"，办理存贷业务，所印制的纸质银票称为"贴子"，可以在朔县境内流通，相当于支票。如果顺利发展下去，或许就是另一个像平遥"昌晋源"一样的票号。但是，由于与官府过往太近，据说同义源又想投机一把，承包了全县的屠宰税，被有名的国民政府县长纪泽蒲算计了一回，结果失策赔本。内中详情不得而知，反正是两位股东卖房卖地，一蹶不振，理念可嘉的朔县票号先驱没做成红顶商人，到头来关门倒闭。

如果光是票号失败，李旭可能就被村民很快遗忘了。事实是他一直心怀不甘，谋划东山再起。当他再次等来机会时，已是解放初期朔县轰轰烈烈的土改运动结束之际。李旭全家十几口人分到了村子东南名为水仓地的中等田地四五十亩。别人分到田地忙着种粮食，李旭却把田地看作商业式的投资本金，已经七十出头的他壮心不已，取经学习回来后说："代县有一家种槟果的，一两年发了大财，我见过人家那处四合院，真是气派。听说盖房子时东房比西房差一寸，马上拆倒重来。财大气粗啊！"他又一次打算创出一个奇迹，为子孙后代留下如同井底之泉一样虽不丰厚却也涓涓不绝的一笔财富。说到做到，他带领全家投入全部心血，在保证口粮的前提下，将大部分土地种上槟果，计三十多亩，还养了一辆牛车作运输之用。槟果是苹果的一种，当地都叫红果子，成熟时紫红色，个头像核桃大小，气味特别芬芳香甜，而且可以从中秋节存放到过年以后。在当时的村民眼里，那就是最可触及的中秋节奢侈品，无论穷富总要购买些增加节日的气氛，所以李旭瞅准的项目确实前景诱人。

槟果的生长期很慢，李旭全家苦心培植四五年，直到1955年才见了收获，果树开始挂果，只是数量还少，不能对外出售，但从树苗的生长状况来预测，第二年一定可以大量采摘。谁知赶上了不以个人意志为转移的集体化，果树主人就无条件变成了吉庄高级社的社员。村里评估的时候，树叶偏偏起了虫灾，叶子都被啃花了，一棵树好像才作价五毛钱，还挂在往来账上。李旭的心血近乎打了水漂，心中的商业萌芽终于彻底被摧折。村里人公认，加入大集体最亏的就数李旭一家。以后槟果年年丰收，村民每人能够分到几十斤，县里、乡里的干部闻名也来要些，就好像村里的礼品来源，而李旭家分果子时与所有乡亲一视同仁。饮水思源，村里人每年嗅着槟果的馥郁香气时，就会自然而然想起种果子的李旭。

纵观李旭两次创业，一次开票号，一次种槟果，谋的全是大事，却都没有获得应有的回报，有头无尾，半途而废。所以村民替李旭总结一下："李旭，光编筐筐不收沿。"意思是说，都是半成品，犹如唐僧取经历经九九八十一难，最后没有取到真经，没有修成正果。村里人好像没听说李旭有过什么抵触情绪，他和四个儿子表面平静地接受了集体的安排。在1958年大跃进的前夜，李旭走完了人生的全程，等到孙子李清记事，他家已经和所有村民一样属于人民公社的社员，大家贫富都没有差距，却也都没有摆脱贫穷。

那时候，李清家中弟兄六个大多正年少，只有父亲和长兄两个劳力，所以年年都是缺粮户，家境较之同村其他人家更为窘困。1978年，十九岁的李清应征入伍，1984年初复员回家，家中的生活状况殊少改观，甚至家中更拥挤不堪，晚上他只能跟着在大队看电话的父亲到大队部借宿。不过，好在已经到了包产到户的"那个春天"。随着春风吹过田园，李清心中的致富梦想一个劲地"蠢蠢欲动"，潜滋暗长。

当时村里的土地已经全部承包下去了，但还有一辆硕果仅存的、集体用的东风牌卡车没有到户，原因是大队干部实在舍不得，因此拖了全县农村改革的后腿，直到县委书记出面过问，集体才留它不住了。

那辆汽车,是李清的一个心结,用他的话说,就是"提起来就发狠"。说来还是李清复员的头一年,队里安排他跟车去长治购买水泵。司机李怀春掌握方向盘,李清去过长治,负责带路。谁知在长治市区,李清把方向记错了,汽车驶入一个死胡同,需要掉头。李怀春心中不大高兴。司机嘛,难免在村里有点儿强势,因此趁着李清下车指挥汽车掉头时,他赌气猛踩油门跑出二三百米,让李清徒步追赶。偏巧李清更是毛驴脾气,心想:你有初一,别怪我十五!竟然抛下李怀春,怀揣汇票坐火车跑回了吉庄。支书李朴批评李清,李清气呼呼地说:"汽车究竟是谁的?是个人的,还是全村两千口人的?"以后绝不再去跟车。

就在1984年天气渐冷的深秋,一天清早,李清在大队部被院内的争嚷声吵醒,他开门一看全是村里的社员,都说大队召集开会,要商量卖汽车。因为政策已允许个人跑运输,谁都想争先买下。李清忽然隐隐有一种莫名的冲动。回家时,他碰上支书李朴,就问是否真的处理汽车,李朴说:"今天开会确定呀。"李清说:"如果真卖,我也想买。"李朴说:"那你就买呗。"李清问:"要多少钱?"李朴交底说:"起码两万出头。"李清感觉有点儿贵,他知道那车原价才两万三千元,卖两万出头算不上处理。随即他去石窑院停车处转转,看见李怀春正在那里鼓捣汽车,显然李怀春购买汽车

步入军营

结婚了

的胜算较大。李清马上再返回大队，得知具体价格还没有确定下来，只听说李朴宣布过："不管谁买，都得现金一次交清。"李清嘀咕说："以前卖出过的拖拉机、推土机之类，难道都收回钱了？"李朴说："那是迟早的事，逐步往回来扣。"李清的倔劲又上来了，心想：不管多少，定要买下。他赶紧跑到司马泊村连襟家，借来八千元的存折，拿去就交给村里的会计高富华，说是买汽车的款子。高富华说："不够吧？"李清说："我再去凑。"高富华迟疑着收下存折，李清买车等于实施的先斩后奏。他再到石窑院，发现钥匙居然就在车上插着，便立刻让懂驾驶的外甥女婿抢先把车开走，然后才到大队告知李朴。看到木已成舟，李朴半点儿奈何没有，但咬紧两万三千元的价格毫不松口，就是原价。李清父子兄弟一起又凑了三四千元交给大队，剩余一万多元由李清打条子拖欠大队，然后双方成交。

不管怎么说，一辆东风牌汽车，成为吉庄承前启后的见证，标志着推行将近三十年的集体化体制在吉庄徐徐落幕，使命结束。

随后李清成为吉庄最早的运输专业户之一。他用汽车给大队在袁树林的煤站拉煤，陆续扣钱抵账，最终剩下买车的三千多元的零头没有还清大队，好像始终挂在账面上。那辆汽车，最终也没能把李清送上乡村暴发户的行列，首先是赚钱不多，吨公里仅两毛钱。更难料想的是，1989年寒食节时，车子打不起火，村里身有残疾的羊倌老二好心帮着推车，结果没注意栽倒在车轮下不幸被轧死，酿成大祸，李清赔偿了三万八千元。从交警队开回车子，李清再次发狠了，干脆贷款从邻县又买回一辆汽车，两车齐上阵，力图弥补亏损。由于李清能够在村里的养车户中发挥一下组织和协调作用，比如跟煤站统筹周旋、争取业务、算钱什么的，就成了养车户们的带头大哥，乡里领导对他也有不错的印象。

大约在1999年吧，因为村里的计划生育工作开展不力，受到乡里的警告，乡长甚至打算处理村支书李仁义和计生员贾日荣："你们不能干就下台吧！"李仁义有些泄气，就让贾日荣叫来李清，问："李清，你愿意不愿意接大队的班子？"乡长也在场，也鼓动并征询李清的意见。事情比较突然，李清有些迟疑，感觉那不有趁火打劫之嫌？况且他老婆跟李仁义老婆还是叔伯姨姊妹。于是他跟乡长说："他们的方式方法是不是落后了些？

要不再给他们两三天时间,让他们换个思路,或许工作能有进展。"等于婉拒了。回家他把经过和父亲说了,父亲当了大半辈子生产队小队长,对村干部的苦楚深有体会,当即立场鲜明地奉劝儿子:"讨吃要饭也不要当村干部!"李清就去跟下乡干部表态说:"我好好养车呀,接班就算了吧。"结果李仁义继续干下去,不过也想培养李清,就给了李清一个支委的空衔,大队开会时列席列席。

转眼进入新千年,乡村运输业已经因为煤炭市场疲软等原因,业务无以为继了,李清只好把两辆汽车卖掉。计算一下,除了结清所有外债、贷款,减去家庭日常花费,竟有三四万元的结余。以后日常种地打工,李清终是清闲了一点儿。

到了2003年的年初,村民刘克勋去世了,他是村支书李仁义姐姐的公公,李仁义为丧礼当总管,李清也去帮忙。李仁义跟他说:"村委会要换届,你若想当主任,这次参加竞选吧。今天乡里的干部先要组织候选人预选。"村民委员会换届,三年一届,之前吉庄的主任换届选举,名为投票实则基本沿袭老一套,或像村支书一样任命或走走过场,村民都不当回事。而2003年才是首次真正的海选,乡里十分重视,严厉要求务必公开透明。李清被李仁义说动了心,觉得当上村委会主任,就是传统意义上的一村之长,权衡一下总也眼前亮堂,身份也风光,于公于私都有益处。当然他心中没谱,对李仁义说:"你得做后盾,光凭我是不行的。"李仁义点头应承,让李清先去村委会报名。李清独自过去,看见村里的干部几乎都在,等候乡里的下乡干部,大家热烈地交谈着,据说要首先选出两位候选人。其时上届主任是李忠友,已经当了数届,却还想继续再干。说白了,不论是谁参选,实际面临的就是挑战老村长李忠友。

不一刻,乡干部来了,李清报名参加海选。报名的还有李忠友、李日增等,一共五六个。接着村干部分三组,各由乡干部带队,冒着料峭寒风拿着票箱到各家各户去发放选票,等候填完再收回来。当时谁也没有拉票的意识,谁也没啥准备,所以每个人得票多少,正是为人处世、办事能力等方面的真实反映。收回选票后,由乡干部检查核验完毕,办公室挂块黑板,开始唱票计票。李清在村委会门外的小卖部蹲着,不一会儿李忠友出来，对他说："李清，你顶事了，没问题。"原来，李清得票最多，遥遥领先其他参选人，李忠友其次，他俩就成了正式候选人。预选结果给了李清极大的自信，加之有姨连襟李仁义的因素在内，他也真感觉当村长蛮有把握，没啥问题了。

但是，平地又起波澜。

正式候选人公示后，就要进入正式选举程序。据李清回忆，当时印好的选票，人选有三格，他和李忠友各占一格，却还有一格空白，以备不愿选举他俩的村民另填他人。照常理，按照村民刚刚萌生尚显淡薄的民主意识，这个空格人选不过是陪衬性质。不过，李清一方隐约听到消息，说是李日增还没有放弃，准备继续角逐村长一职。

李日增小名二面棒，在吉庄绝非等闲之人。其祖上在民国期间是村里屈指可数的富户，他父亲李渠也是村里少有的读书人，据说还在太原考上了阎锡山开办的学兵团。那是董其武读过的学校，本来毕业后到部队就可以当见习军官，后来解放了，李渠辗转回到村里，祖上的老宅已被没收，由小学校占用，而他成了专政的对象，几至居无定所，尤其在"文革"期间遭到无情批斗。二面棒生长在这样一个家庭，肯定是尝遍了屈辱和苦难，虽说一直务农，但也算后辈中的佼佼者，周围朋友不少，很有号召力。李清初时并没把二面棒当作有威胁的竞争对手，而且没有刻意去拉票——好像没有那样的风气。直到预选后过了四五天，正式选举才拉开帷幕。

那天村民都被集合到村委会院内。大集体散伙二十余年，村里第一次集体开会，陆续而来的村民们让村委会沉寂日久的气氛顿时趋于喧闹，这让年轻人感到很新鲜。上午八点多，主持人宣布注意事项，然后请李清和李忠友、李日增各自发表了简短的竞选宣言。李忠友承诺当选后带领村民大力发展养殖业，李日增承诺村里年年唱大戏、完成领导交给的各项任务等，而李清提出来整顿学校、硬化街巷、修渠打井，一共三项承诺。但这些承诺无足轻重，老实说在场的多数村民对于哪位候选人当选，并没有十分看重和在乎，大家还是觉得不管是谁当选都无所谓，承诺归承诺，多限于空头支票而已，不会对自己的生活带来多少改变，只是既然上级要求投票，投给一位较有威信的候选人，想来有益无害。这样一来，选举结果对李清有利，经过无记名投票后公开计票，李清在一千多张选票中拿到四百六十多票，李日增两百几十票，李忠友仅仅百十票。无奈的是李清虽然领先，票数却没有过半，这样只能淘汰李忠友，而李清、李日增二轮再选。李清记得乡干部征询李日增意见，言外之意是他若此刻弃权，再选就没必要，李清可以当选。李日增也显得气馁，不过他说下午给个答复。最终送过话来：还要竞选。这样，剩下的两位候选人把选择权交给了村民。

或许在村里受过磨难的李日增比李清更坚韧，更了解村民的心理。他既然决心参选到底，绝非忽视劣势而出于盲目和轻率。他当然要采取行之有效的措施，逆势而发，加大胜算。又等了三四天，李清隐约听说，李日增和周围几个朋友开始活动，分化瓦解、拉票什么的，并且和支书李仁义也走得很近，风传李仁义也已倾向于李日增。人家具体怎样活动，李清不得而知，但也再不敢掉以轻心了，他好歹组织了一个竞选班子，共有四五个人参与打探信息以及拉票等，包括同龄的同学李顺、李维龙、李绍卿、李孝几个，还有林建国主要在幕后出谋划策，没有直接出面。

吉庄的选举

二轮选举前一天，李清又在李绍卿承包的职中食堂请了家人父子三四十人和同学好友吃了一顿饭，花费了一千五百元，就算做了保证家族内部票源的工作。当还需要主动出击时，李清显得很是寡断。老婆唠叨他说："要不你去找找李仁义，姨连襟毕竟掌控大局。"但李清感觉那样太丢人，要官似的，低不下那个头，所以自从进入选举程序，他就没去李仁义家，也没跟李仁义交流过。至于上门拉票，他自己老大不好意思。又有消息说，李日增那边打算每家给五十元钱、一袋子白面，李顺他们都建议李清也可效法，李清视之为歪门邪道，没有接受。那天晚上夜深时候，村里的狗叫声此起彼伏，朋友贾二忽然给李清打来电话，说有可能是李日增那边开始送钱送面了。李清披衣出去在门口伫立一番，心绪很复杂，虽然没有看见送面的影子，但已有不好的预感，心中好像也没底气了。

次日再选的结果，居然真的形势逆转。李日增票数陡增，一举过半，比李清多出二十三票。毫无疑问，李日增胜选，李清出局了。正是通过这一场很激烈的竞选，村民们开始认识到手中这一票的价值所在和作为一名选民应该受到的尊重与重视，认识到自我的权益和诉求通过一张选票可以发出声音。或许他们还欠缺大局观念，小恩小惠和眼前的承诺还在左右选举，但毕竟是一个良好的开端。只有李清和他的竞选团队全部傻眼，特别是李维龙不等宣布结果，就垂头丧气地黯然离开会场。而李日增如约去神头电厂很有名的老马涮锅店摆了六七桌，请人吃饭庆贺之后，他走马就任吉庄村委会主任。

李清遭受的打击更是难以形容，他说失败的滋味不好受，"几乎崩溃"。老婆的唠叨不绝于耳，朋友们也都叹气，认为李清没有听从劝告也去送些米面收买人心，让区区二十几票给打败了。大家怪怨李清"不足与谋"，说："李清呀，你真是光编筐筐不收沿。像你爷爷了，有始无终。"

实事求是地回头反思败选的原因，众人猜测，其一可能是和李日增一家的李忠友一方把票源转给了李日增，其二可能是李日增真的送钱送面地拉票了。但事后李清得知，真正把他置于无比狼狈境地的，最关键之人竟是姨连襟李仁义。

有传言说，就在二轮竞选的关键时刻，李日增一方施展离间之计，将信号传递入支书李仁义耳朵，说李清参选村委会主任的初衷不仅是为了主任，终极动机是要问鼎村支书一职，要全部篡权。因为当时上级确也探索在农村实行支书、主任一肩挑的领导机制，所以引起了李仁义的警惕，相比之下李清是党员而李日增不是。也许为防患于未然吧，李仁义的立场发生了根本性转变，不再暗挺李清，而是支持李日增。他在村里的影响力依然无人能及，最终使得优势的天平倾斜到李日增一方。传闻总是传闻，反正没有依据，选票也是村民一张张填写的，谁能断定哪一张得到了李仁义授意？只是李清宁愿相信传闻无假，觉得自己输得很冤，心中对李仁义又是一阵阵"发狠"。当然再发狠，民主选举的结果也无法改变。

李清感觉他这一跤摔得够呛，曾有的一点儿威信好像荡然扫地。他在村里再也抬不起头来，"无颜再见吉庄父老"。失意之余，他负气离开村子进城到建筑工地打工，一走就是六年多，极少回村，用村民的话说，就是"羞于见人，跑得没影了"。其间李清连妻子也带进城，一家子租房子住，方便照顾两个儿子读书。城里的日子本就费钱，李清那些年生活很困窘，每月七八百元工资还经常被拖欠，他只要看见剩下半袋子面粉时就开始发愁，还有两个儿子上学所需，以致家中经常性地捉襟见肘，仅有的积蓄早也罄尽，光景惨淡得一言难尽。古人说，失之东隅，收之桑榆。好在借助城里的学习条件，李清的两个儿子全都考上大学，大儿子进了河北财经大学，二儿子进了大同大学。喜事连连，李清宽心不少。

在李清进城的六年间，村里又经历了一次村委会换届，李日增没啥竞选对手，只有陪选的李忠友一人，结果获得连任，班子维持了原状。李清本也懒得关心，不过他对自己那次窝囊的败选，依旧不堪回首，一直憋着一口恶气，对李仁义的发狠情绪也没有随着时间推移而挥发，亲戚间也有了阋墙的隔阂。

到了2008年，李清恍然就进入知天命之年。儿子都往外边去了，唯一的女儿出嫁了，剩下夫妻二人待在城里不是长远之计，到了该回村的时候。恰好那年秋天，林建国承包了吉庄地界一家煤站的建设工程，招呼李清回去帮着组织施工，李清两口子才回到村里。时过境迁，感觉村庄的变化不大，李清不由得唏嘘不已，想想村委会又快换届了。他的锐气已经受挫，实在无力再去竞选了，却分析林建国是一个合适人选。林建国与李清从小一块玩耍，友情亲密，近些年他走南闯北承揽工程，眼界开阔，交往广泛，条件比较有利。一次在工地上闲谈，李清对林建国说："今年选举，无论如何再不能让李日增如愿连任。我在年龄上没有优势，我看你给咱出面竞选吧。"林建国说："咱们在外包工，收入挺可观的，我是没那心思。再说能不能竞选上？"李清说："最多失败了，不影响你继续包工。"

实际上林建国有一个比李清更大的心结。他的父亲名叫林满，从1956年合作化时期就担任吉庄的村支书，直到1975年才离职。二十余年间，虽说兢兢业业，殚精竭虑，却因为各种运动，比如"四清""大炼钢铁""割资本主义尾巴"和"文革"都发生在他的任上，加上在大集体当家日久，难免得罪了许多村民。退位后颇受村民冷落，甚至到街头想与一帮老年人闲坐，有人还会起身避开他，还有人恶作剧给他起了外号叫"人散"，非常刺耳。林满当了半辈子村干部，落得个人情凉薄，最终郁郁离世。这虽与时代弄人分不开，但林建国对父亲的际遇十分痛心，所以自从改革开放就独自奋斗，一心为父辈争光争气。对于回去再当村干部，他却根本没有兴趣，相反充满了排斥。不过2003年李清竞选村长功败垂成，林建国虽在幕后参与，但同样感同身受，为那次失败心郁怒患。在李清竭力鼓动下，林建国终于决定参加竞选，一来为自己更为父亲赌回一口气，二来也想为村民做些好事。

于是林建国和李清开始了暗中运筹。李清就算竞选班子的骨干，相当于"林办主任"，这两人配合起来，那就极具实力了。林建国还自掏腰包拿出两万元交给李清，作为竞选经费。有一次，李清在煤站恰好遇上李仁义，不知怎么就谈及换届，李仁义显然也有察觉，问："有人说林建国要回来竞选，是不是？"李清不算客气地说："是的。这次你该下台了，你和李日增都得下台！"李仁义当仁不让："那不一定。"李清说："哼，村里没有领头羊了，百姓的呼声没处可说，你们还不下去？"李仁义说："群众没有这样说。"李清说："咱们打一赌，你是下定了。"话不投机，两人吵了一架。然后和林建国说起，林建国考虑得比较周全，说："你不宜把风声提前放出去。"李清说："就得先立起旗杆，群众心中才有方向。"话是这样说，但林建国的优势也确实明显，这些年他在村民中口碑良好，凡是村里有人相求无一回绝，总要鼎力相助，而且他爷爷、他父亲都娶了吉庄籍的老婆，姥爷舅舅几大家族均有人脉，固然有些林满"人散"的阴影，却是影响不明显，无关大局；再吸取李清的一些教训，有针对性地做做工作，可以说胜算在握了。

2009年年初，吉庄的支委、村委同时换届，其时朔州市有了政策，要求百分之九十六的村级班子做到支书、主任一肩挑。李仁义担任了长达二十二年的村支书，终于因为年龄限制退出了领导岗位。林建国报名参选，经过民意调查、党员评议，首先成为支书的唯一人选；接着竞选村委会主任，只有他和李日增两位候选人。选举结果毫无悬念，林建国以九百六十票的压倒优势获胜。而李日增以八十多票败选，好像失去了民意，实则还是大气候使然。自从包产到户，直至2009年全面免除农业税，吉庄和全国各地一样，村级班子似乎发挥的作用不大了，在相当一段时间相对涣散，因此农村基层工作才重新引起各级各部门的足够重视，需要重新加大力度；作为村民来说，也逐渐认识到不论是组织致富还是村容村貌、学校、文化建设以及道德约束等，没有过硬的领头人还是不行。正如李清所说：林建国回来领导吉庄，条件也成熟了。

林建国担任了支书、村长，李清达到了目的，心中的疙瘩终于解开。他也竞选了村委委员，心满意足地说好要到煤站当临时工，但林建国不同意，说："你不能丢下我不管。我在吉庄单门小户的，即使三头六臂，也离不开你的支持。"经过林建国提名和党员投票，李清又兼任了副支书，当临时工的事就拉倒了。三年来，他一直不折不扣地围绕林建国来干工作，一项一项兑现竞选时的承诺，维修古庙、整顿学校、打井疏渠，大张旗鼓举办"中国·朔州吉庄旅游文化节"，等等。想不到即使全身心投入，仍然忙得焦头烂额。俗话说，不做事没矛盾，一做事光矛盾。各种矛盾形形色色，层出不穷，而多数工作李清都是具体执行者，又不能躲在真空中，这令他苦不堪言。

到了2012年开春，村级两委换届，林建国连任。李清很顺利地再次被选上副支书兼副主任。工作量更大了，常年没个闲暇。比如就像硬化街

如今的李清已是满面沧桑

巷,和村民协调没有足够的耐性不行,看着包工队赚钱而自己义务配合就会心理不平衡,还生怕监管不周做成豆腐渣工程而给村民留下骂名。他自己度量:"做不好,十年也骂不完。"这类事情比比皆是,搞得李清老也压不住火气,老是"发狠",老是需要"制怒"。当然更令李清有苦难言的是收入和付出不成比例。村里当干部,年收入仅有三千多元,加上一点儿补贴,最多达到四五千元,不够两口子吃穿,而朔州市的政府公务员每月总收入起码三千元出头,寻常村民进城打工的日工资已经超过一百二十元。"当不了干部想当哩,当上了干部犯愁哩。干得真累呀,图了个名,图了一口气。奉献都有个期限呀。"李清经常这样叹气——也就是他的"围城"理论。"名是什么?气是什么?看得开了。"2011年5月以来,朔州市即将拉开桑干源头湿地保护工程,村民的河湾地需要征占,五百多亩涉及四十多户村民,到时候占地补偿一项绝对是难啃的骨头。李清老远就愁开了。

"再干一届,好歹我不想干了,见好就收,给村民留一个好名声。"李清提前就把心里话交给林建国。年龄不算小了,他想安安逸逸耕种自家那二十多亩田地,或许到那时,他就再不需要一次次地"发狠"了。

# 第三章 最后一套骡车

眼见儿子将来往商业方向发展,回村的可能性很小,李全营难免倍加感慨:以后村里还有没有像他这样一辈子一意务农的农民?现在他眼看快奔六十岁了,固然身子骨还像小后生一般虎虎有力,但他知道自己赶着骡车披星戴月的这道风景,终有一天会在吉庄的街道上淡去。

吉庄村民李全营2012年办了一件大事,为儿子在神头电厂的商业街购买了一套新建起的街面房。

人们印象中,在号称电力城的神头电厂购买街面房的,一般都是做生意完成了一定的资本积累后才能办得到。所以吉庄村民对李全营之举羡慕不已,却也大惑不解,甚至有人私底下议论说:李全营那人,也肯慷慨地来一次大额投资吗?但事实是,从5月份开始,村民发现李全营的儿子已经忙着装修那套房子了。于是质疑之声变成了赞叹:李全营,了不起啊,换脑筋了呀。

李全营时年虚岁五十八,身体精瘦,浑不起眼。他每天赶着一套骡

李全营家的大院

▲找到的唯一一张年轻时的照片
◀李全营的POSE

车早出晚归,辕里一匹骡子,车后跟着一匹骡子,车厢拉着农具,一路走得急急匆匆。这套骡车,已是村里硕果仅存的最后一辆。全村六百余户人家,这几年很难见到哪家仍然饲养大牲口,李全营却养了两匹骡子。如果被弄到现今不了解农村的小说家笔下,李全营必定被塑造成老实守旧、落后穷困的传统农民形象,但是那样的话,小说家绝对会受到吉庄村民的无情讥笑:"胡编呀!瞎嚼呀!李全营,那可是吉庄的一位奇人。"

当然也不能说养两匹高大的骡子就能称奇,最难得的是当"打工"成为村里的热词时,全村只剩下李全营一个可以称得上纯粹意义上的农民。那么,是不是李全营观念顽固?抱残守缺?都不然,村里又没人不承认他的市场化的精明头脑。

在李全营身上,农耕和商业这两个互不相容、互不兼顾的概念,居然被神奇地结合到一起。这就是李全营的过人之处,也使他成为吉庄的一个不俗人物。

客观地说,李全营在吉庄,是真正的乡村草根阶层。

这需要从他的祖上说起。

吉庄的李家是大户。村里那株六百余年的大槐树,相传就是明代一位名叫李发根的人移民过来时插地生根的,以后子子孙孙繁衍,都以槐树院李家自谓，至今有四门分支，叫大门、二门、三门、四门，属于所谓槐树院的正宗。另有几支李姓，是后来搬迁而来，属于旁支，蝾蛉性质的。李全营所在的就属旁支，人称"旗杆院"李家。猛听"旗杆"二字，应该代表着一村的荣耀，因为封建时代考取举人或居官四品才有资格在宅前立起旗杆。吉庄的旗杆，原主是当年槐树院大门上的乡绅老监生。大约清朝末年，马邑村搬来吉庄认祖的鞋娃家无处栖身，老监生就把祖传的老宅旗杆院慨然赠送，以至于传出他和鞋娃妈的绯闻。旗杆院的李家，寄人篱下不大气壮，加之家底一直困顿，地位就低微了。吉庄有句俗话："鞋娃妈的脚，没货。"形容鞋娃妈缠有一双特别小巧的三寸金莲。农业社时村民四愣锄田，看见活儿不多、完工在望，自忖要形容形容，脱口说了一句："鞋娃妈的脚，没货了。"别人都笑，回家他让父亲劈头臭骂一顿："你以为鞋娃妈是谁？是你的亲奶奶！"

关于四愣的这一笑话，一直在村里流传，疑似褒贬旗杆院没文化吧。这一点李全营也不否认。他有一个本家弟兄名叫李受营，小时候学习很好，大有希望为家族争光，但是还没娶媳妇就早夭了，结果旗杆院再没有像样的人才。"没有读书人，在社会上就没地位。再困难也得供小孩读书呀。"李全营深有感触。他一共弟兄三人，大集体时二弟本来在外面当临时工，村里缺少劳力，被叫回来到开山场劳动，不幸遭遇飞石殉职。因为二弟长得魁梧雄壮，干活一个顶俩，人送绰号"二娃"，口顺了村里人就叫李全营"大娃"，叫老三"三娃"。这个娃那个娃的，总给人傻乎乎的感觉，李全营心中隐隐不乐，但被人叫惯了也无可奈何，其实他的乳名叫"蜜锁"，碰上场合，他还是想更正一下。

深为没有条件读书而遗憾的李全营，感觉自己的命不好，天生受苦的命。当然也不抱怨，他把原因归咎于自己属羊，村里的说法，属羊的就命薄。认命的李全营自从少年起就在生产队劳动，抱定本分踏实的宗旨，绝不好高骛远，也不偷懒耍滑，所以很快锤炼成老把式，什么犁耧耙耱赶车扬场无不精通。农业社时，李全营跟父母姐弟一共七口人，六个壮劳力，年年都是余粮户，困倒是没困到哪里去，余钱却也没有分文。

还是包产到户之初的1983年，李全营结婚了。妻子阎存英比他小五岁，娘家在邻近的西影寺村，当时的媒人特别介绍了李全营经得住访察的过人苦力。大集体散伙后若想致富，勤快吃苦无疑是第一要素。李全营的这一优点，一下子就获得了阎母的青睐，认准女儿嫁过去不会受穷。"我就爱你的好劳动。"质朴的阎存英带着刘巧儿一样的少女情怀，把自己的终身托付给了李全营，以后的日子，她成了李全营最得力的帮手。

因为李全营一直在村里赶马车，所以根据自愿，并没有承包多少土地，他就跟李如禄两家合伙买下生产队的一辆马车，连同四个牲口，一共五千四百元。他们开始是赶了车子为神头二电厂建设工地送石头，一次可以拉四吨。这样也算运输专业户，相对于普通种地收入，肯定要高出许多，但是合伙了几个月，李全营开始算账，感觉不如把四个牲口分为两组，再买一辆车，一车变两车，虽然每车每次拉三吨，但两人各跑一趟总数就是六吨。算账下来很合算，因此二人的小集体再次来了一次分家，好像进行生产力优化组合。那时每吨运费三元七角八分，每家一天可挣二十多元，一年干上十个月，毛收入六千多元，除去牲口的草料支出，能剩下四千多元。现在看似不多，但当时相当于普通教师月薪的一百倍，了不起呀。

那时李家全体人员住着三间土窑，李全营结婚后无法继续和父母弟妹挤在一块了，次年他就申请了宅基地，自建新居，当然是土窑，一排五间，就在如今的村委会隔壁。抹泥坯子、垒墙等活儿由李全营自己包揽，现金仅仅用了五百元，不算有什么负担。然后夫妻俩就在冬暖夏凉的新窑里加班加点地生儿育女，同年先有了女儿，两年后再有了儿子。阎存英结婚开来户口，正好土地二轮承包，也分到几亩地，全家一共十三亩地。她过门就开始下田劳动，收工了还挥舞铡刀帮着丈夫为两匹大牲口切草，年迈的公婆则力所能及地替她拉扯拉扯孩子。"十三亩地两匹骡，孩子热炕和老婆"，本来李全营也能满足于数千年来农民追求的目标，但当今社会，财富论英雄，他可没有固步自封啊。

过了四五年，神头二电厂竣工，李全营的运输业告歇。下一步作何打算？村里人外出赚钱的渐渐多了，养牲口养马车的逐年减少，人们都不把种庄稼瞧在眼里，几乎连农具都扔开了去，田地嘛，有的借给别人种，有的花钱雇人种。也是的，赚惯了活钱，收入来得快捷，谁愿意回村种地？但是李全营没想过那样做，他决定反其道而行之，扎扎实实种地。相应地，他在有意无意中看到一个被大多村民熟视无睹的商机，那就是替别人干农活，按劳取酬。当然，李全营并不懂得这就是职业化的萌芽。

单从1990年左右来看，李全营的选择绝对超前，因为在中国的新闻媒体上集中出现"职业农民"的热词，已是有了改革土地流转政策的2010年了。

当然李全营的职业化道路，也并非一开始就实现了明码标价，而是从帮忙过渡过来的。最初李全营也会帮着村里的亲朋好友干活，但即使关系再亲近，也不能让他一个劲帮忙，次数多了谁也不好意思，于是大家图个心安理得，掏钱雇用李全营。其余村民看到了，都图省事，有了营生就通知他去做，李全营逐一记账，一般是年终结算。这种模式，不同于资本主义世界那种一位农民去耕种几百几千亩土地，李全营仍属于个体短工的劳动性质，不限于哪块土地，也不大包大揽，而是村民们要求他干啥他就干啥，一次算一次，一笔管一笔，纯粹是落后的刀耕火种式的农业劳动。从春天到夏天再到秋天，送粪、耙耱、耕种、锄禾、秋收，按照时令一条龙排开、慢慢地，业务常年开展起来，也就有了行情，要价不高，全凭积少成多。就以送粪为例，那时候每送一车五元，整个春天李全营要送出四五百车，仅此一项，就可以收入两千多元。粗略计算，全年除了两匹骡子需要吃掉四毛钱一斤的玉米四千斤这项支出外，纯收入可以达到一万元，而村里那些单纯以为自家种地卖粮为营生的村民，年收入拔尖的也就四五千元。

全村的土地一共两千二百亩，哪块地谁家的，多少亩，李全营了如指掌，人家告诉他一声去哪里，他闭着眼睛都能找到，干的活无可挑剔。有道是农忙如火，为了避免因农具出毛病耽搁农时，李全营全套农具备有两套，总能保证井井有条，按时履约。他的"生意经"也很简短，是他自己的两句话："给乡亲们做活，首先要做好；做不好，以后连路也走不开。"干活的准则上升到了诚信的高度，这也是他频频接到订单、甚至忙不过来的前提保障，"都为大娃做得好"。进入2000年后，各种农活的价格逐渐蛙跳上涨，还以送粪为例，从最初的每车五元涨到十元，2012年又涨到二十元，保守估计，李全营每年能挣到三四万元，还不算自家卖粮食的收

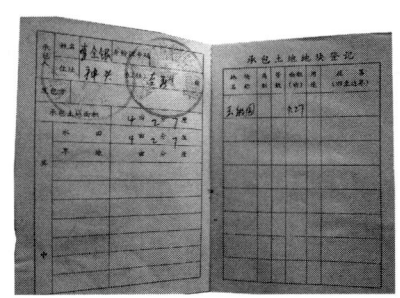
李全营的土地证

入在内。究竟年收入的准确数字是多少，属于他家的机密。

虽说收入比较可观，但李全营付出的辛苦也超出常人的想象，最能作为见证的，是他那一双手掌，骨节扭曲，老茧暴起，叫人看了心生凛然。李全营每天的作息时间大致如下：凌晨三点半起床，为牲口喂草添料饮水，保证牲口吃好，否则没劲；四点，妻子起床生火做饭，一般是下挂面；五点，李全营套车出工，十一点回来吃饭，午休保证两小时，再次出工，晚上顶着星星回来；吃饭后，十点，准时睡觉。李全营的劳动量多大？就以开春耕地为例，每天耕地平均达到十三亩，每亩徒步里程是六华里，也就是说，每天他用脚步走过的距离是四十千米，这个数字，是步兵强行军拉练的一般行进里程。"我虽然受苦了，但是受一天顶别人三个劳力受三天呢。"这样想来，他很充实。

而自家的农活，几乎由妻子阎存英包揽，李全营顶多捎带做些，"正身子都给外边做了"。近两年，李家除了自己的十三亩，还借种了别人的十二亩，2012年的耕种比例是：玉米十七亩，土豆二亩，糜黍二亩，黑豆二亩半，胡麻一亩半。以玉米为主，除了骡子饲料剩余出售，其余小杂粮可以错开些时间，也足够自给自足。所以，跟着李全营，阎存英被公认为受苦了。有时干得心烦，阎存英忍不住想跟丈夫吵上一架，可是每次她摆开架势了，丈夫说着话就已酣睡，妇人之慈顿生，吵架也就免了。

说句不中听的，除了骡子，别的大牲口都跟不上李全营的脚步。包产到户分到的两匹骡子，使唤几年就上了年纪，被李全营倒腾转手，再换回口齿小的，三十年间更新换代了十二三四。骡子始终是李全营的忠实伙伴，低调卖力，劲大耐劳，又不会生育，免了追逐爱情的念想，只跟主人朝夕

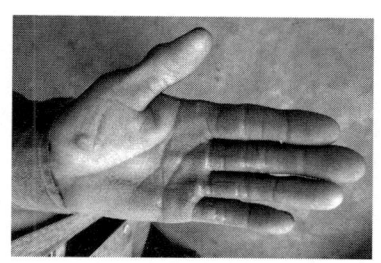
套不住的手

老李的特色烟枪

相伴很有感情。每有骡子面临淘汰，李全营都会牵挂好一阵子，他想起了"老牛力尽刀尖死"的俗话，眼前总会想象从他手中卖出的骡子有朝一日被人家宰杀的情形，难免郁郁，进而恻然，对新买的骡子越发爱惜，饲养上也狠下本钱。"想要骡儿快快跑，就给骡儿多吃料"，每匹骡子每年要吃去两千斤玉米，就按 2011 年的市场行情，每斤玉米一元钱，折合人民币就是两千元。每天一匹骡子要吃掉六斤玉米，六元钱呢，还有饲草不计。纵向对比，大集体时每匹大牲口的口粮定额是一百二十斤，简直没有可比性。

著名的俄罗斯民歌《三套车》这样唱道："冰雪覆盖着伏尔加河，冰河上跑着三套车……你看吧这匹可怜的老马，它陪我走天涯，可恨那财主要将它买了去，今后苦难在等着它……"这首忧伤的民歌，假若让李全营听了，肯定要引起极大的共鸣。可惜李全营不会去共鸣一首歌。他说他每天身体乏累到晚上收工后连看电视的力气都没有。一年四季，最多是春节的一两天他看看新闻，关心一下国家大事。不过，李全营从来不把受苦看成苦难，反而当作最正常的生活，感觉就是本职。他说："咱是受苦人，受苦人不受苦干什么？"那些曾经的知青，经过上山下乡运动，涌现出一批知名或不知名的作家，他们在农村备受款待，顶多干些轻活杂活，回城后苦大仇深似的，数十年喋喋倾诉不完那本血泪账，对照一下李全营，真该反思反思的。

按理，进入严寒的冬季后，北国风光，千里冰封，李全营不休息都没办法，可是他真的不休息。那么他干什么？居然也要外出打工，闲不住。就拿 2010 年来说，他跟着村里的小包工头，出去见什么做什么。开始跑到陕西为西安的车站搭建防雨棚，完工后赶上春节，银川那边又有电厂需要检修，因此过年也没回来。电厂检修，包括炉膛的除灰，炉膛里烫热难耐，煤灰味儿浓郁，一般人忍受不了，但李全营干惯了苦力，没觉得多么辛苦，认为就是小菜一碟。那个冬天，他的日工资一百元，即将开春回家时，囊中饱满，带回来八千元呢。2011年冬天，他又在公路上干活，收入也有一笔。

如同许多行业一样，竞争和冲击在所难免。近年人们养大牲口、养猪、养羊的少了，李全营送粪的数量已经下降到每年二百多车；村里也有贾五爷俩养了驴车帮工挣钱，属于李全营的同行，只是同时又养着一群羊，种田算不上职业化，充其量是业余性质，每年揽活只有李全营的零头。对李全营业务形成较大冲击的，还是机械化的异军突起。村里的李守艺、李来购置了播种机，三丙银购置了旋根机、耘锄机等，耕地、播种或除草，抢占了李全营一定的份额。比如，前些年李全营春季耕地可达三百多亩，现在也已下降到一百五十多亩，有时他耕地的亩价只得比机耕便宜五元钱。好在李全营名声在外，本村不能满负荷运转，他就去承揽邻村小泊村、神头村的活儿，可以当天拿到现金；还有小杂粮、土豆等作物，机械没有用武之地，所以耕种完了机械基本就闲了。李全营感觉自己在竞争中处于上风："反正我没有闲着的时候。"他承认机械化的咄咄来势，但多少心存不屑："各有各的优势。比如耘田，我的耘锄，玉米五寸高可耘，一尺高也可耘，两米高还可以，但玉米到一尺高机械就进不去了，而且机械耘地碾压得厉害，缺点很明显。"

"活儿多，多挣钱，活儿少，少挣钱，没活儿，就给自家干活儿。"李全营说过的这句掏心窝子的话，是他的乐观所在，蕴含的幸福指数很高，也很有道理。他还讲过："种地比打工强啊，自由，自在，不需看人家眼色，不需受人家白眼！"媒体总结职业农民说：有尊严地劳动，体现劳动者价值，天经地义。总之，李全营以接近原始的甚至是落后的劳动，走出了一条当今农村独有的商业化道路。

或许是因为平和、健康的心态，再加上常年劳动磨练的体魄，李全营"身体倍儿棒"，居然极少生病，年龄已五十多岁，之前仅仅输过两次液，还是因为牙疼。他平日偶然感觉身体不适时，悄悄吃几颗抗生素之类

你出车来我做饭

的药片,立刻没事。至于伙食,家里也不讲究,据说前些年白面都普及了,他家蒸馒头还得掺和一点儿玉米面,而且一年四季也不吃肉。按照村里人的说法,是太节省,到了吝啬的程度。有人说,见过李全营儿子小时候,嘴馋想买一个糖饼子吃,非得哭上三四番才能得逞;又有人说,农忙时万一遇到恶劣的大雨天气,李全营难得歇息半天,傍晚雨歇了也到戏台边蹲着跟乡亲们闲聊,拿出一支烟来刚要点火,忽然就放回烟盒里,嘀咕说:"活也不干,不给他吸烟了。"好像虐待的是别人。这些李全营夫妇并不承认,都怨大家胡乱揭短,给"唾臭"。不过李全营吸烟全都选择最便宜的,这可是事实,这几年"金丝猴"牌居多,每天一盒,每盒两元,村里都叫"猴儿烟",味道辣得不行;回家里他也吸烟,但买的是更便宜的水烟,一版子三四元,可以吸上一个月。李全营的理由是:"受苦人就抽受苦人的烟,不能讲究什么。"他也喝酒,每天晚饭都喝几口,酒量虽有半斤却很少放量,图的是安眠作用。他买的酒是散装白酒,每斤五元五角,一次买一桶,是十斤装的,五十五元。至于吃肉,家里只有客人来才买,"顿顿白面就很好了",李全营就是这个消费观。

这般看来,评论李全营夫妇节俭成性,多少有所依据。当然需要的时候,李全营该花钱还会花钱,陆续添置了秸秆粉碎机、玉米脱粒机,减轻着人工劳动;另外为了联系业务方便,他家很早就申请了电话,近年电话线路断了,他和妻子阎存英每人配置了单价两百多元的手机,以吝啬论似乎又说不过去了。

但是,李全营不打算在自己手上实现小而全的机械化了。一来上了年纪,人畜劳动也能维持日常收入,更主要的是,他的职业生涯后继乏人。儿子正在逐步地颠覆着他的坚守。

老辈子没出过读书人,李全营深以为憾,对于儿子和女儿的读书,也就寄予了全部希望。那姐弟二人也十分争气,女儿李金花初中毕业考上了朔州师范,儿子李鹏初中毕业考上了朔州农校,虽然都是中专,却可谓双双金榜题名,了却了李全营的心愿。十几年前,女儿毕业后没能考上教师,就嫁到电建一个工人家庭,当了全职太太;跟着儿子李鹏农校毕业,文凭不硬,而且此类家庭分配肯定困难,只好待业。李全营能够做到的,就是为儿子操办了极其风光的婚事。

媒人正是李全营当油匠的小舅子。阎油匠走村串户画墙围,到了本乡的长村,遇上一位小包工头的女儿罗瑞霞初中毕业待字闺中,感觉与姐夫家门当户对,立刻将罗瑞霞介绍给李鹏,两人相中了,互相很满意。罗瑞霞也算一个美女,不次于当年吉庄的薛二白,而且性子和善,李全营夫妻十分喜欢,定亲时慷慨解囊,拿出五万元给了媳妇,让媳妇用于家用电器、衣服首饰方面的消费,另有三千八百八十元彩礼不在其中。这样可真不算寒碜,婚礼举行时村里人都在咋舌,觉得拔了头筹。按照前些年"万元户"时期以吨折算,娶媳妇的五万元是整整二十五吨之数了。

本来李全营答应给儿子盖新房,只是宅基地没有批下来,需要等候,木料也提前买齐了;亲家那边怕是空头支票,一直不大放心,提议让李全营把准备盖房的钱交给媳妇保管,或者推倒土窑盖瓦房。李全营则坚持等等再说,结果双方发生了分歧。李全营的钱那是一滴一滴汗水换来的,再掏毕竟显得犹豫,亲家那边不悦,当即把女儿召回去,不许回来,这也是李全营家唯一一次矛盾风波。对峙了一个多月,李鹏前去岳母家负荆请罪,得到答复是没有五万元不行。服输的自然是李全营,钱串在肋骨上也得扯下来,最终他把五万元从他的存折上转移到媳妇的存折上:"瓦房不盖了,你们自己将来进城买楼房吧。我没钱了,房子就不管了。不够了自己凑,我以后挣下了再给吧。"到这种地步,李全营好生纠结,不给吧,自己就一个儿子,挣多少也是人家的;给吧,又怕儿子手中钱多了坐享其成没有出息，养成好吃懒做的"富二代"的通病。媳妇也知道公公的存款不可能伤筋动骨呀，阎存英只能谨慎措词给媳妇打打预防针："不给了，不准备给你们了。我们要防老呀，老了受苦不行了，就花自己的，手中没几个积蓄心慌哩。"

李鹏没有正式工作，李全营自愧没啥门路，琢磨着开导儿子说："要不回村跟我干？每年收入三五万元不成问题，不比上班差。"又是自己的那套认命的理论。但是李鹏对务农根本不屑一顾，看不起父亲的衣钵，受苦不说，关键脸上无光，因此他头也不回地离开村子，到电厂那边打工。开始时每月几百元，不如父亲干一天的收效，仍是义无反顾，七八年来先在电建汽机车间当临时工，后来又受聘于个体公司，因为安装技术过硬，到现在每月收入也有六千多元，工程师级别了，要面子有面子，要身份有身份。去年还把媳妇和两个儿子带去神头电厂借用亲戚的楼房住下，方便到了学龄的大儿子上学。李家一脉，眼瞧着走向城镇化了。

儿子、女儿都在电厂那边生活，李全营为了让他们两家省钱，常年供应小米、绿豆、土豆、淀粉、糕面之类，不需花钱去买。还有蔬菜类的，李全营的小院种植齐全，什么小白菜、黄瓜、西红柿、辣椒、茄子、西葫芦，包括胡萝卜、青萝卜、大葱、大白菜，应有尽有，足够老两口和儿女三户人家四季食用，或者李全营抽空送过去，或者孩子们抽空回来取。按照2005年一项调查数字，美国每人的日均消费蔬菜量为三百三十四克，而中国居民每人日均蔬菜消费量为二百六十四克，李全营和儿女三户人家的蔬菜消费数字虽没有精准计算，想来超过国人，赶上美国了吧。李全营的小院种植，于他和妻子虽是一种附带劳动，却能够欣欣向荣地满足六七口人的消费，还有孩子们隔三差五回来取菜，多着买些好酒好烟熟肉之类，让李全营过年似的乐不可支。

2011年，神头电力城街道改造，临街的门面房计划向社会销售。李全营的女儿李金花得到公公相助，一下子购买了两套，每套价格十二万元。她给父亲打电话传告信息："那房子将来要升值呢，是不是给弟弟也买一套？"李鹏闻讯后，打电话和父亲交流，说他也有做个小生意自己经商的打算，想买一套街面房，不仅可以作为营业场所，顺便可以供一家人栖居，退一步说即使做不成生意，还能够出租，细水长流地赚取租金。儿子的打算无疑着眼长远，李全营也明白儿子的醉翁之意，启发他接受弃农转商观念、用实际行动以农补商。再说得透彻一点儿，就是请老掌柜投资。每套街面房三十四平米，全价十二万元，在朔州市能够拿出这一数额的农民，怕是少之又少，对李全营来说，却无疑负担得起，关键是他肯不肯出手。但媳妇回来了一趟，跟公婆通报小两口购置街面房的意向，并婉言斡旋，体贴地说："我们还有缺口，但爸爸赚钱不易，能凑几个算几个吧。"

媳妇的公关肯定事半功倍。或许李全营展开过思想斗争，或许他没有去论证投资的回报值得不值得，重要的是媳妇的求援不能等闲视之。老两口经过闭门磋商，回复媳妇说："好事情，买吧，我们凑上。"又迟疑半天，觉得与其拖泥带水地凑上三万五万让儿子左支右绌，倒不如全部支出给媳妇一个赤足真金的大礼包，于是慷慨取出十二万元交给媳妇，让媳妇一次性付清房钱，顿时皆大欢喜。村里人问起阎存英怎么能有如此气魄，阎存英释然说："老两口防老，省钱呢，有几个就够了。再说看看儿子媳妇那么孝顺，我们老了也不用操心。"又问："存折上还有不少吧？"阎存英笑着不置可否："给他们攒着呢！将来等孙子考上了大学，一次性都拿出来，供孙子上大学！"她的心中，实际上还藏着一个小小的私心，总想在村里气气派派盖三间大瓦房，宽敞明亮地住些年，那就十全十美了。而李全营同样有个心愿。还是去年秋后他到朔州城南的二级公路打工修路时，发现两侧的村庄形成了蔬菜市场，全国前来拉菜的大卡车络绎不绝，各村农民的大棚蔬菜种植上了规模，每家年收入二三十万元简直是家常便饭，让李全营看得羡慕，他觉得吉庄的村民不能老记着种玉米，也该转型发展蔬菜种植，"种菜赚钱太容易了"。吉庄有朝一日能不能形成市场？李全营渴望却又茫然了。

购买了电力城的街面房，2012年李鹏就拿到钥匙，5月份他已经开始忙忙碌碌地装修了，雄心不小。李全营则继续埋头干他的农活，完成着手头预约的营生。眼见儿子将来往商业方向发展，回村的可能性很小，李全营难免倍加感慨：以后村里还有没有像他这样一辈子一心一意务农的农民？现在他眼看快奔六十岁了，固然身子骨还像小后生一般虎虎有力，但他知道自己赶着骡车披星戴月的这道风景，终有一天会在吉庄的街道上淡去。

那时候的村子是个什么样儿呢？

# 第四章 阶级

如今，什么阶级不阶级的，全都被大家遗忘在爪哇国了。时过境迁，孩子们再也不会因为成分而被剥夺升学的机会，能不能迈进大学的门槛完全由他们自己的成绩决定。五日金最大的心愿，就是不惜一切代价要让自己曾经破碎的大学之梦在孩子们身上变成现实。

2008年朔州市的一场"环保风暴"，让吉庄村涉嫌私采滥挖的三十多座采石场和五十多座白灰窑被全部取缔。于是，那些素日也敢自诩老板的村民，无奈地将臂弯夹着的包包压入箱底，纷纷加入打工大军的队伍。其中依旧从事技术活儿的屈指可数，李建军算一个典型代表。

他是周边一带公认的第一炮手，按照曾经应聘填表时填写的工种，应该是"爆破工"。

普通的农家小院，再没有阶级痕迹

不像一个爆破工

但知名的不是"李建军",而是他的小名"五日金",这样容易混淆,听起来好像他姓"武"似的,时常他要解释一下,说他家叔伯弟兄统一排行,他是最小的老五,老大叫李日金,排下来他就叫五日金了。这种排法,农民式的色彩浓重。

一位普通的农民,可以成为技术不俗的爆破工,无疑得益于吉庄村历来靠山吃山的传统副业,但是谁都可以想象出,那是最具危险性的营生,稍有不慎就会粉身碎骨,尤其许多年来一直在私采滥挖中操作,脑袋是别在裤腰带上的。

吉庄的采石场关闭后,五日金就被平鲁一带更深远的山区私采场慕名招聘过去炸石头。原先吉庄的那些采石场,不过像愚公移山一样,找一处石面,用钎子戳出来小洞,塞进去几管炸药,一次最多不过炸出百十立方的石头。而平鲁的私采场不同,想想它们能够在国家明令禁止的大气候下存在下来,总有其顽强之处,采石也就不再局限于小打小闹,手段不容小觑。

首先要选定一处山崖,根据其高度以及岩石的硬度,再确定炮位;然后就由五日金负责爆破。他需要横向掏挖炮洞,大小以一个人坐着能够作业为宜,直径最多一点二米,再大就窝工。根据设计,炮洞入深十米到二十米不等,到了尽头另需扩出炮区,以备填置硝铵。一立方可以放进十四袋硝铵,每袋一百斤,一共一千四百斤,零点七吨。一般用量在三吨以上,最多时候使用过六吨,炮区空间相应已经接近十个立方。之后就是布局雷管，铺设电线。为了万无一失，线路需要两趟，其中一趟是备用的辅线。线路在雷管间串联或并联相当复杂，技术含量不低，属于五日金的不传之秘范围。至于六吨炸药的威力如何？简直撼山动地，一次足可炸出两万立方的石头。

掏挖炮洞时，使用风镐钻孔，梯次爆破，鼹鼠一样步步深入。风镐，已是李日金所能够操作的比较先进的劳动工具，不是以前人工打钎的效率可比。他到朔州境内少有的一两家手续正规的采石场看过，人家从2008年起全都按规定采用了天空钻。所谓天空钻就是在山顶垂直往下钻入直径十厘米的炮孔，深达二三十米，填药爆破更加安全有效。不过，天空钻投资和运作成本很高，私采场绝不会购置这样的现代化设备，五日金眼下也就不用担心他这样的爆破工失去用武之地。

五日金在掏洞过程中，越往深处，越发隐患四伏。洞壁岩石难免炸得支离破损，必须小心翼翼观察裂缝，再用撬棍撬去可能掉落的石头。一旦塌方，后果不堪设想。大约2000年时候，吉庄有一位内蒙籍的小项，就是在村民二老蛋的采石场撬石头时出现塌方，当下就被砸死了，结果女人带小孩走了，等于家破人亡；还有村民李海，农业社时在集体的采石场被炸起的飞石击中头部，一辈子说话不清，行动哆嗦，早早就去世了。类似的教训俯拾皆是，都让五日金触目惊心。所以自己掏洞时如果运气不佳，挖到一定程度时遇有岩层破损承载不住压力，他绝不敢优柔寡断，一定毫不惋惜地半途而废，将之前的劳动付之东流。

安全是一方面，或可凭着超人的敏感和经验得以自保，而掏洞环境的污浊，则是时刻都要置身其中。完成一个炮洞，根据深度不同，往往需要十五天左右的时间。五日金每天频繁地钻出钻进，又没用任何通风措施，石末的粉尘和爆破的硝烟通常弥漫不散，拿着照明用的手电筒一照，光线就是白黑交混的一条棍子。虽说采石场老板也给他配发了所谓的防毒面具，但是市场上的劣等产品，不能完全起到过滤效果，每次他从洞内出来，鼻孔几欲尘封，口中唾出的痰团，同样白黑分明。有一次因为抢赶进度，爆破间隙较短五日金就进洞了，结果出来时又昏又吐，脚下就像踩了棉花。

"受苦人，不能太爱惜自己的身体，只要挣钱就行。"五日金这样总结了自己。从2008年干起，到2012年，也就快五年了，他觉得浑身啥毛病没有，眼下还得继续苦干下去。一句话，他是背锅子骑驴——前（钱）短。回想已经度过的五十五年的人生之路，五日金虽然为了脱贫"奋不顾身"，却从来没有脱去穷光蛋的帽子。要知道，他可是货真价实的乡村老财出身；在"千万不要忘记阶级斗争"的时代，他家的成分也是村里屈指可数的"地主"。

曾经的地主标签，全拜他从没见过的爷爷所赐。

五日金的爷爷，就是吉庄当年大名鼎鼎的油牙子李满。

关于李满成就地主之名的来历，还得追溯到近百年前的民国年间。那时候朔州地界桑干河源头水磨不少，催生了胡麻榨油的油坊以及交易的市场。其中相对集中之地是"神磨三村"，包括神头、新磨和吉庄。据上年纪的老者回忆，吉庄村民主要从事胡油贩运，组成驮队远走雁门关南直至太原、晋南，名曰"赶高脚"，贩出胡油贩回布匹等日用品。而李满就是胡油交易的中介，即经纪人，俗称油牙子。据说各家油坊售出胡油，都得经过李满之手，他的一个油篓、一个油瓢，作为标准计量器具，别人根本没有插手的资格。这就有点儿玄乎了。

而五日金则从父母嘴里零星听到了关于爷爷的另一个版本。父母说，爷爷其实是一个家族式油牙子组织的一员，领头的是爷爷的堂兄李掌。李掌敢作敢当，通过各种手段的争斗才获得对神磨三村胡油中介的垄断。在具有中介公司雏形的组织中，他独占五股，李满占了三股，还有另一位堂兄弟李浩周占了两股。凡有收入，三家按股分红。本来，利怕三股分，况且中介所得并不丰厚。有迹象显示，做中介时李满管事较多，赢得了诚信口碑，慢慢地关南的客商驮来布匹，平日也托他代销，这使他比李掌和李浩周另外多了一份收益。他还是颇具发展眼光的，决定购置田产。正好城里八大财主之一的孙家在吉庄的五十多亩土地出售，李满独力难支，就与本村二愣子李乔合伙买下了，两家凑齐了三百多大洋。

当时三家合住在村中堡里街一处以西为正的四合院里，南北五十米、东西二十米的面积。西正房三间瓦房，李掌居住；东下房三间瓦房，李满居住；北下房三间土房，李浩周居住。再就是南躺窑两间，分别由李掌、李满占用堆放闲杂。因为感觉院落的风水不错，谁都不愿搬出。直到后来各家子女多了，居住实在窘促，李浩周才在自家的打麦场另建房院，然后李满也盘下东隔壁一处宅基地，刚刚盖起三间西正房，上瓦后还不曾乔迁，忽然间"一唱雄鸡天下白"，世道革命性地变了。

这就是土改的暴风骤雨。

谚语说：蚂蚁搬家天将雨。李满也有蚂蚁一样的敏感。他打探风声，听到最先开展土改的山区每有地主丧生的消息，生怕自家大祸临头。想到堂姐夫是阎军的一位团长，就赶在土改的前夜带着两个儿子大银如李存唐、二银如李怀唐跑到省城太原投奔堂姐避难。大银如就是五日金的父亲。五日金的母亲姓梁，是山阴西上河村羊倌的女儿，学名都没有，都叫她梁大女。后来梁大女向儿子五日金描述说，那天一早，婆婆把她们两妯娌叫起来叮咛说："昨夜咱家的男人们都跑了，跑哪里我也不知道。你们也赶快回娘家各自逃生，我来守家。"她给了每个儿媳七块大洋。梁大女惊恐之下，又怕被拦被抢，等到晚上才和二妯娌摸黑急急上路。二妯娌娘家在红壕头村，往东只有十五里，首先到了，可是西上河往东还有十五里，梁大女带着三岁的女儿和一岁的儿子力不从心，只好把女儿丢给妯娌照管。当她抱着儿子跑回西上河时，鸡已经叫了，一双小脚整整跌撞了一夜，这是她一生中最胆寒的一夜。四个兄弟无私地匀出他们放羊的微薄收入，就此养了梁大女母子三年有余，其间五日金的姐姐一直寄养在二妈那里。

1949年4月，就在南京解放的同一天，太原解放，李满的堂姐夫变成了炮灰。惶惶不可终日的李满父子，最终还得逃回吉庄村。其时村中的土改早已完成，李满发现他的田地和新宅院都被穷人分走了，给他家留下的仍是旧院的东下房和与村民一样人头均等的薄地。因为与二愣合买了那么多土地，他和二愣一样被划为地主成分。相反李掌父子嗜赌，久输败家，成分被划为中农；李浩周收入单一，为数不多，也是中农。最冤的就是二愣，极端地吝啬节俭，睡觉的枕头都是一截木头，无疑等于花了一辈子的积蓄买来一个地主成分。

虽说村里土改时的批斗侥幸躲过去了，但是躲过了初一躲不过十五，清算远远没有结束。李满刚刚回村，旋即就被押解到县城，参加地富分子集训。二银如比较娇惯，给人印象不大踏实，反而免于陪同，但五日金的父亲大银如生性本分，做事专心，得到父亲一心栽培，结果也招致和父亲一道受到关押。据说爷俩经过拷问交出了数目不详的鸦片烟土，大洋却没有拷索出来，想必告罄于盖房买地。释放回来不久，李满惧愤成疾，吃饭也咽不下去，算是气死了，也就六十多岁。

接下来，李家的两妯娌也从娘家返回来夫妻团圆。清查暂时告一段落，生活似乎稍稍安稳，梁大女1953年生下二儿子，1958年又生下三儿子五日金。在五日金未出满月时，他奶奶也走了。其时已经度过了大跃进之后的大饥荒，所以五日金没啥记忆，至于怎么挨饿，他只从姐姐嘴里听说吃过荞麦秸子拉不出大便，反正家里没人饿死。自打记事，他只是感觉到住房的拥挤。就是三间东下房，由父亲兄弟二人分开居住，每家一间半。他家六口夜间睡在同一铺小炕上，翻身都十分费劲。伙食吧，也就是玉米土豆，他记得每天母亲熬出了玉米糊糊，他和二哥就盯着里边煮着的几个土豆，眼巴巴地希望多吃一个，姐姐和大哥则懂得了优先让劳动的父母吃。主食千篇一律是玉米窝头，蔬菜就是萝卜叶子腌菜，稀稠总可以饱腹。童年里五日金倒没有觉得自家的贫穷，因为他和小伙伴玩耍，看着哪家都一样。而且在村里同是李姓大户，阶级观念好像也还不太明显，家庭出身没有那么受到看重，1960年过后的几年，姐姐出嫁到祝家庄村，大哥也娶了娘家是陈西河底村的媳妇，临时到村里别人家的闲房去借居。

突变发生于"文革"爆发。

传单漫天、口号震地的运动甫一拉开序幕，吉庄成立的"文革"小组照猫画虎，激情满腔一个劲发酵。不过搞什么又没啥方向，夺权造反破四旧之类在村里缺乏挑战性，最终把火力集中在阶级斗争上，批斗地富反坏右。五日金惊恐地经历了父母的厄运临头。起先，父母于某一天夜间被喊到大队，接受暴力革命和无产阶级专政的洗礼。血泪仇控诉不了多少事例，转而再行要求交出埋藏的大洋。夫妻俩矢口否认大洋的存在，"文革"小组以为他们顽固不化，就把大日金也逮去收拾，看你当父母的是不

大银如夫妇

是心疼儿子。这一招果然奏效,大银如夫妻只好胡乱招供藏宝地点,于是天明时分,瑟缩在家中的五日金和二哥听到门扉被撞开的巨大的声音,然后看着"文革"小组的干部和民兵将父母与兄长五花大绑地押解进来。五日金小哥俩不敢目睹,唯有掩面啜泣。根据大银如夫妻的指点,那些"文革"积极分子不由分说挥动锹镢开始乱挖,挖出一米四五的深坑,却一无所获。气恼的他们怒斥大银如夫妻胡说八道,就把他们绑走关押起来,晚上再斗,白天再挖。结果锅台拆了,土炕翻了,里间、堂屋和院内大坑遍布,大洋却连个踪影也没有。

批斗持续了月余。五日金的父母兄长在羁押期间,全凭二哥每天熬些玉米糊糊送去充饥。父亲遭罪最大,被捆绑留下后遗症,两条胳膊好些时日溃疡不愈,脓血淋漓,最终毕生不能弯曲。还有母亲,竟然绝望得想要自寻了断,在一次批斗会上,她借口去方便,进厕所后趁着看管的妇女主任稍有疏忽,抓起一块坚石向自己的脑袋猛击,顿时血流满面,从眉梢到额角留下一道深深的伤口,骨头的凹痕十分醒目。但也正是母亲惨烈的一击,唤起了村民的同情,"文革"人员也怕出人命,结果运动趋于缓和,四类分子才被全部释放回家。那个时候,五日金看着父母的创伤刻骨铭心,悲伤地想:我的亲人真是坏人吗?阶级究竟是什么意思?但是他不敢问,父母兄长除了唉声叹气,也忌惮提及与家庭成分相关的内容,一直讳莫如深。

接着，批斗虽算停歇了，但阶级的差别泾渭分明地彰显了出来。五日金一家成为地富反坏之中排在首位的地主分子。父亲除了下地劳动，每天清早必须无偿扫街，而且背后还得挂块白布，上面赫然标注"地主分子李存唐"。扫街时间长达十余年，从不间断。当然，每年冬天农闲，还有季节性的斗争会召开，父母仍得到场作为陪斗。全家人最怕听到大队开会，几至风声鹤唳，草木皆兵。家中除大哥分家外，剩下四口人有父母和二哥三个劳力，但在其中的两年竟然是缺粮户，原因是那些曾经参加挖大洋的人们所挣的工分，全由五日金家支付挂账。后来改革开放之初，五日金还准备申诉将这笔花销争取回来，到头却又放弃了，只是想想而已。

"文革"爆发后，吉庄的小学也停课了，直到1967年底在复课闹革命的口号声中学生才重回教室。第二年1月，已经九岁的五日金上了一年级，学校也基本恢复了正常。小学阶段，五日金的数学成绩出类拔萃。他从小就对数字的东西格外感兴趣，即使看到母亲使用高粱秸编匾子时，自己也会留心几行几列、纵横多少根。数学课上，老师刚出完题他往往就能口算出结果，所以每次考试基本都是满分。唯独四年级时遇到过一道大题，大体是说求一个数的四分之三该用除法还是乘法，他做出了错误的判断。就是那么小小的一次失误，让他懊悔不已，竟然一生都记忆犹新。

不过，五日金的弱项是语文。当时的政治环境，导致无论是课文还是老师嘴里讲述的，无不充斥着阶级斗争的内容，这使五日金本能而敏感地抵触语文课。他最害怕的就是写作文，动辄忆苦思甜，让他无所适从，无从下笔，整节课如坐针毡，同学的眼光好像都是盯着他的。班上的同学李世唐语文学得好，两人的语文数学单科相比不分伯仲，但加上需要记诵的自然和常识成绩，五日金的总分则会略逊一筹。不管怎么说，身为尖子生的五日金深受老师们的器重，让他当了班长，同学们也很钦羡他，虽说也有顽皮的喊他一声"地主疙蛋"，总是偶然现象，不显得十分刻薄。所以短暂的读书生涯，是他生平最值得自豪的一段金色岁月。

可惜造化弄人。

因为"文革"的混乱，五日金他们一年级没有升级，光小学就读了六年，到1974年1月毕业。全班四十五个学生，本来应该全部到神头公社中学上初中，接受普及式教育，谁知还要由大队推荐。这一推荐不要紧，打下来两个，其一是李孝，因为超龄，其二就是五日金，因为成分。据说一位姓朱的下乡干部拍板说："初中的大门只能为贫下中农子弟敞开，四类分子就算了吧。"将五日金的上学路生生截断了。其时正是假期，五日金的小学老师李岳来家里找他，惋惜地告诉他说："初中你没法上了……"五日金顿时如被冰雪，从头凉到脚底，他恍然感觉自己前边唯一的一盏希望的灯被灭了……他喜欢念书，希望自己能够一直读到高中、大学，现在却连初中的门槛都迈不进去。老师抚慰一番走了，五日金独自痛哭一场，哭得昏天黑地，心中实在接受不了这残酷的现实，也痛彻地意识到原来学习再好都没有用，成分却一直扮演着举足轻重的角色。失去升学的机会，给他留下来终身遗憾。直到上了年纪，他仍旧经常在夜里做着同一个梦，梦见自己重新返回课堂……

那些天，五日金躲在家中门也不出，怕见同学，怕见老师，好像犯了法似的抬不起头，内心极度自卑。父母也不知该怎样去安慰他，只能向隅叹气：三个儿子，老大升了初中，正赶上饿肚子，走口外投亲戚跑了一段，初中没能毕业；老二上了初中，偏遇了"文革"停课又没能毕业就辍学；老三天赋最好，指望靠着念书改变糟糕的处境，却连初中都进不去，看来只有一种说法可以解释：宿命。

开学的日子到了，五日金从大门的门缝里看见对门的李世唐蹦蹦跳跳上学走了，脚步渐渐听不见了。除了对李世唐的羡慕、眼红甚至嫉妒外，五日金更多的是怨愤。恨自己命运不好？恨下乡干部残忍？还是恨爷爷作孽？好像都不是，他不知道该去恨谁。听故事说高玉宝还敢面对恶霸地主周扒皮怒吼："还我书，我要读书！"而自己怎敢出去尽情地喊上一声？读了小学的他，开始朴素思考关于阶级的命题。就以爷爷而言，本是凭着诚信获得一点家产，品行也向善，应该不是不劳而获靠剥削为生，难道兰存能力强一点也有罪？把他的家产剥夺也就罢了，为什么还要罪及子孙？五日金觉得，村里原本好像并没有特别明显的阶级界限，爷爷跟书中所写的作威作福或朱门酒肉臭的真正的地主相比寒碜得一天一地，但可能是斗争的需要，才在筷子里拔旗杆，每个村都要人为地制造渲染出地主。所以五日金也认识到阶级的存在，但无疑他眼里的贫下中农属于上等阶级，地富反坏属于下等阶级，跟所谓忆苦思甜的描述恰恰相反。

人类一思考，上帝就发笑。谁管五日金乱想些什么呢？

过了三个月，小队队长就来喊五日金出地干活，五日金也就完成了从学生到劳力的蜕变。其时正值春播，五日金被安排拉"动辘轳"，就是一种石滚子，跟在牛犋后面将耧播的谷黍种子压实，沿着垄走，一拉三垄。每天六七亩下来，脚下走过的足有三十里，十四五岁的五日金力气不全，拉得吃力蹶跌，母亲看着就在地头哭泣，好在五日金拼命坚持下来，每天劳动不辍。十七岁时，小队有三辆畜力小平车，他又和另外两个半大小子一样分别赶了一辆，春季送粪，秋季拉禾，冬夏拉炭，从每天零点七个工分逐渐挣到一个。干了几年车倌，看他踏实，小队长李日存瞧得起他，又开始培养他当"大头"，就是耕种把式，每天能比普通劳力多挣零点二个工分。家里也是余粮户，年底分红可以拿到二三百元现金，勉强维持最简单的日常开销。五日金发现，说是共同富裕，但全村各家光景的穷困程度不相上下，在生活的层面上基本体现了平等，没有贫农地主的区别。

体力劳动的苦累都罢，让五日金时刻不堪重负和朝夕惶惶不安的，还是阶级带来的无形的阴影，如同噩梦一般压抑不散——困扰着他，还有他的亲人。

姐姐，因为成分影响了姐夫的前程。姐夫本可以入党提干，却因为妻子的牵连而拉倒了，难免抱憾于怀，这使姐姐一直在丈夫面前内疚不已。到了婚龄的二哥，找对象时许多女孩一听说地主躲之唯恐不及，最后娶回来的二嫂，手掌还有残疾。一个表兄是山阴县的干部，从来都声言没有他们这门亲戚；一次母亲到舅舅家探亲，正好表兄带着同事回村了，母亲急忙藏进南房，生怕暴露后给表兄带来伤害。

尤其令人喟叹的是大哥。有一年耕种时他负责抓粪，那是最脏最累的农活。因为小队长挑剔他没有把粪扔到种子上，他不服，辩解了几句，竟被捆绑到大队前的主席台上示众，罪名是四类分子不好好接受劳动改造。由于绑绳太紧，大哥被勒得面孔青紫，大汗淋漓，多亏一位姓席的北京插队知青仗义执言，说："这还像话吗？"动手将绳子松开了一点。大嫂

国家大事与普通百姓的命运息息相关

感觉跟着丈夫受尽屈辱的日子没法再过,决意要丢下两个小孩离婚。还是"文革"组长小栓成出面跟公社说好坚决不许盖章,才阻止了大嫂的离婚行动,否则一个家庭可能真的散伙了。

五日金谨小慎微,夹着尾巴做人,竭力使自己远离是非,但所谓躺着也中枪,受歧视的时候也防不胜防。那年下地劳动,好容易歇息一会儿,下乡干部赵侃逡巡过来,当众喊他过跟前,问:"你和贫下中农有过矛盾吗?"五日金不敢如实说清没有,只好跟他的好朋友黑有福约络一番,回头才向赵侃汇报思想,说:"我和黑有福有矛盾,我背后骂过他。"于是赵侃开始不厌其烦地改造他,说:"还是你的阶级报复心理作怪,你内心还是想复辟的。这样很危险,要从灵魂深处深刻反思。"五日金只得毕恭毕敬连连点头,极大地满足了赵侃的阶级斗争成就感。这让人有点儿啼笑皆非的酸楚。

直到1978年12月,党的十一届三中全会召开,确定将全国工作重点由以阶级斗争为纲转移到以发展生产力、建设四个现代化为中心上来。紧跟着第二年的1月11日,中共中央做出《关于地主、富农分子摘帽问题和地、富子女成分问题的决定》。这些在尚属闭塞的吉庄,五日金当然没法在第一时间获知,否则对他来说不啻于春雷一声啊。政策的落实来得显然较迟些，1981年的一天，大队忽然召集所有地富分子开会，五日金不免又忐忑一次，去了一看，到会的三十多名地富分子同样心神不安。谁想村支书李朴向他们简短地宣布："你们不再是地富分子了，应该只是地富子弟。从今往后，你们的家庭成分一律变更为人民公社社员。"五日金听了，异常高兴，日后他才听到"拨乱反正"这一词语，最能切身领悟到其中含义的精辟、珍贵、温暖乃至伟大。不过在当时，除了感觉终于摘掉了地主的帽子、头上有了从未体验过的豁然轻松外，心中还有点儿半信半疑，暗自嘀咕：究竟是真的和贫下中农平等了，还是向平等迈出了一小步？毕竟，"社员"是个特指，明白人一听就知道是二等公民，只是换个称谓而已，与贫下中农存在着区别呀。

仿佛是弹指之间，更加出乎意料的一波翻天覆地般的变革潮涌而至。1980年，吉庄跟随形势，开始谋划包产到户，1981年就付诸实施，大集体同时被宣告成为历史。不仅多数村干部一时接受不了，甚至连五日金都难以置信。他想，这包产到户不就是曾被批臭过的单干吗？不就是给了家家户户当地主的机会？会不会再有反复？抱着迟疑观望的心态，他家按人头承包了十几亩土地。也有不愿承包的，干部们鼓励各家可以申请多包，五日金却连那贪占的非分念头都没动。不过，包产到户首先不必参加集体劳动了，也取消了外出的人身限制，种地之余，他宁愿出去受雇卖工，一来增加收入，二来也消弭重蹈爷爷覆辙的担忧。

这里的卖工，即后来的热词"打工"。

五日金的姐夫是一个孤儿，初中毕业后被优先招工到神头电厂上班，改革开放之初已经在输煤部门担任了组长。托姐夫的后门，1982年五日金被招入卸煤队当临时工，主要跟一帮子职工家属一起卸火车，有时也卸汽车。卸火车是六个人一组，每天平均可卸两个车皮，总收入十二元，仅此一项每人每月就是六十多元，卸汽车另计，加起来头一年就挣了一千五百多元。当时一斤玉米只有一角七分钱，所以卸煤的收入相当可观，因此年龄已经二十四五的五日金也敢张罗着娶媳妇了。父母提着耳根告诫他：不管女方再穷再丑，一定要选择根正苗红的贫下中农家庭。这就算五日金找对象的唯一标准。

同组几乎清一色的妇女，一般情况下五日金出力最多，挣钱了跟大家均分，从不斤斤计较，因此人缘不错。同组一个名叫池满昭的大姐对五日金印象特别好，感觉他为人不奸不诈，而且有过人之处，月底时翻一下卸车小票，脱口就能算出总额。池满昭娘家在平鲁县一个名叫东水洼的小山村，她心直口快地提出要把自己的小妹池满桃介绍给五日金，并立即把小妹叫到她家，再约了五日金相亲。五日金没料想池满桃竟是她们村数一数二的漂亮女孩，年龄比他小五岁，他一眼就相中了，不过还是先声明一下自己的成分不好。谁知平鲁的山村就像世外桃源一样，好像一直处于阶级斗争的盲区，因而对出身呀成分呀看得很淡。不过池满桃还是犹豫着对姐姐说：是不是五日金的长相有些差劲？姐姐替她做主说："粗柳畚箕细柳斗，世上哪有男人丑？你模样好，小李脑筋好，正好取长补短。"她就把妹妹的终身大事搞定了，并且自当媒妁，日后成了五日金的大姨子。

　　有道是好事多磨。池满桃那边，父母倒也尊重女儿的意见，但是四个哥哥不大赞成。其中老四未婚，家穷就指望小妹给他换亲。之前池满桃的二姐已给三哥换亲了，那种不能自主、落后的婚姻模式让大姐深恶痛绝，她极力反对再让小妹做出牺牲。到底还是她的强势成全了五日金。然后女方就要看家，五日金担心自己的破房子带来副作用，正好二哥盖起了新房，赶紧摆些木柜大瓮，李代桃僵把池满桃一行忽悠了一番，池满桃也识破了，却没有吱声。然后婚事提上议事日程。可能为了绥靖和缓和来自女方兄长的阻力，五日金送了准岳父母一千六百元彩礼，数额较大，当时的行情一般不超过一千元。另外还有不回头的自行车和缝纫机，总共折合下来近两千元，就是村里人形容女孩高身价时所说的"一吨"。至于四妻兄，则险些成为剩男，直到二十八岁去煤矿当了轮换工才结婚，五日金总感觉对他歉疚，主动帮了五百元。

　　1983年正月，五日金带着池满桃去了一趟大同，就等于旅行结婚，不再办什么典礼仪式了。结婚支出的两千多元中，五日金自己攒了一千二百元，前后借了姐夫七百多元。他生平第一次背上债务，并且从此就再也没有宽松的时候了。婚后当年，房子问题成了当务之急。其时大哥二哥已经盖起瓦房。本来村里的宅基地申请不易，但二哥和新任村支书李

走过了阶级斗争暴风骤雨的一家人

祥是同学，得到特别关照，在村边批下了一处院址。恰好靠着一截废弃的渠梁，摊平了居然也够三间的宽度，大哥的宅基也就顺利解决。五日金再要申请，一时还轮不到，听说张五老汉的二儿子去大同当工人走后遗下的三间老旧房子出售，就以八百五十元买下，拆旧建新，椽木还可利用。这次又向大连襟借了四百元。想想穿衣吃饭趁家当都得钱，他打算盖三间土房，但父亲毕竟见过排场，说："借钱也得盖瓦房。瓦房一劳永逸，也能传辈份呢。"五日金觉得也是，反正卸煤总能按月拿到活钱，举债并不胆怯，于是挖东墙补西墙的，当年开工并完成了主体。结果是他们弟兄三人相继盖起瓦房，事实上比土房成本高不了几百元。谁知村里的个别人议论说："哎呀，大银如到底藏着大洋，这会儿才给儿子们拿出来了。"五日金听得不安，却也多少释然。看看人民公社和农业社都不存在了，皮之不存，毛将焉附？"社员"也就没得再提，悄然和贫下中农一样，全部变成了村民。而且村里凡有起房盖屋的，都是瓦房，莫非都是老祖宗时代的积蓄？真是欲加之罪，何患无辞啊。

不可逆转的事实是：村里的阶级概念终于在渐渐淡出人们的意识，直至无迹可寻。

就在盖房子的那年冬天，五日金的大儿子李强义降生了。由于一家还在别人的破下房借居,竟把孩子冻坏了,留下冬天高烧咳嗽的毛病,所以次年五日金急忙量力而行,简单收拾了一下新房就乔迁进去,跟着女儿李海英出生了。依着五日金,儿女双全不宜再生,但是妻子对大儿子的身体心存顾虑,执意在1990年又生了二儿子李胜义,交了三百元的超生罚款。政策面前,大凡超生的都交,李日金心甘情愿。

五口之家,没啥经济基础,负担就重了,绝不同于大锅饭时候多个小孩就多三百六十斤口粮那么简单,越穷越光荣的思想明显已不值一钱。好在已盖起新房得以安居,五日金就只剩下甩开膀子挣钱了。随着时间推移,卸煤的活计也由被别人羡慕变成了不屑,而吉庄的村民已经一哄而上纷纷开了采石场,听说收效不错,动辄产生万元户甚至十万元户。因此,1986年五日金回村和李润文、张六儿、张四儿合伙也开了一座,就是那时候他跟李润文学会了鼓捣炸药,虽说规模属于小打小闹,但一年可以分红两千元。采石场一直维持了五六年,后来他被石头砸掉一根脚趾,觉得一来安全没有保障,二来并非想象的那样炮声一响黄金万两,于是退出来,又跟堂弟李建伟共同出资四千二百元购买了一辆12马力的柴油机三轮车,从率先形成市场的怀仁拉运小商品往神头一带的小卖部发送,每天一趟,风雨无阻,一年下来两人居然收入了一万多元。眼见供不应求,干脆再买一辆三轮,两人分开单飞。李建伟叫了老婆跟车,仍能满负荷运转起来,五日金却跑得困难,苦于老婆刚生了二儿子也帮不上忙,所以只能独力支撑,两天一趟仍旧焦头烂额,最终等于赚回一辆已成二手货的三轮车。

接下来马邑煤站落户吉庄,村里人又兴起养汽车拉煤的行当,五日金与大哥、二叔、堂兄共同买了一辆解放141型卡车,再次加入到运输专业户行列。全部投资是三万八千元,人家三股各占七分之二,他占七分之一。由于车损耗太大,结果并不令人满意,跑了三年将车卖掉,残值只有一万八千元,除了费用净赚不到五千元。然后煤站自己有了车队,将吉庄村民的车辆拒之门外,五日金只能另谋门道。大哥和另外五股合开的采石场一直经营下来,经他建议,五日金和二侄儿分担了四万三千元购买了一辆农用车,开始为建设中的神头二电厂拉运混凝土石料。头一年下来倒

全家福

是赚了三万五千元,却没有分红;次年电厂竣工,石料就滞销了,业务断断续续,反使车损增大,最后处理了旧车,利润大幅缩水,五日金只分到一万五千元。

总之,五日金的致富之路,堪称广种薄收。他自己总结一下,还是因为地主的阴影招致心有余悸,留下了成分后遗症。比如开三轮车发货时,雇一个人打下手即可,却怕涉嫌有雇长工性质而作罢;再如每次跟人合伙投资,往往尽量选择最小的股份,缩手缩脚瞻前顾后,甘于比上不足比下有余,堪堪蹉跎了大好年华。一位同学调侃他说:说你安贫乐道吧,道亦无道。

但五日金也有其道,他的全部希望系于孩子。时过境迁,孩子们再也不会因为成分而被剥夺升学的机会,能不能迈进大学的门槛完全由他们自己的成绩决定。五日金最大的心愿,就是不惜一切代价要让自己曾经破碎的大学之梦在孩子们身上变成现实。不过,教育的成本日益增高,所以到了2003年,五日金手中稍有几个积存,却再不敢拿出来投资,生恐有点儿闪失让自己悔之莫及。那时候二哥的头一座合股的采石场倒闭了,他又单独开了一座规模更小的,让五日金负责打理兼管放炮,炸了石头全部供给附近的白灰窑,也说不上景气。严格说来,五日金此时已在打工。

还是2003年,吉庄有史以来头一次公开选举村长。参加竞选的两位,其一是五日金的同学李清,其二是当年的地主李渠之子李日增。他俩拉票时,难免都把五日金当作有把握争取的对象之一,最后五日金怀着对老同学李清的愧意,将选票投给了曾同病相怜的李日增。原因是那些年受压制时的怨气似乎在潜意识里重新被触动,同时他也很想证明地主的子弟究竟有没有可能担任村长。结果李日增真的当选了,据说村中曾经的地富后代起了不小的作用,也算体现出阶级立场的最后一轮涟漪。可是五日金并没有什么扬眉吐气之类的感受,反而对自己有些索然可笑:"社会进步已经开启了民主时代,怎么我们这些人心中的阶级疙瘩还是解不开呢?"他还发现,不论谁当村长,眼下和他基本没啥关系,要紧的是全心全意供孩子上学。

其时他家三个孩子都在各自的年级读书,而且成绩都名列前茅,大概遗传了父亲的智力。他们虽说没有体验过父亲辍学时的绝望,却看到了现成的榜样,就是表兄从著名的南开大学毕业后分配到化工部环境研究院的荣耀。这时候五日金往往给兄妹三个忆苦思甜,勉励他们再不能留下父辈的遗憾,也实事求是地告诉他们:"咱这样的家庭,不读书绝对没有出息,上大学是唯一的出路。"这些大道理,不说孩子们也懂。家境的贫寒使他们很自觉地养成了吃苦的习惯,甚至没有哪个买过零食来吃。二儿子最有心眼,上初中时为了节省伙食费,还饿昏过一次,班主任老师给五日金捎话,五日金黯然心伤了好久。

五日金的外甥女在山西大学毕业后分配到神头电厂子弟学校任教,李强义、李海英兄妹初中毕业后,全都跟着表姐读完的高中,花钱也不多;到李胜义上初中,全区统考,他也考进了神头电厂子弟学校,像哥哥姐姐一样得到表姐的关照,不过毕业后他考上了朔城区一中,那是很不容易的。陆续地,五日金的喜讯连连:2003年,李强义考入太原师范学院;2006年,李海英考入吉林北华大学;2009年,李胜义考入南昌航空大学。再理想不过,到底圆了五日金的大学梦。他突发奇想,打算把家中的电话号码换一下,好歹包含3、6、9几个数字在内,作为毕生难忘的纪念,可惜因种种原因没能如愿。

其中的2006年,是五日金最紧张的一年,大儿子大学没毕业,女儿又接到大学入学通知书,而二儿子也进入高中,同时负担三个学生的费用,几乎让他喘不过气来。不过,这也是让他心花怒放的一年,感觉孩子们都够争气,自己只需心无旁骛地挣钱即可。2008年吉庄所有的采石场关门后,他马不停蹄地受聘到平鲁打工,操起放炮的老本行,平均月薪两千多元;到2012年他又开始承包放炮一项,年收入达到四万多元……按理这已不是一个小数目,但仍然入不敷出。大儿子毕业考入公安系统后成家,五日金拿出五万元;女儿考上沈阳建筑学院的研究生,另外需要增加预算一万多元;二儿子大学在读,起码的日常花销需要满足。

从2003年起,近十年了五日金和妻子就再没有添置过哪怕一件新衣;家中的房院年久失修,也顾不得考虑。唯有一次例外,他碰到街头贩子出售大洋,心想,都说父亲藏有大洋,可是自己压根没见过大洋,因此兴趣起来了,忍不住买了四个收藏。后来觉得妻子跟着自己受尽劳苦,不妨给她打一副手镯,谁料银匠鉴定后直摇头,说那是赝品。还是二儿子期末得了三千元的奖学金,拿出几百元给母亲买回一个细细的银镯。

2012年底,五日金盘点自己的财务状况,预计六万元的外债可以减缩到两万元。当然,孩子们都也心疼他,担心他,让他缓口气别干危险的营生,能挣几个就算几个,而五日金的想法是:"革命尚未成功,同志仍需努力。"眼下他要考虑的是女儿研究生毕业后的分配问题。一位关系过硬的亲戚打电话说能够帮助把李海英安排在北京工作,五日金暗忖:打点一下起码不需要十几万元?他决心为女儿争取一下,显然又要增加赤字,而且明年还得继续掏炮洞,谁叫他有这门技术呢?

如今在吉庄,五日金那可是响当当的上等家庭。虽说他本人在同龄人中的学历最低,但能把三个孩子全部送入大学的校门,谁见了不尊重?什么地主不地主的早被大家遗忘在爪哇国了。他也很有幸福感,最难得是心无桎梏,今非昔比。只是他有时候回首想时,乐得自嘲一回:"折腾了大半辈子,我最终将自己改造成一个典型的无产阶级。"

奇怪,还是阶级。

# 第五章 庙祝

曾经有人请李兴富出去到城里的单位当门卫,每月工资一两千元,但他拒绝了。因为不愿意离开吉庄,不愿意离开三大王庙。他觉得,多挣少挣无所谓,只愿自己有生之年能给神仙们多烧一炷香,换得全村平平安安,求得儿孙心想事成,那比金钱重要多了。

    2010 年、2012 年端午节,朔州市朔城区吉庄村连续举办了两届"中国　朔州吉庄旅游文化节",吸引了省市诸多媒体的关注,最为名噪一时的,就是村里的三大王庙,即桑干神庙。据说,该庙是全国仅存的北魏拓跋神庙,供奉的三位拓跋主神在蒙元王朝时被封为"显应洪济王""协应广济王"和"孚应浦济王",负责统治桑干之龙,地方旱涝取决于其一念,所以地位之显赫非同一般。

大王庙西禅房:庙祝老李的一室一厅

被盗割的壁画

吉庄的三大王庙之所以没有在"文革"中被毁，主要因为当年被生产队占为粮仓，最终得以幸运地保存下来，到了20世纪80年代初实行包产到户之后，反遭废弃，结果毁损得摇摇欲坠，其中一幅珍贵的壁画遭人盗割，两位大王的头颅也不翼而飞。直到2009年新一届村委会主任林建国上任，才集资修复了神庙，这是他聚拢人心、挖掘文化资源的有效举措之一，广受村民的拥护。

2009年10月，三大王庙的修复工程基本告竣，需要物色专人看管，结果村民李兴富就当上了庙祝。庙祝算一个书面的称呼，村里人俗称"驻庙老道"，也不是谁想当就能当上的，总得有个勤快踏实的名声。这也说明李兴富在村里口碑不错。李兴富排行老二，小名叫"二拉友"，年轻人听起来，谐音有点儿像"I love you"，虽说似是而非，却也饶为有趣。

自从进庙以来，李兴富的日常程序非常规律，所谓"上香插烛，添油掌火；门窗户牖，晨启暮闭"，而每天早上必做的功课首先是净手上香。时间也固定，夏时五点钟，冬时七点钟，雷打不动。这一早课完了，才开始清扫庙内各处卫生，接着是他的早餐时间，饭后就敞开庙门，恭候善男信女，不论来者多少，一概不得脱岗。虽然周而复始，长年如此，难免感觉枯燥并有缠身之累，但李兴富全无怨言。

神庙规模虽小，却不是拓跋大王所垄断，而是诸神杂居，香火共享的。一共七位神仙，李兴富称他们为：大王爷、龙王爷、关公爷、马王爷、孤魂爷、文师爷、送子奶奶。大王爷居于正殿，左右还有二大王和三大王，身高丈余，都为泥塑彩绘；龙王爷居于东殿，则是木雕彩绘，个头不足一米，应该叫出府龙王，方便村民抬出去流动祈雨；西殿供奉的为三眼马王爷，是面目威严、杀气腾腾的画像；关公爷是铜塑，原来庙内没有，由城里一位名叫李树珍的女士开了小车送来，个头有如常人，造价不菲；还有文师爷和送子奶奶，本来东殿属于这二位，原为壁画，重修时新做了泥塑，供在东禅房。文师爷就是文昌帝君，送子奶奶就是送子观音，这里已经佛道混淆了，没有那么多讲究。

文昌奶奶

马王

桑干龙王

庙祝的正装

李兴富每天上香,绝不能颠倒次序。首先是正殿的大王兄弟,其次龙王、关公,再次马王,接着孤魂爷,最后是文师爷和送子奶奶。倒不是神仙们谁主谁次,主要依照方位而定:先正后偏,东上西下,由北向南。这些规矩,都是开光时道教协会的李道长教给李兴富的。上香一共四处,每处三炷,动作务求一丝不苟:第一步毕恭毕敬焚香,第二步持香作揖,第三步插香,第四步跪地叩三头,第五步起来再作一揖,才算完毕。遇到每月初一、十五两天,是神仙们的活动日,李兴富还要在院子中央的大香炉里再点三炷高香;到了四月初八的祈子或者端午节的祈雨活动,场面更为隆重。

若让李兴富论述,各位神仙中最重要的还数孤魂爷。孤魂爷无影无形,只在正殿外廊的西墙角设计了尺余见方的神龛,砖雕的外廓,整个龛体嵌入墙面,想来原先供有神像,可现在里边空荡荡的了。此神专司平安,当然无形胜之有形。村里但有小孩丢了魂,都得来这里喊叫寻找;再者有人过世,鬼卒都要把亡魂捆绑带回这里寄押,三日地里孝子准备举行丧葬出殡仪式,需要半夜来这里上香并供奉四个馒头,然后叫魂回去,直到楔钉封了棺材,才往奈何桥边再送。比如"妈呀,回吧"或者"爹呀,回吧",阴森之气很重,叫魂一直叫到自家门口,再由孝妇跪迎,不许哭,也要叫着:"回来吧,回来吧。"一边还要上香烧纸。这就是传统的"叫庙"仪式，是每一次丧事必须进行的环节。李兴富的祖上有一位前辈三步娃，曾经在庙院看戏，忽然痛哭失声，别人问他哭什么，他抽泣着说："这一院人都死呀！"听得不入耳，却是真理，试想谁能逃过一死？

但凡叫庙，李兴富都要候应，想象着一个接一个的亡魂从他起居的西禅房窗外飘忽而过。那么究竟有无鬼神？李兴富的回答是"yes"。他说，之前的若干年，因为村子靠近公路，年年村里都要因为车祸屈死六七位村民，自从重修三大王庙后香火得以传继，孤魂爷宽心了，所以近四年多时间，全村再没有发生一起因车祸而死亡的事故。"恭敬神如在，虔诚圣有灵"嘛，信之则有。还是初来庙内，李兴富推了小平车清理殿后小园的垃圾，晚些装满一车没来得及倾倒，累得就先睡了。半夜却听得小平车辘辘作响，清清楚楚是车轮碾过禅房前碎石铺好的院面，他想肯定是蟊贼把车子偷去了，却也不敢出来，生怕力薄斗贼不过。早上起来才到后院一看，小平车原地未动，甚至装好的垃圾都没有动过的痕迹，心中释然：看来是自己清理垃圾受到神仙们的赞誉，故而显灵。还有几次，李兴富说，夜静时分听到过惊堂木拍案的一叠声巨响，引得全村狗叫，他认为那是孤

祭祀

魂爷审案子，也就不足为怪。第二天果然有人去世。

既然迷信，李兴富在神前上香跪拜越发虔诚。有些时候，透过缭绕的轻烟，他看着神仙们的表情变得生动丰富，眼神能够把他的所有心思看穿似的。于是，他的感叹油然而生："各位神仙待我不薄，善待我了啊。"

回想自己半生倥偬，李兴富倒也心下坦然，没什么可抱怨的。

李兴富是吉庄李家兰花院的后人，与改革开放之初村里的第一个万元户李文富是同胞兄弟。关于兰花院的旧闻，起自他们的前辈三步娃。三步娃是个另类，比如捣碎鸡毛搓绳子挽在腰间，臂绑畚箕从窑头跃下学飞鸟等，种种怪诞行为，令村民侧目，谓之"脱寡"，意思是比较出格吧。然后又出了一位后辈李俊，吹嘘自家种的兰花烟草苗茎茁壮堪比庙殿的立柱，更使人们谈及兰花院就要窃笑。兰花院一族素来穷苦潦倒，相当于乡村寒门，只是"兰花院"这一名字未免沾染了贬义色彩，用李兴富的话说，就是不登大雅之堂。他感觉值得提起的是族人李廷安曾经在二十世纪末担任过浑源县的副县长，那才叫光彩。

同样，李兴富的父亲李观，也还名气不俗。上年纪的村民回忆，民国年间吉庄人组成马帮，长途往太原一带贩运胡油，经常在雁门关附近遭遇劫匪。李观武功高强，善使一条鞭杆，专门打人手腕，少有敌手。一次，他随同马帮路过雁门关的关沟，遇到一伙土匪来袭，他挺身而出，打残众匪大获全胜，号称"鞭打一关沟"。从此以后，土匪闻之色变。然而，这样的一个杰出人物，在李兴富眼里不过是一个老实巴交的普通农民。他记事时已经解放，父亲一直在给大队耕田抓粪，任劳任怨，浑然看不出任何过人之处，也从不向儿子传授武学，什么"鞭打一关沟"，对儿子而言不过是一个传说。李兴富替父亲总结说：共产党的天下，社会平稳，学武术毫无用处，吃不开了。

1956年，八岁的李兴富和同龄小孩一样上了小学，不料刚到四年级，就遇到了1960年的大饥荒，经常饿得眼冒金星，只好辍学，小小年纪就要参加生产队劳动。当时李兴富一家在三队，全队有六辆小驴车，队长一律安排李兴富这些不足龄的劳力赶驴车，相对一些重体力劳动还算轻松。一般是拉炭、送粪和收秋。拉炭需上杨涧煤矿，一车六百斤，送粪每天十趟，收秋根据营生不等。总之都有定额，每天一个工分，好时七角，差时五角。其时，李兴富的一个姐姐已经嫁到相邻的东榆林村，年长他十岁的哥哥李文富在副业队学电焊，二十八岁时迎娶了马跳庄的媳妇，碹起三间土窑分家另过；家中只有李兴富留在父母身边，三口人全都下地，是村里的余粮户。

　　1972年，二十四岁的李兴富结婚了。媳妇杨玉兰比他小四岁，杨涧村人，其父还是杨涧煤矿的长期工人，家境相对不错。媒人是李兴富的姨姨，介绍男女见面之后，由双方父母拍板，说行就行了，二人没啥恋爱经历。彩礼八百元，李兴富自家攒有一半，另外四百元向舅舅借来补空，背了外债。婚礼的时候，大队派出马车迎娶新娘，显得很排场，但新房不行，就跟父母住在三间破旧的土窑里。第二年李兴富的女儿李玉桃出生，住房越发紧张。因此，就像那篇小说《李顺大造屋》中所描写的一样，盖房或者碹窑就成了李兴富下一步的主要奋斗目标。

　　但是何其遥远啊。

　　到女儿六个月时，杨玉兰忽然胳膊疼痛，急忙到城里的医院检查，经诊断竟是先天性心脏二尖瓣关闭不全，引起急性风湿性症状发作，成了风湿性心脏病。医生说在当时的医疗条件下根本没有治愈的希望，只能注意保养，服药维持，期盼日后医疗发达了能有奇迹出现。李兴富听得如被冰雪，手脚冰凉，但是"没事怕有事，有事不怕事"，他很快接受了现实无情的打击。伺候妻子住院一个多月，花出去一千多元，其中又向小姨子借了五百元。回村后他对妻子百般照料，无奈妻子的病情仍然时有反复，特别是容易感冒，住医院成了家常便饭。马拉松式的求医过程，花钱无数，就像无底洞一样，李兴富拆东墙补西墙如牛负重，少有喘息的余地。没多久父亲李观去世，丧葬费再花去一笔，家里就穷得在村里都数一数二了，"安居工程"也只好被无限期搁浅。

　　俗话说"不孝有三，无后为大"，这句话在乡下至今长盛不衰。杨玉兰越是生病，对给李家传宗接代之心越是焦迫，终于在她二十七岁那年，有了第一个男孩子，取名李根红。她的身体状况不佳，无乳可哺，只好花钱到东邵庄村雇奶妈。孩子一岁时已经会叫妈妈，杨玉兰喜不自禁，一次抱回来前去戏场秀了一番,村里人都夸是个好娃娃。然而,灾难又一次不期而至。孩子十三个月那会儿,奶妈参加喜宴让他受了风寒,高烧不退,李兴富赶紧带着进城住院,竟是严重的脑膜炎,虽经医生全力抢救保住了小命,然而留下了终身残疾:眼看两三岁了,还是不会说话,再也没喊过一声"妈妈",显然成了哑巴。在这一阴影下,杨玉兰不惜破釜沉舟,在大儿子五岁时,又有了二儿子,取名李玉成。这一年,李兴富三十六岁,已经人到中年。

其时吉庄刚刚实行包产到户,李兴富全家承包了八亩责任田。种地不多,主要想依靠副业。之前李兴富当副车倌,与李开银搭档赶本小队的一辆胶轮大马车,大集体解散后就优先合伙买了下来,包括一辆车子、四匹骡子,一共作价五千元,挂在账上。恰逢神头二电厂建设施工,他们赶车为工地拉运石料,一直跑动了两年,挣来的钱刚够还集体,盈余寥寥。随即电厂完工,业务也就没了。包产到户本就是分散种田的改革之举,家庭单元适合使用单匹牲口的小平车,李兴富的哥哥李文富就是靠着焊小平车成了吉庄第一个万元户。大马车在村里渐渐失去了用武之地,李兴富和李开银很快就无力为继,看看骡子们一天天忍饥受饿变得瘦骨嶙峋,只好选择出血甩卖,连车带骡子处理给二道贩子,总共得到一千五百元。

养马车就此拉倒了。李兴富除了种地,开始常年在山上的采石场打工,赚些钱全部用于给妻子看病。妻子的身体日益衰弱,热了要感冒,冷了也要感冒,慢慢地病毒攻心,心血管、脑血管都出现栓塞症状。其间饱受忧虑的老母亲也走了。过两年眼看哑儿九岁,到了学龄,李兴富不甘心放弃,指望他好歹学些本领,所以就托人把他送进设在怀仁县的雁北地区聋哑学校就读,每年的学杂费将近五百元。那个时候也不算小钱,一位公办教师的月薪也就百元左右吧。

这时,小儿子也在村里的小学上学。老师反映李玉成聪明好学,这给贫病交加的李兴富夫妻带来了莫大的安慰。而哑儿在怀仁学习五年后,蹒跚走入社会,也没人能够了解他是怎么想的,反正在家里待了没几年,就跟着一帮子聋哑同学走南闯北,满世界乱跑,甚至远到广州、上海,又不能电话联系,过节也不回来,就像失去了踪影。李兴富对大儿子也没奈何,他最为担心的是妻子的生命不会长久,可能导致家庭的崩溃,那样小儿子学习再好,也只能半途而废。女儿李玉桃从小就理解父亲,正如《红灯记》中李铁梅的唱词:"好比说爹爹挑担有千斤重,铁梅你应该挑上八百斤。"所以当她二十岁开始考虑自己的婚姻大事时,就决意不离父亲左右,因而她不怕招致别人议论,选择招赘了一个可以理解她的内蒙小伙子落户吉庄,做了她家的上门女婿。她从新婚伊始就一直代着母职,一人兼顾两家的家务。小两口就在村里寻房寄居,女婿打工挣些钱多数补贴进来,这使他也像岳父一样,想盖一处房子都属空谈。横向比较,同龄的女伴们多数有老可啃,已经很少像李玉桃那样光景过得寒碜的了。

  杨玉兰苦苦熬到1998年,生命油尽灯枯。那时她已经被疾病折磨得不成人样,躺下又无法呼吸,只能坐在那里咽下最后一口气。虽然没有留下什么遗言,也没能最后再见哑儿一面,但临终时她看着李兴富的眼神充满了歉疚,她想向被自己拖累了二十多年的丈夫表达发自内心的亏欠,却没有力气说出"对不起"三个字了。那一刻李兴富潸然泪下。其时李玉成已在村边的神头职中初中班上了初二,多亏姐姐的无私操持,家庭没有散架。一箪食,一豆羹,父子俩每顿好歹有一口热饭果腹。许多次李兴富都觉得有愧于女儿,想说一句感谢女儿的掏心话,都不知从何开口。

  妻子病故,带给了李兴富沉重的悲伤。但李兴富绝不允许自己一蹶不振,因为小儿子一直是班里拔尖的学生,培养他努力读书是他这个做父亲的最大心愿,而且李兴富相信这也是妻子的遗愿,假如将来自己去了另一个世界,必须给妻子一个交代。客观地说,妻子的辞世却也卸掉了李兴富肩头沉重的负担,起码再不用考虑无休止的医疗费支出了。他下了决心,准备扑下身子轻装上阵,挣钱供小儿子上学。

  干什么呢?当然也是靠山吃山。

  吉庄村背靠洪涛山,自古以来开山取石都是村里人的副业,三大王庙内遗留的一块石碑记载清朝同治年间村民修葺神庙时的资金来源说:"适开契吾山,得钱6万余。"而大集体时村里办起采石汤同样收入颇丰,无疑开山就能赚钱。特别是从20世纪90代初,村里的个体副业异常繁荣,村民们纷纷占据洪涛山脚下的几个小山包,开办了二十多家采石场,还有白灰窑八十多座，一时间夹着皮包的小老板比肩接踵。窥到一些门道的李兴富也瞅准了这个行当，妻子去世的第二年他就挑选老虎围小山的一处空隙，挖开一个小坑，蚂蚁啃骨头似的，一小车一小车推去土层砾石，露出岩层，开辟出属于自己的一个小型采石场，炸取块石销售。村民李维龙兄弟在附近烧石灰，产品悉数供应包头第二化工厂，销路没啥问题。李维龙同情李兴富的遭际，当然更是认为李兴富诚信可靠，石料数量充足，尺寸合格，所以全部包购，并且从不拖欠货款。一般每日拉运三十公分的石料二三十汽车，每车六立方，价格二十五元；每车要装三十小平车，李兴富需要雇人，每装一小车六角钱，劳务费十八元；差价七元中，再去除炸药成本以及雇用爆破工的费用，剩下才是李兴富的蝇头小利。

当然，李兴富也进入了小老板的行列，采石场滚雪球似的运转，很

远眺老李当年愚公移山的地方

快外债都还了。相反,兄长李文富经历了村里第一家万元户的荣耀后,却跌入人生低谷:他家大儿子存如养汽车跑运输败下阵来,忽然于1996年的端午节离家出走,自此如人间蒸发了似的再无音讯。耳边经常听着兄长的声声长叹,李兴富不由地越发牵挂自己的哑儿,也不知他身在何处。但是没有料到,就在李兴富望穿双眼的时候,流浪多年的哑儿居然神奇地回来了,半大小子变成了二十出头的大后生,还给父亲带回一千多元钱。李兴富那个高兴就别提了,他吃力地比比划划向儿子表达说,家里经济好转了,再不要出去受罪了。或许受尽饥寒交迫的李根红对生存有了比常人更为深刻的体验,或许他懂得了去感受父亲为他牵肠挂肚的煎熬,因此留在家里,真的不跑了。他起初到采石场给父亲干干杂工,随即又学会了开车,被别人雇去驾驶卡车拉石头,每月也能收入六百元。

两个儿子,就是李兴富的奔头;有奔头,就有劲头。"革命尚未成功,同志仍需努力",盘点一下资金,李兴富下一步琢磨着量力而行扩大再生产。2003年,他添置了一台二手打砸碎石机,另行加工建筑用1~4公分碎石。这一项投资不算少:购买碎石机两万元,铺设电线、配套了变压器又两万多元,缴纳电力公司手续费五千元,还因是私自架电需要层层打通关节,送出去一万多元好处费,总计五万五千元。不过赶上了房地产行业正热,碎石市场也看好,李兴富投产后每年又有三万多元的利润,加上白灰石料的进项,按照当时的收入水平他在村里也算得上中等光景了。

吉庄的有钱人家多了,一幢幢大瓦房栉比而起。不过,李兴富仍旧无暇盖房。他的二儿子到城里的民营学校——飞翔学校读了高中,学费、生活费日渐看涨,每年都在将近一万元,而且,他的哑巴大儿子也该成家了。李根红有一个城里的哑巴朋友,与常人写字交流很是轻松,一次来到村里,李兴富给他写了一张纸条,指着哑儿表示:"你帮助替他介绍一个媳妇,我送你五百元媒人费。"那个哑巴似乎胸有成竹,当即带着李根红走了。隔天他们回来,李兴富询问看中没有,哑儿伸出一个中指,意思是中等,差不多。于是李兴富租了一辆出租车,带上自己的两个小姨子做参谋,随同李根红和哑巴媒人赶到城西李家窑村的女方家中求亲。女孩刚刚二十岁,也是小时候因病致哑,和李根红同病相怜,互不相嫌,愿意缘定终身。女孩的母亲倒是很通达,生怕女儿受委屈,经过哑巴媒人的两面斡旋,说好收取男方两万元保证金,以防中途变卦;另外女孩的聘金是四万元。李兴富没说的,将六万元一次性交付媒人,即行订婚。接着李文富又给哑儿买了一辆五羊本田摩托车,他骑着去岳母家时很是体面。

同年,即2004年的6月,李兴富的二儿子李玉成在朔州市一中补习一年后参加了高考。他由于平日学习用功,冲刺时又拼尽了全力,考完以后被一场重感冒击倒,在城里住院,老父亲正陪伺在侧,恰好老师打来电话,说是入学通知书已经送到学校。李兴富惊喜欲狂,拔步跑到朔州市一中,找到儿子的班主任何树花老师,签字取了录取通知书。何老师说:"560分,考好了。恭喜呀,孩子考上了武汉中南大学。"还把八百元补习押金还给李兴富,说:"孩子没有母亲,你这个当父亲的不容易。告

二儿子是李兴富的骄傲

诉孩子好好学习。"李兴富迭声致谢，然后屁颠屁颠跑回医院，把录取通知书交给儿子，儿子翻来覆去看罢，拿起手机跟老师通话，兴奋地说个没完没了。那时李兴富静静地坐在病床边，端详着儿子，好几番悄悄地抹去泪水。

跟着李兴富喜事盈门。二儿子迈进理想的大学校园后一个多月，大儿子举办了婚礼，一年后小孙子出生。姑姑给取了个小名叫"众众"，寓意人丁兴旺；学名是学习汉语言文学的二叔给取的，咬文嚼字叫"李瑞韬"。在医院检查，没什么听觉反常。当爷爷的看着孙子宽心啊，没他别的事，媳妇没奶就由他供应奶粉吧。在众众顺利成长的几年，李玉成读完大学，又考取了本校研究生。据他提供的数字，上大学四年，父亲一共给了他六万多元；公费研究生三年，比较省钱也花了三万多元。花钱还是其次。他说，父亲的正直和诚实对他潜移默化的影响，才是传给他的最宝贵的财富。

李兴富仍在与时俱进。2008年初，他的采石场实行了股份制，侄女婿购买了装载机入股，说好两家平均分红，这样节省了雇车装载石料的费用。爷俩辛勤地干了半年，不料政策突变。因为国家举办奥运会，环保问题成了头等大事。那年6月份，朔州市出台措施，进行环保整治，吉庄村的所有采石场和白灰窑全都没有手续，一律被责令限期关停。李兴富先是接到关停文书，勉强拖了几日，土地部门出动执法人员，扣押了装载机，并罚款一万元。他和侄女婿每人分担五千元，前去交了罚款赎回装载机。若要正式办理开山手续，需要投资数百万元，村里没人可以办下来，所以吉庄的这条靠山吃山的致富之路中断，李兴富的采石场也就此关门大吉。装载机还归侄女婿开走，建起的看场小房子弃置，变压器扔回院子成了废品。再就是一台碎石机，被李兴富按废铁卖了八千元，固定资产的残值仅此而已。

时也运也命也，李兴富平静地接受了造化的无奈。人家说"五十而知天命"，他已经倏忽六十岁了，更知道天命。"若不开山卖石料，我是愁也愁死了，哪里谈得上大儿子娶媳妇、二儿子上大学？"他这样念叨着，对那座业已支离破碎并终获安静的老虎围小山包充满崇敬，膜拜之感生由肺腑。偶然照照镜子，李兴富发现岁月在他脸上不易察觉间已留下深刻的印痕，皱纹堆叠，老态龙钟，真是光阴如水，人生苦短。回想开办采石场以来的近十个年头，说起来轻松，而一步步走过来却是多么艰难……他知道，往后自己再也没有力量继续折腾。心里服老了。

回了家，李兴富依旧和大儿子生活在一起。八亩责任田本来想留给大儿子，可是去地里一看竟是草盛苗稀，李兴富也没其他事了，还得自己接手耕作，小老板恢复了老农原形。二儿子读研究生期间的费用支出，让他清空了存折，投入了最后的老本。囊中所剩的，就是五张白头欠条，都是应县的建筑老板拉走碎石后形成的拖欠，数额分别是六千四百元、四千五百元、三千元、三千元、三千七百元，一共两万零六百元，因为忽然中断了合作，对方难免能拖就拖了，所以一直没能讨回。

直到这时候，李玉桃才有余暇顾及自己的家庭，两口子离开村子到电厂租房安营扎寨。女婿常年在神头电厂开车，每年还要季节性地贩卖白灰，并购置了一台装载机，运转时雇用小舅子李根红驾驶，每月支付两千元的劳务费。听说女儿女婿又在城里买下一套楼房，李兴富自然高兴，不过离开了女儿的一日三餐，他还是颇感烦恼，每天跟哑儿哑媳在一个锅里搅稀稠，哑语打不来，实在是交流不便。正好三大王庙修复一新，李兴富主动申请前去驻庙，村干部同意后他就搬了铺盖卷住进庙院的西禅房，将庙门的钥匙挂在了腰间。

守庙也是公认的一桩功德。三大王庙一直都有庙祝，直到当年日本人入侵才中断。那时候的庙祝，可以耕种二十几亩庙地，还有每年村民集资拉炭三千六百斤，待遇相对不低。民国初年的几位庙祝如李天林、大占奎等，因为护庙如家、行善扶困，其事迹至今还在村里流传，被代代村民缅怀，所以当一名合格的庙祝，总归会"雁过留声，人过留名"，问心无愧。

至于李兴富，早没了庙地可耕，但村委会决定给他工资，月薪二百元，免费供炭二吨，凡有香火布施也归他所有——不过乡下小庙，布施不多，每年一千多元的样子。再就是村委会在庙院安装了电视接收锅，李兴富可以收看许多电视节目，夜里免了寂寞。他算计每天的伙食，一共十三元：早上买一斤鲜牛奶，两元；午饭做菜外加两个馒头，平均八元；晚饭稀饭馒头，大致三元。这样每月二百元的工资不够，需要啃啃女儿。所以原先他一直替大儿子交付电费，这会儿也管不过来了，2011年1月最后代付了一笔一百一十五元四角三分的电费后，只得告知电工去找李根红收取。

2011年6月，李玉成研究生毕业，考虑到家庭情况，他放弃了继续攻读博士，不久被神华集团聘用，背起行囊到鄂尔多斯就业。他的岗位不错，给部长当秘书，定级后月薪八千多元，每月发工资他都要首先孝敬父亲三百元、五百元不等。当年的中秋节回村省亲，他就和父亲一起住在庙院，晚上爷俩聊天，谈及他们这个家庭的曲折，相对感慨万千。李兴富说："孩子，假如采石场迟关个三年五载的，怕是我就给你挣下买楼房的钱了，但现在无能为力了。"李玉成说："您把我供养到研究生毕业，已经很了不起了。再说采石场早关一年，您也能早歇息一年，未尝不是好事。以后的路，要靠我自己走下去。"临走，他拿出一千六百元，让父亲买了一台"新飞"牌的冰柜，方便食物的冷冻冷藏；又给父亲的手机充足了一年的七百元话费，以后爷俩时常通话，叙叙家常。当年经人介绍，李玉成与邻村的一位在保险公司上班的姑娘订婚，婚期定在下一年秋天，于是李兴富心中又充满新的期盼。

若说李兴富还有不太如意之处，就是孙子众众。众众毕竟生活在哑巴父母身边，平时缺少说话交流训练，虽已到怀仁县上了一年级，但他的语言表达能力跟寻常小孩有些差距。老师建议说假期里最好由李兴富把孩子带在身边，帮着引导引导，可是李兴富多心，生怕媳妇固执不能理解，又无法跟媳妇解释。他心里纠结之下，专门去了一趟亲家那里，请亲家母与女儿沟通沟通，听到亲家母满口答应，他就踏实了许多，一心等着孙子过来绕膝玩乐。人生如此，夫复何求呢？

当2012年的春天到来时，庙院后园被李兴富平整清理出来，大约两分地，种上了黄瓜、西红柿、茴子白、豆角、胡萝卜和山药蛋，花样繁多，郁郁葱葱。时蔬不说，光是山药蛋就可以收获五百多斤，足够李兴富自己一年食用。曾经有人请他出去到城里的单位当门卫，每月工资一两千元，但他拒绝了，因为不愿意离开吉庄，不愿意离开三大王庙。他觉得，多挣少挣无所谓，只愿自己有生之年能给神仙们多烧一炷香，换得全村平平安安，求得儿孙心想事成，那比金钱重要多了。

## 第六章 名门之后

被冠以"最精",李尚首先坦言:可以这样说。不过,他接着补充:这一论断也可以推翻。前句不乏自信,后句却满含失意,从一个已经过了知天命年龄之人的嘴里说出来,对人生大起大落的感慨蕴含其间,绝对不能说没有故事。

吉庄的不少人都说,全村最精的人是李尚。

所谓"精",大致是指聪明、精明以及老谋深算、工于心计等等,褒贬色彩都有。而用在李尚身上,不排除有赞叹他有胆有识,常人比之不上、望尘莫及的意思。

*李尚的豪宅,现在锁着门*

年轻时的李尚

    被冠以"最精",李尚首先坦言:可以这样说。不过,他接着补充:这一论断也可以推翻。前句不乏自信,后句却满含失意,从一个已经过了知天命年龄之人的嘴里说出来,对人生大起大落的感慨蕴含其间,绝对不能说没有故事。一首流行歌曲唱道:"故事里的事是那昨天的事……故事里有多少非非是是……"要把李尚的故事讲出来,还得从他的爷爷以及父母说起。

    如果只把视野的范围圈定在吉庄,那么李尚可以说出身于响当当的乡村名门。

    最先的名头由李尚的爷爷李高闯出来,他是清末民初时的一位木匠。众所周知,吉庄位于桑干河畔,依水而居。数十年前的桑干河绝非如今一脉细流的模样,而是百泉汇聚,洪波浩荡,也就催生了神头一带沿岸的水磨云集,胡麻榨油业特别发达。水磨榨油最核心的部件,当数所谓的"油梁",通俗说就是巨木的杠杆,决定着出油率的高低。油梁的加工、安装及维护,术语叫"爬梁",具有特殊的技术含量,一般木匠很难掌握。而李高不仅被公认为首屈一指的爬梁高手,还擅长扇车的制作,系当时业界的权威。

    俗话说:积财千万,不如薄技在身。李高凭借他的独门手艺,深受乡民抬举,地位也就显赫了,给儿子李成兴娶媳妇,四乡八里的任由海选,最后挑中磨石村四大美女之一的海心，让吉庄同龄的后生们羡慕得鼻血长流。但正如古人所说："夫有尤物，足以移人，苟非德义，则必有祸。"而且正值日寇入侵，走狗横行，貌美的海心不幸被一个汉奸密探垂涎上了，纠缠起来无所不用其极，结果导致她与李成兴离婚另嫁。李成兴咽下夺妻之恨，自编了地方戏曲大秧歌的唱词到处哼哼："我在外面当木匠，狗贼人私通岗所长……"他的嗓门不行，调子也捉不准，以致留下了一句流行于吉庄的歇后语："李成兴唱秧歌——赖死个赖。"

李成兴唱秧歌，固然不能恭维，但他确实堪称超级戏迷，一贯重在参与。海心走后，他很快再娶了第二任妻子，是县城东关名门贾家的女儿，婚后头胎竟不幸死于难产，生下的小女儿也送人了。妻子刚刚下葬，恰逢元宵节村民们闹红火，谁也没想到李成兴照样活跃登场，唱得没心没肺、忘忧忘我。关于海心和贾女的事儿，于李尚也就是个传说，不过自他记事，就领教了父亲的爱好。那时正值"文革"期间，禁止传统的民间唱戏活动，李成兴一到正月，每天下午都要在大队的高音喇叭里吼上几段，成为全村固定的娱乐节目。村干部好像也是默许的，想来总算一点儿硕果仅存的精神食粮。

扯得远了，还要返回1946年。

那时候的水磨榨油已在十几年的战乱中废弛停歇，而李高父子的爬梁价值也就荡然无存，于是不可避免地家道中衰，变成贫苦农民，致使丧妻的李成兴再想三婚却失去了挑三拣四的资格。他只能退而求其次，收留了一位从长治襄垣县而来的逃荒女子姚焕芝，组合了新的家庭。至于两人如何走到一起，什么人牵线搭桥，统统不得而知。唯一可以肯定的是，姚焕芝与李成兴结缘，缘于一场恐怖的蝗灾。根据长治方面的史料记载："从1943年开始发生，至1944年春夏间……襄垣县飞蝗笼罩田野，食庄稼有声，禾苗、树叶皆尽……"结果灾民四处逃荒求生，不少女孩还被人贩子乘机贩卖，光是被吉庄人买来为妻的就有好几位，比如面蛋蛋老婆、李增堂老婆等，但其中并不包括姚焕芝。姚焕芝好像是先在平鲁山区的花圪坨一带落脚，嫁给了一个老头子，过了两三年再度出逃，最终做了李成兴的新娘，也结束了她的一段浮萍飘零的生涯。

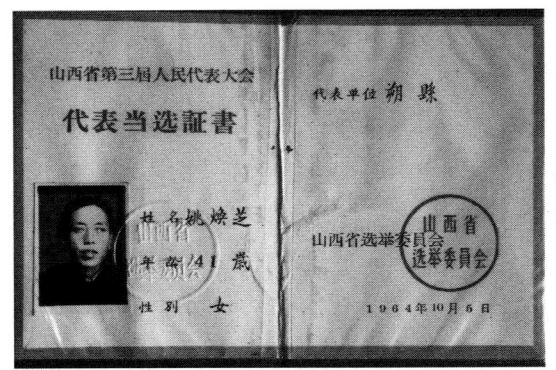

姚焕芝的省人大代表证

正因为姚焕芝的到来，才算真正撑起了一个日后被写入县志的吉庄名门。

接着朔县解放了，吉庄进入一个全新的时代，姚焕芝也找到了适宜她释放能量的土壤，成为吉庄妇女的典型代表。至今吉庄还流传着一个经典的故事，说是姚焕芝家中的正面墙上贴着毛主席画像，她在画像前挂一幅门帘，每天晚上睡觉时就会放下来将画像遮住，说："千万不能让主席看见我家的尿盔子。"不排除作秀的成分，却也不能否认她真实的领袖崇拜情结，总之让人感觉她的阶级感情深厚，因此县里来了妇女干部下乡，村里就指派她去接待，她往往言语得体，善解人意，自然颇受器重。有一纸发黄的任命书见证，她在1954年3月11日已被县里任命为神头乡人民政府副乡长，大概属于不脱产的非公务员性质，因为她一生从没有离开吉庄去机关上班，在村民印象中一直担任村妇联主任，典型的农村干部。据说遇有村里开会发言，姚焕芝动辄痛诉身世，声泪俱下，说哭就哭，自称家庭穷苦，故乡受灾后讨吃要饭来到雁北云云，从而在特定的年代为她赢得很给力的政治加分，并让她一步一步走向荣誉的殿堂，直至受到过党和国家领导人的接见，在朔县乃至雁北地区成了新闻人物，当时堪比当下著名的申纪兰。现存她的各种奖章证书，包括1958年的全国妇女建设社会主义积极分子勋章、"三八"五十周年红勤巧俭勋章、1964年的山西省人

1958年的勋章

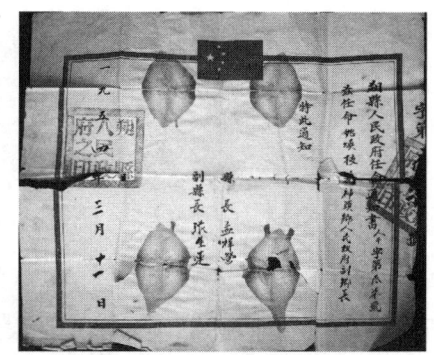
1954年的任命书

大代表当选证及1979年的全国三八红旗手奖章等，无不含金量十足，标志着其身份地位在吉庄处于拔尖位置。

姚焕芝无疑很有思想，举止言行都有大家风范，绝不像一般的劳苦大众，村里也有人怀疑过她的身世，却没有什么依据可寻。直到李尚长大后，才点滴听母亲暗里透露她娘家的情况，得知绝非贫苦农民，最起码是中产阶级，最直观的例子就是襄垣解放后县政府占用了姚家的老宅。在李尚写的一篇介绍母亲的短文中，这样开头："姚焕芝同志，1923年出生于襄垣县城关一户小商户家庭中，十五岁在县城伪完小毕业……"作为儿子，李尚从来不好意思探问母亲不愿提及的隐私，所以母亲怎么离开故土、又怎么辗转平鲁等细节，总还是个谜。

1957年，姚焕芝年届三十五岁时才有了李尚。在李尚记忆中，母亲虽说获奖不少，那时却也带不来半点儿物质利益，越光荣越穷嘛，家境与全村的乡亲们差不多，一直住着祖传的两间半低矮土窑。若叫李尚实话实说，他家的唯一优势是即使在三年自然灾害期间都没有饿过肚子，高粱面、玉米面可以管饱，穿衣也比较光鲜，抑或与母亲当干部有关，抑或与三口人中占了两个劳力有关。那些年姚焕芝忙忙碌碌，村里城里经常开会，李成兴隔三差五也被派往附近各村的集体油坊敲打油梁，逼得李尚很小就学会了自己做饭，养成了自理自立的习惯，他上学后一直是好学生，

老照片：吉庄妇女积极分子（前左一为姚焕芝）

还当过学校的红卫兵中队长。在村里读完小学后，他又进入神头中学，于1974年读完初中，接着高中只上了一年，不等毕业就走出了校门。中断学业的原因很简单：母亲要提前给他提供一个摆脱务农的跳板。

按照当时的状况，李尚如果按部就班高中毕业，上大学应该不愁。因为日常接触，姚焕芝跟雁北地委文教部部长杨克林熟悉了，杨妻杨芝荃也是长治人，所以跟姚焕芝关系特别亲近。正好杨家的姑娘杨青准备插队，就选择了吉庄，托付给姚焕芝照顾。杨青比李尚还小两岁，看着知青点住宿条件不好，就跟她母亲同单位的一位科长的女儿刘灭资一起一直住在李成兴家里，受到姚焕芝无微不至的关照。杨克林夫妻感动之余，表示以后尽力安排李尚，作为涌泉回报。在杨克林的职权范围内，让李尚被推荐上雁北师专或朔县师范非为难事，他也提出了这一意向，但是姚焕芝到底受到眼光局限，生怕自己仅有的一个独苗将来分配了就会远走高飞，因此不予考虑，而是从公社找来指标，让李尚到朔县打井队当了亦工亦农式的工人。

顾名思义，"亦工亦农"就是需要的时候算个临时工，不需要的时候就得回家种田，跟真正意义上的工人阶级区别很大。或许姚焕芝不曾意识到其间的差距，等于糊涂地为李尚摸了一副臭牌。当下看着待遇似乎不错，月薪三十九元，出工一天还有三角钱的补助，加起来五十多元，确实比师专毕业当臭老九强，但是毫无保障。李尚从1976年起干到将近五年

姚焕芝的住处，现在已经荒草萋萋

时，始料未及的是打井队突然宣布让他们八十三名"亦工亦农"放假回家，不说打发却也再不招回，大家进城转了一圈，"亦工"没了，只剩下"亦农"。三十多年以后此事引发过上访，终归没啥结果，至今李尚说起来仍对母亲的错误做法深感惋惜。

而李尚回村的1981年，国家实行改革开放，姚焕芝再也无力为儿子创造什么机会。她老了，一代劳模身上消失了往昔的光环，只能回归农民本色，每月的待遇仅是集体支付的二十四元。1990年，姚焕芝在落寞中告别了人世。追悼会还是公社出面举办的，在村里就算最隆重的了，大约有三百多人参加，县妇联主任李兰、公社副主任雷金莲都来吊唁。一位农村女干部能有如此的尾声，毕竟从形式上显得较为隆重，也是李尚的一点儿安慰。姚焕芝跟李成兴不离不弃做了将近五十年的夫妻，一朝阴阳相隔，给李成兴的打击很大，他的情绪陷入低颓，再也无法像年轻时那样自顾自唱他的秧歌，郁郁三年后驾鹤西游。李尚这样盘点父母留给他的遗产："精神财富丰足有余，物质财富贫乏若无。"也是后话。

　　回头再说李尚从城里铩羽回村时候，结婚差不多三年了，大儿子也近两岁。他的老婆是东南乡里林庄村人氏，名叫贺玉莲，比他小三岁，模样长得漂亮，身材也不错，曾经报考过朔县的杨涧煤矿歌舞团，虽说没被录取，但肯定属于活跃的文艺女青年。当初经李希贵牵线介绍，李尚一下子就看中了她，谁知姚焕芝一力排斥，她素来对能歌善舞的女孩颇有看法。最终李尚硬是冲破母亲的阻力迎娶了贺玉莲，却没有解开姚焕芝心中的疙瘩，她始终对媳妇严厉专制，媳妇也对她非常惧怕，用李尚的形容是"被压制了十几年"。婆媳关系就像上下级似的，同住在窄小的旧土窑里不是办法，所以李尚的安居工程迫在眉睫。

　　包产到户后，手艺人解脱了大集体的束缚，重新开始吃香，李成兴也拾掇了一应作杖，带了徒弟在周边各村上门揽活，多是替人制作家具，款式不外乎平柜、碗柜、立柜等。他是个很典型的百姓木匠，边角废料总能想办法攒凑利用，费工费劲浑不在乎，所以口碑不错。李尚待在村里没啥可干，只好放下工人老大哥的架子，近水楼台跟着父亲学当木匠，虽然半路出家，却是家传手艺、门里出身，看都看个差不多，只用了三个月时间就速成出师了，然后自立门户，并引了村里辣椒院的一个小徒弟五月红。本来按惯例还是做日工，管吃管住每天工钱两元，李尚感觉效率不行，观念超前一步，与东家协商改为计件，小包工性质，同样吃住免费，每天可挣五元，多劳多得收入倍增，而且业务挺忙，几乎应接不暇，这让一辈子因循守旧的父亲自叹弗如。

　　木匠干了一年，李尚就敢张罗着盖房了。那年全村只批十几处宅基，按条件本来轮不到他，这回真亏了母亲的面子，村里破例照顾了他一处，距离堡墙往北不远，当即就开工了。本着力所能行的原则，买来拆除村集体饲养处的旧杨木，盖起三间砖木结构的小瓦房，一共才投资一千八百元，第二年就乔迁进去。这处房院一直住到1990年，才作价处理给贾三毛，李尚重新在东邻的一块宅基上建起很气派的宅院，四正四南及两间下房，一律真材实料，松木青瓦飞檐高脊，档次与先前那处已不可同日而语,是村里顶亮堂的,总投资达到十三万元之巨,这也从侧面反映了李尚在短短的七八年间,争先图变,从家徒四壁的穷光景步入了全村第一批兴起的富户行列。其间,李尚又有了二儿子,他为两个儿子取的官名是李鹏仁、李鹏义,包含"仁义"二字,寄托了他的做人宗旨吧。

李尚的木匠生涯仅仅维持三年,他就抛弃了祖传的衣钵。当时社会上关于发家致富的呼声不绝于耳,只是人们普遍胆小,才让一部分思想敏捷者抢去先机,李尚即在其中。吉庄的大集体崩盘时,大队有一辆东风汽车,李祥承包了;还有两辆55型拖拉机,一辆由李忠友、李有存合伙承包,一辆由李祥、李希贵、李万山合伙承包。开始承包费很少,也就象征性的,但大约在1983年后半年有所提高,拖拉机是每辆每年五千元。李忠友一方心中没底,打了退堂鼓,李尚不惜冒险,独家把那辆车子承包回来。

当然,他还是信息灵通,窥得一线商机。因为那时国家最大的中美合资项目平朔露天煤矿即将上马,生活区已经在朔县城郊开始建设,李尚心想到那里或可碰一下运气,所以孤身冒冒失失跑去工程项目部,联系运输业务。偏巧工程迫切需要石料,居然让他不费周折获得了供应石料的良机。他立刻雇用了村里的司机李立国启动马达穿梭在神头采石场和露矿生活区之间,每天两趟,每趟可运六方左右。李尚自己也随车装卸。一般第一趟完了中午赶回来时先要装车,然后把车停在公路边,两人才回家吃饭。苦累也就不提了,李尚只记得他一顿就能吃下一斤的挂面。一年跑下来,除去各种费用包括司机每月二百元的工资,净收入五千多元,结果翌年李尚就成为村里屈指可数的万元户。这时候村里决定把车辆卖给个人,拖拉机每辆作价四千元。拖拉机只跑了三年多,还有使用价值,而新车价格连头带斗子仍需两万多元,李尚觉得四千元可以接受,便即成交,然后继续运营了一年多,露矿生活区建设就接近尾声,也断了他的财路。

但摸索出经验的李尚是不可能甘于小富即安的。他扩大视野,根据采石场石灰石的制糖用途,又盯上了大同糖厂的业务,所以1986年初他及时以原价卖掉拖拉机,倾囊买回一辆崭新的东风牌大卡车,全价三万六千元,真个鸟枪换炮。到大同方面接洽,还是因为动作快了一拍,赶在竞争氛围形成之前，好像瞌睡送了枕头似的，糖厂爽快地同意了合作，于是那一年李尚就跑开了百十公里的长途，每天送一趟石头，返程还能为电建二公司从大同紫家村拉送一车高层楼房指定专用的粗油砂，一举两得。但是这辆汽车在当年的12月就被李尚处理给野场村了，在原价基础上折旧八千多元。并非大同的糖石需求出了什么变故，而是李尚主动调整了思路。一来远程奔袭，运输成本居高不下，二来他发现了另一块更具诱惑、更值得去分的蛋糕。

  进入20世纪80年代中后期，国家经济逐步向市场化过渡，随着朔县一带的煤炭产业供需激增，煤炭集运业也开始兴旺，甚而吉庄村还搭上顺风车，在袁树林火车站建起一座小煤台。相应地，社会上车辆保有量仍显不足，因此运煤成了养车户的首选。1987年初，李尚抓住时机，果断卖出旧车后再行投资四万元，购买了一辆适合拉煤的自卸式带拖斗的二手德制"依发"牌卡车，专门给吉庄附近的马邑煤站、村办袁树林煤台以及神头电厂送煤，为往后吉庄运输业的繁荣一时开了先河。

  大概由于保障体系的滞后，那一年燃油极其紧缺，实行按计划供给，个体运输户更是难以拿到指标，有钱都没地方多买。李尚的业务本已有了做大的平台，他也看出运煤的前景比较乐观，所以一年后就趁热打铁又筹集七万元，买来一辆全新的依发牌卡车，但老是为油犯愁，整天挖空心思寻找门路。正是关键时刻，和他初高中都同班的同学孙建宇成了他的救急先生。孙建宇太原工业大学毕业后，分配到神头电厂，几年间被提拔为主控室主任，他与李尚关系不错，得知李尚有困难，当即想办法把电厂的十五吨柴油指标让李尚挪用，每吨的价格大约一千元出头，说好完了再付钱，只是需要自己从榆次的油库装运回来。

  就是这十五吨柴油，把李尚折腾得焦头烂额。

  因为李尚考虑无法存放那么多，所以还匀给李万山五吨，然后约好各自开车结伴到榆次拉油。走时正值初春，天气阴沉，两辆车准备好了，傍晚时分前后上路。李尚的车子由他自己押车，司机李忠社驾驶，还找了村里的四月红打下手，主车厢拉着向吴佑庄张成富借来的五吨的油罐，挂斗装了二十多个空油桶；另一辆车子是李万山的三儿子李三驾驶，也有一位随车的伙伴。

当时大运二级公路没有修通，唯一可走的是108国道，途中还得翻越雁门关。当李尚他们爬雁门关山道时，天色已经昏暗下来，路面又飘下一层薄雪，增加了行车困难。但为了赶时间，他们的速度并不很慢，没有想到的是，一次会车，李忠社把方向打得太急，后面的拖斗竟被甩翻在沟沿，制造了惊险的一幕。虽然车辆侥幸没啥大碍，却将大多数油桶抛进沟底，大家傻眼了。好在人手不少，赶紧扯开绳子，先吊人下去，再往上拉拽油桶，一直忙乎了大半夜才重新启程。

过关后，进入原平地界，不料李三又发生了撞车事故，还得留着处理完再走，李尚的车子只好单独先去榆次，终于一路平安装了柴油并回到吉庄。不过怎样把油罐卸下来，又成了难题，大家一时束手无策。还亏了孙建宇，帮着从电厂请来一辆吊车，好歹才将油罐吊下地面，哪知道油罐的铁皮不行，下落时稍偏了一点，支座处一下子压裂脸盆大小的破洞，顿时柴油喷涌而出，犹如消防水炮，场面壮观。四月红抱来被子都堵不住破洞，眼睁睁看着五吨柴油涓滴不剩地流了李尚满满一院。村里人闻讯，纷纷拿了瓢盆赶来相助，挖坑筑坝一点一点撇油，最后撇起三吨多，澄清了才能再用。事毕大伙儿打趣说："李尚那院子，打井能打出柴油来。"

损失是损失了，终归暂度油荒，不误两车运营。实话实说，那段时间的运煤，效益乏善可陈，原因还是吨公里运费不高。李尚琢磨着不宜从一而终，还得同时再寻新的门道。大约1987年的下半年，山西省修筑大运二级公路，在神头的桑干河大桥开工了，李尚多方打探觉得机不可失，于是急忙到工地找到项目负责人、省公路局二处的丁处长，希望给工程送料。丁处长也在物色当地的业务伙伴，一经了解李尚的实力，感觉比较合适和可靠，所以达成了协议。李尚立即将两辆卡车一并开来，全力为大桥工地运送石子和砂子，虽说阶段性地一共干了才四个多月，净收入却有十几万元，在当时可算天文数字。其间忙不过来，他还尝试另一种做法，与村里的同学银柱合养了另一辆新车，银柱同样收效不菲，以此起家后开了一家采石场。

到1988年的年中，神头大桥主体完成，只剩后期的附属工程了，李尚的业务也就告一段落，回头再去拉煤。这时候，油荒已从根本上得以解决，仿佛一夜之间加油站林立，石油公司敞开供油。这样在之后的几年中，吉庄村的个体运输户蜂拥而起，一直发展到拥有一百三十多辆各种卡车。煤运业务风生云起，其中的李万山、林建国、李尚等，都也坐拥三五辆甚至十辆八辆汽车，初步形成令人乐观的气候。

大体总结一下，处在改革开放初期市场经济刚刚起步的特定环境，运输业的滞后势必形成瓶颈效应，个体运输户才应运而生。然而，当其蕴含的巨大商机彰显出来时，煤站、电厂、煤矿也纷纷成立自己的车队，势大力强肥水内流，个体户只能面临被拒之门外的命运。就像吉庄的运输业，很快就在1990年左右全军覆没，昙花一现，坐了一趟"其兴也勃、其衰也忽"的过山车，非常遗憾。

或许李尚提前听到了跑运输的熄火号音，或许出于他居安思危的本能，抑或是高人带路吧，总之在1988年后半年，他就跟村里的致富带头大哥李万山、支书李仁义、原支书李忠祥、神头乡干部庞文明一共五人，合资二十二万元，在吉庄村北的洪涛山上开了一家采石场。股东可谓强强联手，摆开的架势也不小，架设了专用电线，安装了180万KVA变压器，购置了碎石所用的打渣机，当年就开始生产，由李万山具体经营。头一年下来，效益却不大理想，股东们决定清算重组。认亏七万元后，李万山等三名股东退出，采石场留给李尚和李仁义两人。李尚与李仁义是本家的近门叔辈，两人互相信任，就由李尚全权负责打理，雇用的炮工、推车工等也有二十几人。接下来的一年间，运作有了起色，与当时全村五家个人采石场相比，收入档次应该排名第一。这也是李尚不费力气就大兴土木建起新房院的经济基础。

转眼到了1990年底，采石场照常生产。12月的一天，李尚例行过去照应。因为负责给推车工计量的李仁义的小舅子有事没来，傍晚李尚代替他收回牌子，锁到工具箱后在工棚与推车工闲聊，正到了作业面的放炮时间。平日李尚骑摩托车，炮工一般看他走了才点炮，这天他偏偏没骑，结果发生了意外。炮声隆隆响过，冷不防呼啸飞来一块二百余斤的巨石，穿破棚顶正好砸在李尚立足的地方，若不是他正好给大伙递烟跨出半步，必遭迎头痛击，后果很难设想。他的右小腿被磕碰一下，当即皮开肉绽，看到了白花花的断骨。原来头一天剩下一个哑炮不曾处理，又在原位装了炸药，威力哪能小了？结果一场飞来之祸，将李尚送进医院，花了一万多元才治好。

　　受伤也就是个插曲。伤好后再干一年，采石场就不景气了，类似资源枯竭，只能废弃不用，总计每家收入十余万元的样子。看看几个小山丘再没有合适的采面，李尚跟李仁义转而投资二十万元建起两座白灰窑，烧制白灰。也算采石场下游的一个附加产业，吉庄村土法上马的不在少数，至于销售，那就要八仙过海各显神通，只要有订单，当暴发户也容易。按照李仁义有的放矢的规划，他担任支书，为神头铁合金厂供货百发百中，不需要艰难推销。生产了两年多，铁合金厂用量有限，只是个小打小闹。李尚逐渐不愿满足现状，一心大干快上，却被李仁义的保守谨慎所制约，最终两人分家，白灰窑盘在李尚名下。这回李尚带着大儿子一起干，想法又有变化。原先他从来是孤身打拼，凡事自忖是畏首畏尾，感觉出事了连个送饭的都没有，现在大儿子成了帮手，等于平添了胆略，正好放开手脚一展抱负。

　　雄心勃勃的李尚终于从合资走到独资，立即决定扩大再生产，因此拿出所有十多万元积蓄加大投资，再建了第三座石灰窑。一应条件具备，他这才抖擞精神，外出四处联系客户，最终开辟了几处销路，特别是在内蒙清水河签订了固定合同，当年就破纪录卖出白灰一万多吨，算盘一打乐开怀：年利润三十二万元。不仅赚回成本，而且归零的存折重新变成六位数，其时公务员的月薪也不到二百元吧？往后虽然白灰的销量起伏，没能再放卫星，但外人猜测他每年平均总有十几万元的存款进账。其间李尚还拿出十万多元建起一座可以存放四十多吨白灰的库房，也算他的得意之作。别人都是砖石水泥结构，他却升级换代，纯粹用五公分的铁皮焊制，类似现代化的工业厂房，不仅保险安全，以后还有利用价值。据李尚自己透露，1994年他处理完破旧的卡车时，在信用社代办员李仁义那里就存有十六万元。

　　反应敏捷，出手大方，讲求信誉，注重派头，能说会道，或许都是

李尚（左）很关心村里的事

李尚屡有斩获的原因所在。

有钱时门第也就抬高了。那几年社会上刚刚时兴摩托车，李尚率先给儿子花了一万五千元买来一辆市场上价格最高的五羊本田牌摩托车，堪称高档交通工具的标志，路上飙风的身影也不知秒杀了多少妙龄女孩，其中神电商场的出纳小刘抢先抛出绣球，2000年与李鹏仁结婚，婚礼自然隆重。后来李鹏仁又是吉庄第一个购置了十万元以上轿车的有车一族。

但是俗话说人算不如天算。2001年开春，李尚的妻子贺玉莲忽然间无名高烧，连续七十多天体温降不下来，在太原检查无法确诊，赶紧再上北京，李尚托了当年在吉庄插过队的北京知青陈华莎、杨家瑞等人的关系，好歹进入301医院，却仍旧见效不大，甚至下了病危通知书。于是再进协和医院求治，诊断结果好像是血液的毛病，这才控制住了体温，却已被高烧损伤了肝脏，经过医生指点，再转入中国中医研究院接受保肝治疗，买的中药要拿麻袋来装，总算救回了一命。大半年的治病过程，各种开销一共耗去李尚五十万元巨资，若是寻常家庭，早就"大病返贫"了。

时光恍惚，不觉已是2007年。吉庄村的李维汉在朔州的一家房地产公司供职，有意发展白灰项目，苦于自己独力难撑，也认准李尚经营有方，就想两人合作，并表示投资没有问题。李尚知道李维汉办事有魄力，又觉得大儿子具备了自立能力，当即将吉庄的白灰窑丢给李鹏仁继承，他和李维汉联手于当年3月16日在山阴县买下两座白灰窑,连同改造、盖房、投产等项一共投入七十万元。其中的六十万元由李维汉解决了,李尚仅仅拿进十万元。而且李维汉十分仗义,刚开始就给了李尚一套市区滨园小区一百一十平米的楼房,说:"无论盈亏你别有顾虑,亏了算我的,这套房子就算提前给你的红利。"交代他坐镇掌管生产。李尚暗下决心,绝不能让李维汉失望。

毕竟换了一个环境,人生地不熟的,又因为烧灰的石质不同,需要摸索经验掌握火候。火大了容易烧成焦块,火小了则会出来一窑生疙瘩,其中大有学问,所以当年赔钱再正常不过。但李尚偏不信这个邪,起早贪黑观察守炉,下足了功夫,硬是在短期内实现了满负荷投产达效,加之销售有李维汉一力保障,他们居然在十五个月里挣回了投资本金。本来前程已是一片光明,却像宿命似的,十五个月竟成为戛然而止的节点——2008年5月份,奥运会前的环保风暴摧枯拉朽,李尚和李维汉的白灰窑被政府无条件炸毁,直接经济损失六十多万元。紧接着,吉庄的所有白灰窑、采石场都因高污染、破坏环境和私采滥挖遭到取缔,其中李鹏仁的损失也有四十多万元,还有李尚遗留的三十万元外欠也随着业务的中断,同时变成呆账死账,唯一残值是灰库的废铁卖回七万多元。

仍旧是那两句话:谋事在人,成事在天;天有不测风云。

而且还有一句:祸不单行。李尚就不幸被接踵而至的萧墙之祸找上门来。

白灰窑的损毁,对李尚的打击不轻。近年来他对烧制白灰精通工艺、精于管理,可以说倾注了全部心血,也为之付出了人生的黄金时段,一旦忽然间失却用武之地,顿时让他无所适从,再者年龄已踏上五十岁的门槛,想转型不太容易。2008年他只能勉强贩卖一点白灰,赚钱不过一两万元。若是吃老本,原也有基础了,比如大儿子李鹏仁,就搬往在城里所买的楼房安居,同样在零散地倒贩白灰,光景并非不如别人。但是李尚就没法比了,因为2009年他老婆惹了麻烦。

原因是贺玉莲大病一场后,为了消遣娱乐,经常跟人玩玩麻将,谁知玩得渐大误入歧途,竟敢进城去参赌,一步一步深陷泥潭,不能自拔。

家中的财务又由她掌控，失之有效监管，结果就像所有赌博的人一样走上不归路：据说她最终输掉了五十多万元，不仅所有存款提取一空，还欠下大额的赌局高利贷。一直蒙在鼓里的李尚获知消息时，贺玉莲已经为了躲债远逃口外，到包头她表姐开办的酒店做些杂活容身。李尚气得七窍生烟，越发心灰意冷，失望痛恨，几近崩溃。在他看来，输钱倒是其次，钱也不是命，当年为老婆看病拿出五十万元，他连眉头都没皱一下。即使吃了喝了穿了或挥霍了也罢，为什么偏偏赌博？谁都知道，"纵博千场万贯空，债台高筑不知愁"，赌博是公害，是"不仁、不义、非礼、非智"行为，招架不住的是声名狼藉、颜面扫地。

到底也夫妻多年，李尚肯定不能抹情，不能置若罔闻。当时他能够凑起二十多万元，但因为二儿子李鹏义当兵已经转业，必须优先顾及他的成家和就业，也不知道老婆的浑水是深是浅，如果所欠太多实在无法收拾残局，李尚只能做最坏打算，任其有家难回流离失所去吧。

一路追到包头，李尚见到老婆，认真跟她谈了一次，追问究竟输了多少、借了多少。老婆承认说一共输了三十八万元，除了积蓄二十六万元荡然无存，还欠高利贷十二万元。情况还没有李尚想象得严重，再看老婆露出悔意，李尚说："你跟我回吧。身体又带着病，一味躲债也不是办法。现在二儿子还没结婚呢，传出去声誉不好。如回你就跟我回，我给你负担外债，你保证以后洗心革面；如果不回，随你怎么想去吧。"心情不好，态度就生硬。老婆总是理亏，次日随丈夫返回朔州，李尚用了一周时间，逐一找债主主动还钱，他发现那都是些社会上专门放底收红的形形色色的妇女，真该感慨世风日下啊！到底对老婆有了意见，夫妻关系一度紧张，老婆回来后也一直住在城里的儿子家中。李尚独自回村，身心交瘁，精力已感觉大不如前，原来他一直显得年轻，五十多岁看着不到四十岁的模样，这会儿一下好像老了十岁。往后两三年他无所事事，甚至到了让村支书林建国同情的地步，叫他承包了村里的一点儿小工程，比如槐树院的修缮、堡墙外的围墙施工等。

趁着还有余力，李尚就得考虑二儿子了。

都说父不夸子，但李尚与人说起，总要忍不住夸赞二儿子一番。二儿子也确实曾经让他这个当父亲的心中充满自豪。

还在2008年12月，李鹏义从武警朔州支队复员。虽说他仅初中毕业学历不高，但是从军五年，他把自己磨砺得出类拔萃，荣立过两次个人三等功，这在和平年代已算十分难得。其中一次，是他在市政府门前见义勇为，制服了一个歹徒，帮一位妇女夺回被抢的两万元现金；又一次是代表武警朔州支队参加了全省武警的武术比赛，拿回了名次。其间他还坚持自学不辍，完成了中北大学函授专科学业和中央党校本科函授学业。由于表现突出，支队特别推荐他报考全省公安系统的录取考试，只可惜功亏一篑。所以孩子回来，李尚首先想着无论如何为他找一份稳定的工作。当时经他一位战友引见其在粮食系统工作的岳父，说是可以活动安排到铁路系统上班，但需要打点。李尚过于轻信，千方百计筹来十三万元，于2009年3月交给对方，对方还打了条子，上面写好如果不能安置就连本带利归还。当李尚满怀希望等候之时，对方却再无回音，消失得无影无踪，至今鸡飞蛋打。然后过一年李鹏义就结婚了，媳妇还是一个大学生，已考上了劳动部门的合同制工作人员，当时正好在职中进行上岗前培训，她二姐嫁在吉庄，从中牵线，互相看中了，很快喜结姻缘。李尚被那场骗局几乎掏光了口袋，他拿出仅剩的四万元交给媳妇，自忖很是寒碜的。好歹还有那套李维汉给的房子，解决了一对新人的住房问题。

或许是家境的低谷，激发了李鹏义的志气，或许是他本来的潜能爆发，总之在婚后他就利用广泛的战友人脉开始自主创业，两年间连续承揽了引黄工程的一段护坡砌筑和一共十五公里的农村街巷硬化工程等，还养了装载机，买了一辆丰田汉兰达轿车和一辆商务车，发展势头令人吃惊。据李尚替儿子保守估计，截至2011年8月，李鹏义起码创回财富二百万元。正如李鹏义后来反思说："我这三年就是太顺利了一点儿，才不知天高地厚。"但太顺利对年轻人来说不一定就好。仍在2011年8月的时间节点上，李鹏义被一位战友套走一百三十万元巨资，而且又是杳如黄鹤，石沉大海。涉世不深的李鹏义毕竟抗打击能力没有过关，他竟然因此消沉下去，不该步了母亲的前车之辙，糊里糊涂走进赌场，很快大输特输，传闻说输掉将近五百万元！岂非"一场纵赌百家贫，后车难鉴前车履"？

那时候李尚正在帮助李鹏义照料一段十公里的乡村街巷硬化施工，忽然间二儿子的手机处于关机状态，一直半个月无法取得联系。焦急万分的李尚急忙跟大儿子一起找人，打听到李鹏义可能在右玉，上去却没能找到，只好多方托人捎话，好不容易让李鹏义自己回来见了父亲，却始终对赌钱的来龙去脉闭口不谈。李尚也只是从侧面打探了一鳞半爪，他不由得暗自长叹，向隅无言。老婆输了时，他还有能力挽回局面，现在儿子又输，他已是腰间无力，爱莫能助了。

别无选择，赌债缠身的李鹏义只能变成杨白劳，独自驾车远走他乡，踏上躲债之路。

这下搞得李尚也不能回村，因为那些债主都盯着他。有些债主了解李尚的为人，并不上门相逼，有些却管不了那么多。再说李尚半生注重名节，从不曾欠钱不还，因此二儿子摔这一跤，毫无疑问使他抬不起头来，无颜面对吉庄父老。看看老婆跟二儿媳在一起安顿下来后，他离开吉庄独身一人前去母亲姚焕芝的老家长治，投奔表兄门上，暂且为一家包工队管理财务。2012年腊月，由他去结算了二儿子的筑路工程款后，他赶紧回村把他经手的人工费全部结清，大约二十五万余元，剩下的车辆运费是李鹏义经手的，估计不多，只能下一步再说。想想折腾了半生，年过五十还得重出江湖奔波劳碌，李尚有时候自嘲说：真是在吉庄白担了一个"精"名。

不过，令李尚欣慰的是，二儿子没有一蹶不振，他已经走出阴霾，在外地重新开始打拼，雄心不减，精神可嘉，并且已经闯出一点眉目。父子二人经常通通电话，交流交流，李尚明显感觉二儿子变得成熟多了，也沉稳多了。他想，年轻人摔上一跤，看似是件坏事，但又何尝不是好事？只不过代价太大了些。

东山再起待后生。

李尚坚信：再过三年，他的境况将发生戏剧性的变化。

# 第七章 事筵

如同打发父亲那年一样，李桂兰再一次要在一年内操办第二次事筵，担当有别。她把一万二千元交由总管李仁义和李云负责支配，再跟家族长辈、金和的二大伯说："事筵不能显得寒碜。至于李家的女儿们，出几个钱算几个，不能提要求。有了外债我承担吧。"

在村里，操办婚事、丧事，都叫做事筵，又以红白二字区别，婚事为红事筵，丧事为白事筵。对每个普通农家来说，做事筵堪称生活中少有的大事，首先意味着大笔开销，还检验其为人处世、乡邻关系等，是综合实力的展现。用个形象的比喻，不亚于中国建设三峡大坝。

娶媳妇，扇旺火

2012年，吉庄的李桂兰独挑大梁，连做两次事筵，其一给儿子娶亲，其二给公公发丧。数月之内，喜悲交加，劳心劳力，一应的难度可想而知，一个女人家，实在不那么容易。村里议论起来，唏嘘之余却不吝溢美之词，都说李桂兰的事筵给大家做出了楷模。

走近李桂兰，也就走进她"欲说当年好困惑"的人生遭际。

还得先从她的婚姻说起。

李桂兰是1986年农历九月十三结婚的，那年她二十二岁。其夫婿是吉庄曾经担任过支书兼主任的李朴的独子金和，家庭条件自然优越于寻常村民，所以在人们看来，李桂兰嫁得不错。返回头说，李桂兰的自身同样无可挑剔。她的娘家在祝家庄，也是朔城区数一数二的农业富村，她家的状况又在村里排列上游。在李桂兰印象里，务农的辛苦程度超过父亲的不多。父亲承包的三十亩良田，精耕细作到了极致，春意浓重的季节好像一座大花圃。年年都种不少西瓜，压条时正值暑热，中午的瓜条柔软不易折伤，劳动繁重的父亲本来常年午休必不可缺，但那些天再想睡都不睡，午饭后就在最毒的太阳下一棵一棵俯身梳压瓜条，脊背被晒得冒烟都不顾及。同时还有玉米、土豆、杂粮的稼穑以及四五头大奶牛的饲养，让他没有一天的消闲，但光景却过得红红火火。李桂兰上面有一个姐姐、一个哥哥，下面有一个小妹，全家五口衣食无忧，基本是小康水平了。

与姐姐、哥哥相比，李桂兰更为招人羡慕，她几乎没有跟随父亲品尝过汗滴禾下土的风吹日晒。中学毕业后，十八岁的她就被安排到电厂服务中心洪涛商场当了售货员。虽说是临时工，但在计划经济还未变革的年代，一说是站柜台的，村里人都看作社会的宠儿，无形中高人一等。当然商场的门槛很高，李桂兰是由在神头电厂担任财务科长的五大爷介绍过去的，但照样经过严格考试，特别是珠算必须过关，这对李桂兰来说却不在话下。她又好胜要强，工作中处处不甘落后，因此上班不久就受到领导的肯定，称她是一把响当当的铁算盘。

刚上岗时，李桂兰的月薪是三十六元，之后她又担任了烟酒副食组的组长，兼顾管账、平账、点货，每月可以多挣六元，工资也不低了，并且自发地掌握了一些销售的理念和经验。毕竟是青春年华，出息得比在村里要绰约许多倍,加上李桂兰一米六五的高挑身段,很是引人注目,顺理成章地,"窈窕淑女,君子好逑",追求者不乏其人。其中一位是电厂后勤中心的临时工小宣,他多才多艺,常给商场彩绘广告牌匾,没事就来李桂兰的柜台前搭讪。有一次电厂俱乐部放映电影《白桦林中的哨所》,火得一票难求,小宣说他能给李桂兰搞来票,李桂兰趁机为女友小陈也索要了一张,开场时两人进去坐下,却发现小宣居然也在邻座。那时候李桂兰忽然意识到小伙的心机,但她根本没有恋爱的心理准备,看不惯小宣这样太不含蓄、太张扬,生怕传出流言蜚语,不给五大爷长脸,所以往后再也不理小宣,在商场看见小宣过来就换上一脸冷漠。小宣并不气馁,改在李桂兰下班的路口痴候,李桂兰依旧视若无睹。后来小宣千方百计跟李桂兰的哥哥结交上了,一次去了李家,李桂兰回家一看,嗔愠地饭也不吃拂袖而去,这才彻底断了小宣的念想。

还有另一位电建的工人,也在李桂兰面前盘桓,可是这位后生又太胆怯,连话都不敢说,仅算暗恋而已,以致旁人都以为他心仪的是商场的另一个女孩小郝。直到日后李桂兰才获知实情,但结果已然无疾而终。或许是李桂兰恪守传统,表现出来就是过于矜持和自敛,所以没能在电厂收获爱情。可能也不排除一个无情的现实:她终归是农户,而那时候城镇户口对农户的排斥和歧视使她难以栖落到某个所谓的市民家庭;相反在村里人眼里,她又变得高不可攀,让媒妁望而却步。等到她转眼间年过二十,眼看步入乡村意义上的剩女队伍,父母很着急,催着李桂兰说:"你自己赶紧当个事情解决!"

事实上李桂兰的对象已有了一点眉目。

她的一位女友,是吉庄村的李锦秀,在商场的日用百货组,对李桂兰格外看好。尤其她们要把一些比如折扇、锁子之类的残次品扔掉时,李桂兰看了舍不得,捡回去自己修复修复,照用不误,李锦秀就觉得李桂兰是个过日子的材料,想为她弟弟金和牵线。于是有意无意对李桂兰念叨说她们家光景不错,还把李桂兰带回吉庄去玩了两次。想来其父李朴在吉庄身兼支书与主任,名头在外不说,一排五间石窑窗明几净很是气派,而且金和又是独生男孩,长得阳刚帅气,女孩见了无不怦然心动,包括李桂

新婚时的金和，有棱有角，是少见的大帅哥

兰。李朴夫妻也喜欢李桂兰，难免暗地里显摆一二。一来二去，双方有意，也门当户对。当李桂兰意识到父母嫁女心切时，她就略显仓促地选定了这份姻缘。吉庄的李国先是她姨夫，应邀充当了现成媒人，主持两人于1986年农历四月订婚了，彩礼六百元，衣服钱六百元，旅游钱五百元。

其间也有一点小小波折。李桂兰生日是十一月初八，金和与她同岁，生日是十月初八，刚好超前一个月。按照村里乡俗，夫妻年龄相差不出百天，预示将来不会和美，所以比较忌讳。为消弭这一后顾之忧，两家郑重其事地请了知名的阴阳先生咨询，被指教互相交换了做饭的铁锅，说是破解了。然后择日到那年的九月十三，李桂兰和金和举行了婚礼。已经担任乡办铁合金厂厂长的李朴通过后门争取来指标，给小两口买了一台18吋的"日立"牌彩电，引起全村咋舌惊叹。要知道当时村里的黑白电视机还是稀罕东西，即使城里大干部家里不过摆一台14吋彩电罢了。

婚后李桂兰照常上班，只是家的方向由祝家庄改为吉庄，虽然西南和东北大相径庭，距离却差不多。一年后，她生下了儿子强强，全靠婆婆帮着照看。不过，公公李朴一辈子担任村干部，不免把当领导的作风带回家庭，对儿媳条条框框指指点点的，李桂兰接受不了，两辈人就分家了。原来的七八亩田地，挂名给李桂兰夫妻分了三亩，实际上仍由李朴老两口耕作，秋后分些土豆之类。再过两年，李桂兰又怀孕了，感觉再跑下去不是长远之计，而且婆婆是老脑筋，看着媳妇在电厂抛头露面，心里不大踏实，老是动员李桂兰辞职："养家靠男人，也不用靠你。"于是李桂兰恋恋不舍地离开已有七年工龄的洪涛商场，回吉庄守家宅居，只靠丈夫在铁合金厂务工的五六十元月薪维持生计，显然不会宽裕到哪里去。

其时，社会上的个体户已如雨后春笋。李桂兰挣惯了活钱，实在闲不住，打算另择一条来钱的门道。她看到在马跳庄村的一位姨哥代人加工糖饼，足不出户也有可观收入，便受到启发，觉得吉庄村子不小，养活一个烤饼作坊应该不成问题。因此她去跟姨哥学习一番，掌握了加工技术，回来当即购置了烤箱。烤箱买价九百元，利用公公调任神头电灌站站长的便利接用三项交流电的电缆三百元，共计一千二百元，其中包括结婚时没去旅游省下的五百元和工作时存在娘家的全部私房钱。又不愿意露底，她就向丈夫谎称都是向父母所借，制造一个负债经营的假象。这次倾囊投资，她也没跟公婆及丈夫商量，完全是自己做主，虽然果决而自强，但也不能否认她在无形中宣示了强势，这种强势或许给丈夫带来负面影响。

不管怎么说，生意开张以后，效益还算如愿。平日里每天替人加工，零零星星十斤八斤不等，等到进入那年腊月，因为春节临近，顿时门庭若市，烤箱终日不停，月余时间李桂兰就挣了一千五百多元，数额很不小了，除了收回成本还有盈余。虽然忙得晕头转向，但她十分满足。唯一遗憾的是，丈夫金和竟然没来由地不再去铁合金厂上班了，待在村里倒是消闲，却显得有些吊儿郎当。分析他本身体质较弱，时常嚷嚷着腿疼腰疼，而且从小又受到父母宠惯，夹在一个姐姐两个妹妹中间好像宝贝一样，干啥都缺乏耐心，对此李桂兰也没得奈何。

来年6月，李桂兰的女儿娟娟降生。跟着在11月，刚刚五十八岁的父亲积劳成疾，终于累倒了，被检查出淋巴瘤，诊断结果不容乐观。李桂兰难以相信无情的现实，急忙拖儿带女地跑回娘家门上，尽心陪侍父亲。再等过了春节，二月时候，父亲由母亲陪伴到秦皇岛练气功疗养，李桂兰帮着看门，并协助哥嫂料理一应家事。正好小妹订婚了，婆家对父亲的病况担忧，希望尽快成亲，父亲留下话说："如果急着娶，直接把人引走就行，仪式就算了。"李桂兰跟嫂子商量说："结婚是一辈子的大事，怎能悄无声息呢？眼下父母不在，我哥终要顶立门户。咱们就替妹妹操办事筵吧，收些礼金也不至于赔钱。"嫂子表示赞成。于是姑嫂二人张罗一番，为小妹举行了婚礼，小范围内邀请近亲二十多人参加。李桂兰为小妹陪嫁了五十元的皮箱及一百元的礼金，同时独自负责掌厨，出了苦力。虽说事筵规模有限，气氛却很喜庆，没给小妹带来遗憾。所有花费不到五百元，礼金果然够用。数月后父母回来，很是欣慰。

那年李桂兰从正月起就常住娘家，一年内只在中秋节和刨山药时回过吉庄十几天。考虑到姐姐在电厂学校做饭，实在无法抽身，妹妹又是新婚，所以李桂兰感觉她为父亲多尽孝心、为母亲多分忧解愁，责无旁贷。其间金和来过几次，看样子想叫李桂兰回去。病中的父亲体谅女婿，对李桂兰说："二女，人家前来叫你，你回吧。"李桂兰故意激将丈夫说："不是叫我，是来看您的。"金和老实，赶紧点头说："是的是的，是来看您的。"再也不好意思叫媳妇回家了。

但是，再怎么也难以阻挡父亲的身体每况愈下，一天不如一天。到了年底的农历十一月二十一日，老人家去世，好在儿女都各自有了归宿，足可在泉下安息。女儿们三家各自分担三百元，儿子拿出九百元，共计一千八百元，购置棺木、砖碹坟墓、筹办待客等，家人父子亲戚朋友该来的都来了，把事筵办得比较排场，一来子女寄托哀思、告慰逝者，二来侧面在乡邻间提振了后继有人、香火传承的家庭形象。

那年李桂兰二十八岁。一年内两次事筵，上面总有兄嫂依托，不用她在经济上、心理上负担多重。事是大事，身为配角，作为嫁出去的姑娘，她已经尽力而为，也就问心无愧了。

"逝者长已矣，生者如斯夫。"打发了父亲，李桂兰又陪母亲住了一段日子，看看已是腊月十七八，心中着急，才赶紧回去，启动烤箱加工糖饼，好歹挣几个钱过年。这一年间金和闲得心慌，临时到煤站去站场，可是只坚持了六七个月，终没能待下去。李桂兰眼见丈夫身体欠佳，指望不大，而做饼子油污遍地不说，季节性还很强，这样收入来源有限，日子拮据总非长远之计。她想自己毕竟当过售货员，对商业不算隔行，因此计划在村里开一家小卖部。苦于手中资金难济，这次就与公公商量，取得了公公的支持。正好村里依傍煤站，运输业兴旺起来，金和本打算买辆旧车跑运输，父亲和妻子都认定他吃不了那份苦，一致扼杀了他的抱负。李朴把预备赞助儿子买车的钱转而给媳妇买了一台一千多元的大冰柜，另外扶助了两千元流动资金，李桂兰手中攒了三千五百元，于是过年后就着手付诸实施。

其时吉庄共有四家小卖部，都在村委会门前往南的街道两侧临时搭建，其中李伟、百岁、三老蛋这三家正常经营，李朴的本家兄长李儒的一家却不太景气，濒临关门。李儒小名小栓成，"文革"期间当过贫协主任，只因年纪已大，精力跟不上去，小卖部准备对外招租。李桂兰当即接手，两小间堡墙下的土房子三十平米不到，月租金六十元，买断货物五千多元。开春二三月，一切收拾妥当了，李桂兰率领全家四口住进去，小卖部就正式开张营业了。事实证明李桂兰的选择没错，到了年底点货对账，除去花销费用外，纯利润竟有一万两千多元。就20世纪90年代中期而言，这样的回报足够丰厚，堪比城里双职工的年薪总和。

一时间，李桂兰雄心勃勃，决定趁热扩张，在她的零售基础上由丈夫再跑批发。为此首先添置了一辆电动三轮，小卖部挤出四千多元，剩余四千元再次请公公李朴做出无私奉献。但批发不仅需要在城里和附近的

李桂兰的公公老支书李朴

各村频繁奔波，还得考虑回款等事项，绝非想象的那么简单，事先满口答应的金和自忖挑战太大，到底临阵食言了。结果李桂兰被迫修改规划，将百货食品的批发调整为蔬菜购销，好歹说服丈夫同意每天开了三轮进城拉菜，然后夫妻二人分工合作，部分摆在小卖部由李桂兰销售，部分由金和拉着在村里走街串巷外卖。虽说李桂兰已经妥协，金和却还是颇不称职，每天出去反而让妻子失控了，有时交差一样低价抛售，差价寥寥，甚至他和朋友自嘲说："反正回去后强强妈看见车上没菜就不骂我。"可见对妻子已经心存敬畏，万般无奈才敷衍塞责。可能李桂兰一直没能体察到丈夫的逆反心态，日常少不了埋怨和唠叨。

随着吉庄运输和开山的一哄而起，消费水平急邃提升，当然不少村民看到商机，不到两年小卖部增加到十几家，竞争也日渐激烈，致使各家的利润空间十分微薄。李桂兰使出浑身解数，穷于应对，先是增加熟肉，从城里买了野鸡、半翅子，褪毛蒸煮再卖，还有烧猪肉和包好的饺子等，然后又让金和和三妹夫合资屠宰，三两天杀卖一头肥猪，利润对半分成。总之忙得焦头烂额，收效仍旧惨淡，乏善可陈。最终李桂兰为了避免恶性竞价，干脆离开原先的小卖部密集之地，将铺面迁往街道北端数百米处，另租了一间小房子重起炉灶。但一个村庄的市场实在有限，再挖潜力也难以带来多大起色。

倏然就快到新千年，李桂兰在三十四岁时又生下了二儿子，无暇顾及小卖部，只能暂时交由金和独自打理。吉庄的小卖部都有令人诟病的习惯，李桂兰的小卖部也不例外，就是摆张桌子招赌，只为有人闲来无事斗斗麻将，顺便消费方便面、火腿及香烟之类。这边老婆回家了，金和便没了忌惮，每天禁不住牌局的诱惑，碰到三缺一立刻补位上场，玩得自由自在，不顾输多赢少。但凡李桂兰撞见，免不了要跟丈夫吵架，久而久之，吵架成了家常便饭。

翌年冬天，看着全村许多人家的新房栉比而起，李桂兰也花了七千元买下一处地基，准备盖房。不用说李朴还得出资，全部供应所需的砖木，折合近两万元；其余缺口需要李桂兰夫妻自己解决，也得两万出头。这时候的小卖部已经赊销严重，李桂兰忙着出去要钱，抵偿了不少运费、料费。工程从第二年的5月开工，当年三正三南六间瓦房的主体就告竣了，相对还算气派。先把南房收拾一下住进去后，正房的后续装修比如门窗、地面等暂时推后，因为有了资金赤字，算下来已有三四千元的外债。

这下小卖部也周转不动了，而且开得没啥后劲，李桂兰一狠二狠之下，索性灰心地收摊关门。回头想想，小本生意竟然做了八年之久。

不久，李朴从神头电灌站站长一职卸任了。之前李桂兰业余协助小姑子为电灌站汇总收费小票做账，每月开支一百元，之后小姑子辞职，做账全部留给李桂兰，两份工资所得是月薪二百一十元。等到新来的肖站长上任，电灌站一位熟人薛三好心向李桂兰透露说："站上需要一个做饭的厨师，顺便打扫卫生，你不妨去问问行不行。"李桂兰一想也是个去处，就让公公出面帮她说说，但李朴张不开口，李桂兰又请薛三带她到神头去找肖站长，毛遂自荐说："我想来做饭，不知能不能？"肖站长说："可以考虑。但要经过区水利局同意呢。"李桂兰回去等了两天，得知电灌站即将从神头迁往吴佑庄新址，当即再去肖站长那里询问，肖站长说还没决定，李桂兰说："不行我先去把吴佑庄那边打扫干净……"肖站长说："万一最后没结果，你可能白忙一番。"李桂兰爽直说："白忙就白忙了，那也没什么。"肖站长说："那你打扫去吧。"完了一看李桂兰做得细致，就此留用下来，负责为站上的七八名工作人员做午饭，外加收拾办公室等，月薪二百一十元，连同小票做账，合计每月四百二十元。李桂兰自我感觉不算少了，因为负责收费的长期工的工资也就每月四百多元。

那年是2001年，吉庄的变化已经很大，许多跑运输、开山场的人家陆续发家致富，存款动辄十万二十万，相反，原来光景数一数二的李朴远远落后了。心强的李桂兰深感失意，每天回家门都不出，到电灌站上班走时，也尽量穿行小路，能绕弯就绕弯，好像羞于见人似的。当时大儿子在城里的职中读高中，女儿在村里上小学，兄妹俩的学杂费每年一千多元，李桂兰的工资总能抵挡一下，不至于措手不及。接着电灌站打深井，五六位工程人员的做饭也让李桂兰承揽，二十多天给了她一千多元；另有一家草业项目部临时住在电灌站三个多月，四五个人吃饭还是李桂兰包揽，每月给她三百五十元；冬天工程架线，再增三十多人的午饭，李桂兰一概来者不拒。断断续续地做，年收入竟达一万多元，好像成了电灌站的金领。就是靠这些劳动所得，李桂兰不仅还完了盖房的外欠，而且收拾了盖起的正房，安装窗户顶板，铺地抹墙，油刷门面、家具等，着实为自己挣回了一点儿面子。

可惜好景不长。慢慢地，李桂兰的小票做账移交了，食堂吃饭人数也趋于正常，电灌站改付她每月三百六十元工资。再往后，大儿子考上了太原电校，每月最低生活费三百元，女儿也进城上了初中，每年也得四五百元。金和没啥收入，显然李桂兰的工资已入不敷出。有一次强强开学，找爷爷去申请赞助，李朴给是给了，却忍不住连连叹气，数落儿子、儿媳不争气，李桂兰听得伤透了心，和丈夫大吵一次后，赌气跑回娘家待了数月。直到金和派他妹夫等前去斡旋央求，求之再三李桂兰才回来，但她和公公郑重表态了："我是驮垛的驴，驮不动时，我就卸垛呀！"李朴的本家弟兄、小学的老校长李锦也站在李桂兰立场上提醒李朴说："这阵儿在村里说你和金和媳妇，将来要说你的孙娃们。都是好材料，你们得好好供他们读书。"金和这时开着父亲的一辆农用小四轮，在师专做工，月月挣不了几百元，还要抽空上上牌局，因此李桂兰向公婆提议："金和挣了钱，你们给管控住；我的工资也上缴你们，两个孩子念书所需就由你们负责。"

但这也不现实，最后经过大伙议定，金和爷俩负责娟娟，李桂兰负责强强，事实上等于分工了，家庭矛盾得以平息。两年后强强学校毕业，自己到清徐小电厂打工。李桂兰减轻了压力，感觉公公也老了，能力不支，就把女儿的供养任务接过来。其后娟娟初中毕业，到怀仁上了高中，差不多每年要一万多元的花费；过了三年高中毕业，本来已被艺术类院校录取，可是出于对家庭财力的考虑，她最终选择了到太原建筑职业技术学院的财务专科就读，每年也需一万多元。

转眼已到2008年，随着人们的收入水平渐行渐涨，李桂兰在电灌站三百多元的月薪明显太低了，经过电厂上班的叔伯三姐介绍，李桂兰改换门庭，去神头合金厂打工，三班倒开绞车，每月七百元工资。旋即她还把丈夫介绍进来，在修理室当焊工，工资也由她全权领取，以方便有效约束金和。这招看似比较霸道，不过金和也有对策，常常下饭店喝个小酒，采取记账消费，最后还得老婆去买单。

没想到，仅仅一年多，合金厂倒闭，李桂兰夫妻双双下岗回家，再次断了来项。

2009年开春，林建国回村担任了支部书记和村委会主任，首先顺应人心整顿吉庄学校，并召开家长会征求意见。李桂兰的二儿子在小学上学，她也去参加了家长会。当听到村里决定自主聘用代课教师时，她想自己当年的拼音底子不错，就和林支书张口希望应聘学前班老师。村委会班子人员都对李桂兰印象良好，经过考评研究获得通过，于是李桂兰就去学校当了孩子王，每月工资七百元。虽说不用上夜班了，但她的压力也不小，因为村里的家长纷纷质疑："李桂兰什么时候教过书？怕是滥竽充数吧？"她听了怕给林支书带来负面影响，有心退却，但林支书什么也没有说，她在感激之余又鼓起了信心，兢兢业业开始了教书育人，特别注重引导孩子们文明用语、礼貌待人，逐渐取得了家长们的认可。

到了那年的六一儿童节，学校组织文艺表演，李桂兰多方请教，编排了幼儿舞蹈《小白兔》《小青龙》《一群鹅》，凡是孩子们的小兔帽、彩绸结等，都是她自己加工而成，没收家长一分钱。等看完演出，副支书李清特意夸赞李桂兰说："你没给咱们村干部丢脸。"中午学校吃饭时，家长蜜和子说："金和媳妇通过努力什么事都能干好，孩子们交给她放心。"说实话，李桂兰很珍惜这个临时代课职务，孩子们也特别恋她，有一次因事走了两天，回来她发现孩子们的眼神流露出由衷的喜悦，好像跟她离别了许久许久似的。

一年后，李桂兰随班升入小学一年级，她越发刻苦认真，生怕不能胜任。头一学期结束，学校从联区取回考卷统一考试，然后交叉阅卷，一年级的成绩不错，有口皆碑。然而政策突变，再次开学时，朔城区进行农村教育资源整合，吉庄小学竟被一刀切掉，不许再办。李桂兰怅然离开学校之际，悄悄地抹了一把眼泪，倒不全是为了那每月七百元的工资，而是痛切地意识到：没有了学校的村子，以后还能繁荣下去吗？

接下来，李桂兰短期参加了人口普查，完了林支书照顾她，让她帮

联系业务

着为村里的来客做饭招待，但零零星星偶然为之，她的心里无法踏实，觉得一年下来挣个三千两千的补助，被人眼红不说，关键是没有固定的收入，一家子维持生计都成问题。眼见大儿子到了成家的年龄，娶亲不宜久拖；小儿子还得择校读书；女儿没有毕业仍需要用钱，怎么办呢？

2010年4月，金和托了妹妹熟人的关系，到城里的碳素厂打工，依旧负责电焊和维修，月薪两千元左右，还能上缴妻子一千多元。本来厂里可以住宿，但他嫌环境不好，每天下班乘公交回家，花销浪费在路上。李桂兰感觉丈夫这次好像稳定住了，心想倒不如举家进城，一来省了金和的路费，二来方便二儿子读书；再说村里已几乎没了让她继续留下来的希冀，所谓梁园虽好已非久恋之地；况且树挪死人挪活，村里不少人家进城后全都落下了脚，而自己进城也容易找个营生做，难道还能落得人后？主意定了，当即暗暗咨询有关事宜。那年过年期间，碰上村里八仙家的二媳妇李美玲，说是城里一家万嘉手机广场落成了，年前试营业，免收柜台费，她去卖了几天手机，觉得切实可行，也不用垫资进货，由商场提供产品推销即可。不过她又说年后商场即正式招租柜台，每节年租金六千五百元，考虑独自承租一节柜台有些困难，所以希望和李桂兰合租。李桂兰正有此意，两人一拍即合。

过了正月十五，李桂兰就和李美玲一道怀揣筹齐的资金，进城租了万嘉广场的一节柜台。同时李桂兰在雁门街商贸城附近租了一间南房，位于金和上班的碳素厂和手机广场中间，月租金一百三十元，再搬来简单的日常生活用品，就算安下新家，成了货真价实的"城漂"一族。二儿子上学，交由在城郊南邢家河学校任教的他二姑带着，暂时不用操心。

　　2011年2月21日，手机广场正式开张，销售商户中就有了李桂兰的影子。从当初在洪涛商场售货，到自家开小卖部，再到推销手机，时隔三十多年了，李桂兰置身熟悉而又陌生的氛围中，开始还很不习惯嘈杂和喧嚣的庞大卖场以及理念全新的导购大战，见到一路砍价的买主们不免心存怯意，所以最初收获的销售提成相形见绌，头一个月每人分红一千元，第二个月是一千零九十元。好在李桂兰用心观察，见贤思齐，慢慢摸清其中的套路，逐渐适应着环境。可是俗话说"利怕两股分"，眼见彼此入门了，伙伴李美玲提议两人分开，各显身手，于是李桂兰折给她两千四百元由她自己再租了另一节柜台，合作期仅有七十天。这下李桂兰也安心了，刚好赶上五一节长假，手机需求大增，一个月下来，提成竟达到两千六百元；再往后更有经验，回头客也多，每月收入三千元、四千元不等，经济上一下子为之宽裕，凡有所需也不再犯愁了。其时，大儿子强强已经回到朔州，被招聘到开发区一家汽车4s店上班，工作有了着落；二儿子也升入初中，就近在朔城区三中上学。

　　最令李桂兰欣慰的是女儿娟娟也为她分担了生活的压力。那年暑假回来，娟娟打算找个地方打工，李桂兰心想出去不放心，就把她带到万嘉广场，跟老板说好在商场的手机自营区销售，五十多天居然挣回四千四百元；寒假时再次以三百元的租金租了临时柜台，将近四十天时间，销售收入竟有五千三百元。难忘的是那年的腊月二十九，商场的最后一个营业日，其余商户早早就回家了，到下午偌大的卖场商家只剩下李桂兰和娟娟两人，生意出奇的好，每次都是刚要回家却又来人了，全天一共卖出十几个手机。直到入夜十点多钟，娘俩才结算完毕，拿到八百多元的提成，那个激动不是言语可以形容的。离开商场时，彩灯绽放一片喜气，强强过来接母亲和妹妹，可是出租车已没了，大家索性步行，一路说说笑笑。娟

娟娟的笑容青春灿烂

娟穿着高跟鞋,走得把脚都磨破了皮,等回到家中一看,白袜子上沾满了血。

金钱可以给人欢愉,八百元对于见惯大钱的人来说也许是不足挂齿,但对于李桂兰母女来说,那不仅是劳动的回报,同时也诠释了自强与自信。事实证明,李桂兰进城的选择完全正确。当年去掉所有开销,李桂兰收入了两万五千元,该存的她就存了,以备大儿子结婚之用。

第二天,娘儿仨收拾一番,为出租屋贴了春联,再打车回村,已是过午时分。李朴夫妻早也等候着,并把年货都购置齐备。三代同堂难得齐聚,一家子显得和谐喜庆。李朴很高兴,说:"这才像个家了。"

只是李桂兰只能回家三天。初三一早,商场要开门,她就和大儿子、女儿一起匆匆进城,只把二儿子留在爷爷奶奶身边等着寒假结束。本来2012年会有一个全新的开端,不想再次出了状况,金和在碳素厂又干得不大如意。前两个月开支后,他并没有正常上缴,分两次一共给了李桂兰两千一百元,李桂兰追问其余的下落,他承认自己悄悄买了彩券。这也罢了,接着碳素厂要搬迁到十几公里以外的郊区,金和先是想买一辆电动自行车回家,被李桂兰一口拒绝,因为她到了紧张时刻:柜台费涨价到八千元,另加五百元押金,2月21日悉数交了,手头就没有了分文现金;而半年的房租也变成一千六百五十元,得在3月1日前交付,她指望金和把刚拿到手的工资拿出来应急，不想金和赌气辞职，一溜烟回村去了，还抛下一句话气李桂兰："想逮我的人影也逮不住。"李桂兰没什么办法，只好让大儿子强强前去和房东解释，请房东推迟六七天时间。也是老天眷顾，那几天李桂兰的生意特别顺手，一星期挣回两千一百元，付房租绰绰有余，还交了三个月的电费二百多元。

不觉间过了清明，有一天金和忽然来到万嘉广场，找到李桂兰说："我父亲吃不下饭，老是呕吐，医生说症状不太好。"李桂兰心想，公公身体一向硬朗，过年时还能吃能喝精神很好，怕是本地医生误诊，就跟丈夫说："你陪他去北京检查一下，按理没啥事。"金和赶紧安顿了父亲的北京之行，回来再等一星期，收到了化验单，好像最后通牒一样：食道癌晚期！据说最多能维持生命七八个月。李桂兰闻讯，一时百感交集，不由得悲从中来。在她心目中，公公好歹是个家庭的依赖，很值得敬重，他不仅办事方向明确、管前顾后，而且对晚辈很有责任心；虽然一辈子能耐不大、挣钱不多，但每年家中的大事小事都能安顿得井井有条，无论种地以及种子化肥的购买，还是过年过节的肉食米面，一概不用儿子儿媳操心；尤其是近几年感觉光景不好，竟连烟也戒了，说是出去跟人家陪伴不起，好烟舍不得，劣烟拿不出手……原以为他再活个十年八年，哪知道病得不是时候，偏偏患了癌症，还是晚期。

那天村里的侄辈李云进城办事，路过商场跟李桂兰说起李朴的病情，李桂兰一个劲哭个不停，李云安慰她说："婶子，有众人呢，不用愁，不用怕。"生老病死，怕也没用，李桂兰其实是不忍心公公凄凉地过世，看不到曾孙子也罢，起码见见孙媳，多少不留遗憾。她想，强强已经二十六岁，无论如何抓紧时间把亲事办了，给爷爷一个交代。当即行动起来，多方托媒介绍，短期内强强看了好几个，无奈高不成低不就，催得急了，他对母亲说："您叫我捉猪娃吗？好歹我得满意些。"

正好外甥女的小姑子在北京学美容，其母要求必须在本地找对象，外甥女想到强强。李桂兰一问，年龄比儿子大两岁，也不抱多大希望，只安排外甥女牵线见面，不想对方对强强一见倾心。晚间外甥女打电话来询问，强强也说："就她吧。"李桂兰自然高兴，忙不迭回复外甥女："相中了。"

老夫老妻,小夫小妻

跟女方讲明实情,决定尽快成亲。说好给媳妇满打满算十二万元,另有亲家的彩礼一万零一百元,订婚戒指三千元,见面红包等项六千元,电视机一千五百元,四铺四盖四千多元。诸多要求经媒人提出,李桂兰照单答应,无一回驳,生怕被女方低瞧,还允诺村里的房院全归儿子儿媳。这些条件,看似花钱数额庞大,但毫不过分,都在情理和习俗之中。时下娶媳妇一般时兴进城买房,三四十万元都不在话下。

当时李桂兰从牙缝里节省,一共存有八万元,底气也从此而来。婚约一订,她就拿出两万三千元递给媳妇,用于婚纱摄影和新婚衣服。跟着阴历五月初八订婚,再次交付七万元,说好剩余两万多元婚礼后收礼再说。订婚那天,前任支书李仁义帮着操办,摆了四桌酒席,请了强强的姑姑姨姨等。村支书林建国和城里的姨哥李世唐都来捧场,各自塞给媳妇一千元的见面红包,给足了面子。那天林支书悄悄问李桂兰:"钱怎么样?"李桂兰摇头说:"不够……"林支书没吭声,但改天送过三万元,说:"先借上用吧。"副支书李清也代表村委会送来两车炭和五袋白面,说:"李朴当了一辈子村干部,我们村委会聊表心意。"李桂兰感激得不知说什么好。想到天气已近暑热,她根据村里事筵和城里生活所需,一次性又购买了两台冰柜,超出了预算。

紧锣密鼓地看了日子,仅仅十六天后,李桂兰为儿子举行了婚礼。那天,姨哥李世唐找人布置了彩虹门,请了专业摄像师和主持人,还有奥迪婚车;林支书也吩咐铺了红地毯;左邻右舍腾出屋子,大摆酒席,亲朋齐聚三百多人。事筵的档次在村里已算非常排场，一共花费三万多元，收礼七万多元，总之热闹非凡，圆圆满满。李朴的气色还好，他看看孙子，看看孙媳，看看来贺的宾客，高兴得逢人就说："死也不枉了，我心安了。"金和也喜滋滋的，就此当了公公。

办完喜事，李桂兰欣慰之余长舒了一口气，算计所有支出，大致十七万元，借来的除了林支书的三万元，另有三小姑五千元，二小姑两万元，妹妹一万元，姐姐一万元，哥哥一万元。她对儿子儿媳说："外债不需要你们考虑。你们以后挣了钱，由你们自己安排。"她还帮着儿子就在她的租住院内另租了房子，两家一起"城漂"，房租合计每月二百六十元，连同水电、烧炭、伙食等，日均支出一二十元，李桂兰全包了。不久媳妇投资在另一家商场承包柜台经营童装，挑起了生活的担子。

再过不到两个月，李朴病情恶化，到底坚持不住，躺倒在炕。李桂兰偕同儿子儿媳看过他两次，他不好意思当面跟媳妇安排自己的后事，就跟旁人说："咱累不起人家呀。为孙子做事筵都依赖她，盘盘碗碗事无巨细都得想到，人家做得到位了。"有一次，二女儿把他接进城里输液，强强两口子过去看他，他向孙子孙媳交代说："爷爷怕是不行了。打发我时，事筵不用你妈花钱，叫她回村和你爸接待接待。礼钱能收一万二三，有你奶奶主持，姑姑们分摊几个，凑个两万六七，如果还有缺口，由你奶奶补上；如果有些长头，也给她留下吧。"话里有他的凄恻，却也有他的期待。李桂兰听了儿子儿媳的转述，心中不知什么滋味，她不容置疑地告诉儿子说："你爷爷有儿子，也有孙子，咱不能指望人家姑姑们。"

到了农历七月二十九，林支书带几个村干部前去看望老党员李朴，感觉李朴已在弥留之际，急忙给李桂兰打电话说："一两天了，你赶紧回来吧。"又把电话交给李朴，让他和媳妇通话，李朴含糊地说了什么，李桂兰已经听不清楚，但她知道公公想要表达什么，就对着手机说："您放心吧，我一定叫您体体面面、风风光光地走，我不叫吉庄人笑话。"次日侄女去看李朴，李朴如释重负说："金和大手大脚，靠不住。我的事筵，金和媳妇管呀，她应承了。"那天李桂兰跑回娘家，取了母亲手里的几个一千两千的存折，加上自己手里的两千多元、强强拿来的五千三百元，一共凑了一万二千元，直到晚间十点才回到村里，而一生经历了饿肚子，经历了大集体，经历了包产到户，经历了世事无常的李朴已经离开了人世，终年七一三岁。

如同打发父亲那年一样，李桂兰再一次要在一年内操办第二次事筵，只不过时过境迁，担当有别。她把一万二千元交由总管李仁义和李云负责支配，再跟家族长辈、金和的二大伯说："事筵不能显得寒碜。至于李家的女儿们，出几个钱算几个，不能提要求。有了外债我承担吧。"定了棺木、砖碹墓、一场鼓乐、一场念经、一场法事等，大致一万元出头；剩余事筵消费，李桂兰的大哥帮助找了厨师并赊来肉菜，从批发酒水的二侄女那里赊来酒水，在烟草局上班的外甥赊来了香烟，出殡前的正日安排了二十桌筵席及谢人的十桌，方方面面一应周全。晚间遗体告别，李桂兰看着公公瘦削的脸颊和满头白发以及安详的容颜，抚柩恸哭，声悲气噎……

等李朴下葬事筵完毕，总管报账总共支出三万八千元，收礼五万多元，其中李朴大女儿六千元，二女儿一万元，三女儿三千元。收支相抵，盈余为一万四千三百元。经过家族商议，四千三百元留给李朴遗孀，补贴她安身立命，一万元给了李桂兰，用于日后还礼，支撑家门。一位本家大叔李瑞喝多了酒，哭哭啼啼说："这样分派合情合理。"另一位叔叔李国评价说："金和媳妇的肚量大呀……"

然后，金和依然留在村里，李桂兰返城继续卖她的手机。娟娟毕业在即，她在学校就跟朔州一家宣源房地产公司达成招聘意向，2012年岁末时回来实习。李桂兰一直希望女儿学以致用，所以感觉很合心意。不管将来的"城漂"生涯结果如何，终归儿女们带给她的是一道又一道风雨后的彩虹美景。

有时候，她看着媳妇对儿子强强知冷知热、温柔体贴，格外关心甚至极尽迁就，不由反思自己的婚姻，总好像有欠经营，莫非都要归咎于金和的缺点吗？

# 第八章 命运

李支唐小名金文,生于1965年。在吉庄人眼里,可是个土生土长的大老板。眼看就到五十岁的门槛,金文自忖不再年轻。走过半辈子了,说曲折也曲折,说顺利也顺利,比上不足比下有余,血一滴汗一滴自己活自己,回头总结还是应该感谢命运待他不薄。

2012年5月,山西电建二公司人力资源部部长李元唐辞世,年仅五十二岁。李元唐是从吉庄走出去的一位成功人士,生前对父老乡亲极力关顾,他的去世,引来全村一片痛惜之声。其中最为哀伤的,也包括他的堂弟李支唐。自从李元唐查出膀胱癌住院治疗,李支唐一直陪侍左右,眼睁睁看着兄长经历了病痛的折磨和人生的生离死别,从年富力强变得皮包

**金文家的烟酒门市及贵宾楼招待所**

骨头直至撒手人寰，留下了白发苍苍的老父亲，以及妻子、儿子和不到十八岁的女儿。

真是好人不长寿，老天不公啊。

李支唐一直与李元唐走得最近，堂兄之死让李支唐产生了对命运的诸多思索。虽说命运属于泛哲学化的范畴，仅有小学二年级文化程度的李支唐不可能有什么"不为良相，愿为良医"之类的感悟，但他对照自己的遭际，足可让心中充满对命运的敬畏。

在吉庄人眼里，李支唐是一位土生土长的大老板。怎么个大法？城里有两处宅院，闹市有一套街面房，神头电厂商业街也有一套街面房，大老远的广西壮族自治区北海市还有一套楼房。这些财产笼统加起来，二三百万不止，全村少有可比。

俗话说，无商不富。李支唐自然是经商致富。不过，他不像村里的其他富裕人家一样开山淘金，事实证明，那种短期行为后劲乏力；他主要经营烟酒，进入的是纯粹的商业流通领域。据说单凭商品贸易赚了钱的不足百分之二十五，显然李支唐应该属于这百分之二十五。若是跟一些家族接力的商界大亨相比，金文可能只是小巫，但若是提及出身，他就不能叫人小觑了。村里上些年纪的老者评论他，大意说那后生叫人刮目相看，非复吴下阿蒙。

不言而喻，李支唐曾经很不被看好，发迹后难免引来这些感慨。

李支唐小名金文，生于1965年。他是十岁时成了孤儿的。

金文五岁那年，母亲就丢下他改嫁了。原因并非夫妻不睦，而是她与婆婆发生了龃龉。说起来不可思议，竟是由区区一个板擦引发。板擦是加工土豆丝用的，一元钱也不值。据说金文母亲借了婆婆的板擦使用，觉得顺手，就想据为己有，现在看来也属理直气壮之举。但当时的农村一般是媳妇处于从属地位，要么怎么留下"三十年水道流成河，三十年媳妇熬成婆"的俚语呢？偏偏金文奶奶又特别强势，对一个板擦不依不饶，或许还有其他金文不得而知的积怨吧，总之导致矛盾激化了，母亲跑回了娘家。金文父亲前去负荆请罪，得到的答复是必须满足两大条件："桶粗的牛毛要三根，晒干的雪花要半斤。"这是晋剧《杨八姐游春》中佘太君刁难宋仁宗的戏文，压根办不到的事，表明母亲去意决绝而已，最终覆水不收，骨肉分离。

随即金文母亲嫁到邻村长村，但是第二年就死去了，年仅二十七岁。在那家她生下一个女孩，月子里喝了冷水，肚里就郁结了肿瘤，送进医院救治不及，最后一口气咽在手术台上。金文至今都回想不出母亲的模样，也没有关于母爱的记忆，毕竟当时年龄太小，自从记事就感觉自己像是从石头缝里蹦出来似的，看着别的小孩和母亲亲热的情景，他往往要愣上老半天。

而父亲李增发的结局，同样悲惨。妻子走后，他一时也没有条件再娶，就跟父母一起拉扯着儿子金文聊以度日。1974年冬季，神头公社组织各大队会战著名的腊豁口东干渠工程，天寒地冻需要爆破，李增发在本村的采石场当过炮手，所以也负责水利工地放炮。但他自从前妻故去后有些神思恍惚，犯了安全的大忌，腊月十八那天导火索点燃后跑得慢了些，不防被一块炸起的冻土块击中肋部，身负重伤。李增发小名怀清，村里有好事者编了顺口溜流传下来："吉庄有个愣怀清，炮口底下逞英雄，一炮炸得杳无踪……"

那时金文刚上小学二年级，还得帮着奶奶持家。早上走时，奶奶让他背些玉米到电磨房排队，下了第二节课觉得该轮到了，就跑回去叫奶奶去磨面。回家却见爷爷奶奶慌作一团，告诉他说："你爸出事了。"金文立即随着爷爷奶奶没命地跑去神头公社医院，发现父亲躺在担架上人事不省，一顶破帽子被汗水浸透，医生说那是疼的。刻不容缓，村支书林满马上带人将李增发转送到县医院，并嘱咐金文和爷爷奶奶回村等候消息，但过了一天等来了噩耗，李增发死在手术台上。据说开刀后惨不忍睹，肝肺都已四分五裂，还说刀口没缝就入殓装棺了。

一对曾经的夫妻，同样从手术台踏入鬼门关，难道不是宿命？

由于李增发属于意外死亡，按乡俗是屈死，所以家里不能停灵，棺材抬回来就放在大队前的主席台上，公社和大队为他召开了很隆重的追悼会。然后，幼小的金文扛着招魂幡跟大伙一道将父亲送入坟地，懵懂的他接受了父母双亡的现实。因为父亲是家中独子，所以大队表态以后每年额

金文和奶奶住过的破屋子

外抚恤爷爷奶奶每人二百个工分,金文也一样。只不过爷爷奶奶的待遇是终身制,他是被负担到十八岁为止。

父亲一走,金文就辍学了,和爷爷奶奶相依为命,就是每年的六百个工分,维持了三口人最基本的生存底限。这让他们不仅不至于沦落到饥寒交迫,而且爷爷奶奶还能出工干些轻活,工分另有所得,他们反成了不折不扣的余粮户。金文也从奶奶那里得到母亲般的关爱甚至溺爱。当然,过早失去父母使他比寻常小孩子更懂事,天热了就出地拔草喂羊喂兔子,天冷了就出去拾粪积肥,尽力分担爷爷奶奶的一点担子。十三岁的时候,他开始参加小队劳动,赶了一辆毛驴车,每年也挣三百多工分,加上大队抚恤的二百个工分,单从人均效益而言,村里没人能超过他这个小小少年。

不过,金文依旧得到大家的同情。一年后,村支书李朴照顾他,让他跟了六队的小四轮拖拉机,一来活儿轻,二来给司机李来当徒弟学些技术。一般是拉送干部进城,还有拉石头拉沙子、耕地时给大型拖拉机送油等,每月挣工资四十五元。这个收入很不错了,约与大专毕业的公办老师薪金持平,按照当时的消费水平,可以养活五口之家呢。

就在那一年,金文的爷爷李富也离开了人世。一位叔伯的二大伯李海小主持操办了李富的丧事后，又给予了金文特别与众不同的关照。二大伯是国家干部，担任县供销社副主任，在家族中很有威望。他端详着金文家的两间破败的西房说："这个住处不行，墙也裂缝了，椽子也快朽断了，怕是哪天塌了把这娘俩压住啊。"随后问金文奶奶："家里有几个钱？"金文奶奶说："以前存着几个，加上丧事又收了的，除了支出，一共剩下一千一百元。"二大伯沉吟说："先解决住处吧。"由他出面去找大队争取，审批来一块地基，大队还给了需要的石料，可以碹三间石窑。二大伯又请他的好朋友、村里的石匠张维新包工，工钱量力支付，说好一千二百元。头一次本已经碹好了，使用的是白灰灌浆，谁知没等干透却碰上三天的连阴雨，导致窑体垮塌了，只好返工，弄得张维新也赔钱了，只不过他很仗义地没有吭声。而二大伯干脆无偿地给他们找来水泥替换白灰，彻底保证了石窑的牢固。随即旧房子卖给王疤子，也有一点儿收入，刚好弥补杂项花销。最终，金文和奶奶乔迁新窑时，娘俩的所有钱款就花光光了，家中的摆设，不过是一件碗柜、一件大柜和几个粗陶大瓮而已。

到那个时候，金文才知道了一个秘密，原来父亲李增发竟和二大伯是一母同胞，只因爷爷膝下无子才过继而来，显然爷爷是注定没儿子的命。那么，二大伯正是金文的亲大伯，难怪金文感觉到他不一般的亲切。奶奶看着纸里包不住火，对金文的身世也就不再隐瞒，靠着二大伯总是有些依托，不然娘儿俩孤寡无助，日子怎么过下去？

送走了爷爷，十四岁的金文越发意识到支撑起这个残破之家的责任，他觉得他应该自立、再自立，决不能安于现状。吉庄毕竟是富裕的村庄，有一支类似于村办包工队的专业队，常年外出施工，队内普通劳力的日收入达到四元，在那个时代够得上冒尖。这导致了金文的"见异思迁"，结果跟李来开一年小四轮后，他自作主张申请进了专业队，随队在腊豁口东干渠砌筑石壁。实际上金文毕竟还是体力不支，扛筐时只能装一半的土石，队长张银厚也就马马虎虎按整筐给他计量，收入不打折扣。终归是抚恤对象，干部们没人跟他认真。

腊豁口东干渠，正是李增发当年的罹难之地，金文在干活时触景伤怀，老是黯然神伤。村里的李万云出于无聊，曾经对着金文叨叨那段"吉庄有个愣怀清"的顺口溜，还编了新的内容，什么"大队让你跟拖机，你又跑到腊豁口"，等等。金文听得悲愤交加，跳起来跟李万云狠狠打了一架。相信他也不会占到多少便宜，但大伙意识到了李万云之举不妥，于是再没人拿死去的乡亲开涮了。

  大约是1982年，吉庄实行了包产到户，金文和奶奶生怕种不过来，一共只承包了二亩四分土地，糊口不成问题；工分不提了，集体的抚恤改为现金，每人每年二百元。农闲季节，金文仍旧跟着张银厚临时组建的个体小包工队当小工，主要在神头泉边建渔场，一年下来共收入一千多元，足够日常花销。干了两三年，他已经年满十八岁了，集体也就完成了对他的抚养责任，不再给钱。不过，他已经冒失地瞄准了一个新的赚钱目标。

  当时吉庄附近的铁路扩线改造，带给村里难得的机遇，不少率先转变观念的村民纷纷购置小四轮拖拉机，拉道渣、运土方一派繁忙，凡是承揽业务来者不拒，惹得金文"蠢蠢欲动"。他发现村民李作清鹤立鸡群，养的是一辆由俄式嘎斯车改装的土汽车。土汽车不仅拉得多，而且跑得快。比如装载，一次能装二点五方，而小四轮仅装一点五方；再如土汽车一天跑五趟，小四轮只能跑三趟。相比之下，土汽车优势明显，所以金文决定自己也购买一辆这样的大家伙。然而盘点家底，别说土汽车，连小四轮都望尘莫及。

  但是机会眷顾了他。

  恰逢改革开放之初，国家动员个人贷款。金文的叔伯舅舅李存仁担任信用社主任，手头还有放贷的任务指标，可是一般情况下没人敢贷，担心背了利息无力归还。金文心想，自己怕什么？也无所顾忌，问清车价是五千二百多元，当即请舅舅为他担保，贷款五千元，年息是百分之八点一。然后，金文鼓动另一位买车的李明义结伴同行。他请了大队的链轨车司机孙鹏图协助，李明义也请了李作清帮忙，临近年关时四人启程前往晋南侯马的土汽车改装厂。接车也算顺利，四个人分开来，两两轮流驾驶，买些干粮后不住店不打尖，昼夜不停往回赶。金文驾驶着他这一辆，刚到介休，还是因为技术不过关，发生了追尾事故，生生将柴油机的底座扭坏，车子趴下了，只好就近拖入一家修理厂维修。修理师傅一算，需要二百元，可是四个人掏光口袋也凑不齐这个数,一时傻眼了,不知如何是好。好在那位师傅是大同人,对四位晋北老乡十分同情,当下将扭坏的柴油机底座换做大号角钢焊接好了,不仅一分钱没要,还带着金文他们回家吃了一顿热饭。金文他们千恩万谢,小心翼翼重新踏上归程。

时值三九严寒,滴水成冰,土汽车没有轿厢,四下里寒风如刀。本来金文自己带着一件皮袄、一件棉衣,看见李明义穿得较少,就让出棉衣,屁股下再没得可垫,土汽车又是藤座,寒气上钻,如同坐了一块寒冰。好容易摇晃着到了忻州地界,大家下车撒尿,金文却冻僵了,已经不能开口说话,伙伴们连忙架起他来回地跑步,许久才缓过来。那趟五百多公里的路程,吱吱呀呀竟跑了一个星期,金文受了大罪,几至小死一场,令他终生难忘。

不管怎么说,新车开回来停在那里,虎气腾腾地很是让人心宽,但每天早上一睁开眼睛,就有一笔贷款利息相随而至,当时来看数目可观,相对压力也不小。所以来年刚过正月,金文就开始驾车为小泊村附近的桑干河铁路桥工地拉石子,一立方石子连工带料八元,拉一趟能挣二十元,一天共跑四趟,毛收入就是八十元。中间他还雇了一名跟车的,月薪一百五十元,但旋即又舍不得这笔开支,只好辞退了帮工,自己一个人卖力大干,每次算回钱来,扣除费用后就赶紧攒存起来用于还贷。家里有奶奶操持,做饭洗刷缝缝补补,在乡亲们眼里,光景过得还不显寒碜。

土汽车满负荷运转一年多,铁路桥就竣工了,金文的业务随之告以中断。不过整体算下来,一年间的收入除了结清贷款,竟也赚到五千多元,好歹打下些基础。往后金文虽也零星地开车跑动,却顶多维持一吃一喝,大多时候他只能在村里晃荡,或者半截手种地,或者去集体的煤站干干零活,总好像三天打鱼两天晒网,最后土汽车也搁置得没啥残值了。这样一晃两三年过去,奶奶的身体日渐显老,她着急延续香火,四下托媒张罗金文的婚事。金文也赶时髦,请来木匠制作了一套组合家具,购置了黑白电视机和录音机,一应的硬件都不落后,只为娶媳妇做准备。但他这种家庭,先天条件不行,少老子没娘,一般的女方根本不予考虑;他自己倒是在村里谈过一个,因为人家的父母强势干预,最终棒打鸳鸯,一拍两散。

　　直到金文二十四岁那年，缘分到底来了。村里的李瑞感觉金文懂得挣钱，又能吃苦耐劳，看着还有出息，就介绍了他老婆的表妹，水磨头村的，小名叫白女儿。正逢中秋节村里唱戏，白女儿在戏院里经她表姐指认偷瞄了金文，第一印象颇好，所以节后李瑞立刻约了金文和白女儿在他家正式见面，难免从中说些撮合之词。白女儿已情有所钟，表态说家庭无所谓，人勤快就行。本来这是很难得的，谁知李瑞过来听他答复时，金文竟说没有相中。不过奶奶对白女儿很满意，不由分说拍板了，她对金文说："我也上了年纪，眼看没几天活了，你还挑什么呀？碰上这样的女孩不容易，人家不嫌弃你就阿弥陀佛了。娶了谁谁好，就她吧。"金文素来不敢忤逆说一不二的奶奶，只好任由包办，很快双方订婚了，谈好给女方一包在内两千七百元，包括彩礼、妆新衣服、自行车、手表、缝纫机等花项，应该还算适中。接着雷厉风行，金文和白女儿于当年的农历九月二十四举行了婚礼。

　　乡村婚姻嘛，先结婚后恋爱的例子不胜枚举，多也维系了家庭，不见得比自由恋爱差到哪里。偏偏金文好歹做不到安分守命，婚后不是想着接纳白女儿，反而一味地消极抗争，甚至比柳下惠还柳下惠，每天晚上都在村里的小卖部打扑克直到夜深人散，回家又顾自倒头睡觉，让白女儿在一旁孤灯难眠，长此以往，怎能培养起感情来？慢慢地白女儿的心凉了，绝望了，闹腾一番跑回娘家，通过媒人质疑说："金文那人对媳妇摸也不摸，太不正常，大概是有病哩。"所谓有病，指的就是没有生育能力。这类传言的影响非常恶劣，对一个男人而言最具杀伤力，但金文也不怨白女儿，因为毕竟给了人家口实。他想，自己虽然不喜欢白女儿，总也要把对白女儿的伤害降到最低程度。而媒人李瑞急忙过来斡旋，村里几个热心的朋友比如林大都劝金文到岳父门上认错，但金文固执任性，说："就当我有病吧。不是一家人不进一家门，我俩注定过不下去。既然人家不回来，我看拉倒吧，花过的钱我也不要了。"结果覆水不收，好离好散。奶奶气得小脚乱跺，一个劲数落金文说："你爸你妈怎给我丢下你这不争气的灰孙子？！好好的媳妇说不要就不要了……我的命怎么这样苦呀？"

少女时代的马改柱

孙子婚变的打击对奶奶是致命的，极其要强的她所有希望好像一下子化为泡影，而且村里人对金文的诟病也让她颜面扫地，抬不起头。也不知是不是与此有关，反正奶奶当下就一病不起、瘫卧在炕上，不仅无法再去关照金文的生活，反过来还得金文伺候她，生火做饭端屎送尿洗洗刷刷买药就医等，操劳得头上长草，家里也邋遢得没法形容，村里人都说他咎由自取。有时候金文出去做活中午不回来，就买了一个电饭锅搁在炕上，再买些挂面、方便面和鸡蛋，由老人家自己挣扎着胡乱糊口，想象不出那种情形有多艰难。她整天挂在嘴边的话是唠叨金文："赶紧再娶个媳妇吧，要不以后谁管你呀？"但是心急已没用了，这个家庭谁想嫁进来呢？除非傻子。

奶奶整整瘫痪了三年，抱憾离开了人世。金文也尽到了孝心，同时也使自己变成彻底的光杆一条。为奶奶发丧，金文一共花费了六千多元，不仅所有积蓄殆尽，还欠了一屁股外债：表姐夫一千元，姑父两千元，神头医院医药费一千多元，村里的赤脚医生李忠富五百多元，小卖部一千多元。用一句俚语形容："走了老婆卖了牛，光景过成没情由"，也还贴切生动；还有一句："年过二十五，衣破无人补，想要有人补，还得二十五"，是说光棍汉的日子没啥希望。

谁也想不到，就是在恓惶中，金文竟然收获了爱情，未免令所有的吉庄父老大跌眼镜。

前边交代过，金文常去村里的小卖部打扑克，还背着一笔赊账。这家小卖部的主人就是三老蛋夫妇。三老蛋是大南院三成才的儿子，身患严重的肺结核，常年喘气困难。他老婆名叫马改柱，虽然名字奇怪得像个男人，但容貌漂亮，十分贤惠精明，不仅把小卖部生意打理得滴水不漏，而且无微不至地伺候着生病的男人，像对待小孩那么好。金文看在眼里，一来羡慕三老蛋娶了一个好老婆，二来感觉马改柱是天下最好的女子。至于有没有心生暗恋，起码也疑似有，小卖部好像有磁铁一样吸引他跑得勤快，待着不走。慢慢地，马改柱忙不过来时，就请金文相帮一二，比如照料照料三老蛋，替三老蛋到运城那边买药等。外人看见，沸沸扬扬议论说金文扮演了拉边套的角色。反正说什么的都有。

关于马改柱的遭遇，金文都听说了。马改柱是朔城区东南乡孙家嘴村的姑娘，当年她本已有了对象，但始终没有看中男方的人才，临聘之际到底变卦，毁了婚约，然后才另选了吉庄村的三老蛋。虽然三老蛋家庭算不上富裕，但桑干河北边的村子跟南边的村子相比经济条件优越很多，这也是马改柱另寻幸福的动机之一。只不过她的婚运不佳，"瓜里挑瓜，挑得没瓜"，摊上了三老蛋这个病秧子。婚后，两人先后生下女孩静霞和男孩静彪，不过三老蛋的身体日渐孱弱，根本不能干活，老婆就筹钱开了小卖部，用以养家糊口；再过几年，三老蛋的病情仍旧不以意志为转移地走向悲观，最后只能在家中的炕上躺着，到中午时候勉强扶墙出来晒晒太阳。

就在金文奶奶去世的1993年，三老蛋也病入膏肓。他进入弥留阶段，头脑却十分清楚，首先向老婆安排后事说："我走后，你肯定要嫁人的。金文没心没事的，从不害人，是个靠得住的人。为了咱的娃们着想，以后你俩过成一家子吧。"大概与老婆达成了共识，接着他把金文叫到跟前，叮咛说："三哥不行了。我也管不了那么多，你和马改柱一起过吧。但你要答应我，必须好好照管两个孩子，让他俩好好读书，长大成人。"这样的交代，让人情何以堪，真是人之将死，其言也善啊。金文还能说什么？究竟是三老蛋成全了他跟马改柱的姻缘，还是他成全了三老蛋的夙愿，都不能简单作一评说，存在了就算合理吧。

两个苦命人加在一起变成幸福的一对

改天,马改柱发现丈夫情况不对,就让金文替她看着小卖部,她自己回家守候。当金文听着远远的哭声传来时,他知道三老蛋走了。那年金文二十八岁,马改柱二十七岁,三老蛋的两个小孩,一个七岁,一个六岁。等到三老蛋的葬礼举办完毕,金文就决定续娶马改柱,重新组建家庭。为此他专门进城找到二大伯李海小商量,或者说是通报一声。二大伯婉言规劝他说:"你目前的条件,娶个大姑娘不成问题,何必要娶人家寡妇,再带两个拖油瓶?负担不轻啊!你自己应该考虑好,将来后悔就迟了。"金文表态说:"我不嫌。"李海小只有叹气。另外所有家人近亲也一致反对金文的选择,认为近乎荒唐,但谁能出面去阻止呢?只纷纷无奈发出斥责:"真是从小没娘,到大爬场。"至于马改柱那边,周围的亲朋普遍不看好金文,要她慎重小心:"当年他娶过媳妇还不珍惜,对你能真心吗?怕是有始无终。"但马改柱认定了金文,她对金文的简短评语是:"本质不坏。"另外平心而论,她再去哪里找个没有家口、没有老少负担、还有责任心的男人呢?

总之,两人排除了干扰,牵手走到一起,制造了当时吉庄村的一大新闻。三老蛋虽然生命苦短,但生前聪明过人,人送外号"二诸葛",临终前把家小托付给金文,更令村里人视作明智之举,免了一女一儿的未卜之虞。相反,许多人感觉金文糊涂,众口一致送他外号"愣金文",跟当年的"愣怀清"一脉相承,根系传之不脱。但谁能理解从小就孤苦的金文呢?他需要奶奶般的管束、母亲般的温暖、老婆的体贴,这些马改柱都能给他,他还有什么奢求?不管以后负担沉重与否,他统统认命了,是自找的,无可后悔。

然后,他留居小卖部一年多,第二年重新收拾了自家的石窑,带着马改柱及两个小孩搬了回去,没啥仪式就算喜结了良缘,原来的清门冷灶焕发出新的生机。两个孩子原来叫惯了金文"叔叔",当面改口改不过来,但出外跟别人说起,都是一口一个"我爸",很是懂事。直到七八年之后金文跟马改柱才领了结婚证。事实证明,两人各自的二次婚姻经受住了时间考验,当然也离不开马改柱的苦心经营,她对金文说:"我一定给你生个一男半女,那才能够拴住你,那才是个完整的家。"在金文三十二岁时,女儿出生了;还不罢休,再过七年儿子又生下来,皆大欢喜。孩子们的名字都是李元唐帮助取好的,女孩叫李婉婷,男孩叫李博勤,很有文化意蕴。这是后话。

仍要回溯到金文和马改柱刚刚过在一起之际,大约是1993年。那时由于在吉庄村地界上的马邑煤站所带来的机遇,村里的拉煤运输户如同雨后春笋,金文也想买车,但积蓄分文没有,贷款又卡得严了,资金来源是个难题。正好李海小的二闺女,即金文的叔伯二姐在煤站当出纳,照顾金文从养车户手中收取煤票优先结算,一吨煤抽取二分钱的佣金。本来村里跟煤站商定,由集体统一结算运费,再从中扣除一定的管理费,金文是唯一插进来的个体"经纪人",一年也能进几千元,等于小卖部收入的一项补充。

煤票收了一段时间,金文最终还是有了一辆汽车,来历也因为小卖部。村民李化文累计赊欠达到一万多元,要钱却没有,他养了两辆汽车拉煤也说不上景气,就把其中的一辆破旧依发车作价一万二千万元抵账了,正好供金文驾用。不过那辆车子已经百病缠身,螺丝都让电焊焊死了,发动机已然报废，修理起来仍要大把花钱。没办法，金文以马改柱名义担保向村民大娃有息借款一万元，新换了汽车发动机，平板改装了翻斗，还雇了一名司机，金文自己跟车，雄心勃勃加入拉煤队伍，指望着"马达一响黄金万两"。谁知车子根本不给争气，老爷脾气十足，一有营生就要罢工，不是轮胎破裂就是车架垮塌，挣来的几个运费填不起维护的窟窿，所有修理费算下来足够买辆新车了。而且村里的车辆一律黑户，只为逃避每月一千元的沉重的养路费，所以每天只能瞅中午和半夜各跑一趟，效益好不到哪里。

过了一年多，马邑煤站自己成立了运输队，截住了外流肥水，将吉庄人的运输权剥夺，金文的养车生涯告结。车辆以废铁出售，卖了八千元，总体算下来，不仅一万二千元的本钱全部赔光，还贴进去他自己的劳动，真是得不偿失，标志着决心为马改柱一展身手的首战没有告捷。不过，马改柱什么都没说，表现得很豁达，给予了他足够的包容和理解，这令金文既感激又惭愧。这类的例子以后还不少，从侧面也反映了马改柱的用心良苦。总而言之，金文对老婆又爱又敬，从小浪荡不羁、缺少父母教养的他被马改柱改造得服服帖帖，为人处世中规中矩，真所谓"甚人甚命"。

长辈总是长辈，二大伯李海小一看金文在村里干不出什么结果，心里也牵挂着，但他已经退休了，自己心有余力不足，不免磨叽儿子李元唐说："村里就剩下金文一个，你不管他，真叫他爬场呀？"正好李元唐在电建二公司负责掌管了人力资源，当即为金文办了一纸合同工招用手续，安排他去服务公司机械班上班，月薪四五百元。施工地方就在神头电厂，离吉庄村三公里左右，每天金文跑家，这一跑三年多，一来跑得累，二来时间紧，夫妻两个商量一回，感觉在吉庄村小打小闹潜力有限，倒不如人往高处走，把小卖部迁往神头发展，未尝不是长远之计。经过一番酝酿，选定了电厂自由市场一处门面，即行租占了一间，打出烟酒副食零售的招牌，小卖部就此变为精品名烟名酒门市。但是铺开摊子又显得拥挤，一狠二狠又租了相邻的一间，兼用于销售和一家人的饮食起居，月租金一共八百元，从此举家告别了吉庄村，算是彻底弃农经商了。

所谓生意场上没规律，同一行当有人可以做好，有人就会做砸，其中不单需要辛苦，还需要有头脑以及其他许多综合因素。事实是，神头电厂庞大的消费市场为马改柱提供了发挥才干的空间，虽然底子薄，但她从小本生意、勤进快销的方式起步，滚雪球一样慢慢扩大规模，逐渐摸着了门道，后来干脆再租下隔壁的两间。其时，因为门市位置的有关事宜需要李元唐出面跟自由市场交涉，李元唐表示担心，对金文说："每月光租金就超过一千元，等于支付一个国企长期工的工资，能挣回来吗？可别赔得一塌糊涂。"金文自己也没多少把握，如实说："我是外行，全看孩子妈吧。"不过马改柱很自信，说："这些年我卖烟酒，知道该怎么经营，肯定没问题。"言语间不乏女强人的本色。正是在她的一力掌控中，门市的生意一直稳步周转，库存足有五十万元，平时一天的销售额基本维持在两三千元，逢年过节可以达到六七千元，房租虽是逐年涨到如今的每年三万多元，收入水平却并未降低。后来门市忙不过来，金文也就不再上班，主要协助老婆照料门市，抽空还季节性地倒贩白灰、石料，很少有清闲的时候。

从1998年进军神头电厂，到2012年不觉已是第十五个年头。金文家的门市也几经挪动，开到神头电厂最繁华的商业街上，在竞争中小有名气。十五年来，夫妻两人忙忙碌碌，基本上都在为两件大事奋力打拼，其一是投资购置房子，其二是供养四个孩子读书。

先说房子。起先朔城区矿业公司盖楼，地方在城西二级路边，当时位置比较偏远，街面房价格不高，每套二十七万元。二大伯极具超前的商业眼光，又怕金文手里有几个钱落不到正经地方，所以一力鼓动金文购买了一套。近年已经大幅升值，行情涨到一百多万元，现在租出去了，每年租金三万元。接着听闻城内东关村的东兴街有人出售宅基，金文分前后两次买来两块，一处两万四千元，一处九万元，再建起四正四南的两处平房小院，一共花费四十多万元，据说已有城中村改造的意向，每处有望补偿八十多万元。再就是神头电厂商业街改造，为了将来一劳永逸，金文认购了一套门面房，上下楼面积为九十平米，价格三十五万元，先交了二十一万元，余款2013年交付钥匙时结清。最后一宗属于歪打正着，当

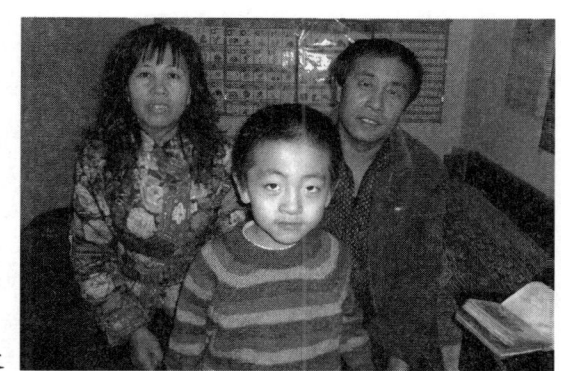

身边的小儿子很顽皮

时朔州有人在广西北海鼓捣什么投资,金文也被熟人拉拢进去,不小心上当了,一下子净亏五万元,但是那边卖楼房,允许带两个小孩户口,高考录取分数很低,将来可以受益。于是,金文买下一套一百一十八平米的,全价五十三万元,首付十六万元,再付十一万元,剩余二十六万元按揭贷款,期限十年,每年利息三万多元;如今金文已经交了两年利息,房子也花了九万元简装完毕,地段就在海滨,位置不错,也租出去了,月租金收入二千五百元……

　　啰啰嗦嗦罗列下来,只为说明金文夫妻的能量和胆量都不比寻常。当然,局外人难以感受到这两人的沉重压力:不包括北海的按揭和神头电厂的街面房后续投资,另行背着五十万元的借贷,月二分的利息,每年就是十几万元,远不到松劲懈怠的时候,更何况还有另一要务——供孩子们读书,负担不小,老鼠拉木锨,大头在后边呢。

　　老大静霞,到应县上了高中,每年起码五千多元;高考上了山西大学商务学院,毕业后安排在太原的一家能源公司就业,前后打点一共花出去不下三十万元,这个就算初步完成任务;老二在朔州市二中读了高中,每年花费一万多元,怀仁再补习二年,又花一万两千元,直至考上中北大学,如今已毕业待岗,跑工作以及将来结婚买房,预算还得数十万元;老三到怀仁上了一年初中,费用一万多元,初二时转入朔城区七中,花出去两万多元，现在还在就读，后续培养成本未知；老四即最小的儿子，就近在神头电厂子弟小学读书，2012年才上小学二年级，若要大学毕业还得十六年时间……在金文眼里，四个孩子绝无亲疏之分，尤其不能亏待三老蛋的骨肉，他在嘴边挂着的一句话是："我不能对不起三老蛋，不能让村里的父老乡亲说我金文忘本负义。"

2012年底，马改柱做主，又在神头电厂的商业街上投资小旅馆和饭店，初步预算还需上百万元，暂时没有余暇为金文买一辆小轿车。所以在吉庄人眼里，金文仍像个吝啬的土老财模样，浑身上下看不出腰缠万贯的风光。寒冬腊月，他为了卖出囤积的白灰，每天都得骑摩托车往城里跑个不停，油箱加满三十元的汽油三天就要耗光，有时回来都已是夜深人静，他冻得浑身哆嗦，心里总会感慨一番。

眼看就到五十岁的门槛，金文自忖不再年轻。走过半辈子了，说曲折也曲折，说顺利也顺利，比上不足比下有余，血一滴汗一滴自己活自己，回头总结还是应该感谢命运待他不薄。年龄使然，他时常禁不住为小儿子无端忧虑，觉得将来人家成家立业时自己可能已超过七十岁，最终能不能交代得圆满？或许那就要取决于孩子的命运如何吧。结果越想越是嘀咕，碰上东兴街有一位打着"周易"旗号占卜的先生，就登门去给小儿子算命，先生说"李博勤"这个名字不好，与八字相克。金文吓了一跳，赶紧请先生指点，给小儿子更名为"李崇阳"，其中的门道，天机不可泄露。

# 第九章 最后一任校长

那时候的徐校长感觉如履薄冰,生怕辜负了吉庄父老的信赖,她虚心向父亲和联区校长请教,与林支书他们共同分析研究,很快提出当好校长的三点具体措施:嘴勤,手勤,制度严明。这三条就成了徐烨锋当校长期间的工作准则,从未有过敷衍或者马虎。

2012年端午节,恰好是个周末,徐烨锋老师前去朔州市朔城区神头镇吴佑庄村的娘家探亲,耳闻邻村吉庄大张旗鼓举办第二届旅游文化节。人们都说旅游文化节的道教祈雨民俗表演和歌舞文艺演出很是热闹,徐老师本打算前去瞧瞧,但最终还是改变了主意,因为有一种难以形容的伤感再次弥漫了她的心田。

当年还是区委书记题写的校名

已经两年多了，徐烨锋心中一直放不下吉庄，因为她曾在吉庄小学当过将近四年的教师，而且又是最后的一任校长。如今，那所乡村小学已经不复存在了，其历史戛然停止在2010年的暑期。说实话，徐老师真的无法鼓起勇气走进吉庄，再去看看吉庄小学的旧址，她完全可以想象人去楼空的学校肯定是满目狼藉，或许孩子们的教室已经变成了鼠雀恣肆的乐园。

当初，徐老师是踏着她父亲的足迹来到吉庄小学的。

徐老师的父亲名叫徐海，上一辈从平鲁的宋红沟村迁移到朔城区神头镇吴佑庄村落户。徐海高中毕业后就在村里当了民办教师，直到20世纪90年代才转正，在神头联区的小范围内，也称得上一位名师。他很有个性地给女儿取了一个男孩化的名字"烨锋"，又是火又是刀的，寄托了不一般的期待。"小时候，我以为你很神秘……长大后我就成了你……"就像这首歌曲所唱的那样，徐烨锋从小很敬仰父亲，感觉父亲说话斯文、行止端正，教书育人，深受乡里乡亲的尊重，所以心中萌生的理想的种子就是"当老师挺好"。而且那时候，村里学习优秀的孩子们多数都把报考师范当作改变命运的最佳途径，一来分配当老师很顺利，二来工作稳定待遇不低。所以徐烨锋初中毕业后，同样没有选择再读高中，而是考取了朔州师范。2001年，二十二岁的她完成了三年的普师学业，满怀希望准备走向教师岗位时，谁知时运不佳，偏偏从那年起师范生不包分配了，她只好回家待业，其间找了一个平鲁山区的农家小伙结婚成家。丈夫在大同市的建筑工地打工，她仍旧常年住在吴佑庄村的娘家，夫妻离多聚少，2005年，第一个女孩出生了。

就是那一年，徐烨锋得到一次机会，终于正式分配成为公办教师。当时神头镇三泉湾学校刚好缺出一个岗位空额，担任校长的徐海就把女儿争取进来，父女俩就成了同事。三泉湾学校不在村子里，孤立在桑干河南岸，正式名称是神头职中附属小学，徐海多年来在这儿任教，徐烨锋也就跟在父亲身边读完小学和初中，因此对母校很有感情，上岗后担任四年级班主任，积极上进，一心为父亲争光。不过她发现，其时农村教育已经开始急遽滑坡，学生出现了择校流动现象，像三泉湾学校初中附带小学原先二三百号学生，眼看剩下的顶多百十来号了，好些的班级二十几个学生，差些的也就十几个。"位卑未敢忘忧国"啊！徐烨锋听老师们经常议论，把这种现象归咎于城镇化进程和私立学校的冲击，一方面教育资源配置明显朝城里倾斜，城里的学校逐年增加仍旧人满为患；另一方面，国家2003年实施《民办教育促进法》以来，鼓励民办教育，不论城镇还是乡村，私立学校也如雨后春笋般涌现，抢占了不少生源。这些都给乡村公立学校制造出一片风声鹤唳。耳闻目睹不少有关系、有门路的乡村教师接连进城，徐烨锋暗忖自己很难获得进城的机会，不过，心中还是对母校的前景隐隐感到一丝悲观。

从2005年起，当地教育系统开始了公开招考教师。大概也出于对城乡教育失衡的考虑，朔州市也给乡村学校补充了不少新录用的年轻教师，三泉湾学校也分来几个。教师数量有所增加，神头联区相应地进行辖内的师资调整，2007年正月徐海不再担任三泉湾学校校长，而是调到了吉庄小学。吉庄村距离吴佑庄村又近了几里地，跑家也方便些。徐烨锋和父亲在一起总是踏实，所以跟着也调到吉庄小学，更换了一个工作环境。

吉庄小学看样子规模不小，占地一共八亩，一幢单面二层楼房，面积有一千二百平米，上下十四间教室（包括一间由教室改装的厨房），外加四个单间办公室，楼南则是宽阔的操场。虽说楼房没有暖气和上下水，冬天也得烧炉子，但就朔州的村级小学而言，吉庄小学的条件无疑位列前茅、堪称一流，且位于村子的东南边沿，与当年的雁北师专旧址毗邻，环境很是幽静。再看学校的大门楼上，"吉庄小学"四个红漆书法体大字十分醒目，落款是"彭世先题"。彭世先在2000年左右担任朔城区的区委书记，能够留下他的墨宝，也是学校无言讲述着的荣耀。据说学校就是世纪之交时由吉庄村自己筹集了二三十万资金建起来的，一来说明村里副业发达，家底不薄，二来也反映了村里对教育的看重。神头镇有的村子经济条件超过吉庄，对学校的投入相对要吝啬多了。

上述就是徐烨锋对吉庄小学良好的第一印象和油然而生的感慨。

徐老师还了解到，吉庄在朔城区范围内是一个有名的文化村。她听说尊师重教历来就是吉庄的传统村风，有一个1983年的统计数字，显示从恢复高考起的七年间全村考入各类大中专院校的学生是二十人，按人口比例达到了八十分之一，位列全县第一。还有1958年雁北地区的第一所大学——雁北师专落户吉庄，更是给吉庄带来了耀眼的光环效应，虽然1986年师专迁往大同市，但是影响犹存，朔州人眼里的吉庄仍不失为一个文化符号。那么，吉庄能够做到倾尽全村之力扶持办学也就不足为奇。

日后，徐烨锋老师曾经看到过村里一位退休老校长李峰的一份简单的总结，大体梳理了从解放初开始到2007年六十余年间吉庄小学所走过的清晰轨迹：1947年前，两家私塾，富家子弟十余人就读；1948年始有公立二级复式小学，设在庙院，老师一人，学生四十余人；1950年—1967年，小学搬入地主李渠旧宅，还是二级复式教学，老师从二人增加到四人，学生人数从五十多人增加到九十多人；"文革"期间，因为教室毁于火灾，学校只好再次搬入破庙，但变为单班教学，从1968年—1982年，学生人数逐年递增到二百余人；1983年—1986年，学生人数更是突破了三百多，老师十三人，学校也搬出破庙，占用了大队部，同年级变为双班，另增两个幼儿班，学校还被确定为朔县的五所实验小学之一；从1987年—2006年的二十年间，学生人数一路递减，1990年维持在一百九十多，进入新世纪后学生开始骤减，只剩下了八十多人……

如果把每个时期的学生人数排列一下，可以发现一条"过山车"式的曲线，可谓辉煌不再，情形与三泉湾学校大同小异。徐烨锋老师初到吉庄时，小学共有八十多名学生，六个年级，外加一个学前班。有经验的老教师按照朔州人口自然增长率的普遍情况约略估计，像吉庄这样两千余人的村子，即使人口自然增长率降低了，但七岁到十三岁的适龄小学生人数应该在一百三十人左右，那么八十人之数表明还有五十多个小学生或失学或离村在外求学。

再说教师队伍，全校一共十人。校长名叫贾建斌，四十多岁，家在老婆任教的北邵庄学校。连他在内共有六名公办教师，其中两名女的：徐烨锋和年近五旬的武凤英。一位男李老师、一位男赵老师，二人年纪相仿，不到四十岁；再就是年龄已经五十五岁的大徐老师。剩下的四人，都是师范毕业后临时就业的代课教师，清一色二十岁出头的女孩，待遇微薄,月薪仅有三百元,不到公办教师的四分之一。

徐烨锋在公办教师中年龄最小,因为是期中过来的,只有二年级班主任空缺,贾校长就安排她接任,实行的是包班制,她教语文、数学两门主课。班上学生二十六名,数量相对最多,而其他几个年级,有的十几个学生,有的不足十个。所以徐烨锋等于挑了一副重担子,她父亲大徐老师则退出一线当了比较清闲的副课教师。其余,公办教师武凤英任四年级班主任,男李老师任五年级班主任,五、六年级数学单独分出来由男赵老师教授。这样,连同学前班在内,七个班级中公办教师担任三个班的班主任,另外四个班的班主任由代课教师担任,占了半壁江山还多。

不管学生多少,当了二年级班主任的徐烨锋还是积极进入角色,按部就班地完成着教学工作:按时到校,按照课程表讲课,批改语文、数学作业;学生每两周一次的作文,每天的一篇日记,都要一丝不苟批阅;还有为学生征订并讲解课外辅导资料,接受联区的排名考核等等。每天忙忙碌碌,时间安排得很是紧张,日子也很充实。

课堂已是昨日的情景

2007年9月，暑假后开学了，徐烨锋跟班升上三年级。贾校长调回北邵庄学校夫妻团聚，新调来了马邑村人金子旺继任校长。另有两位公办教师男赵老师和男李老师也调走了，接着调来另一位公办老教师李如茂。这一年的年底时，教师们的额外待遇除了每天提供一顿免费的午餐，校长又给大家每人派发了七百元奖金，说是村委会聊表一点儿心意。

心意归心意，学校生源的缩水依旧不能遏制。就以徐老师的三年级为例，每学期开学，班里总有一两个学生转学，多是进城了。其中有个学生名叫李承乾，十分聪明好学，成绩突出，弟弟也到了学龄，但家长进城打工，为了照看方便，干脆把哥俩一起带走，送进城里的小学。李承乾转学，令徐老师很惋惜，又无法找出挽留的说辞。她的班相对还好一点儿，勉强留住二十多个学生，别的班学生走得更多，学前班及一、二、四年级的四个班每班人数不足十人，五年级、六年级竟然因为没人报名而断级了。很快，全校学生就减少到五十多人，偌大的一幢楼房门庭冷落，教师们心中郁闷，却也茫然而无奈。因为经过几年发展，城里有几家成了气候的私立学校华丽转身，获准民办公助，招生力度之大咄咄逼人，公立乡村学校越发无力招架，境况更加糟糕，比如到2008年，神头联区三家学校的初中班已经被迫全部停止招生。家境日益宽裕了的村民都有了逐校意向，把城里的学校看得很神奇，当然也有跟风心态作祟。徐烨锋家访时，老是听到家长们这样交待子女："反正我是把你送进城里念书，万一念不成书，将来长大了也不要怪我。"

由于每个班级的学生寥寥无几，以至于2008年学校连六一儿童节都没有活动，显得鸦雀无声，这是吉庄小学有史以来所罕见的。时任吉庄小学校长的金子旺束手无策，唯一可以采取的措施，就是开导老师们说："我们是教师，教书育人是天职。有几个学生就教好几个学生，即使只有一个也要好好教。大家认真工作，尽到自己的责任。"话是这样讲的，教师也并没有懈怠，学校却难以维持现状了，就像电影《天下无贼》里的一句台词："队伍不好带了。"其时武凤英和李如茂、大徐老师一样，都因接近退休年纪而带了副课，到学校的次数不多，这样公办教师带班的只剩下了徐烨锋一人。其余四名班主任全是代课女教师，她们跃居学校的绝对主力位置，但三百元的月薪养活不了自己一张嘴，肯定是人心思动，致使人员更替频繁，有的待一年有的待半年，或者结婚走了，或者跳槽去了私立学校，陆续增补进来的又是新手，教学技能有所欠缺，于是形成了恶性循环。客观现实是，留下来的学生也蠢蠢欲动，家长们无不观望徘徊。

坚持到2008年寒假，很有可能难以为继的吉庄小学在风雨飘摇中终于迎来了一次转机。

那年12月20日，吉庄村党支部和村委会换届，声望较高的林建国经过竞选就任支部书记兼村委会主任。林建国之所以能够获得绝大多数村民的选票，其中的重要原因之一就是他顺应人心，倾听村民对小学担忧的强烈呼声，承诺一定要全力以赴整顿小学，使之重新焕发生机，保证教学质量。林支书刚刚上任，就拿着全村两千多名村民"你认为吉庄村最迫切解决的问题是什么？"的调查问卷前去跟神头联区校长张佩峰交换意见，其中一条"盼望小学生回流"让张校长为之动容，他全力支持吉庄村在政策允许的范围内改革小学教师的任用制度，自主选择教师。

随即，就在2009年小学开学前几天的元宵节，吉庄村召开了一次全村学生家长大会，商议振兴学校大计。到会的除了全村适龄小学生家长，还有本村的退休老教师、在外工作的教育界人士等，大家认为导致小学不景气的内在因素关键还在教师。当然把问题完全归之于教师可能有失公允，但教师自身总有不能推卸的责任吧。总之，林建国在会上要求家长们评议各位老师的优劣，再行表决作为决定其去留的依据。家长们普遍反映徐烨锋踏实敬业，口碑良好，是一位好老师；还有一位吉庄的媳妇、代课多年的阎桃花，因为对学生要求严格而深受家长们的信任和肯定。她俩顺理成章获得留用。三位带副课的公办老教师，无关大局，任之去留，不在评议之列。其余三名代课教师，没有得到家长们认可，只能另谋高就，从吉庄小学走人。至于金校长本人，也没能在评议中过关，退回联区另行任用。

正在假期中的徐烨锋先是接到吉庄村的姑姑给她打来的电话，大体得知了家长评议教师的消息。随即她又接到林支书的电话，通报了评议的结果，并诚恳地征求她的意见："徐老师，大伙儿一致给你好评，夸你责任心很强,也有管理能力。我们商量决定请你来当校长,相信你一定能够胜任。你看行不行?"徐烨锋没有半点儿心理准备,甚至怀疑自己是不是听错了,半晌才问了一句:"让我当校长,能行吗?"林支书表示:"只要你肯干,村委会保证不折不扣大力支持。还有,你父亲担任过半辈子小学校长,经验丰富,我再请他费心,帮你出谋划策。"经过林支书极力鼓动,最终徐烨锋答应了,说:"那我锻炼锻炼!"

其时徐老师刚刚三十岁,就鼓起勇气继任了吉庄小学校长。虽然一个小学校长不算什么正经领导,但在村民心里,那个职位的分量很重,寄托了全村两千多人"保卫学校"的殷切希望。

马上就开学了,徐烨锋正式走马上任。

林支书的支持力度果然很大。首先多方了解挑选,配齐了一线教师:徐烨锋需要经常去联区开会,也要管理学校,所以不再带班;家住师专旧院的知名代课教师赵凤英被从私立学校请回来接任四年级班主任;阎桃花随班不变,担任三年级班主任;曾在吉庄小学代课、反响很好的贺翠霞也被请回来给一年级带班;二年级交给了李桂珍,学前班找来了李桂兰。这帮娘子军,除了赵凤英外都是吉庄的闺女或媳妇,队伍相对稳定,免了换来换去的弊端,也是出于长远考虑。还有从三年级起开设英语课程,聘任的教师是吉庄的老三届高中生李银堂,他原在供销社上班,英语底子扎实,平时辅导自己的几个孩子,英语成绩无不突出。虽然校长徐烨锋之下的全班人马仍然都是代课教师,但村里给出的待遇是每人月薪一千元,徐烨锋每月奖金一千二百元,学校另行安排了门卫、厨师、专职卫生员。全体教职员工吃在学校,一日三餐免费。接着,所有教室更换了玻璃、纱窗、桌椅,布置了电教室,购置电脑两台、电视机一台。雷厉风行间,吉庄小学焕然一新。据说除了联区援助,村里当年的投入竟有二十余万元——就一个村庄而言,已经算不惜血本了。

那时候的徐校长感觉如履薄冰,生怕辜负了吉庄父老的信赖,她虚心向父亲和联区校长请教,与林支书他们共同分析研究,很快提出当好校长的三点具体措施:嘴勤,手勤,制度严明。所谓嘴勤,就是多跟教师交流,多跟学生对话,多听家长的诉求,多问办学方法,然后对症下药,因

**徐校长与本书作者**

势利导；所谓手勤，就是每天必写校长日志，记录各班课程安排、学习内容，记录学生到校人数、安全状况，记录联区有关要求指示，从中发现不足，有的放矢；所谓制度严明，也是办学的基本原则之一，没有规矩不能成方圆嘛，包括教师考勤、学生请销假、公物保护、作息时间等制度，严格执行，监管到位。这三条就成了徐烨锋当校长期间的工作准则，从未有过敷衍或者马虎。

　　心急的还有林支书，每天他都往学校跑一趟，作为徐校长的有力后盾，尽力满足徐校长提出的要求。其一就是通过关系，将朔州市实验小学的好教师请来，给学校的教师们评课、现身说法传授经验，再派出教师们到朔州市实验小学随班学习，"走出去，请进来"，效果倒还很明显。然后，林支书又组织村干部和家长到学校听课，情景竟与"文革"时期贫下中农管理学校有些相似，这让每一位教师压力不小，以至于看见林支书过来，几乎是战战兢兢的。到了期中、期末考试，各年级的试卷一律从联区密封取回，当场启封，考完后徐校长都得浏览，最后交由林支书留存，以备对照成绩，评优奖励。

　　平心而论，徐烨锋和教师们投入了极大的辛苦。按照作息时间，夏时学生早上六点到校，教师全都提前二十分钟过来，徐校长则又比教师早到二十分钟,迎候教师和学生;晚上七点放学,教师要迟回二十分钟,都要把学生送出校外车多的丁字路口,徐校长又要比教师迟回二十分钟,最后一个离开学校。冬时到校推后半小时,放学提前半小时,其余做法相同。就以夏时为例,每天上午三节课,下午三节课,早晚各有两节自习,教师们上班时间超过十一个小时。大家隔三差五下班后还去家访,回家就更晚。一次阎桃花老师家访时被狗子咬伤大腿,打过狂犬病疫苗照常上课,没有听到她有什么怨言。校长尽职尽责,教师自觉自律,大家心往一处想,团队氛围很好。

村民们感受到了村干部特别是林支书对于办学的决心和良苦用心,也看到了老师们竭尽所能一腔热忱的教学表现。试想,村里的学校欣欣向荣,小学生还非得外出求学吗?家长们还非得舍近求远把孩子送出去吗?于是学生很快开始回流,到了当年四月份即徐校长上任的头一个学期期中,全校学生人数直线上升到一百余人;再到秋季新学期开学,各年级随同班主任依次升上一级,五年级也就得以恢复,再招一个学前班,招聘了村里孙二平媳妇、能歌善舞的武兰兰当老师,同时一、二年级也开设英语课程,由回村实习的大学生李晶晶代课。这时候全校成了六个班,学生人数统计是一百四十六个。数字表明,村里的适龄小学生全部回流。

神头联区按学生人数排名,北邵庄学校和大夫庄学校分列第一、第二,其中北邵庄学校的学生四百多,大夫庄学校的学生比吉庄小学略多。但那两所学校是朔城区的寄宿制试点,生源包括周边村庄,而吉庄小学全是本村的孩子,非常不容易的。在乡村小学普遍低迷的大环境下,吉庄小学竟然奇迹般地营造出了自己一片宜人的小气候。看到学生坐满了教室,最舒心的是村支书林建国,他终于可以给投票支持他的村民交上一份合格的答卷了。而发自内心为之欣喜的还有徐校长和每一位教师,她们教书的积极性更高了。也许城里的教师正在为班里的学生人数太多而怨气冲天,但是谁能想到,在乡下,在教育金字塔的最底层,在小小的吉庄小学,学生人数多了竟是教师们的精神良药啊!

最令徐校长难忘的是 2009 年的六一儿童节,学校组织了很隆重的庆祝活动。那天孩子们都穿上新衣服,各班列队举牌进入操场,由徐校长主

简易主席台上的林建国已知道学校要撤销的消息

曾经的"六一"表演已经成为回忆

持,首先进行了升国旗仪式,然后各班分别表演了文艺节目;林支书和乡里的干部被请上主席台观看,脖子上也被小学生佩戴上了红领巾。他们也给准备了笔记本、钢笔之类的奖品,颁发给各班的优秀学生。林支书发表了讲话,希望把吉庄小学办成闻名朔州的一流学校,同时表态:"今天我在这里代表村支部、村委会郑重承诺:村党支部、村委会要坚定不移地发展村办教育,要一如既往地扶持村办小学，要始终如一地关心孩子们的成长。"他的承诺，让周围的家长们好像吃了定心丸，一时间掌声热烈。林支书的连襟在朔州电视台当记者，他还带了摄像机过来摄像，采编了一条新闻在朔州电视台播出了。看着自己上了电视，徐校长和教师们很受鼓舞，摩拳擦掌的，好像吉庄小学在不远的日子里真的成了朔州一流的小学。

　　憧憬很美好，憧憬竟也很短暂。因为，现实往往是很残酷的。

　　就在儿童节过后不到一百天，林支书关于"坚定不移地发展村办教育"的承诺言犹在耳，他却拿到了一份文件，是经朔城区2009年8月13日区政府常务会议通过的《朔城区义务教育阶段学校布局调整实施意见》，旨在整合教育资源，调整学校布局。文件显示，朔城区决定"撤并贾庄乡等初中11所，神西村等小学61所，七里河村等104所小学的4—6年级教学班，调整后全区农村保留高标准寄宿制学校21所、完全小学26所、小学教学点104个"。也就是说，整个朔城区一共三百二十七所农村学校，砍掉了一百七十六所，超出了一半。缩减的力度之大，可见农村学校举步维艰的程度。

　　不幸的是，徐烨锋任校长的吉庄小学，白纸黑字写得清清楚楚，恰在被撤并之列。理由有四，写在文件上：在校生相对较少；办学条件较差；师资力量薄弱；布局不尽合理。吉庄小学犯了哪一条？文件没有解释。

　　林建国傻眼了。又过了月余，他到镇上开会，镇长明确地告诉他："整合学校刻不容缓，教育局划片了，你们吉庄和吴佑庄、新磨三个村的小学撤销，归在三泉湾学校，上级不允许你们学校继续办下去。如果不撤，就是非法擅自私办！出了问题拿你是问！"看着刺目的红头文件，懊丧失意的林支书求助无门，他能理解上级的立足全局的统筹规划，但自己也十分渴望把吉庄小学继续办下去，不甘心就此半途而废。经过一番内心挣扎，他决定装聋作哑跟镇长周旋一下，好歹等过了眼前这个新学期再说。所以，他压住了文件，保密了消息，没有跟村干部和徐校长传达。徐校长有一次到联区开会，听到联区校长略略提及说各小学的四、五、六年级三个班恐怕要被撤销。因为联区校长没做安排，所以她回去也没有跟教师们透露，生怕打击了她们积极性，不过她自己心中已经有一团阴影驱之不去，感觉学校朝不保夕。总之，此时吉庄小学的班主任们的意识里没有撤并学校的概念，她们全都被蒙在鼓里。

　　大约是撤并学校毕竟有个部署实施的前期准备阶段，抑或林支书的抵制起了一点儿作用，反正吉庄小学顺利地度过了2009年的后半学期，2010年的前半学期也按时开学了，学生入学没有受到什么影响，一切似乎风平浪静。在这一学期过半后，徐校长有孕在身，一段时间身体很是不适，只好临时请假，由赵凤英代理校长。据说其间赵凤英在联区开会时，也接到了关于撤销学校的指示，但教师们都说她回来之所以守口如瓶，绝非真的不动声色，而是开不了口。学校是林支书一手操持起来的，林支书的态度才可以决定学校的命运，或许赵凤英也这般想着，她把一线希望寄托在林支书身上，也属合情合理。但是，一位村支书，在中国的官员序列里轻如鸿毛，他有没有力气螳臂当车呢？

　　大约2010年的5月份，看见吉庄学校无动于衷，神头联区校长张佩峰亲自出马，来到吉庄小学，首先跟林支书碰头，告诉他说上级三令五申，吉庄小学不撤不行，没有协商的余地，必须服从大局。林支书情绪不好，负气地说："我没法跟师生们说。你自己去做工作吧。"于是张校长就由赵凤英领着，一个年级一个年级地走进教室，动员孩子们乖乖听话，下学期就转学到三泉湾学校；又介绍说三泉湾学校可以寄宿，一律两免一补，条件如何如何不错等。他的光临，等于正式公布了撤销吉庄小学的时间表。各年级班主任一时间惶恐不安，如同阴冷的寒流袭来，一扫她们春天般的笑颜。毫无疑问，只要撤掉了小学，就意味着她们一帮代课教师将要离开讲台，失掉一千元月薪的工作。对照朔州的平均工资水平，一千元仍在菲薄的范围，但为人师表惯了，还适合去做什么呢？等联区校长走后，她们都去询问林支书怎么办，林支书含混其词安慰说："你们照常教书，不可误人子弟。等到了下学期只要孩子们还来报名，咱们还能把孩子们推出教室？"

　　接着林支书又遇到一件事，那天他在村里的卫生所闲坐，忽然学校背来两个小孩，因为摔跤不知碰到哪里，其中一个竟然不会站立。虽然送去医院检查并无大碍，但林支书惊出一身冷汗，他觉得万一真的出了安全

他们都将去城里求学

事故,自己岂不是顶风犯错,错上加错?到底是拗不过政策,担不起责任呀。所以,他颓然放弃了努力,再也不敢为争取吉庄小学的存活而徒劳地奔走呼号了。

很快学校放了暑假,徐烨锋也从几位教师的电话诉说中获知了相关情况,她对学校十分牵挂,老是放心不下。好容易等到应该开学的8月23日,她虽即将临产,但还是挺着大肚子赶到吉庄小学,发现教师们都来了,大家在默默地准备着开学报名工作,然而家长们早已不踏实了,只是前来观望询问,却没有一个让孩子报名的,这让教师们无所适从。25日徐校长就分娩了,她的男孩呱呱坠地,吉庄小学却走到了生命的尽头。锁上了校门,几位代课教师连讲授最后一课的机会都没有,所以也免了和学生共同啜饮彼此依依不舍的酸心滋味。

当时情景是别人转述给她的,徐校长听说要强的李桂兰曾经跟林支书探讨能不能由她自己办一个幼儿班,但最终未果,她只好含泪把"六一"时亲手为班里的孩子们用彩色纸片做成的二十六个小白兔帽子珍藏在箱底,进城去包了柜台推销手机;其余除了阎桃花到了城里的私立学校教书外,几位代课女教师就像李桂兰一样全都离开了讲台。徐校长还听说,一百四十多名学生中的绝大多数另行四处择校,只有其中的十四名按要求去了三泉湾学校寄宿就读,但三泉湾学校已经沦落为饱受非议的差等生聚集之地,很快走向末路,解体了。

自从坐月子起,徐烨锋再没有去过吉庄小学。产假结束后,她接到联区通知,她被充实到寄宿制的北邵庄学校担任生活老师。那里还有四百多小学生,三百多名寄宿,徐老师与另外四名生活老师就像保姆一样轮流负责照看一、二年级十六名小孩的饮食起居,等于离开了讲台。她发现孩子们虽然每学期只交六百元的生活费,伙食也很好,但由于过早离家,难免都有些发蔫,心理上难以自理,与守着父母截然不同。可是有什么办法呢?

换了岗位的徐烨锋应该比较清闲,收入也不比当校长时减少,不过她觉得这儿没有了在吉庄小学时向上的氛围,自己也没有了作为教师的成就感和荣誉感,因此生活好像暗淡了许多。她怀念吉庄小学,也怀念吉庄,一次她碰上林支书,林支书喟然叹息说:"吉庄失去了小学,耳边再听不到朗朗的书声,眼里也看不到结伴背着书包上学堂的小孩了,给人的感觉是村子好像缺少了生机,好像没有了希望和未来。还敢称什么文化村呢?"徐老师默然不答。她想起听到过的两个数字:目前的在校大学生中城乡子女的比例是百分之八十二点三和百分之十七点七,由此她对林支书的话是否有些偏执和悲观无法认定。不过她还想起时任总理的温家宝说过的一句话:"过去我们上大学的时候,班里农村的孩子几乎占到百分之八十,甚至还要高,现在不同了,农村学生的比重下降了。这是我常想的一件事情。"既然总理常想,事情终将改观吧?

于是徐老师只能这样对林支书说:"或许将来吉庄小学还会恢复的。"

林支书说:"但愿吧。"

补记：根据教育部2012年7月23日公布的《规范农村义务教育学校布局调整的意见》(征求意见稿)，针对"盲目撤并"现象提出规范要求：多数学生家长反对或听证会多数代表反对，不得强行撤并；已经撤并的学校或教学点，确有必要的应当恢复。还有教育部资料显示：过去十多年，我国农村小学数量锐减一半，2001年全国农村小学五十一万多所，2009年为二十三万多所，平均每天减少约六十四所。

## 第十章 "吉·李"

关于自己的明天,李宝唐理想不泯,他的终极目标依然是希望研究出最大限度提高副产品转换利用的特色饲料,继而推向市场,造福社会。当然,不管他走到哪里,中国北方的那个小村子吉庄永远是他的根,让他梦魂萦绕的永远是吉庄的那棵根深叶茂的老槐树。

2013年春节期间,吉庄的李增寿卧病在床。

李增寿已经八十七岁高龄,本来还腿脚灵便,但在月余前独自跑出小区沿着街道溜达,不防被一辆飞驰而过的摩托车撞断了大腿。肇事者逃逸了,李增寿从医院回来后身体也急转直下,吃不下东西,每天只能喝一

博士回村——
亲人们合影

李宝唐博士

杯牛奶维持,结果导致数日不上厕所。家人买来润肠片喂他,按医嘱是每天两颗,谁知他有些老年痴呆,自己偷偷摸到了药片,一口吞下去一把,结果不得了了,泻得没了开关,让守在跟前的儿子李宝唐吃尽了苦头,擦擦洗洗的夜不能眠。不过李宝唐十分耐心,总能把父亲收拾得干干净净,亲戚们都说他一点儿都不像有身份的人。

事实上,李宝唐真的大有来头。关于他的介绍,国内外专业网站上都可以找到:"李宝唐博士,全球知名动物营养学家,加拿大籍华人,加拿大著名养猪专家……"仅此只言片语,已经够了。在吉庄、在朔州,出来这样响当当的人物,绝对非同凡响,绝后不敢说,肯定是空前的。如今的李宝唐在越南创业,每年春节他都会不远几千里回来跟父母团圆。这次随他回来的,还有他漂亮的越南太太阮玉艳。阮玉艳言语不通,一边用好奇的眼光了解着她陌生的婆家,一边帮着八十五岁的婆婆做些家务,偶尔也说几个简单的中文词汇,比如谢谢、不客气等。

她是李宝唐的第二任太太。李宝唐奔波半生,到头来在越南落脚定居,有时候想起来,连他自己都感觉是命运安排。特别是婚姻归宿,不理解他的人多的是,或许也包括他的父亲李增寿。李增寿脑子变得糊涂了,唯一清楚的是离不开老伴,一旦眼前看不见老伴,马上就会大叫大嚷,而且还晓得反反复复叮咛子女:"我走了可不能让你妈受气。我有几个钱都得给你妈留着。"李宝唐听了,就想起小时候不止一次见过父亲打骂母亲的情景,难免喟叹不已。

　　李增寿小名蜜葫芦,大约临近解放时,曾经在阎锡山的顽固军四十二团短暂地混过几天,所以在吉庄近代历史上也算挂上号的。父亲的这段经历,李宝唐闻所未闻,不过自他记事起,家庭状况一直令人羡慕。那时候父亲是铁路工人,月收入五十多元,属于高薪,母亲是家庭妇女,全家住在离吉庄不远的北邵庄火车站家属院。李宝唐1961年出生在那里,在四个小孩中排位老三,上有哥哥姐姐,下面有个妹妹。据说开始时全家都是市民户,但赶上了所谓的"六二压",母子五人就变回了农户。对李增寿而言,骨子里根深蒂固的小农意识和传统观念让他对吃香的市民户一贯不屑一顾,觉得远不如村里的几分薄田给予他的踏实和满足。所以后来落实政策时,他毫不犹豫就将所有原始依据扔掉了,与别人的趋之若鹜背道而驰。当时户籍的变更并不影响李增寿一家继续住在车站家属院,也没人来撵,但他仍旧决定叶落归根,跟兄弟李海小一道在吉庄村的北场上申请了六间房的宅基地,哥俩各一半。李海小在县供销社担任副主任,盖房子基本不在话下,李增寿相对费劲,可他正好拿到大闺女的聘礼五百元,得以与兄弟一样盖起三间房子,然后立刻打道回府了。

　　同时,刚读到小学二年级的李宝唐也从北邵庄小学转回吉庄小学。在李宝唐记忆中,母亲没有参加过队里的劳动,甚至很少出门,寻常都把家里收拾得纤尘不染;父亲则本分保守,也很吝啬,平时孩子们的零花钱一分也不给,控制极严。一次,老师要求学生每人买一本新华字典,巴掌大小,价格好像是七毛,李宝唐回去向父亲要钱,父亲非要先见着字典才掏腰包,没办法,李宝唐只好借了本家弟兄李世唐已经买了并写了名字的字典,用纸片将"世"字糊了写成"宝"字,好歹蒙混过关。另外,李增寿十分专横,被李宝唐形容为"不文明"。比如当时比李宝唐年长十二岁的姐姐已在神头肉联厂上班了,还是长期工人,但找了对象后,父亲考虑她一来常常上夜班徒步三四里不大安全,二来工厂的年轻男女混在一起总也有些瓜田李下授受而亲的嫌疑,所以坚决不让她继续工作,唯恐有所闪失,跟女婿没法交待。结果导致女儿一辈子生活清苦,谁说起来都会唏嘘不已。李增寿退休后，根据政策照顾，大儿子接了他的班，也成为铁路工人，姐弟俩的差距就是那么大。

上小学的时候，李宝唐贪玩，成绩并不突出，况且当时还在"文革"后期，学习不学习无足轻重。等去神头公社中学上了初中，就赶上教育回潮，他遇到一位循循善诱的数学老师，姓谢，已忘了名字，就是这位谢老师诱发了他对数学的浓厚兴趣，什么口算笔算、什么XY，他都心领神会游刃有余，在全班五十多名学生中获评"数学大王"。当时倡导"以学为主，兼学别样"，学校开了几门农技课，李宝唐分在兽医班，听几个兽医讲授过劁猪骟蛋，却没什么印象，大抵像对牛弹琴。

放学或放假，李宝唐最热衷的是赶小平车，缠着生产队的车倌大娃和补喜跑来跑去，人家扔给他一个粪叉，说想坐车就得装卸，他干得浑身是劲，然后坐在车辕上，听着拉车的毛驴嘀嗒的蹄声，很是得意。想来农村没啥好玩，那也最多算个娱乐而已，远不能说与以后的职业有多少瓜葛，更上升不到理想的高度。当然了，李宝唐并不像多数同学那样对未来浑浑噩噩，他脑海里的憧憬千奇百怪，看见工人或售货员风光，就希望自己长大了也能务工或售货，看见天上飞来飞机，又希望某一天能坐上飞机，等等。为此，他在班里积极表现，学毛选也十分认真，还在班里担任了一个小职务，组长之类的吧。

谈到理想，李宝唐总要联想到一次离奇的经历。上了初中，他在十二班，李世唐在十三班，两人照样亲密无间。那年秋后开学不久，两人结伴出去拾粪，以完成学校下达的每周每人两箩筐的任务。他们背着箩筐到村北簸箕山下，沿一条马车便道搜寻牲口遗落的粪便，无意间就谈起了理想。李宝唐很神往地说，咱们假如有一万元就好了，做这做那，做个飞机云云。李世唐说："不要一万元吧？五千元就足够了……"说着说着，山头上一声炮响，原来是队里炸山采石，听音辨声应该是粉碎巨石的拍炮，药量不大，附着在石面上，比较安全，所以炮手也不会登高吆喝提醒路人。不料正好孤零零飞来一块小石头，不偏不倚竟然击中李宝唐的脚后跟，脚倒没有受伤，鞋子却被击飞了，打着唿哨凌空射出五六米的样子。李宝唐当下也没啥害怕，捡回那只母亲纳制的家做鞋反复端详，好一番出

高中毕业留念（后左为李宝唐）

神，觉得实在不可思议。多年以后，他才自嘲说，也许是那块捉摸不透的石头要把他打出朔州？

是不是吉庄的石头会说话？李宝唐也说不好。

不觉到了1977年，国家恢复了高考。当年的高考时间为12月11日到12日，李宝唐正读高二，月底才正式毕业，糊里糊涂也准备报考中专，却被学校的郭校长叫去没头没脑骂了一顿，没让他报名。虽说他挺不理解，可也没得说，然后12月底高中正式毕业。1978年的高考改在7月7日到9日，他只好复习了半年多，才又一次报考大学。考试科目是语文、数学、物理、化学、政治，一共五门，李宝唐得了三百四十五分，超出三百零五的录取分数线四十分，是唯一金榜题名的应届生。接下来要填报志愿，他并没有任何方向，全凭学校的老师帮忙参谋。其中，李根老师说："学果树种植不错。你看咱村的果树园，技术员能白吃果子。"另一位王老师则说："学兽医也不错。你看那些劁猪骟蛋的，手里净挣些零花钱。"于是李宝唐选择了山西农学院，第一志愿园林，第二志愿兽医。

录取已没啥疑问。不过去了学校，却发现自己被随机性地转到了畜牧专业，而不是心仪的兽医专业。李宝唐不免有些沮丧，好像口袋里该有的零花钱让学校无情地掏走了似的,而且凭自己的一知半解,他认定中国没啥正儿八经的大型畜牧场,将来极有可能分配到小型的养殖单位,前途必然暗淡。随即他又暗自打探,听说兽医的专业性强,以后跟牲口打交道很难脱身,相反畜牧专业的可以到基层当领导,比如弄个公社的副主任干干,隔年就是正职。李宝唐心想这样更好,当官且不说,还能带一帮人把学到的知识用于改善农村面貌,为百姓做些实事,倒很贴合实际。于是,他又高兴起来了。正好女班主任杨建一是从朔县红旗牧场走出去的工农兵学员出身,她见了老乡当然要重用,安排李宝唐说:"哈,你当班长吧。"李宝唐也乐意,他又一直热心于集体事务,爱组织个什么活动,当班长倒也得心应手。就在大学里他入党了,一门心思想着投身社会,没准儿下去还能当个公社书记呢。

大学四年转瞬将逝。临近毕业,李宝唐被安排到学校的养猪实验站实习,跟着的教授竟是 1980 年就任山西农大校长的著名养猪专家张龙志。张校长是中国养猪科学的主要奠基人之一,主持编撰过《全国养猪学》大学通用教材,致力于研究培育山西黑猪新品种的饲养标准和饲养方法,校园里至今还有他的铜像。那么多同学,唯独李宝唐误打误撞地零距离走近这样一位学界权威,可谓机缘难得,很幸运的。张教授主要实验养猪用什么饲料以及营养分配、饲养管理等,虽然在短时间内李宝唐不可能涉及更深层次的专业实践,但是他从张教授那里学到了系统地分析问题和解决问题的路径和方法。比如在猪的生长阶段,怎样观察饲料对其生长的印象,什么时间检测最为准确;再如发现猪拉稀,不要急于用药,而应该观察分析猪的耳朵颜色、躺卧姿势、粪便的情况等,再得出结论对症下药。当然专业性很强,这里只能简述,也不一定很准确。

李宝唐实习期间,最大的收获之一,就是切身感受到身为大学校长的张教授并非想象的高高在上,而是好像家中的长辈一样,平易近人,谦逊和蔼。其平民化的学者风范,加上严谨的治学态度,无不潜移默化影响了李宝唐,成为他日后学习的榜样。

1982 年 5 月,李宝唐大学毕业。看看上一届的毕业生,几乎都下去当了公社的干部,科班毕业,显得大有可为。李宝唐原以为自己马上也要

和前妻的订婚照（1983年）

步入这一人生轨道，一时雄心勃勃的，但又一次事与愿违。原来恢复高考后的首届毕业生，已差不多把公社一级的人才缺失弥补起来了，其他领域的人才匮乏却亟待解决，所以78级的李宝唐与77级的校友相比，仅仅滞后半年入学，结果就差之千里了。当时他还去托了叔叔李海小，指望他能跟雁北人事局打个招呼，如愿分配到公社就行，哪知道李海小从山西大学毕业的女婿也面临分配，顾了女婿顾不了侄儿；偏偏又有雁北农校全书记专程驻扎大同，迫切向雁北人事局要人，终于将李宝唐等三位农大毕业生一网打尽，收罗去了农校。

有一句话这样说："前途很光明，但是道路不一定不曲折。"必然因素中往往会有造化弄人的偶然，正如李宝唐自己总结的：我这一辈子，想干什么偏偏不能干什么，一次次都是无心插柳柳成荫。以大学毕业分配为例，他最不想当老师，无奈就遭遇了偶然，那时他还拗不过命运，只能服从分配，回到设在朔县一隅的雁北农校。

既来之，则安之，李宝唐被动接过了从教的衣钵。而且身为党员，总得积极表现，所以新学期刚开学他就担任了牧八班的班主任，同时登台授课。毕竟专业老师不足，学校鞭打快牛，无论是专业基础课还是专业课，让他逮着什么讲授什么，忙忙碌碌的日子就这样一天天过去。就像那个时代所有从农村走出去的学子一样，一旦得到一份工作后，首要任务就是考虑娶媳妇。二十刚出头的李宝唐也不能免俗，他很快有了对象，是初中和高中时的同班同学赵升文，小名秀秀。

秀秀可不是一般的乡下女孩。她的祖籍是朔县官地村，初中时随父母迁居吉庄，父亲在雁北师专担任会计，母亲是神头中心医院远近有名的妇科大夫。这样的家庭在城里或许不算多么显贵，但在村里绝对出类拔萃。特别是秀秀，家中两个弟弟，就她一个女孩，被父母娇生惯养，视为掌上明珠。她和城里的女孩一样打扮得十分洋气，什么裙子、皮鞋、蝴蝶结，都是乡下看不到的，因此刚一转学过来，就让班里所有的男孩子看得目瞪口呆，如同传说中的公主驾到。他们只敢老远地起哄讥讽，念叨类似小说中的儿歌"小皮鞋，哒哒响，资产阶级臭思想"。到高中大家情窦初开，男同学多数暗恋秀秀，却都妄自菲薄，退避三舍，李宝唐则喜欢过低他们一届的司马泊村的一位女同学，和这个女同学相对走得较近。上大学期间，他放假回村时常找秀秀借阅她母亲的医学书籍，彼此也一直保持着联系。到李宝唐到农校上班时，秀秀也从朔县师范毕业，先是分配到师专图书室上班，然后又考上雁北师专物理系就读，仍旧没有离开吉庄。

就在李宝唐毕业那年，赵升文托了正在师专上学的李世唐牵线，约李宝唐在师专的图书室见面，希望两人能正式确定恋爱关系。她也很有心计，知道李宝唐与司马泊村的女同学曾经两情相悦，还去那个女同学那里偷偷打探，得知没啥进展，这才放心地抛出绣球。平心而论，李宝唐欣赏赵升文，却因为家庭教育的差异，对赵升文并非特别钟情，更谈不上志同道合，不过那时候一说是村里来的，即便是大学生，身价也无形中掉半，不大被正宗的城市女孩看得起，因而秀秀的坚定十分难能可贵。可以想象，当李宝唐面对一位美貌动人、心地善良、各方面条件都很优越的女同学的真情告白时，他还有拒绝的勇气吗？他向秀秀张开了双臂，两人的感情随即公开。赵升文的父母得知女儿选择了李宝唐，旗帜鲜明地表示反对，他们大概希望女儿找一个门当户对的人家吧。李宝唐父母听了，也不同意，对儿子说："人家看不起咱们，咱得有点儿骨气。况且秀秀娇惯得厉害，将来不会过光景。"但李宝唐反而被激发起逆反心理，他决心非娶赵升文不可。其间的曲折较劲一言难尽，最后双方的父母看看阻拦不住，只能默认了，两家订了婚约，只等赵升文毕业。不能否认，赵升文对李宝唐是倾心相爱，以至于草木皆兵，一会儿怀疑他跟司马泊村的姑娘藕断丝连，一会儿怀疑他在农校另结新欢。有一次还连夜跑到农校明察暗访，顺便把李宝唐叫回吉庄让她妈给打预防针，看似不可理喻，终究是恋爱中女孩的正常表现吧。

  大约在1984年初，李宝唐得到农校领导的赏识，被告知即将提拔他担任学校的政工办公室主任，属正科级别，同时学校还争取了名额，准备送他去中央党校学习。如果成行，李宝唐的人生就可能是另外一种模式，但又节外生枝：学校的团委书记上了年纪，干得心烦了，看到政办室主任相对实惠，就去暗中周旋一番，任命下达时他竟成了政办室主任，李宝唐改任团委书记。这件事很令李宝唐别扭，而且他对教师职业充满排斥，始终在寻找机会离开，他看到一时不易调走，唯一的途径就是考取研究生，进一步学习深造，从事自己喜欢的学术研究。于是，他毫不犹豫地拒任校团委书记，一心破釜沉舟报名考研。当时报考研究生的年轻老师包括李宝唐一共三名，都是教学骨干，因此学校部分领导如仝书记等较真，不允许他们报名。三人哪肯就范？当即分头去找仝书记等人软磨硬缠，忽悠说："我们这也是追求上进的具体表现，课余时间复习总比玩麻将要好得多"，"好不容易有这个机会，不让我们试一试，打击积极性，也对培养人才不利"，"即使参加考试，考上的可能性不大，我们撞撞南墙，以后也就息心了、死心了……"反正花言巧语大肆游说，领导们想想他们考上的机会确实渺茫，也就同意了。

  李宝唐直接报考的是东北农学院许振英教授的研究生。许教授是全国著名的畜牧学家、动物营养学家、农业教育家，也是中国动物营养科学的奠基人和开拓者，曾经主编过高校教材《家畜饲养学》，在动物营养研究领域堪称泰斗。要报考他的研究生，怕是沙里淘金，但李宝唐早对许教授心驰神往，根本没什么瞻前顾后，加之事先复习也比较充分，考试分数达线，果然被东北农大录取，其他两位同事则功败垂成。同年他就脱产跳出雁北农校，直奔享有"东方莫斯科"美誉的名城哈尔滨。在农校当老师月薪不过五十多元，上了研究生后国家每月补贴七十元，待遇相应提高了。

遗憾的是，李宝唐并没能成为许振英教授的门下弟子，用现在的热词形容，属于"躺着中枪"。原来许教授主要致力于在全国推广瘦肉型"三江白猪"养殖，但山西农学院的张龙志教授一直研究肥猪型"山西黑猪"的培育饲养，他还说过一句名言："中国人连肥肉都吃不到，搞瘦肉猪太超前了，而且瘦肉型猪适应性不强，不容易普及饲养。"学术界两人的观点正好相反。当时和李宝唐一起考许教授研究生的，还有一位山西农学院应届毕业的曹同学，许教授一看两人来历，脱不了与张龙志的干系，当即拒收。结果曹同学转到其他专业，李宝唐也被转给了东北农学院另一位教授王庆镐，被莫名其妙改换了门庭。

好在王庆镐教授虽较许教授的大名稍逊一筹，却也是全国著名的畜牧学家以及中国家畜环境学科的创始人之一，主编过高校教材《动物环境卫生学》，在环境营养研究领域无出其右。并且王教授一生胸怀宽广，甘为人梯，不当学霸，没有门户之见。三十年以后，有人撰文感念王教授，这样记录说："……王教授堪称家畜环境学科的铺路石，1954年开始培养了大量进修教师和研究生，其中的佼佼者有曾在80年代任东北农学院畜牧系主任的薛德衍教授，90年代任家畜环境卫生学分会理事长的温书斋教授、吴庆鸹教授。如今活跃在国内外家畜环境与营养学科的李玉芝博士、包军博士、李宝唐博士、赵胤博士、杨琳博士、陈俊海博士、潘军博士和颜涪实博士……"当然最初来到东北农学院，李宝唐还没有意识到跟着王教授颇有些"塞翁失马"，他的满足感在于反正从此不再当老师，可以专心致志地研究学术了，跟谁不跟谁不很重要，关键是获得了平台，以后的路全取决于自己。

研究生阶段，通俗说来分作两类：一类叫攻读硕士，学期二年毕业；一类叫论文硕士，学期三年，需要完成论文答辩。以上两类即学术普硕和专业硕士，含金量或价值截然有别。李宝唐属于后者，他在王庆镐教授指导下研究环境营养这一边缘学科，有效掌握运用研究手段获取解决问题的措施，即怎样进行科学研究。同时，他还担任了82、83、84三届研究生学生会主席。

其间赵升文于1985年师专毕业,经李宝唐找关系通融,分配到雁北农校任教;1986年7月她由弟弟陪同,前往哈尔滨与李宝唐登记结婚,也做到了移风易俗。两人的婚礼就在学院的动物营养研究室举行,仪式由山西老乡、学院的保卫处长主持,请来不少资深教授和研究生同学。婚礼简朴却也热闹,准备的不过是一把糖、一条烟,然后大家下饭店吃了一顿饭了事。婚后赵升文返朔,开始了与丈夫牛郎织女式的两地分居,一年之后,一对双胞胎儿女降生,男孩取名豹豹,女孩取名娜娜,由姥姥帮着照管。不久,夫妻两人筹资一万八千元在雁北农校买了一套房子,以待李宝唐倦鸟归巢。

1987年毕业之际,李宝唐的学术论文《环境因子与动物生长营养需要的关系》通过答辩,获得硕士学位,而这时候雁北农校已经不可能再吸引他回来了。不言而喻,他唯有步入研究机构,才能学以致用。本来他也想回到山西,但一来山西没有对口单位,二来也无从补偿黑龙江省付出的硕士培养经费,最后经过选择单位、投递个人资料、接受面试,他如愿被中国科学院黑龙江农业现代化研究所接收,成为一名科研人员。这里不存在太多的曲折,因为当时的硕士毕业生还是相当紧俏的。随即,根据国家解决高科技人才两地分居的政策,1989年赵升文夫唱妇随,携儿带女跨省调到丈夫所在的研究所,先在实验室当实验师,后到人事处当干事,再次改行。看样子生活应该是稳定了,她和丈夫用积累所得,另买来一套住房安家落户,准备在哈尔滨扎根。

中科院的研究所,为李宝唐提供了与学术研究相结合的广阔的实践空间。他陆续参与了东北大平原低湿地立体养殖、农业生态的良性和可持续发展模式、东北三省农业发展规划等诸多科研项目,其中由他主持的一项"低湿地农业生态可持续发展模型"获得国家科技进步二等奖,他还发明了"麝鼠养殖活体提香",取得了该技术的突破。由于成绩突出,他被破格评为副研究员,还成为研究所的第三梯队干部培养对象。在研究所的六年多时间里,他在扎实的英语基础上,坚持学习德语、日语,广泛阅读外文杂志、专业文献,参与国际学术交流,不断开阔着自己的视野。网上搜索一下,《中草药促雄麝鼠复壮试验》《不同降温时间与肉仔鸡生产性能的研究》《放牧牛采食量预测》《三江平原低湿草场类型分区评估及发展对策》等，有他署名发表的论文俯拾皆是。

农业科学研究也有室内项目和室外项目之分。顾名思义，室内项目即待在实验室，室外则要走向大农业的广阔天地，涵盖包括小农业的种植在内的农林牧副渔范畴。李宝唐所在的黑龙江研究所，其宗旨是以黑土农业生态为研究核心，以区域农业持续发展为目的，所以注重应用技术指导的室外项目，需要研究人员常年奔波在东北各地，而多数国家项目，离不开地方配合，否则就是空中楼阁。这就涉及与地方部门的协调，中国式的人情公关必不可少，原则也得被感情左右。怎么办呢？难办也好办，首先是喝酒。李宝唐他们下到地方与畜牧局或科委打交道，天天喝大酒，不喝绝对没有发言权。又兼东北老乡善于豪饮，饭桌上交流之前二两的满杯先要连干三杯。久而久之，一帮子搞科研的知识分子深受酒精毒害，苦不堪言，其中一位同事喝得留下毛病，整日价两手哆嗦不止，不听使唤。李宝唐也怕再喝下去废了革命本钱，琢磨怎能躲逃个一时三刻，养精蓄锐。

机会还是有的。

1992年，李宝唐获知全球动物生产大会将在加拿大召开的消息，据称资助第三世界年龄不超过三十五岁的优秀学者参加。他立刻报送了一篇关于低湿地毛皮动物养殖方面的论文，同时申请Scholarship。Scholarship本意是奖学金，在这里可以理解为旅行、学术、住宿，即旅行资助。当然获取资助非常难，所有同事都认为李宝唐之举有些天方夜谭，根本不可能成行，因为与会代表必须跻身国际一流专家行列，当属凤毛麟角。言外之意，李宝唐实在差得太远。但事实就是事实，出乎所有人意料的是，他的论文竟入选了，筹委会同意了给他Scholarship，除了承担行程食宿费用，还有八百美元现金供他零用。机会往往属于实实在在做事的人，这一结果对李宝唐极具标志性意义。1993年6月，他踏上加拿大之旅，在全球动物大会上宣读了他的论文，也见识了加拿大一流的科研设备，触发了继续深造的愿望。想想自己在黑龙江研究所的工作，基本拘囿于应用技术方面，其性质决定了不会进行深层次的研究，而到国外则不然，不仅可以学到更多专业知识，而且可以更深入地开展科学实验。

博导夫妻和弟子们（2003年）

于是，李宝唐利用参加全球动物生产大会的契机，以中科院副研究员的资格，申请到香港王宽诚教育基金每月八百四十美金的出国资助，受邀成为留加的一年期高级访问学者，作客于全加拿大最大的五所以科研为主的综合性大学之一的 University of Alberta（阿尔伯塔大学），再次与老婆孩子天各一方。

阿尔伯塔大学位于加拿大阿尔伯塔省会城市埃德蒙顿市的 North Saskatchewan（北萨斯喀彻温河）河边，广阔的校区容纳了四百个先进的科研实验室，其中的地球科技与地球环境工程、环境科学与工程等学科最为著名，吸引了世界各地的访问学者前来学习进修、合作交流。李宝唐在那里主要研究动物营养代谢，良好的学术氛围使他如鱼得水。他和同事们的关系也非常融洽，大家朝夕相处同样注重感情，却与中国式人际关系不同，即使再亲密都不会突破原则，能够自觉被条条框框约束，随意性很小。还有，他可以远离酒精的熏陶，朋友一起聚会什么的，举杯喝水也行，没有与感情深浅强行挂钩那么一说。

一年时间不觉就过去了，按说李宝唐就得归国了。但他参与开展的四项研究还没有完成，又不能半途而废，所以希望将滞留加拿大的期限延长半年。谁知国内的单位要求他必须如期回去，任他怎么解释都没用，好像已坚决认定他是乐不思蜀、流连忘返，甚至还发来一纸不容商量、措辞严厉的公函，告知他如果逾期不返，就要取消他的所籍和编制，将工作及户口手续移送人才市场，并且予以罚款处理。事后，他得知并非研究所的决定，而是所里的外办主任从中一手操作，原因好像是其本人出国未果便向李宝唐转嫁了"铁面无私"，他们个人之间倒没什么矛盾或恩怨。

如果李宝唐真的坚持到完成研究项目后回来，黑龙江研究所绝不会开除他的公职，那么事情也就一切了了，然而当时的李宝唐也较上了劲，义无反顾地答复说："若是如此，我还真不回来呢！"硬是坚持把研究做到善始善终。1995年元月，他在阿尔伯塔大学由高访学者转为攻读博士，依旧研究生理营养代谢，主攻肠道激性肽对采食机理的影响，大致就是对动物的采食控制吧。中国也开展类似的项目，但与加拿大尚有一定差距，比如阿尔伯塔大学就有一座很先进的环境控制室，而中国只在北京有一座，设施还比较落后。古人说见贤思齐，又有哪个科学家不想站到一个更高的平台上呢？

不用说，李宝唐在国内的饭碗丢了，他必须寻找一条适合自己以后发展及眼下所需的出路，最佳途径就是移民。本来他刚到加拿大，当时的大气候条件很宽，移民很容易的，但他不为所动，仍旧想着回去；眼看回去的工作没了着落，但再办移民手续已经审核得很严格了。所以直到1996年，他才拿到了所谓的"绿卡"，根据相关规定，正式入籍加拿大成为永久居民，属于技术移民性质。按政策允许，随后他担保申请并通过了配偶及子女的家属团聚性移民，当年底赵升文变卖了哈尔滨的家产，处理了一应善后问题，带着孩子们远赴加拿大来到李宝唐身边，一家子都变成了中国人眼中的老外。就赵升文来说，追随丈夫一路而来，从吉庄到雁北农校，从哈尔滨到加拿大，奔波劳顿，聚少离多，不断地应对着一个又一个新的生存状态，说她做出牺牲也不为过，但能把孩子们送出国外，又是多少家庭梦寐以求的啊！

到了加拿大，两个孩子即可接受免费教育，马上转入居所附近的一所学校，与国内衔接从小学三年级读起。赵升文则要花钱在语言培训班学习。其时加拿大的房租每月得五百多加元，而仅凭李宝唐每月的一千二百五十加元的助学金维系全家人的日常开销远远不够，因此那两年过得很是辛苦。为了渡过难关，李宝唐业余时间兼职发放广告传单，每天接下厚厚的纸页，晚上熬夜分门别类，白天开一辆二手的凯美瑞轿车到处

在阿尔伯塔省农业部工作（1998年）

投送。孩子们也都加入进来，忙忙碌碌多少增加点儿收入；赵升文也加入打工队伍，做过商标、刺绣，最后进了埃德蒙顿市一家霓虹灯厂上班，拼命地适应着环境，同丈夫一样，原先在中国体制内的那种四平八稳、旱涝保收的滋润日子一去不复返了。倒是两个孩子豹豹和娜娜，三个月就基本上习惯了加拿大的生活，开始时做父母的一个劲逼着两人学习英文，到后来又怕忘掉母语，反而逼着学中文，还买了成套的中国课本自行辅导。孩子们却又不大乐意了，加之夫妻二人都忙，这项庞大的中文教育计划只能画上了虎头蛇尾的句号。

三年后，李宝唐获得动物营养学博士学位，再转入博士后研修一年，从1999年起应聘进入加拿大阿尔伯塔省农业部，在动物生产组担任养猪专家，月薪算不上优厚，也就两千五百加元左右，可以支撑起家庭了。不过，加拿大经济经过十几年的持续增长，已经像其他主要发达经济体一样开始进入新一轮衰退阶段，政府随时可能裁员，所以李宝唐意识到他在阿尔伯塔省农业部的工作并不稳定——事后也证明他的预感是正确的，那个动物生产组被裁撤掉了。而且动物生产组属于技术服务型的半研究性质机构，与李宝唐在国内待过的农业现代化研究所类似，他能够发挥作用的余地有限。

大约过了一年光景，李宝唐合约到期没再续签，他离开阿尔伯塔省农业部伺机而动，把自己抛向了可以双向选择却也充满坎坷艰难的市场。

正大越南技术团队

当时,有一家德国的氨基酸生产企业进军中国,其旗下的蛋氨酸工厂是全球最大的,他们有意请李宝唐加盟,在上海负责技术推销和服务;与此同时,正大集团越南公司面向全球招聘高级营养师,经一位已在正大德国公司工作的朋友推荐,正大集团也向李宝唐伸出了橄榄枝。

正大是世界上最大的华人跨国公司之一,由华裔实业家谢易初、谢少飞兄弟于1921年在泰国曼谷创建,公司从农作物种子的销售开始,逐步发展壮大,形成了由种子改良——种植业——饲料业——养殖业——农牧产品加工、食品销售、进出口贸易等组成的完整现代农牧产业链,成为世界现代农牧业产业化经营的典范,三十多年来不断革新农牧业的经营理念,在壮大优势产业和主导产业的同时,还积极涉足其他行业,如电讯、石化、房地产、医药、零售、金融、机械和传媒等领域,成效卓著。正大越南公司是正大的独资企业,拥有三家总计年产百万吨的畜禽饲料工厂,饲料产量在全球稳居第一。

李宝唐权衡一番,首先是华裔企业对他别具吸引力。而且从事饲料研发可以将研究成果直接转换为生产力,能够为客户带来实实在在看得见的效益,与他的追求和理想贴近,无疑更具有挑战性、创新性。虽说上海可能比越南的环境要优裕一点或者待遇实惠一点,不过在他看来都无所谓。所以他选择了正大,双方相约会面。这里所说的会面,也有面试的意思,却包含了正大对高技术人才的尊重。随即正大集团邀他到了泰国、印尼、越南，高层人士一路陪他参观了解，探询他的研究兴趣、专业特长、工作打算、待遇条件等，还拜访了客户，请他现场评断饲料状态及畜禽养殖存在的状况，考测他临场辨识和处理问题的能力。李宝唐自然能举重若轻，这得益于他加拿大的专家经历和在国内时的实践经验，得益于他一直以来从未中断过对动物营养的研究。结果正大方面表示出极大诚意，马上和他签订了三年雇用合同，一步到位委任他为越南公司的技术总监，全权负责饲料的质量品控、配方、客服、研发，最初的工资就在每月六千美元以上。当时一美元兑换一点五加元，与他在加拿大时的收入相比翻倍了，可见正大集团"人才第一"的企业理念绝非流于空谈。

这样，自2002年起，李宝唐重回世界的东方，履新来到正大越南公司总部基地所在的西贡市，即胡志明市，和家人再一次隔洋相望，每年只有四次回家的机会。从此，他得以一显身手，在公司主持进行饲料的投入产出最大化研究，陆续开发了多种粗放型畜禽饲料，或使用与其他企业不同的原料，或将加工的副产品再转化为原料，或利用别人想不到的资源，总之在激烈的国际化竞争中，挖掘出非常大的潜力空间，一边最大限度地为公司创造利润，一边为客户创造显著的收入增长，实现了他作为动物营养学博士的社会价值。三年后，李宝唐被提为助理副总裁，再后来他担任了分管技术的副总裁，跻身正大越南公司的最高管理层，在全球动物营养学界以及饲料生产行业声名鹊起，国内包括年届九十的王庆镐教授在内的师友们都为之感到欣慰，对他赞誉有加。

不过，李宝唐并不满足于现状，他十分希望公司投资建设一个国际化、标准化的实验基地，由他牵头在饲料粗放型加工的基础上开展精细化、标准化、标量化研究，以获得最佳研发效果，实现以最经济的投入收获最大化饲料生产性能。也就是说，他想去创研具有特定功能的饲料，走在动物营养学的世界前沿，而眼下的技术型服务，只需交由硕士级别的研究人员即可完成。因为实验基地的投资不是小数目，所以李宝唐提出建议后，一直没有得到决策层的有力支持。作为企业而言，当眼前的效益势头良好时，往往要影响到其前瞻性，谁也不愿意轻易寻求创新及转型，这也可以理解，却不能进一步满足李宝唐科研所需的空间，他不愿轻言放弃梦想，那么唯

女儿的毕业典礼。女儿的双手没能挽救父母的婚姻

有捐金沉珠,改弦易辙。

另外一个促成李宝唐与正大集团友好分手的重要原因,还是他的家庭的牵连。儿女在加拿大读书,也许是赵升文疏于管教,顺其自然,"无为而治",结果却因人而异。娜娜倒非常争气,人见人爱,以突出成绩考上位于加拿大安大略省的世界一流的皇后大学,前程一片光明;可是豹豹自律能力较差,整天上网贪玩,学习成绩不大理想,虽说也进了渥太华一所普通大学,但依旧松松垮垮。李宝唐不免为儿子忧心忡忡,怒其不争,觉得事情唯此为大,必须回去守住儿子严厉约束一下,以期恪尽父亲的责任,亡羊补牢。所以,2006年,他向正大集团递交了辞呈,但由于手头繁多的事务需要过渡和衔接,直到一年后才正式卸职,其间一共在越南工作六年之久,可以说在那里度过了人生的黄金岁月。返回加拿大后,他到渥太华陪伴儿子,至于往后具体会做什么暂时没有考虑,总之不愁饭碗吧。

在渥太华待了两三个月,李宝唐对儿子的训勉却收效甚微,想来儿子基本定型,不一定非要跟娜娜看齐,那已不太现实,固然与父亲的要求存在一点距离,但总是健康成长,日后在加拿大就业不成问题。这样李宝唐也就无奈消弭了近忧,赋闲状态也没能继续维持多久,所谓"人在江湖，身不由己"。他从正大离开，不啻世界饲料行业的重大新闻，消息一出，各地企业纷纷想办法与他接洽。其中台湾的统一公司热切地对他虚席以待，他拒绝了；越南的几家添加剂公司聘他为顾问并承诺给他股份，他也拒绝了。不过，当中国华西希望集团控股的特驱集团向他坦露需要帮忙的诚意时，他没有拒绝。走出国门的游子，对"报国"二字的内涵都有着不同国内人的特殊体会，李宝唐亦然。在越南正大的时候，他就尽量与中国的公司打交道，在保证质量的原则下最大限度地使用中国的添加剂产品，有的企业不断进步站住了脚跟，有的却始终走不出"山寨版"的怪圈，实在扶不起来，那也没有办法。

  特驱集团，是希望集团创始人、华西希望集团董事长陈育新为推动企业更快更好地发展而建立的一个"特区"。自从2005年成立，专业从事饲料生产加工、畜禽养殖，总部设在四川，业务以中国西南为基地向外辐射。其总裁王德根被誉为"中国饲料行业十大CEO之一"，对李宝唐由衷地敬重，曾经想方设法与李宝唐谋面，希望李宝唐对特驱集团给予技术指导。2008年李宝唐到了四川，发现特驱的饲料年产量还在十万吨徘徊，并非号称的百万吨级规模，而且生产设备、生产观念、质量管理以及原料的研究也都比较落后。

  出于一口吃胖的心态，特驱的高管们大多热衷向李宝唐要"配方"，这让李宝唐哭笑不得，他坦言说："不同的产品，有着不同的原料和配方，不是千篇一律。你们的问题，还在原料把控、管理环节和生产过程中。只有在管理和技术配套等方面做文章，才能赢得市场，使自己壮大起来。"有人一看没啥现成配方，不免嘀咕："这李博士也就一般般吧？"意思是徒有虚名。结果开始时李宝唐与特驱并没能取得共识，技术指导也没啥进展，不过他与特驱的各级人士接触，最欣赏的就是一线的销售团队，吃苦耐劳、无怨无悔，还收入不多，实在是不容易。其时，他有一笔正大集团临别时支付他的不菲的退休金，临时投放到北美的股票市场，由于几个月时间来回往特驱跑，耽误了对股票的操作，没注意行情大跌，余额所剩无几，所以情绪也不佳，便忍不住对王德根总裁急了："我完全可以给你个配方拿钱走人，但那是不负责任的。我来你这里，不是为了获取多少咨询费,或者看在你对我多好的份上。我感动的只是前线那些忠于事业的销售人员,这才愿意尽力帮助你们,搞不懂你们是怎么想的!"王总裁也是一位销售界的杰出人物,怎能不知道自己企业的短板?他虚心接受了李宝唐的理念,下决心推进现代管理体系建设,特驱由此迈出了跨越性的一步。

同时,李宝唐在加拿大注册了一家"Jili Nutri Niche Corp",翻译成中文是"激励微营养公司",涉足国际饲料技术咨询业务。"激励"一词,取其双关语义,就动物营养学概念而言,可以解释为"把微营养元素发挥生物学功能";不过李宝唐的用心良苦,也在其中隐含了"吉庄"的意思,吉庄的李宝唐,"吉·李",游子之情,昭然可见。

就在 Jili Nutri Niche Corp 准备起步之际,李宝唐的夫妻关系却一步一步走向穷途,2006 年年底,他和赵升文维持了整整二十年的婚姻宣告破裂。说不上谁对谁错,总之应该是缺少"微营养"吧,鞋子舒服不舒服只有脚知道呀。若在中国,世俗可能谴责,卫道可能约束,但在加拿大不同,离婚没什么值得非议,很正常的,对双方都是解脱。孩子们都独立了,也就说离就离,李宝唐将埃德蒙顿的一套房子留给了前妻,折合人民币也有二百多万元。他本来建议赵升文出售房子后回国生活,但赵升文已经习惯了加拿大的生活方式,有了自己的圈子,所以依然留在那家霓虹灯厂。

接下来,李宝唐一边开展公司业务,一边筹划在越南设立分支机构。越南的饲料业发达,国际饲料巨头云集,比如印尼的公司、正大集团、中国的希望集团以及欧美公司等,都在越南各领风骚。毕竟李宝唐在越南工作多年,对那里的市场了如指掌,而且越南较好地继承了儒家的传统文化,国民普遍诚信友善,革新开放以来年度 GDP 也以两位数的速度迅猛增长,投资环境宽松,免签证入境非常方便;尤其是国际化大都会西贡,经济发达、外向包容,一句话,宜居也宜发展。还有,当时李宝唐离开正大,他的科研团队误以为他是被气走的,几个越南籍的伙伴竟然愤而辞职,盼着他回去与大家一起共谋发展,这也是李宝唐意在越南的一个心结所在。

大约 2008 年开春,李宝唐就到了越南西贡,申请外资注册"激励"的技术服务咨询分支公司。谁知道这类公司在越南尚无先例,有关部门找不到相应的法规依据,他活动了将近一年都无结果,最后还是决定先去随

第二次结婚（2009年12月12日）

便注册一家地方性贸易公司，不影响开展业务，通俗说就等于变通一下吧。这时候给他热心帮忙的，就是越南女子阮玉艳。

李宝唐与阮玉艳结缘，还是他在正大期间。当时集团经常开展国际合作交流，有时候需要翻译协助，请来的就有阮玉艳。她在越南社科院工作，英语非常熟练，越南也不限制第二职业、第三职业，因此出来兼职还算比较便利。他们在一些场合碰过面，互相礼节性交换过名片，算是认识。随后她到美国学习过一年半时间，遇事常向李宝唐电话求教，一来二去，有了交情，彼此印象不错。因此当李宝唐注册贸易公司需要借助本地人的名义时，他首先想到了让阮玉艳出面。2008年12月，注册手续完毕，越语取名"Ji Ly Phu khai co"，中文音译"吉利富凯公司"，本来还想使用"激励"，越语却翻译不出，只好用"吉利"了。然后李宝唐邀请那两位炒了正大鱿鱼的伙伴加盟，组建了精干的团队，主要在越南及东盟各国接洽开展国际性技术咨询服务。2009年底，李宝唐与比他小十五岁的阮玉艳两情相悦，两人步入婚姻殿堂，喜结跨国连理。阮玉艳跟大多越南女子一样，世界公认的"不贪不懒不随便不高傲不拜金"，家庭观念很强，温婉贤淑，性格和善。半生闯荡的动物营养学家老李，就此找到了为自己遮风避雨的爱情港湾。

往后的三四年间，李宝唐的 Ji Ly Phu khai co 已经跟一些跨国公司如荷兰鸡饲料泰高公司、美国 ADM 公司、英国 AB 农业公司以及中国的数家知名饲料企业等,建立了业务往来,服务范围不断扩大,效果也更广泛,在业界开辟了完全不容小觑的一席阵地。权且摘取一家李宝唐的合作企业——河北大育集团对他的评价来一斑见豹:"……李宝唐博士所带领的团队,将国际先进的养猪理念与国内实际相结合,已取得多项科研成果,所创立的'大育·效益优先型养猪模式',在西南地区已取得巨大成功。"

当然最值得一提的是,由李宝唐担任首席专家和总顾问的中国特驱集团已经跨入大型饲料公司行列,业务量每年以百分之五十到百分之八十的速度激增,如今年饲料产量已达一百八十万吨,快要超越正大,坐稳了中国西南老大的头把交椅。王德根也升任华西希望集团总裁,他一直恭称李宝唐"老师",论资排辈之下,下边的人员免不了开玩笑把李宝唐喊成"祖师爷"。

从 2009 年起,李宝唐每年六次前往特驱,指导技术革新,还要经常参加权威的国际学术交流,繁忙却也充实。许多时候,特驱和国内的其他业务企业都要请他进行专业技术讲座,反响说受益匪浅,效果很不错。他平生最不想讲课,这下看来还是少讲不了,真是命运安排啊。如今特驱集团也建起了全国最大、世界一流的科研基地,人才济济,而正大越南公司也在竞争中逐步意识到李宝唐当年所提建议的必要性和迫切性,一连建起好几处专业研究基地,由李宝唐原来的接班助手带领一班人展开研究。对此李宝唐同样倍感欣慰,因为那是多年来他一直期盼看到的。

关于自己的明天,李宝唐理想不泯,他的终极目标依然是希望研究出最大限度提高副产品转换利用的特色饲料,继而推向市场,造福社会。可能那是一个更加漫长的征途,而眼下他正在越南,计划筹建一座规模不算很大但绝对标准化的饲料研究室,具备从宏观到细节对各类饲料产品进行权威的科学鉴定的条件,以期成为第三方的、公正的技术决策服务载体。研究室的投资约上千万人民币,经费已经落实。

可以相信,2013 年又是李宝唐下一个追梦之旅的新的起始。

当然,不管他走到哪里,中国北方的那个小村子吉庄永远是他的根,让他梦魂萦绕的永远是吉庄的那棵根深叶茂的老槐树。

博士也罢,动物营养学家也罢,"吉·李"才是李宝唐永远不变的头衔。

## 第十一章 进城，进城，进城……

当白翠萍看着别的小孩纷纷离村时，她和丈夫坐不住了。白翠萍觉得，与其终要转学，倒不如早作打算。而且有了为儿子不惜吃苦受罪的心理准备，所以不想在村里闲坐，决定好歹先进城挣钱。2007年冬天，她听说城里的飞翔学校食堂人手紧缺，当即应聘进去帮厨。

2008年2月，一名三年级的小学生从吉庄小学转学进城读书，这让当时的班主任徐烨锋老师惋惜不已。那名小学生就是李承乾，学习成绩在班里很突出。但此时吉庄小学已经朝不保夕，父母怕李承乾在村里上学被耽误，所以才举家进城，尽力给李承乾选择更好的上学环境。

李家小院。又一个春天到了

而幼小的李承乾根本不会想到，正是因为进城，他永远地失去了父亲，家庭残缺至今。

进城，进城，进城……

"进城"一词，给李承乾心中笼罩了挥之不去的阴影。同样，他的母亲白翠萍也在进城的路上留下一连串辛苦的脚印，这些脚印记录了她所付出的沉重代价，以及一个女人对命运、对人生的诸多思索和感慨。

白翠萍是属龙的，2012年虚龄三十七。如今，当她从城里的街巷走过，人们看她好像是干练的白领，其实她曾是吉庄的一名寻常的农妇。若去仔细观察，在她的眉目间仍旧掩藏着不易察觉的忧伤。

白翠萍出身在朔州市朔城区沙瞳村一个普通的农家，那个村与山阴县接壤，距离婆家所在的吉庄村大约三十华里路程，原先辖属大夫庄乡，后来撤乡并镇时才划归吉庄所在的神头镇。沙瞳村的自然条件较差，属于穷乡僻壤，与地处交通要道、副业发达的吉庄村没法相比。在乡下，客观地说，穷村里的姑娘能够嫁在富村里，无疑人品相貌都也经得住挑选。白翠萍也不例外。

回想1991年时，白翠萍从大夫庄乡中初中毕业。那会儿大夫庄管辖十一个自然村，乡中的学生不少，除了三年制初中还有六年制小学。白翠萍所在的初中，虽然因为邻村的东榆林学校新扩初中分去两个班，但留下的每个初中年级还有三个班，每班都有六十多个学生，比较兴旺。然而，即使那样规模的学校，经过二十余年并不漫长的时间推移，而今居然被撤销了。2012年间，白翠萍有一次偶然路过大夫庄村，她遗憾地发现，自己曾经就读的那所学校已经变成了一座石粉厂，机声嘈杂代替了书声琅琅——没有学生入学，是导致近年来乡村学校普遍走向倒闭宿命的原因。或许白翠萍并没有意识到，正是这种现状成为改变她人生的无形推手。

就像多数乡下少女一样，白翠萍感觉自己学习不太好，所以初中毕业就辍学了。那时候农村的家长对女孩的升学也都不太重视，所以当白翠萍跟父母商量说不想念书时，父母没有表示什么异议。在家里待了一年多，慢慢地，她对外面的世界好奇起来。村里的一些女伴进城了，有的去饭店端盘子，有的去商场站柜台，据说城里日渐增多的饭店、商场都需要人，但父母不许白翠萍到那类地方，告诫她说饭店商场人杂，女孩子容易学坏。恰好奶奶有个奶儿子姓陈，在城里的朔城区陶瓷厂担任生产厂长，父母觉得白翠萍适合当工人，就去找奶哥说了一下。结果，白翠萍很容易就成了对别的女孩来说门槛很高的陶瓷厂的临时工。

那一年她十七岁，稚气未脱，青春初绽。

进了陶瓷厂，白翠萍被分到了成品车间，负责押坯和上釉，工种的书名叫"施釉工"，都是清一色女孩子。活儿不脏，简单地说就是把碗坯拿过来上釉，然后再送入白坯库待烤。碗坯摆在一条称为"板桥"的木板上，大家托着过来，熟练了一次就可以左右托上两板，每板四十个碗，分量也还不轻。釉料涂抹时不可粘了手印，这个技术还算易于掌握。当时实行的是计件工资，她每月最少能挣一百四十元，有时可达一百八十多元，平均下来每天都要押坯一百二十多板，为六百多个碗坯上釉，可能不算繁重，却很繁琐。

开了工资，家里父母也不需要她上缴，让她自己花费。她用一部分买了衣服，穿上和工友们争奇斗艳，还有一部分买了书籍。休息时间，她不像大多女工那样喜欢往热闹人多诸如舞厅之类的地方跑，而是喜欢静静地在宿舍里看书，什么武侠小说、杂志包括小学生作文，逮着什么看什么，这一爱好也是她上学时数理化成绩一直不佳的原因。成品车间女工云集，几乎看不见男孩子的身影，所以人们想象中的爱情故事，没有在白翠萍身上发生，或许也因为乡下来的女孩，对谈情说爱不太擅长吧。

就像卓别林的《摩登时代》表演的那样，流水线上干得久了，女工们也有机械式的条件反射，白翠萍就经常梦到把一板桥的碗坯落地打碎，然后惊醒后长吁一口气，心跳怦怦。渐渐地过去将近三年，忽然传开消息说，地方上正在公开出售蓝印户口，每人三千二百八十元，只要掏钱购买，即可摇身变为杂牌的城镇人口；如果白翠萍拿到蓝印户口，马上就能办理正式的招工手续，进入新上马的朔州市朔唯陶瓷公司，成为响当当的国企长期工。但是当年的三千二百八十元，对一个农村家庭来说无疑是一笔巨资。那时白翠萍的哥哥也到了结婚年龄，毕竟儿子优先嘛，父母就倾其财力给他买了户口，轮到白翠萍，就不予考虑了。白翠萍看见同厂的女

曾经的婚纱照

伴不少都去搭车买户招工,之后身价倍增,洋气十足,并开始把眼光瞄住同厂的男工友,谋划共筑爱巢在城里扎根。但她并不羡慕,用她自己的话说:"我也没什么抱负。"或者这样的话带点儿自我安慰,不过她确实对押坯上釉有些厌倦,而且城里的喧嚣匆忙和人际关系相对冷漠没有给她留下太好的印象,所以在城里生活对她没有那么大的吸引力,就像所有朔州乡下的女孩,只要有半点儿办法,很少有人外出闯荡打工,这也是她们的一个共性。白翠萍于1994年离开工厂,回到了村子。

那年白翠萍二十岁,到了谈婚论嫁的年龄。如果说城里三年给她带来的最大变化,就是让她褪去一般村姑的土气,化蛹成蝶一样,找对象时可能条件更有利一点儿。她的姨姐夫在神头镇信用社上班,常和全镇的村干部打交道,结识了吉庄村委会主任李忠友,他感觉老李为人实在,家境也不错,其次子李润平比白翠萍大两岁,就张罗着给白翠萍介绍。白翠萍自己的婚姻观是,人对了就行,她也相信姨姐夫的眼光,不可能哄骗她的,因此同意相亲。结果是双方一见,互相满意,媒妁也就大功告成。1995年二人订婚,第二年走入婚姻。按照吉庄的礼俗,公婆给了白翠萍两万元聘金,购置了家用电器和金首饰之类,还有一万多元的盈余,被她列入了小金库。

　　婚后的白翠萍感觉自己的婚姻很如意，公婆也豁达开明，给家庭营造出非常和睦融洽的气氛。李家老大已经娶了媳妇，搬出去另建新居，白翠萍夫妻就和二老住在一起，三间大瓦房宽敞明亮，比白翠萍娘家的小房子强多了。李润平不曾务农，他跟姐姐承包了神头电厂批零商场的柜台卖衣服，本钱一万多元都是由李忠友投资，经营也还马虎，每天骑着一辆嘉陵70型摩托车跑家。摩托车在乡下就算很时髦的交通工具，他有时驮着媳妇出去兜风。白翠萍很陶醉的，她根本不会意识到丈夫胯下的摩托车有朝一日竟会露出狰狞面孔。总之，白翠萍很受宠惯，家务都让婆婆包了，她不用下地干活，不用为丈夫的生意操心费神，在家中从不受气，花些小钱从不挡手，也算得上衣来伸手饭来张口，确实没什么可挑剔的。

　　1998年，白翠萍结婚三年头上，儿子降生了。全家人十分喜悦，尤其是李忠友，他看着孙子乐得合不拢嘴，说："起名最好带个'承'字，承前启后的，一代更比一代强。"白翠萍按着公公的心意，开动脑筋给儿子取名"承乾"。不过，以她的观念，倒也不去把望子成龙之心太刻意寄托到儿子身上，她觉得儿子一生平平安安就好，大好的前途，不是以家长的意志强求就能得来的。想是这般想，实际上谁愿意让孩子输到起跑线上呀？好像转眼之间，李承乾已经六虚岁了，到了接受学前教育的年龄。其时村里除了小学的学前班，还有一个由一名教师子弟在自己家中开办的私立学前班。公立的学前班每学期收费三十五元，私立的贵将近一倍。私立的多教知识，唱歌、跳舞、绘画也都启蒙，而公立的类似托儿所，看好孩子保证安全即可。对比之下，她还是把儿子送进了私立的学前班。那一年是2003年，公立学前班三十多个小孩子，私立的五十多个，全村一共八十多个学前儿童都在村里，没有送到外边去的。

　　第二年，白翠萍的二儿子出生，取名李永乾。大儿子李承乾读完学前班，准备到村里的小学报名上一年级。时任校长李精是本村人，好心地建议说："七虚岁入学有点儿早，孩子还贪玩呢。不如明年再说。"于是白翠萍让大儿子返回私立学前班复读一年后才送入小学，这时候李忠友虽已卸任村委会主任，但全家人三代同堂，衣食无忧，就像全国亿万农家一样日子过得小富即安，平淡却也很安然。然而，正是因为儿子的读书问题，白翠萍闲适的生活状态出现了难以预料的转折。

根源在于城市化进程所导致的教育失衡，乡村小学面临衰落。

好像中了流行性病毒似的，吉庄小学同朔州的多数乡村学校一样，大约以2006年为明显的节点，学生出现了流失，先是从三四年级开始蔓延，愈演愈烈。就以李承乾的班级为例，一年级时还有四十多个同学，人数属于正常；到了二年级零星走了几个，到三年级就只剩下二十多个学生。这还是班主任徐烨锋老师口碑良好勉力维系，其余几个班级更差，学生已是个位数了，五六年级甚至断级，全校学生屈指而计仅有四十多名。原来的几个"品牌"公办老师退休的退休，往城里跑的往城里跑，新分配来的公办老师刚走出校门，没啥经验，而且也待不住，最终留下来任课的公办教师只有徐烨锋一个，剩余班级都被代课教师垄断，学校怎能正常呢？所以家长们忧心忡忡，少部分孩子就近转入神头电厂学校走读，大部分孩子则被送进朔州城里的几家规模较大的私立学校，比如占义学校、飞翔学校、民福学校等，那里可以寄宿，三、四、五年级的孩子也都有了基本的自理能力。不过，村里的孩子选择城里公立学校的不多，一来一次性要缴纳五六千元的借读费，二来没有住宿条件，只有个别搬迁进城而且父母经济较宽裕的孩子才能进去。所以那个阶段，村里的家长跟着孩子专门进城陪读的尚不多见。情况大致如此。

当白翠萍看着别的小孩纷纷离村时，她和丈夫坐不住了。儿子李承乾成绩优秀，每次考试都排头一二名，尤其是数学，徐老师说他很有天赋，往往稍作指点就能掌握。可是四年级时，班里几个尖子生，包括几个成绩中上等的同学陆续转学，剩下能够和李承乾一较高下的只有两个内蒙古来的、父母在采石场干活的打工子弟。白翠萍觉得这样下去不是长远之计，与其终要转学，倒不如早作打算。她跟公公商量时，李忠友不太赞成，理由是：徐老师很称职，而且孩子的小姑姑李小花师范毕业后在小学代英语课，顺便辅导、照管侄儿，让孩子没有放任之虞，哪里念书还不一样？

白翠萍一时犹豫不决，但并不像公公那样沉得住气，而且有了为儿子不惜吃苦受罪的心理准备，所以不想在村里闲坐，决定好歹先进城挣钱。2007年冬天，她听说城里的飞翔学校食堂人手紧缺，当即应聘进去帮厨。在私立学校应运而生并经过优胜劣汰的进程中，飞翔学校不仅站稳了脚跟，而且一派兴旺，光是小食堂就有六个，全部外包给个人。白翠萍所进的是其中一家，管吃管住，月薪六百元。她了解一下，学校的管理严格，奖罚分明，老师间竞争激烈，动力十足，对家长来说值得放心。于是，她带来大儿子插班试读。李承乾的学费是每学期六百元，虽比村里的小学贵出三倍，但白翠萍考虑自己的工资足够，晚上娘俩还可住在一起，一举两得。

可惜刚落脚不足一个星期，家里出事了。原来，李润平承包柜台的神电商场已经倒闭，他转而跟着四妗弟弟的包工队在建筑工地打工，那几天在山阴县的金海洋工地干活时腿部受伤，骨裂了，到大同市住院治疗。白翠萍闻讯，急忙舍了工作，到大同医院伺候丈夫，儿子李承乾重新转回村里。此番进城折戟沉沙，等于匆匆走了过场。

过了个把月，白翠萍从医院回家后，飞翔学校的那家食堂缺人，感觉白翠萍手头勤快，因此连着打电话请她回去。婆婆支持白翠萍，说："你放心去吧，润平也在家里养伤，可顺便照管孩子呢。"白翠萍就返回飞翔学校继续帮厨，留下李承乾在村里读完这一学期。

2008年正月，新学期开学在即，白翠萍干活的小食堂承包人受不了其中的辛苦，打算转包出去，优先询问白翠萍有没有意向。她怦然心动，赶紧和家人商量。丈夫没啥意见，愿意过来协助打理，还说姐夫一直就干饭店，肯定不会赔钱；李忠友也很尊重儿媳的抉择。于是白翠萍花了七千元，买断小食堂的经营权和锅碗器皿之类，雇来一个厨师、两个杂工，就此当上了食堂小经理。

这时候李小花也被城里的民福学校招聘去担任英语教师，白翠萍就干脆给李承乾正式办理转学，再次转入飞翔学校，插班到三年级。或许人们要疑惑：这飞翔学校就这么好进吗？是的，私立学校存在的根本就是学生，多多益善。白翠萍得知，每到新的学年，学校都给老师下达招生任务，任课教师十名，生活老师五名，多招一名，奖励二百元，少招一名罚

白翠萍（前）与小姑子
（后）和两个孩子合影

款一百元；还要开了车子走村入户地宣传，可谓来者不拒。这让乡村小学招架不住。至于吉庄小学，李承乾走后不久就因按政策撤并而彻底关门，随即才有了大批家长为了陪同照顾孩子读书干脆进城打工落脚，出现了进城潮。据悉，类似白翠萍这样父母和孩子相随进城的小家庭足有一百户之多，光是在飞翔学校就读的就有四十多个孩子。其中许多人家深为进城所累，过日子普遍比较吃力，像白翠萍夫妻一样近水楼台落脚在学校的，还算顺风顺水，所以白翠萍倒也很知足，她不怕辛苦，心劲儿十足。

全校六家小食堂，首先服从学校的要求，必须干净卫生，然后再和同行竞争。一至三年级的学生，由学校统筹，轮流去各家食堂就餐，每天固定伙食费五元，早上一元，午晚各两元；四至六年级学生，学校给办了饭卡，吃饭可以自主选择各家食堂刷卡；初中、高中学生也可自主选择食堂，都是现金消费。为了博得学校和学生好评，白翠萍夫妻使出浑身解数，一来保证饭菜可口，二来尽量做到花样齐全，比如早饭，什么稀饭、豆腐脑、油条、烙饼、削面、炒面、包子等，应有尽有。厨师和打杂的毕竟忙不过来，又不能增加费用多雇别人，全凭白翠萍夫妻多打下手，还有早饭前推豆腐脑和炸油条都需要白翠萍亲自来做。因此，学生们早上六点开饭，夫妻俩三点就要起床，每天光做豆腐脑就需要磨出大约六七斤豆子，炸油条也得十几斤面粉，工作量可想而知，而晚上收拾完了，常常已夜深人静。这样起早贪黑，平均每天可以卖五百多元。至于支出，学校每学期按五个月收取承包费一共一万五千元，厨师月薪一千三百元，打杂的一位五百元，一位六百元，一家三口吃在其中不计，算下来略有盈余。

飞翔学校的三年级一共四个班，每班五十余人，李承乾适应了新学校的环境后，很快显示出实力，他在自己班里成绩排在前五名，在全年级可以排在前十名。不过，白翠萍感觉那个班的语文老师也是刚毕业没经验，教学上比不了原来的徐烨锋，所以儿子的语文成绩不尽如人意，相对来说，数学老师就非常过硬，也特别器重李承乾。总之，大儿子的上学问题让白翠萍心里基本踏实了，她打算等小儿子到了学龄也接进城里读书，但眼前还得暂时留给婆婆。

生活似乎恢复了平静，白翠萍累却也累得充实，但凡想着为了儿子，什么都不在话下了。

然而天有不测风云，晴天也会有霹雳啊。

2008年的11月13日，李润平独自骑摩托车回村看望父母和小儿子。晚上白翠萍打丈夫手机不通，她急忙给家里打电话却被告知没有回去。无情的现实是，李润平在公路上被一辆山东的大型油罐车撞了，不幸身亡。刹那间，李承乾哥俩失去了父亲，李忠友夫妻失去了儿子，白翠萍失去了丈夫。

这一人间悲剧，白翠萍至今无法平静地面对，这里也无法叙述。那一年李润平年仅三十五岁，撒手而去，把身后未尽之事全部留给了三十三岁的妻子白翠萍。吉庄地处公路边上，在改革开放的头几年，其地利优势使得全村运输业蓬勃，个人拥有大卡车数量达到一百三十多辆，于是乎猛于虎的车祸频发，村民中经常有人殒于车轮之下。但白翠萍做梦也想不到，这种厄运竟会降临到自己头上，真是叫天天不应，叫地地不灵啊。以后她不止一次地伤心自责，悔不该鼓捣丈夫进城承包什么小食堂，反是公婆坚强，开导她说："孩子，事情谁能想得到？如果想得到，咱就把润平关在家里，禁止他出门……"

丈夫一去，等于顶梁柱断了。白翠萍回村料理丈夫的后事，小食堂再也无法开办下去，只能照原价转包给别人了。李承乾则被喜欢他的数学老师带去家里，没有中断上课，直到一多月后放寒假时才回到村里。这时候白翠萍从悲痛中挺了过来，向公婆表态说："无论如何，孩子们还得进城读书，李承乾也得选择更好的学校。我自己仍旧打工，一定能够照管好他们。"当时城里公立的朔城区四中已经跻身名校之列，恰好李忠友的叔伯弟弟李忠晋在城区四中担任教导主任，经过他的疏通，过年后李承乾转学进去了，不仅未缴纳择校费，还免了学费，只是四中不能寄宿。白翠萍当即跟着进城，在学校附近的东兴街租了一户居民的小南房栖身，月租一百二十元。二儿子她也带来了，送进住处巷口的一家私立幼儿园，每学期收费一百五十元。这样好歹把家安顿下来了，很简单，连起码的电视机都没有。

李承乾转到四中时，已是四年级的后半学年，全班九十多名学生，他的成绩排在前十名之内。四中真的不愧为名校，首先是学生素质都高，不像飞翔学校那样学生成绩参差不齐、存在恃强凌弱现象。看看考试分数，四中排在十几名的学生，比往后排在二十几名的学生只高微弱的几分，还有排在前十几名的学生，比飞翔学校排在前五名的学生平均分还要高出不少，差别显而易见。

进城没几天，白翠萍就和一个姓谢的小时候的女同学结伴到与四中一路之隔的状元阁门市打工，销售办公用具。待遇是底薪每月六百元，还有百分之二的销售额提成，所以每月收入可近千元。不过上下班时间较为紧促，她还得顾及全家人的一日三餐，尤其中午给孩子们做饭只有一个半小时的换班时间，生活节奏很是紧张。刚进城头一年，三口人的伙食费每月需要五百元，保持了白翠萍认为的中等生活水平，虽不大吃二喝，但蔬菜和肉食能够保证，孩子们想吃什么也买什么。至于买衣服，花钱并不多，老大李承乾常年穿着校服，老二李永乾穿些他姑的孩子替下的旧衣服，白翠萍也把妹妹淘汰的衣服拿来当新衣服穿，竟也不显落伍。这样，置办衣服这项开支也就可以节约一些，连同过年时置办衣服的消费，每年两千元足够了。

李承乾和奶奶

相比最难熬的就数冬季，烧炭不方便不说，又怕夜间煤气中毒，白翠萍只能买个电暖风吹一吹，虽驱不去屋里的彻骨寒气，但母子三人不离不弃，相依为命，严冬就有了春意。村里的公婆对白翠萍母子也越发关怀，经常问寒问暖，挂在嘴边的一句话是："花钱够不够？不够就从家里拿些。"白翠萍心中不忍，一直拒绝。后来，因为李承乾脸上有块黑色的胎记，白翠萍生怕他将来找对象、找工作受到影响，就带他数次去北京手术处理，李忠友硬是塞给她一万多元，不许媳妇客气。虽说丈夫出事后拿到十几万的赔偿金，但白翠萍始终没动过，她要原封不动地留给儿子们，留到他们长大后最最需要的时候。

随着物价一个劲地上涨，从2010年起白翠萍也相应涨了工资，每月底薪达到一千二百元，加上全勤奖、工龄补助，月收入可达一千五百元。除了日常生活开支，大儿子的补课也开始支出费用，语文数学每学期三百多元，英语每月就得一百元，白翠萍基本还能够收支平衡，这样倏忽过了将近三年。大儿子小学毕业，顺利升上四中的初中一年级，二儿子也在四中读到小学二年级了。三年间虽然说不上丰衣足食，却也像平和的流水波澜未惊，不过白翠萍心中始终有一个忧虑，那就是大儿子有个怪癖，从小天生不吃蔬菜。白翠萍听人们说，小孩不吃蔬菜，会导致身体缺少维生素，很容易出毛病，特别要提防紫癜。她回家不断给大儿子讲这类道理，可是大儿子仍旧我行我素，看着蔬菜就反胃，一点儿办法没有。

到了 2011 年底，儿子们放了寒假就先行回村，白翠萍则上班直到腊月廿八门市歇业才回村准备过年。这时大儿子悄悄和她说："妈妈，我的腿上有些红点，不知怎么回事。"白翠萍急忙撩起儿子的裤腿一看，只见从脚腕开始直到膝盖，对称地布满鲜亮的红点。"可能是紫癜！"白翠萍脑海里霎时一念闪过，不由分说拉起孩子到村里的卫生所向医生李忠富咨询，李忠富也断定紫癜的可能性极大。白翠萍吓得心惊肉跳，一家人年都没有过好。勉强等到正月初六，她带着儿子直奔省城太原，到省儿童医院又是挂号又是排队等待检查，在做心电图时医生还随意说孩子可能心脏不大正常。白翠萍听了，几乎崩溃，当下哭着给公公打电话，公公坚定地说："别怕！检查到哪里咱就治到哪里！"

初七检查完了，初八结果出来，原是虚惊一场，诊断结果是孩子心脏没事，只是患了较轻微的皮肤性紫癜。医生开了一点儿药让白翠萍带回去给儿子服用，说："没啥事，小毛病，吃点儿药就行。"白翠萍这才松了一口气，回村后还让赤脚医生李忠富按照药方给李承乾输了十二天液，孩子腿上的红点就消退了。然后遵从医嘱，不敢让孩子活动，因此休学一个学期。白翠萍还不放心，一边强制孩子多吃蔬菜养成习惯，一边到朔州的紫癜专业医院开了中药给他煎着喝，价格不菲，抓一次药六付，每付六十元，一共抓了一百二十付。

儿子服用完了中药再去检查，身体已经正常，马上即可回到课堂。白翠萍的一颗心终于安稳了。两个孩子，就是她全部的希望，她感觉自己就是为了儿子活着的。想到小哥俩的成绩都在班上的前十几名，白翠萍无比欣慰。小哥俩也很懂事，特别是老大李承乾，看见母亲上班繁忙，他经常会在放学后帮着做饭，并且常年带着弟弟上学放学。有时母亲做些好饭，他和弟弟预先就商量约定：母亲不吃，他俩绝不动一下筷子。男孩毕竟贪玩淘气，放学后哥俩偶尔把家里闹腾得乱七八糟，当哥哥的知道母亲爱整洁，所以一边玩一边看表，感觉母亲快回来时立刻安静下来，然后开始细致地收拾妥当。还有他很注意节俭，在校门口的玩具摊上看到再喜欢的东西，一问价格稍高马上离开，而平时买得最多的就是课外书籍。2012年正月，他手里收到几个压岁钱，就高兴地花了十元钱买了一把梦寐以求的玩具枪，那是他有生以来最奢侈的玩具。一个十五岁的男孩，生活的曲折使他比一般的小孩更为早熟。

也正是因为两个孩子，白翠萍不愿意考虑自己的个人问题。公公婆婆关心地规劝她说："你也别顾忌，有合适的男方，再找一个吧。"亲戚朋友都说："你还年轻，一直独身不是办法，再婚总是个正道。"白翠萍倒也不是囿于三从四德的传统观念，她深知，现在的人都很现实，没有哪个男的愿意接受她带着两个男孩，从而使自己背上沉重的包袱。于是又有人给她出谋说："你若再嫁，不妨带上一个，给公婆丢下一个。"她不假思索地断然否决："不行，坚决不行。两个小孩，我该丢下哪个？"还有，公婆的善良、体贴，也使她对这个不太完整的家庭充满着依恋。嫁过来二十多年了，她从没见过公婆吵嘴，而且始终如一把她视如亲人。扪心自问，她觉得公婆如果对她不管不问，她也许真的走了。甚至，她还会引用公公说过的一句话让自己释然："到哪道河，就脱哪道袜。"她想，眼下就这样过吧。虽然过得不如人家夫唱妇随的日子轻松，但她也要做到让孩子们相信：母亲是个强大的靠山，从来都没有过不去的坎儿。所以她刻意保持着乐观，尽量用笑容删除两个孩子心中可能滋生的阴影。

2012年6月，白翠萍越来越意识到，自己在城里生根，似乎已是定局，短时期内回村的可能性日渐微茫。根深才能叶茂呀，因而她感觉一直打工不是长远的办法，首先作为一个单身女人带两个孩子，以后的担子只能越来越重，而且再上些年纪即使再有能力都没人愿意聘用了，不如未雨绸缪，自己学着干些生意。她与一起打工的谢同学合计，马上一拍即合；回村再与公公商议，公公全力赞成，说："你想做就自己做吧，我支持不了你多少，但也能支持你一点儿。"白翠萍说："倒不是用您花钱，就让您帮着拿个主意。"她回去后就和谢同学双双辞职，在城里的玉百商场租了个二十平米的摊位，专门经营内衣。两人分别筹资三万元，一共六万元，除去年租金一万四千元，剩余的用作流动资金。她们之所以选择内衣，前期也经过了一番酝酿，考虑到涉足服装生意，自身经验不足，需要慎重和稳妥。内衣不像时装那样更新迅速，利润也相对微薄，可是风险不大，不会因为进货失误致使积压和折旧；再者玉百商场做的是低端市场，比如内衣，同一件东西最低比别处要便宜五元钱，但客流量很可观，即使毛利少一点儿，只要坚持薄利多销，总会积少成多。一句话，白翠萍认定了：只要扑倒身子肯吃苦，城里就不会永远是城里人的城里。

开张后，头一个月碰上的就是淡季，每天销售额仅三百多元，月底结算跟上班收入差不多。小本生意嘛，眼下的利润还得充入货款滚动，往后无疑更要过上一段紧日子才行。白翠萍切身体会到，给自己打工比给别人打工多了诸多压力，看见顾客光临真的赛过了上帝，费尽了口舌，赔尽了笑脸。当然也相对自由，她跟谢同学轮流进货，轮流守摊，可以合理安排为孩子做饭的时间，感觉这就很受命运眷顾了。

2012年的7月，朔州暑气逼人。玉百商场二楼共有八十多家商户摊位，又没有空调降温，环境不仅嘈杂而且酷热难耐，而白翠萍她们所在的位置处在鞋区和时装区中间的平台上，温度相对更高。听说按照常规进入9月，商场销售的旺季就会到来，业务普遍都在淡季的三倍以上。巧合的是，《诗经》有两句说："七月流火，九月授衣。"意思是说七月的流星划过天空，说明秋天天空夜晚能见度高。授衣自然是加衣服了，由单换夹，备足冬衣。这里不妨代表白翠萍篡改一下原意：可不是七月太热，九月就能够多卖衣服了？

怀着期待，挥汗如雨的白翠萍守在她们的摊位前，一心一意等候不远的九月份到来……

# 第十二章 官场

李仁义这个人，虽然公认的不善交际，从未刻意跟神头镇每一任书记镇长套套近乎，但他懂得低调中庸，也从未跟镇领导发生过冲撞和龃龉，更别说拍桌子瞪眼睛的。他总能想方设法完成镇里的各种工作任务，所以镇里历任主要领导对他都不反感，这也是他长期担任支书没有被变动的原因之一。

中国的官员级别，最小当属乡科级副职，简称就是副科。村支书无疑排在副科之后，按理不入官员序列，可是作为一村的首脑，勉强也算跻身官场吧。吉庄的李仁义当了二十二年的村支书，说起内中滋味，可谓满腹纠结，离职后跟许多正牌的官员一样，免不了喟叹一声：误入歧途；悔不当初啊！

当然，相比之下，李仁义的喟叹可能最没有作秀的成分。

在村里还是石窑气派

高中毕业，风华正茂（李仁义前右）

父亲（前右）是石油公司正式员工，也无法给儿子在城里安排工作

回想起来，他能够走上村支书的岗位，追根溯源还要从当兵说起。

1971年12月，李仁义从神头公社高中毕业回村务农。那时候"文革"还在进行，教育不被重视，所以他学到的文化知识乏善可陈，倒是凭借爹妈给的一米八五的高大身板，一直在学校篮球队做主力队员，两年时间以学为辅，打球为主。当然球技虽好，村里却没有用武之地，开春时公社抽调他进入一支专业队，开赴桑干河谷拓荒种稻子。总是稀缺的高中生嘛，他免了挽裤脚蹚水劳动，只是负责画线或者记录气象，工分并不少挣。干了七八个月，忽地听到了冬季征兵的消息。那时候当兵，一来有可能在部队提干，二来复员后可安置工作，所以当兵也成了脱离农村的唯一跳板。

既然事关前途，李仁义跃跃欲试，当即报名应征。不过首先需要通过大队这一关，类似于资格筛选。那天村干部开会研究名单时，李仁义冒失地跑进去打探，却被告知拟定让他出局。民兵营长李祥对他解释说："大队的意思，尽量让家中劳力多的适龄青年去吧。你家劳力本就缺少，今年对你不予考虑。"村里确实有一项规定，劳力多的军属一般免予工分补助，劳力少的则要每年补助二百个工分。李仁义的家庭是缺粮户，弟兄五个数他最大，下边的弟弟们都还在上学，父亲又在县里的石油公司上班，假如李仁义走了，全家就剩下母亲一个劳力，肯定在补

这般人才,领兵的一眼就看中了

母亲去部队探亲

助之列,无形中要给集体增加负担。

眼看希望行将破灭,李仁义心里着急,当下就在会上为自己申诉一番,晓之以理的是义务参军保家卫国,动之以情的是图求出息不甘平庸。没想到游说奏效了。毕竟乡里乡亲同宗同族,干部们谁愿意面对面抹杀人情?又觉得李仁义勇气可嘉,于是网开一面,一致同意他参加体检。

那一次,李仁义懂得:原来有些机会是可以争取来的。

当时前来带兵的,是解放军某部二连姓李的副指导员,他对李仁义的身体及形象偏爱有加,甚至体检时也一直关照在侧。结果再没意外,李仁义如愿穿上了绿军装。那一批吉庄获准应征的六七名青年中还有三名验审合格,跟李仁义一起步入军营。

新兵训练结束后,李仁义分到了团直属分队特务连工兵排,1974年12月入党,但提干未果。到了1976年3月,恰逢部队精简,全排四十九人缩编为二十八人,他被列入复员名单,却得悉政策变了,农村复员军人只有孤儿或配偶是城镇户口的才可以安排工作。李仁义既非孤儿,又未婚配,因此走了三年多,到头来还得务农,不算修成正果。他听说这一切还是因为陈永贵大叔,那位农民的形象代言人一再鼓捣说农村需要转业军人,结果把千万离开军营的农家子弟拒之城外,真是饱汉子不知饿汉子饥。

回村一个月后，李仁义就和穆寨村一个姓林的农家姑娘结婚，解决了终身大事。虽说成家了，可是李仁义仍旧不想接受命运的摆布，扎根广阔天地之心并不踏实。眼看快到五一劳动节，县里筹办职工篮球比赛，各家厂矿企事业单位纷纷组织队伍。吉庄的李建明是纸板厂的协议工，他给李仁义提供信息说，纸板厂急需篮球队员，可以办理协议工手续。接着在杨涧煤矿当合同工的李邦良也来招贤说：不如去杨涧煤矿球队，可以办理合同工手续。合同工和协议工从字面看好像没啥区别，但合同工是准长期性质，到时候可以转正，而协议工只相当于临时工，所以李仁义就去了杨涧煤矿球队。训练没几天就随队比赛，战绩却不值一提，不是他们不努力，只因山外有山，红旗牧场和朔县师范等几支专业化球队太厉害。

有道是狡兔死，走狗烹。打完比赛的李仁义并没有得到一张招工的协议或合同手续，却被指派去打道渣，就是拿个小铁锤砸石子，工钱每月五十多元，分明是骥服盐车呀。吉庄距离杨涧十几公里的路程，他每天都要跑家，早上骑自行车过去上班，中午自带干粮果腹，也没有休息的地方，晚上再跑回来。坚持了三个月，李仁义实在烦恼，心灰意冷之下干脆扔掉鸡肋般的差事，炒了杨涧煤矿的鱿鱼。事后自忖，觉得没个过硬的关系，最好不要好高骛远。

再次撤回村里，李仁义找到已经接任村支书的李祥听候吩咐。李祥照顾他参加巡田护秋，反正不需要去干农活。不用说，也是当然的民兵队员。那个时代整天备战，民兵队伍声势浩大，各村都有建制，小村民兵连，大村民兵营，配发一定数量的武器。尤其是吉庄民兵，曾经在1963年涌现出一位神枪手李海枝而蜚声全县，以后素来被县里刮目相看，甚至一句俗话"小瞧吉庄民兵没枪？"广为传扬。

盛名之下的吉庄民兵营一共三百多人，其中一百多号是十八至二十五岁的基干民兵。基干民兵在劳动之余必须保持经常性的训练，每年还要参加几次公社和县里组织的集训。全营配备有半自动步枪十支，三八式步枪十支，转盘式轻机枪一挺。就在1976年秋，全县民兵配发十二门82mm中型迫击炮，竟给了吉庄民兵营三门。李仁义既是复员军人，又是党员，得以优先到县里培训了半个月操炮技术。能够重温军营式生活，他自然表现得刻苦认真，给朔县武装部王参谋和神头公社武装部牛部长留下了良好的印象。

当时吉庄民兵营的营长是李瑛。李瑛是1968年入伍的老兵，只因服役时间延迟到五年，回来也错过了分配良机。好像因为工作他和支书李祥之间发生了矛盾，李祥准备撤换他，就和公社牛部长商量人选，牛部长借机力荐李仁义。当李祥和李仁义谈话时，李仁义倒没有受宠若惊，他老老实实地说："我还是想出去……"李祥拍板说："当民兵营长，对你日后出去或许更有益处。"结果当年10月，李仁义就受命取代李瑛就任民兵营长，李瑛则变成教导员。

依照常规，李仁义兼任村支部委员，也算进了领导班子。他一边带领民兵劳武结合完成公社武装部和大队交给的各项任务，一边等候机会再走出吉庄。现成也有榜样，前任民兵营教导员李廷安就是得到公社武装部原部长郝继仁的赏识，先是被抽回公社担任支部教员，接着闪电式转了城镇户口，并一路顺风走上仕途。李廷安是李仁义的高中同学，自然也是李仁义羡慕的对象，李仁义想想自己也受牛部长的器重，又因工作关系走得较近，所以牛部长就是他寄托希望的所在。

转眼过了四年。1980年，朔县各公社都要增设武装干事，招考对象就是全县优秀民兵。神头公社也获得了唯一的报考名额，可是牛部长并没有留给李仁义。说实话他并非不想照顾李仁义，而是半路杀出一匹黑马。其时，郝继仁已经升任神头公社革委会主任，他的儿子也从部队复员，当仁不让地占住了那个名额前去应考。谁知他是炮兵出身，考试却是步兵的一套，结果没有悬念地名落孙山。事前李仁义毫不知情，直到有一次到县武装部办事才听到招考的消息，但武装干事的名单已经公布，其中沙塄河公社的民兵居多，原因是县武装部在那里蹲点，就近垄断了多数考试名额，而神头的牛部长属于老实本分的好人，并没有为了增加名额争取一下。

对李仁义来说，他最有可能的一次机会，已经与他擦肩而过。岁月蹉跎，忽忽又赶上时代巨变，之前十一届三中全会召开，恢复高考，之后包产到户，大锅饭大集体体制不可避免地走向终结。相应地，"备战备荒"

的口号过时了，又叫响的是"发家致富"；民兵队伍刀枪入库，风云不再，一呼百应的日子一去不返了。后来居上的青年才俊纷纷通过高考之路飞跃龙门，离开村子走上工作岗位；新陈代谢，各领风骚，那条道路分明不属于李仁义之辈。他虽然依旧挂着民兵营长的头衔，但犹似光杆司令，首先必须适应的是时过境迁、一朝寥落的急遽反差。

吉庄的包产到户稍微滞后，大概是1983年。李仁义也就三十岁出头，已有了一男一女两个孩子，全家仅承包了八亩土地。吉庄的副业一直发达，多数村民不太把种地当回事，土地能够不包尽量不包，李仁义也在其中，他对种地基本外行。不过，因为大集体时全村的农业机械不少，他凭着近水楼台之便学会了驾驶技术。土地全部承包完毕后，村集体办起的一座位于袁树林火车站的小煤台，类似于村办企业，也承包给村民李万山，走些零担车皮发煤。而李仁义和村里的五户人家合伙，出资两万多元购买了一辆55型拖拉机，由他担任驾驶员，从煤矿往煤站拉煤，赚取一些运费。跑了不到两年光景，效益不行，只好作罢，每家只分到一千多元。旋即李仁义又给集体驾驶仅剩的一辆铲土机，在煤台和采石场跑动，但是不久铲土机也被作价处理掉了。

随着大形势的发展，村集体的地位一落千丈，所有家当财产眼看流失殆尽。由于还得催缴任务粮、完成农业税等，村支书的职位今非昔比，号令不从，可以说从香饽饽变成了烫山芋。1984年新任村支书的李忠祥刚在位一年，就感觉困难重重，苦不堪言，自己明智地向公社多次提请辞职，却没人愿意接班。而主任李忠友是个老好人，外号"马大哈"，也不宜挑起重担。反正公社很是头疼，一边抚慰挽留李忠祥，一边考察新人选，仍旧是武装部牛部长推荐了李仁义。抽在吉庄的下乡干部是神头国营采石场书记李培信，他征询李仁义有没有当支书的想法，李仁义实在没那勇气，婉言回绝，而且当时他刚刚碹起新窑，当务之急是挣些现钱清偿外欠。正好村集体跟李万山因为承包煤站发生了纠葛，竟而收回经营权，派了副支书李瑛负责，李仁义找回去重新给李瑛打下手，主要负责联系车皮、跑外销煤等。那时煤站每走一吨煤可以抽取两元钱，由村集体结算和收支。李仁义每月的收入接近一百元，相对也不低了——同时期大学本科毕业转正定级的月工资才五十三元。

未几，李瑛调回村兼任了副业队长，煤站就留给李仁义管理，手下人员也就是四个看场子的村民。不管是负责人也罢，还是经理也罢，李仁义总想摆开架势大干一番，然而可惜好景短瞬，很快进入1986年，县里的几家国营大型煤站相继强势开张，运煤动辄成列，零担车皮很难申请到了。吉庄的小煤站无以吞吐，开始是每月只走两三个车皮，后半年更是颗粒无收，最终的命运是关门大吉，借用的地皮被铁路扩修占去。吉庄集体经济的最后一块副业小阵地在李仁义手里告以失陷。

对集体依赖惯了的李仁义铩羽回村，好像失去了主心骨，一时迷茫，不知何去何从。而村支书李忠祥勉力又留职年余，好歹想撂挑子。这几年神头公社已经恢复为神头乡，紧接着设置为神头镇，镇领导商量来商量去，觉得李仁义还是比较合适的吉庄村支书人选，分管副镇长一再找李仁义做思想工作。武装部干事梁国文就是沙塄河乡的民兵出身，跟李仁义交好，他也鼓动李仁义说："人家还争着当支书，你为啥不干？"李仁义犹豫不决，明白自己一直没有参与过村级工作的决策，总担心扛不起支书的担子。再跟李瑛等人交换意见，大家赞成的居多，都说当上总比不当强，于己于人，利大于弊。慢慢地，李仁义动心了。

1987年的3月8日，神头镇书记张效尧和镇长罗元亮在司马泊村检查工作，派人将李仁义叫去谈话，说："吉庄那么大的村子，没个胜任的村支书不行，有人想干我们还不放心。我们经过了解知道你的人品人格，而且年轻，又是党员，叫你干你就干吧。有什么困难我们全力支持。"之前李仁义并不认识两位领导，能够得到他们的肯定和信任很受感动，总是年轻上进，他最后答应了："那我试试！"

第二天，副镇长薛有兴就在吉庄村召开干部会议，宣布解除李忠祥的村支书职务，改由李仁义接替。与会人员包括李仁义、李忠祥、村委会主任李忠友、副书记李瑛、会计高富华、出纳李宏存以及六个生产小队精简为三个生产小组的组长等。再过一两天，李仁义也召集这帮人开会，进行了班子组阁，大多数保留原任，只有财务人员变动：李宏存改任会计，另有复员军人贾录接任民兵营长，并兼任出纳。李忠祥倒是无官一身轻恢复为普通村民，却连累一辈子酷爱算算计计的高富华丢了手中的算盘。

然后李仁义就来盘点集体的家底。简明扼要概括为三点：一、账户是空的；二、债权十七万八百元，都是大集体以来村民累计的账面拖欠；三、债务二十多万元。关于债务这一项，包括开办小煤站时拖欠煤矿的煤款十七万元，悉数被村里兴修水利工程和唱戏等挪用；还有神头镇建设镇办三泉湾学校时摊派片石，村里购买片石及运费一共用去两万元；再就是提水浇地所欠神头电灌站水费七千余元。看似账面基本持平，但村民的拖欠分明成了呆账，相抵无望，总的来说还是外债累累。

继续梳理一下经费来项。其一是集体所有的采石场承包费，每年四万多元。其二是向村民收取提留摊派：每一百斤承包产量提留二元，合计一万四千元；每人摊派六元，全村一千八百口人，合计一万元出头。这些提留和摊派，又涉及与任务粮和农业税，即与国税挂钩。吉庄的国税从最初七千元逐渐上涨，最后停顿在两万零八百六十元；全村承包粮定产从八十三万斤降至七十二万斤，任务粮指标则为二十三万斤，要求低价卖给粮食局，每斤玉米差不多一角八分钱，年年价格浮动在三分五分不等，反正低于市场价一角左右，所以村民交售并不积极。而集体的提留和摊派需要在任务粮款结算时扣除，普遍现状是能够收回百分之八十就算不错。因此总收入应该有六万五千元，折扣下来就是五万元左右了。

那么日常支出呢？首先是人员工资，工分已不说了，全是现金支出，包括所有村干部，从上到下月薪六十元至四十元不等，还有闲杂人员，比如看学校的、看村委会的、看树的、看庙的等，两项合计起码两万多元；再就是大集体时开山和建设水利工程因公受伤、致残、殉职的都需要补助，其中光是致残的李海每年就得一万元，受伤的两位经常拿了药条报销，只要集体账上有钱，报销数额没有上限。

显然，新旧机制交替过渡之际，村里同样背负着沉重的历史包袱。

不算不知道，一算吓一跳。算来算去，李仁义觉得窟窿太大，入不敷出，但人员不能精简，只能采取措施压缩开支，比如闲杂人员月工资从三十元降为二十四元，工伤补助限定为每月三十元，致残人员每年五千元，等等。这样扬汤止沸，好歹每年能够节约出一万多元，但是于事无补，因为还有额外开支，躲无可躲、必不可少：第一项是任务粮难以全部完成，需要集体补交，只能高进低出，就以百分之二十的缺口算计，每斤差价至少五分，赔钱近两千二百元；第二项是计划生育补助，完成绝育手术每人补助四百元，又得一万多元；第三项是招待费，县里镇里相关工作人员隔三差五下乡，到村里一家小饭店每年要吃喝三千多元，到村里会计家里也要吃喝四千多元，再怎么也得七千多元。

　　就是怀着精打细算的思想准备，李仁义进入了吉庄村支书的角色，上要服从神头镇的领导，下要面对集体意识日渐淡漠的村民，开展工作真的类似在两个鸡蛋上跳舞。村里的事务，不外乎春天浇地，夏浇青苗，秋天催缴粮油，冬天搞农田基本建设和计划生育。那几年不少村一级的组织名存实亡，但吉庄还是亏了有副业的底子，一直支撑下来，坚持实行统一购买种子、化肥、农药、地膜，统一组织人马浇地等，工作好歹没有涣散。

　　李仁义上任之初，正值开春季节，首要任务是浇地。其时，浇地仍旧依靠大集体修筑的三级提水高灌工程，使用神头的海水，村里统一组织，再跟神头电灌站统一结算。电灌站送上水来，每小时收费十七元，村里还得二级、三级往上提水，而且用电时续时断，不仅半管子出水，而且渠道重复损耗，结果到了三级站范围，加上人工、电费、设施维修等，每亩浇地成本大概需要三十元，但又不能转嫁到村民身上，否则没人负担得起，所以村里只能一律按每亩十几元收费，仅此一项，集体又得补贴一万多元。雪上加霜的是，随着神头电厂对水资源的过度利用，神头泉域地下水位急剧下降，导致电灌站水源告急，吉庄南水北调的高灌浇地模式眼看着靠不住了，村里不得不考虑再作打算。有什么对策呢？唯有多钻机井，利用地形北水南调，才是长远之计。可是打井需要花钱，钱从何来？李仁义十分犯愁，他又性格谨慎，不愿意盲目赊借，所以先把报告递交到水利局希望得到资助。

　　吉庄的村名叫得好，也算吉村天佑，困难时候就迎来柳暗花明。1988年秋收前，国营矿业公司看到煤炭发运的潜力，决定投资兴办马邑煤站。吉庄村子东南的河道地，恰有神头采石场的铁道支线通过，而且紧邻马邑火车站，是煤站选址最好的地方。公司领导实地勘察后，跟李仁义见面，提出向村里租地。河道地遍布盐碱，种地的收成寥寥，承包户再负担提留国税后更得不偿失，巴不得退给集体，因此用地没啥争议。李仁义看着建煤站的好事上门，马上表示欢迎，经过双方洽谈，租地七十亩，准确地是六十九亩九，每亩租金按照一千二百斤玉米的产量折抵，每斤玉米执行县里的参照价一角七分五，连同秸秆和玉米芯作价，每斤一共算二角一分一，每亩算下二百五十三元二角，年租金执行一万八千元，可以解决一下村里的燃眉之急。

马邑煤站启用后吞吐巨大，优先让吉庄村民从煤矿运煤，这给吉庄带来了难得的机遇。村民争先养车，开始是土汽车，然后逐渐变成清一色的依发牌德制自卸卡车，两三年间全村竟然发展到拥有卡车七十多辆，每车每年中等水平不愁收入六万元左右。李仁义总不能光靠集体开资的每月六十元养家，也和村民李作亭合伙购置了一辆汽车，加入到致富大军。而集体的经济状况也慢慢改善。1989—1990 年，村里两次批出百十处宅基地，地段居中的收取一千元，偏僻的收取三五百元，合起来也有近十万元。拖欠煤矿的钱归还了两三万元后剩余就算死账了，不去考虑，李仁义只是结清了电灌站的水费，然后集中财力突击打井。到 1990 年前后打了六眼机井，其中的两眼争取到了让水利局投资，而村里打井四眼又配套了一眼旧机井。打井连同配套费在内一共花去二十多万元，基本满足了浇地需求，一举扭转了浇地犯愁的格局。每亩收费维持在十四元，村民也觉得比较合算。机井如果正常运转，集体就能保证收支平衡，不过用电设施失盗现象时有发生，还是免不了平均每年赔钱数千元。

赔钱归赔钱，为了浇地愿打愿挨。却时有劳民伤财之举，这让李仁义郁闷不已。

进入 20 世纪 90 年代，山西全省大张旗鼓开展农田基本建设，各地瞄准最高奖项"禹王杯"，都志在必得。1989 年朔州已经建市，原来的朔县变成朔城区，曾有连续八年夺得"禹王杯"的辉煌历史。吉庄从 1991 年开始，根据区镇的部署，利用秋冬三个月时间大搞过三年农建工程，名为"连片治理"，选定的主战场是大运二级公路两侧的五十亩地、上花儿沟等处的坡地，一共二百余亩，除了底坡的六十多亩水浇地，其余多属旱地，亩产百十斤。当时村里出动劳力上阵，算是摊派的义务工投入。上级要求凡是驻神头的采石场、电建二公司、电厂、省建、火车站等国企必须无条件支援工程机械，吉庄这边也分配来十七八台挖掘机、推土机，施工场面十分宏大。区里投资也可观，把坡地改造成梯田，层层砌筑了整齐石堰墙。但是，吉庄的那些薄地，只有五六寸的土层，完工后平整倒是平整了，却把卵石沙砾翻起来，再也无法耕种，承包户顺势退给集体。李仁义虽觉痛心，却也无力违拗。

隔年区里开会，要求吉庄利用梯田种植小麦，李仁义一个劲摇头。镇领导看他困难，改派镇办企业合金厂的工人去实验，结果白费了辛苦和种子。然后镇里又让种植苹果，并无偿提供了果苗，村里挑选其中土质犹存的四五十亩栽种下去。果苗倒是优种，无奈气候不适，结不下几个果子。1992年村民李泽承包了存活的六百多株果树，合同期十年，但中间又转包给李祥，合同到期也收不回来，成了历史遗留问题。总之改造的梯田全部撂荒，石堰墙都被人们拆去卖了石头。之后，村里的农田基本建设就算画了句号，再不提倡了。

若说最让李仁义满意的政绩工程，就是新建了小学校舍。

吉庄小学自从1983年从庙院搬往旧日的大队部，由于年久失修，校舍已经形同危房，每到下雨时节，校长就来告急，不知该上课还是该停课。其时农村校舍安全问题不断见诸媒体，几成社会热点。李仁义心中焦急，感觉新建小学迫在眉睫。1991年他去镇里汇报，镇领导表态支持。镇长问："需要多少钱？"李仁义说："咨询了一下，大约需要四十多万元。"又问："你们村里可筹集多少？"李仁义暗自估计后，说："能有二十多万元吧。"镇长拍板说："先建吧。完了我给你拨款五六万元。"书记也说："咱们镇办预制厂帮助解决楼板。"李仁义一听很高兴，当即着手筹备。设计为二层单面楼房共一千二百多平米，事先请了包工队预算，数额是包工包料四十三万元。用地也不成问题，选在村边东南角，紧邻神头职中，校园一共八亩，承包户都愿意让学校占用，反正种地不吃香，种不种都无所谓。

吉庄的旧小学,在李仁义任期完成了历史使命

至于自筹资金来项,李仁义心中也算有数。先从马邑煤站预支十五万元,抵扣往后的租金;申请林业局批准砍伐村东大路两侧的一批大树,再行负责更新补栽,出售木料可得六万余元。接着,通过大喇叭向村民宣传,动员清理旧日拖欠,给多少算多少;不少村民觉悟,自动还来两万多元。眼看仍有缺口,还得盯住村里的运输大军,争取捐助;修桥补路办学校都是功德,没人表示反对,于是负责统一在煤站领取运输煤票的李仁义每张收费二元,当年前半年集体进项三万元,后半年改革办法,干脆每车收费三百五十元,又收了四万多元。这几项加起来是三十多万元。如果镇里的援助落实,就差不多了。

1992年4月份,学校建设工程按期开工。等到起来一层,李仁义去找镇书记要楼板,谁知书记改口了:"哎呀,没办法兑现。"再找镇长,镇长答应的资金也泡汤了。李仁义顿时感觉骑虎难下。从他的主观出发,本来抱定有多大力量就做多少事情,眼下却只能迎难而上,不仅豁出集体攒下的家底,甚至不合吃了煤站一块唐僧肉。那年雨季山洪暴发,冲决了东干渠的水口,百十亩庄稼不同程度积淤受灾,本与马邑煤站关系不大,但村里咬定与煤站建成时改水防洪有关,就提出索赔,煤站答应了马虎条约,结果村民分到两万多元,集体进账五万元,补贴了学校建设。最终工程顺利竣工，没影响学校8月25日的新学期搬迁。连同桌椅配套，工程决算为五十三万元，付了大部分，欠着小部分，但是再无力建厕所，留下一个尾巴。次年亏了分管教育的副镇长雷金莲利用个人关系从教育局要了一万元，才给学校建起了厕所。同时顺势又占了职中的十几间平房作为教工宿舍，简单地修葺花去六千多元；还有学校代课老师十几名，每人每月仅仅九十元工资，少得可怜，村里给每人每月补贴一百元，按九个月上课时间，每年也得一万多元。至于学校的生火用炭，就去煤站白要。这样，学校就算安顿下来。对比朔城区所有乡村学校，新建的吉庄小学堪称一流，而且居然请来区委书记彭世先题写了"吉庄小学"的校名。

与此同时，吉庄的运输业却步入了低谷，原因是煤站和煤矿看到肥水外流，相继成立了自己的车队，吉庄车辆的业务逐渐被蚕食以致萎缩，各家纷纷卖车。实际上，之前李仁义和李作亭的汽车已经处理，合久必分也属常理。怎么样寻找新的致富门道，又成了吉庄人的生计大事。

那两年李仁义有时去市里区里开会，一次，他听到了令他振奋的信息。市长吕日周曾经号召"千家万户致富，千园万场发展"，区委书记彭世先也在各种场合传授南方的经验：先上车后买票，见了绿灯照直走，见了红灯绕道走……吉庄人脑子不笨，很快就踊跃响应，瞄准村北洪涛山麓的几座小山包，土法上马开辟采石场。先是三家两家，跟着发展到三十多家，开采销售石料赚钱，谁都没什么正规手续，但是政策允许，也说不上私采滥挖。当时李仁义也和村民李尚等四人各入股一万元投资了一家采石场，挂靠在朔州市乡镇局。不过并不顺利，没多久李尚被砸折了腿医治花去三万多元，一年后四人分道扬镳。李仁义又独自开办了一家，却遇到岩体不好，经营惨淡，效益并不理想，两年多后转包他人。其余各家有的景气，有的一般，反正每天的开山放炮声此起彼伏。相应地，集体也发挥功能，牵头购买雷管炸药并在山脚碹起三间石窑，统一存放，妥善看管。收取的管理费，每年也有四五万元。再往后，由采石场衍生了下游产业——烧制白灰，势头越发兴旺，全村共有六十多座白灰窑，其中李仁义也办起两座白灰窑，每年收入也在五万多元。可以说，1995年前后是吉庄个体经济**最繁荣**的黄金时期，两千多人口的村子，每日消费生猪四头，**富裕程**

度可见一斑。

也就在1995年，李仁义还尝试了一次私人办学。那时村里的孩子们小学毕业后，一般都去神头职中的初中班就读，但职中的师资力量自然好不到哪里，管理也跟不上。正好国家开始鼓励社会团体和公民个人依法办学，朔城区许多私立学校一哄而上，大肆抢夺生源。李仁义就和村民李顺、李清合伙租用神头职中的校舍，招生一百多人，办起了两个初中班。每个学生每学期收费三百元，一来希望吉庄的学生培养从小学到初中有个良好的延续，二来指望形成产业获取经济效益。不过，1997年国务院颁布了《社会力量办学条例》，开始规范民办教育，李仁义他们的初中班办了三四年后，就因为办学门槛提高，去教育局好歹无法办理手续，结果跟农村大多私立学校一样，无奈散伙了。同时官办的神头职中也由于种种原因关门了，吉庄的初中学生只能外出求学，家长无形中增加了负担。

不管怎样，我们看到李仁义的致富之路并非一帆风顺，或许不能排除集体琐事缠身的原因吧。再者当支书十几年了，他心中的烦倦日增，难免萌生退意，希望捧一个保险些的饭碗。睥睨最佳退路，就是到乡镇企业供职，除了不多的薪水还有养老保险。神头镇占据地利优势，乡镇企业可谓遍地开花，诸如电石厂、合金厂、石料厂、白粉厂、油坊、联运公司、加工厂、酱油厂、农机站、电灌站等，足有十多家。吉庄的前几任主要干部，卸职后多也到各家企业谋到肥缺，就像李朴担任过合金厂总指挥和电灌站站长，刘克功挂职白粉厂，李祥去了石料厂，高富华去了电石厂等，也算神头镇给卸任村干部一个保障性的安排。1996年，李仁义跟镇党委书记刘树茂探讨，说："刘书记，你看能不能把我这个村支书换下呢？我也想找个乡镇企业落脚……"刘书记却不同意，说："老李啊，村里镇里工作还不一样？没个合适的继任，你不能离开。"事情只好搁置。但所料不及的是，各家乡镇企业难以适应市场经济大潮的冲击，很快就纷纷赔钱倒闭，结果断了李仁义的退路。

退而求其次，李仁义只能安下心来继续捧住村支书这个泥饭碗。此一时彼一时，集体的光景已比李忠祥那时候相对改观，担任支书终归比上不足比下有余，所以李仁义再没有主动辞职。而他自己都没想到，往后居然又干了十余年，其间也曾徘徊在被撤职的边缘。

原因嘛，依旧是农村普遍存在的老大难——计划生育问题。李仁义当了二十余年村支书，其他工作即使说不上应对自如，起码也是心中不怵，唯独对计划生育问题，每年刚到秋风吹起时就开始犯愁了，到了冬季惯常开展的时候，用"焦头烂额"来形容再恰当不过。

据说计划生育有关条例规定，超生二胎罚款数额是夫妻二人年均收入的七年总和，超生三胎那就是十四年收入的总和，如果严格计算那可不得了，执行时全凭变通和折扣。吉庄村一般是执行区镇计生部门摊派的任务指标，包括罚款和上环、结扎、绝育三项，一般情况每年罚款大约五六千元，上环十几个二十几个不等，结扎绝育的寻常是二十个左右。按理说采取了计生措施和超生罚款是两回事，不过村里往往潜规则一下，凡是做了绝育手术的就不再追着收取罚款了，那么集体就得掏钱垫付，每年至少四五千元。

如果都要花钱摆平倒算容易了，关键是结扎手术一项，推进起来十分艰难。大凡被选定的妇女统统抵触，东躲西藏玩失踪的有之，恶语拒绝水泼不入的有之。李仁义和村里的计生员贾日荣等几乎受尽敌对，什么大喇叭宣传动员根本无济于事，都要多次登门说服。有的白天打游击关门上锁，就要深夜跳墙进去敲门见面，搞得鸡飞狗跳的，简直磨破了嘴皮子好话说尽。另有镇里的工作组督促参与，一来二十多人，招待仍得破费。好像是1997年，由于任务紧迫，镇里的工作组采取不恰当措施，碰到难缠户就上门搬东西，吉庄村李兴家的电视机、赵存义的小平车和阎秀强家的油桶等就被搬走了，这几户又追着索要，镇里却把皮球踢回村里，村里两头受气。那时候一级一级承受压力，当时的左镇长常挂在嘴边的一句话是："不管土办法、洋办法，不管好办法、坏办法，只要完成任务就是好办法。"为了完成任务，各种花样都不稀罕，有的婆婆给媳妇顶替，有的花钱雇人手术，也有请医生造假等，但只要凑数，谁也不去细究。

往后上级计生部门逐渐以人为本，改进措施，结扎手术少了，取而代之的是栓堵和埋线避孕。所谓栓堵就是注射针剂堵塞输卵管。而埋线则是在上臂皮下植入装有避孕药品的一截胶管。这两种方式手术很小，人们比较容易接受。大约是1999年，不知怎么吉庄竟被摊派了五十三个栓堵和埋线任务，由于人数太多，不出意外肯定得拖全镇的后腿。镇长就亲自来村里开会，将李仁义和贾日荣批评了一顿又一顿，恼火时候挂在嘴边的词语除了"处分"就是"撤职"，使得李仁义的支书职位摇摇欲坠。后来虽然勉强如数交差了，却因为埋线留下遗患，有几个妇女感觉副作用明显，或者疼痛不止，或者举手发僵，她们恐慌之下只能责怪李仁义和贾日荣，每天一早就上门大闹不休。李仁义汇报到镇里，镇里只管完成任务，从不揽麻烦，又是推诿再三，其中的周折一言难尽，当然最终还得动刀子再把线挖出来。直到2000年以后，人口自然增长率得到控制，绝育才放得松了，但罚款指标年年还有，说是百分之二十返还村里，但全都补了罚款的不足。

李仁义这个人，虽然公认的不善交际，从未刻意跟神头镇每一任书记镇长套套近乎，但他懂得低调中庸，也从未跟镇领导发生过冲撞和龃龉，更别说拍桌子瞪眼睛的。他总能想方设法完成镇里的各种工作任务，所以镇里历任主要领导对他都不反感，这也是他长期担任支书没有被变动的原因之一。再者，包产到户以来，农村工作、尤其是基层组织建设确实是相对滞后了，就以朔城区为例，多数村支书后继乏人，走马换将的现象并不多见。

但是，农村工作终将受到普遍关注。有关理论界人士这样阐述："21世纪的中国，在历史形成二元社会中，城市现代化、二、三产业发展，城市居民的殷实，受制于农村的进步、农业的发展、农民的小康相对滞后的问题。"所以2002年党的十六大提出全面建设小康社会的奋斗目标，"三农"问题被确定为"全党工作的重中之重"。具体到吉庄，一个最明显的迹象是村民委员会主任的真正直选。

本来《村民委员会组织法》从1988年就试行了，1998年正式颁布实施，规定村民实行自治，直接选举村委会主任，旨在打破人民公社体制和生产大队体制，改变村委会主任只接受来自上面的指令、只对上级负责的状况。这一农村基层民主政治的历史性举措，落实下来还经历了不算短暂的时间。吉庄是从1991年才开始要求投票选举村委会主任，但是镇里一般由李仁义提名人选，然后派出一班村干部拿着票箱去全村转一圈，鼓捣着胡乱填了选票，和任命差不多，而每次选举的都是李忠友。李忠友从

1981年就担任村委会主任，一直跟李仁义搭档，也算不倒翁一个，连任了二十余年。但是一朝实行正儿八经选举，那就情形不同了。

2002年底，任期从2003年起的第六届村委会选举拉开帷幕。上级一改惯例，三令五申严格要求按照法律程序选举，坚决禁绝再走过场。镇长左金义亲自来吉庄包片，深入到每家每户宣传发动。然后选民登记、公布，参选人申请审核等程序，无不公开透明，十分正规。最终确定的候选人一共三位，包括老主任李忠友、支委成员李清和村民李日增。李忠友当了二十多年主任，很难再求连任，首轮被淘汰也在情理之中，实际上选举变成李清与李日增之争。李清也是当兵出身、中共党员，回村后一直得到李仁义的看重和提携，被吸纳成为支委并视作培养对象，两人曾经合伙办过学校，而且沾了姻亲，彼此是叔伯的姨连襟。而李日增原是普通群众，因为其父的地主家庭出身，在解放后的历次运动中没少受磨难。再按村中的家族势力，吉庄李姓老祖四兄弟往下分开四门，其中三门最大，约占全村两千一百多人口的五分之二，包括李清、李仁义两家；李日增却在四门，人口相对较少。如果李仁义站在李清一边，那么李清的胜算极大。

然而李日增也非等闲，他在社会上结交广泛，出手又比较大方，而且赢得了"文革"期间同病相怜过的所谓"黑五类"家庭后辈的支持，就算突破了家族的界限。李清却过分依赖家人父子的票源，竞选期间又没好意思主动上门寻求李仁义的支持。结果不知从哪个渠道传出风言，说是李清3月份就任主任，6月份就要雄心勃勃问鼎村支书。这样的信号传出来，李仁义肯定不大舒服，他选择了保持中立，没有为李清施加导向式的影响力，致使李清大意失荆州，选举时以微弱劣势落败。事后李清怀疑李仁义倾向了李日增，垂头丧气地说："我不是败给李日增，而是败给了姨连襟。"以后的好长时间对李仁义心存嗔怨，两人从此有了芥蒂。

从2003年起，李日增就上任了。考虑到解职的李忠友年龄大了，没有功劳也有苦劳，外出打工或者闲坐在家都不合适，李仁义就促成他担任了村委会副主任，集体每月给开资一百五十元，参与浇地巡渠、维修设施等，额外再收入几个，已是抚慰性质。

过了一年，国家的农村政策自包产到户以来再一次进行了历史性的重大改革，免除所有农业税及集体的提留摊派，种田还有补贴，从开始的每亩十几元一直提升到五十几元，是为"两免一补"，彻底解除了农民负担。没有了提留摊派，吉庄村集体的收入锐减，但是差不多同期，许多惠农举措连续出台，实现了村财政由镇政府管理，村里的支书、主任、报账的会计由国家发放工资，其中李仁义每月三百元，李日增二百八十元，会计贾录每月二百六十元。虽然不足机关工作人员每月最低收入的四分之一，但他们还是自诩吃皇粮了。另外，国家每年以名为"转移支付"的方式，给村里拨付日常经费，开始是一万五千元，其中乡财政扣除四千五百元管理费，村里可以拿到一万零五百元，这项经费逐年还在增多，后来变成五万多元。虽说数额不大，但吉庄总有马邑煤站的租金收入，日常花销多少还有保障。差不多是在2003年，因为发运万吨专列，马邑煤站原有吞吐量不足，必须扩建，就与个人合资另行组建了一家鸿运煤站，又向吉庄租地五十多亩，这次每亩的年租金为一千二百元。其中承包户收取六百元，都也乐意；另外六百元由集体收取，每年是三万多元，加上原来的每年一万八千元，两项将近五万元。

  包括对财务支配在内，村里的实际工作还是由李仁义基本掌控。作为民主选举的村委会主任，李日增在李仁义面前和李忠友的完全服从肯定不同，"民主"也得挑战李仁义的"集中"。不管是哪种原因，总之他与李仁义之间的日常配合说不上融洽或默契。虽不至于上升到激化矛盾的性质，没有彼此撕破脸皮，但用李仁义的说法是"搭档不愉快"，"互相别扭"，"意见不好统一"。有时开会确定了什么，会后又私自变卦。举个例子，有一年朔城区交通局投资十二万元为吉庄村里铺设一条一千二百米长、四米宽的水泥街面，经过一户村民的门口需要拆墙拓宽，那户人家索要四千元，李仁义反对这种风气，所以宁可路面缩窄也不答应。谁知隔夜后那截院墙被铲倒了，据说是李日增做了工作，并答应给予补偿。结果那户人家大年三十上门来找李仁义兑现要钱，折腾了一番，给了三千多元才罢休。林林总总的疑似作梗，令李仁义心灰意冷，他承认以后对村里的工作有些消极懈怠，比如有时本可以去争取一点儿水利资金，却也懒得去跑动了。这样势必导致村民普遍对村级班子不大满意，也对李仁义有了成见。

2005年底，又要进行村委会主任的换届选举，这次与李日增竞选的只有李常义一人。不论李仁义是否持有立场，结局终归是李日增获得连任。当然并非说明李日增究竟有多么深得民心或有多大的能耐，纷传不少村民在投票时候掺杂了负气的因素，体现了他们希望改变现状却又有些变态逆反的心理。好像说，大家感觉李常义太绵善，竞选上去又要任由李仁义摆布，所以宁愿再选李日增，故意给李仁义制造对立让他不得顺心。如此说法不可能有什么确凿依据，就算姑妄言之姑妄听之吧，反正李仁义意识到，多年的村支书当下来，得罪的人不少了。按说当家三年狗也嫌，何况快二十年呢？本也不足为奇，可是选举更加剧了李仁义的被孤立感，不论前一届李清一方还是后一届李常义一方，都有把偏见加之于李仁义的可能。

2006年，吉庄地界上又成立了一家个体的国能煤站，协商租用与马邑煤站毗邻的一百四十亩土地，另有吉庄邻村小泊村的九十多亩，此举得到区镇两级政府的支持。有关官员出面说话，李仁义不可能再有什么异议，当然也代表村民向投资方多争得一点儿好处，比如优先从吉庄招聘工人、雇用装载机司机等，租金说好还是每亩每年一千二百元，个人和集体均分。眼前的算计，种玉米按亩产最高一千五百斤，每斤一元，毛收入一千五百元，化肥、雇人耕种、覆膜最低四百元，人工每亩也得十几个，劳动力成本上涨，打工每天至少也挣百十元，所以种田几乎不见效益。承包户租给煤站，每年每亩净赚六百元，仍旧合算。

但是两免一补政策的实施和占地补偿各类消息的影响，使村民的土地意识日渐觉醒，完全不像前些年那样看得无足轻重、可有可无，所以这次租地有了阻力。多数村民提出补偿不足，由李仁义等做了工作也就画押同意了，唯有一位老教师李精，对土地弃耕感到痛惜，根本不为眼前利益吸引，严词拒绝租占他家的三四亩土地，镇长说情都不管用，直到通过教育局的领导撮合，才勉强谈妥。最终由村委会和国能煤站签了租地合同，为期二十年。

那几年不少村子连办公地点都没有了，在支书、主任家里放一部电话办公的现象屡见不鲜。吉庄虽然办公场所还在，但一直占用的是1969年建起来的插队青年的宿舍，早已破烂不堪，院墙也坍塌了。2006年年初，中央《关于抓紧解决部分村级组织无活动场所问题的通知》下发，上级给吉庄拨付了五万元专用资金，要求建设村级组织活动场所。将原来的旧房拆倒，一共十三间门面。五万元最多能建两三间，李仁义觉得那样肯定看着寒碜，也不太合适，倒不如再建十三间。正好国能煤站首笔支付了集体八万元租金，再用账上积存的七万元贴补，造价一共二十多万元。很快择日开工，没几个月就建成启用，村级活动场所得以就地"乔迁"，脱胎换骨般地布置一新。一排砖混结构的平房，包括会议室、活动室、农家书屋、办公室、计生室、广播室等，功能比较齐全。这也算吉庄在支书、主任貌合神离的处境下完成的一项政绩工程。对于吉庄这样公认的大村、富村来说，给外人的印象无疑是名副其实的。

但是，谁也没有料到，吉庄日消费四头肥猪的光景竟被一朝终结。时间是2008年6月，北京奥运会举办在即，国家严厉整治环首都圈的环境污染。神头镇辖内大运路沿线的采石场、白灰窑鳞次栉比，蜂窝一样，千疮百孔，烟尘滚滚，一直以来屡受媒体曝光，此番随着朔城区政府的一声令下，全被无条件强行取缔。吉庄村的三十多座采石场和六十多座白灰窑都在此列，当然也包括村集体的采石场和李仁义的白灰窑。致富之门訇然关闭，其兴也勃，其衰也忽。村里许多年轻人只好到城里或神头电厂打工，老弱妇女留下来务农，也去煤站卸煤，每吨也就三角八分钱。这样村民们的收入大幅缩减，日常消费水准跟着陡降，最明显的变化是全村四天才能消费一头肥猪。古人说"由奢入俭难"，吉庄村民不得不切身体味了这句话的实质含义。

白灰窑被毁倒也罢了，不过是造成一笔收入上的损失，毕竟是政策使然，李仁义也没啥抱怨，但是接踵而至的一次打击却令他难以承受。那是2008年9月14日，他刚从市委党校参加完培训，市公安局经侦处传话说请他和李日增过来一趟，需要了解一点情况。他俩当即结伴赶到市公安局，一看小泊村的支书、主任也在，四人同时被问及国能煤站占地一事，然后得知他们涉嫌非法改变土地性质，已经被举报了。虽然出乎所料，但李仁义他们自信没啥问题，都是区镇领导安排，绝非村里擅自所为，所以当即如实向警察解释一番，做了笔录。完了看看时间，已是午后一点二十分，李仁义提议大家一起吃口饭吧，谁知警察说："上车走吧，饭就别吃了。"不由分说竟把四人径直拉到看守所，开始办理拘押手续。

这回李仁义感觉不妙，正好认识看守所的所长，他赶紧找借口说去买些饼子和火腿，借机掏出手机悄悄给神头镇书记魏良繁紧急报信。然后他们就被没收了手机，抽去了裤带、脱了鞋子，分别被关入三个号子。第二天上午又接受了提审。提审时还给戴了手铐，套了马甲，那种形象说起来他们都觉得丢人现眼，和所有杀人犯、强奸犯、抢劫犯、贪污犯没什么区别，还解释说是法律程序。羞愤不堪的李仁义在里面尝到度日如年的滋味。直到第三天上午九点，经过区领导交涉，他们才由镇政府出面办了取保候审，在被关押四十四个小时后走出看守所。李仁义那个郁闷和心凉就别提了，果真是"炒了豆子众人吃，炸了锅是我的过"。往后几个月又得随时汇报行踪接受讯问，脚印手印按了无数。他们四个结伴去找区委书记，大声鸣冤："如果我们为了个人牟利，死也不屈。可是因公问责，怎么就让我们背上黑锅？"区委书记抚慰一番，最后也就不了了之。每个人虽说得到一万多元的精神补偿，然而，坏名声传出去了，村民又不知内情，都说这几个家伙不知贪污了多少钱。为此，李仁义心中留下了永远的阴影，提起来就是一声叹息：众口铄金，积毁销骨，清白毁于一旦，真是百口莫辩，有苦难言。

就在同一年，下一届村委会选举开始宣传造势，而且村支部也要以公开的程序换届选举。可能上级部门已经注意到新形势下农村普遍存在支书、主任互相扯皮的现象，也出于精简村干部职数的考虑，明确提出实行支书、主任"一肩挑"运作机制。年底选举前，李仁义听到小道消息说，"一肩挑"的条件是年龄限制在六十周岁，然后又说是五十五周岁一刀切，莫衷一是。最终文件出来，确定无误年龄为六十岁，而李仁义这时候正好超龄三个月。岁月不饶人，他恍然已到花甲之年，当年生龙活虎的篮球队员而今已两鬓苍苍，在支书的岗位上他已不知不觉度过了二十二个年头。不论吉庄的村民还是他自己，都觉得他没有继续干下去的必要了。

实际上早在那年的5月，李仁义就隐隐发现了自己可能被撤换的迹象。14日那天，镇里召开人代会，他不仅被排除在镇人大代表名单之外，

坚持到把别人选举上来

而且没人通知他列席。这样的反常在以往是绝不可能的。人代会上，镇里宣布给各村摊派会务捐助费，其中吉庄是五千元。可是李仁义并不知情，11日他还去过镇政府，领导也没有告诉他。会后镇政府的会计打电话要求他出钱，李仁义说："我不知道有这么回事。"会计说："你们的主任答应了。"李仁义不悦，说："谁答应叫谁给钱吧。"见他不爽快，镇长也来电话催问，李仁义依旧"虚与委蛇"："我不清楚，没人跟我说过呀。"硬是没给钱，也是他头一次冲动地违拗领导的指示。他需要的，不过是最起码的尊重，需要事先和他通个气。莫非老牛力尽，真的该如此凉薄？

但是犯上要付出代价，随之有两件事使李仁义怀疑自己因此换来了惩戒：之一，吉庄的计生罚款任务下来，数额竟是四万四千元，比往年翻一倍还多。之二，村里拔除过罂粟，扣罚他全年工资的百分之二十，总共才三千九百元，扣去了七百八十元；另外村委会主任李日增被扣七百元，村会计贾录被扣五百元。种植罂粟年年都要打击，但村干部受牵连买单是头一次。当然，怀疑总是怀疑，无法确知就是因为拒付五千元的会议捐助。也许，李仁义变得敏感了。

村支部、村委会换届，同时在年底展开。程序进行之前，朔城区委副书记南志中亲自带领区镇两级干部来到吉庄，召集四十多名党员干部开会，商讨吉庄如何在全区带头搞好换届选举。会上，几位老党员带头发言，却是旗帜鲜明，都带有针对性。老校长李峰率先发问："那么多肥田沃土都让煤站占去，请问为什么要这样做？"曾担任过村支书的李文友诘问："集体的钱究竟花在哪里？"接二连三，党员们争先表达不满，语气无不尖刻。李仁义本想做一下反驳，却轮不上他说话。而南书记一看动员会变成了声讨会，觉得情形不对，就果断宣布散会，没能商量出什么结果。不过，参加"一肩挑"竞选的林建国呼声很高，众望所归，由他一人同时兼任支书、主任取代李仁义和李日增已成定局。

李仁义明白，他的二十二年村支书生涯即将画上句号。投票之前，集体拿回国能煤站交付的八万元租金，李仁义嘱咐会计贾录结清人员工资、浇地巡渠的劳务费以及一笔外欠的电器赊欠等，免得留有葛藤。八万元是现金，没有先进账再支付，结果又让公安局法制处调查了一回。不过看当时的情形，李仁义只求尽量迅速彻底做好善后，确实有点儿顾不得手续是否规范了。

12月20日，吉庄的换届选举结束，结果毫无悬念，林建国当选，区委、区政府还出了文件。可是过了十几天仍旧没有宣布，李仁义等得有些着急，他主动去找神头镇的魏良繁书记询问："班子也得尽快交接。万一出个什么意外，旧任新任谁该来承担责任？"魏书记说："再等等，忙完全镇的选举，马上宣布。"直到新年后的1月6日，神头镇包村下乡的武装部李部长过来，召开党员会议，宣布了村支书的新旧交替。李仁义首先表态坚决拥护，他说："新陈代谢，自然规律。只要林建国同志能把吉庄村搞好，我保证全力支持。"说完却又忍不住做了告别发言："关于煤站占地，莫非不是为全村带来好几百万元的经济收入？每年租金、污染费一分不少，村民烧炭多数白拿，还能卸煤挣钱；前些年人们养车的运费收入，学校免费用煤，不是钱吗？农建投入机械，修路、建学校的投入，哪一宗与煤站无关？"又说："你们追问集体的钱哪里去了，请问集体时遗留的伤亡抚恤支出算不算？计划生育罚款和补助，看学校的、看大队的、看树的工资哪里来的？学校是怎么建起来的？修路、招待不花钱吗？难道都是我装进了自己的腰包？请大家记住，这个世界上有拦路抢劫的，也有拾金不昧的，能够一概而论吗？"

他还是有所针对地回应了上一次声讨会对他的质疑。他不能释怀的是：

二十多年的工作，功过是非怎么就得不到一个客观公允的评说？那天受了憋屈，这回好歹把抱怨发泄了一通，不管有没有这个必要。然后不等别人作何评说，李仁义就自顾自退场了，觉得下面的议程有他没他已经无所谓了。他感到累了，原先浑身使不完的精力，已如桑干河之水汹涌不再而变成涓涓细流了；他感到老了，原先如同烈焰冲天的激情已化作一缕淡淡的轻烟……与会人员默默目送他离去，他的不再挺拔的背影好像笼罩了一层伤感和寥落的色彩。

李仁义退休后，工资同时停发。可是上级又规定村支书超过五十五岁退休并任职十年以上者，按现任支书工资标准的百分之八十给予三年；任职二十年以上者，按现任支书工资标准的百分之九十给予三年。他据此找镇领导落实，却没有得到回音。好容易得到了相关的文件，再去争取一番，终于解决了问题，一次性领到一万二千九百元。此外，神头镇曾经执行上级决定，同意实施村集体为村支书交纳养老保险的条文，李仁义按年龄推算，一次性交纳了七万二千元，其中集体负担一半个人负担一半。从2006年算起，到六十周岁每月可以开资七百元，这笔收入也在等待兑现。由此可见，他还是享受了似是而非的官员保障待遇。

组织的关照是一方面，李仁义自己还有一份固定的收入。从1993年起，他就兼任信用社的储蓄代办员，其间一直没有中断。开始时手续费万分之十，随着揽储数额的增加，手续费一路下调直到维持在万分之三，税后每月总有一千多元，也够他们夫妻的日常花销。一对儿女学校毕业后，同村沾亲的李元唐在电建二公司担任要职，从中帮忙一并分配进入电建二公司上班，兄妹俩成家立业，各自安好，李仁义没啥后顾之忧。适应了一段角色转换期的松懈后，走上街头，他发现所有村民原来还是挺尊敬他的，与谁有过什么前嫌或隔阂竟已完全烟消云散了。新任支书林建国也倚重他，诚心请他参与集体的事务，那种信任让他倍感宽慰。他愿意继续为吉庄操心费神，因为吉庄的土地养育了他，而他也为吉庄付出了大半生的心血。

在吉庄的党建宣传版面上，李仁义的党员职责一栏这样写着："岗位：参政议政岗；职责：向群众宣传党的路线、方针、政策，协助村党支部做好村民的思想政治工作，积极当好两委班子的参谋。"

# 第十三章 林玲的高考

眼看已是高考前的最后三个月了。林玲的心境始终不得安宁,脑海里时不时就冒出冥想之念:"考不好怎么办?最终能考多少分?能考上哪个学校?"班里也一样充满古怪的风潮,好学生频繁地要求更换座位,好像武侠高手过招之前通过移形换位抢占有利位置一般。

2012年秋季,林玲被山西大学中文系录取。

为了成为一名大学生,她经历了整整十二年的寒窗苦读。特别是高中三年,她的身心遭受了涅槃一般的洗礼,在鲤鱼跳龙门、金榜题名的时刻,万千感受足以使她一生刻骨铭心。

朔城区一中南校区

童年时的林玲（左）

林玲是吉庄现任村支书林大的女儿，从小就聪慧懂事。由于受到父亲的严格管教，再加上自身的刻苦，2009年她以优异的成绩考取了朔州市朔城区一中，开始了高中生活。其时她十六周岁。她的中考分数是六百一十四分，而满分为六百六十分，都不包括人人可取的三十分体育成绩在内。除了数学一科分数稍低些外，其他各科都考了高分。不过这也在预料之中，因为数学一直是她的弱项。当时估分为六百二十分，实际成绩略低些，也仅是差之毫厘。中考对她而言，不能说举重若轻、胜券稳操，却也基本上是顺风顺水，并没到伤筋动骨的地步。

初中时林玲是在朔城区四中就读的。她们班作为全校最好的班级，那年的中考创造了一个历史。九十多名同学中，达到全区最具优先录取资格的朔城区一中分数线的就有十七名，而且有三名同学夺得全区的二、三、四名，其中打头的是刘凯男，竟然六百三十多分，令人刮目相看。之前的四中并非特别被看好，但林玲那一届中考后终于一鸣惊人，一举跻身朔城区名校之列而备受追捧。林玲的成绩虽不算最拔尖的，却也超出一中的录取分数线十五分，父母和她本人都感到欣慰。

林玲自小学一年级起，就听到老师、家长不断给她灌输上大学的奋斗目标，好像大学就是理所当然的必走之路。而随着年龄的增长，林玲同所有同龄人一样，已经无形中把所有的信念都集中在考大学上。一旦以实力进入朔城区一中，按说就意味着一只脚迈入了大学校门，因为如果单纯从录取比例来说，朔城区一中的门槛远远高于一所普通大学。然而，能够进入好大学、选择好专业，情况就另当别论了，这无疑关乎每个学生一辈子的前途命运，是首要大事。所以，要想如愿以偿，全在于高中三年的终极一搏。林玲心仪的学校是堪称全国一流的中国传媒大学，该校每年在山西招生名额屈指可数，类似万里挑一。因此，固然林玲信心十足，父母的期望值也很高，但对于即将开始的高中阶段的学习她丝毫不敢松懈，甚至已做好"头悬梁，锥刺股"的心理准备。

刚进朔城区一中，首先就要分班，这也极其关键，因为存在重点班和普通班的区别，师资质量不可同日而语。另外还有文理科之分，本是高二才正式分，但实际上已约定俗成，高一就要分。林玲打小喜欢语文，而且早有偏科现象，理所当然打算学文。因为有分数放在那里，也不需要疏通关系，经过学校征求意见阶段，林玲直接进了文科重点班357班，校内也叫文一班。那一届文科一共五个班，文一、文二是重点班；理科那边班多，光重点班就有五个——以后理科重点班还获得冠名叫"火箭班"，从这个比喻就明白很不寻常。

开学之初，教政治课的班主任老师姚向海就直言不讳地告诫全班同学："现在你们站在一个新起点上，必须全力争先。中考成绩再好都没用，我们不看那光荣历史。"一句话把同学们推到竞争的起跑线上，大家都紧张了，人人暗中使劲。其时开有语文、数学、英语、政治、历史、地理、物理、化学、生物九门课。但因是文科班，看似全面开花，实则偏重语文、数学、英语、历史、地理，老师配备都有区别，而且物理、化学、生物的成绩也无关轻重。到了开学后的第二个月，即2009年10月，班级首次月考，林玲在七十多名同学中排名第九，距离第一名差距有三十多分，数理化和生物几科还是拖了后腿，全靠语文、英语和政史地提分。也有潜规则，全班还负担着学校二十个二本以上的升学指标，所以第九名的林玲相应争取到了"指标生"待遇，成为老师的特殊关照对象，几乎所有任课老师都认识了她，上自习时都要主动询问她有没有不懂的地方。这样一来形势就逼人了，指标生深恐再被挤落下去，非指标生则要竭力赶超。

林玲最幸运的，是得到语文老师的格外赏识。

语文老师姓黑，很有趣的姓氏，与姓白的数学老师并称"黑白老师"。黑老师是一位二十七岁的姑娘，还没结婚，学生也叫她小黑老师。开学不久有一次上作文课，小黑老师布置同学们利用四十五分钟一节课写一篇心情散记，不定题目，并要求同学们不必循规蹈矩，尽量表达真情实感。这类文章林玲是拿手的。她素来喜欢唐朝，也就对历史书中的唐都长安有一种莫名的向往之感，所以提笔写了一篇一千多字的《长安爱》，以自己对古诗《长恨歌》尚属幼稚的理解，还原了唐明皇和杨玉环爱情的情景。作文交上去后，立刻让小黑老师的眼前一亮，她叫了林玲去谈话，两人交流得非常投机，从对文学的理解，说到个人的思想感情等，几至无话不谈，结果整整一个下午林玲都没去上课。从那以后，小黑老师就很器重林玲，林玲也把小黑老师看作姐姐一样，彼此很是亲密。

寒来暑往，不知不觉间高一就结束了。一年间，班里考试和排名几乎是家常便饭，林玲的排名比较稳定，始终在十名左右，最好上过第七名，最差也就十三四名，在指标生中处于上游。这是一个很主动的范围，不像前几名老是前瞻后顾，也不像扫尾的老是忧思惶惶，因此她心理上相对放松，压力不是很大。

但是高二的时候，风云突变。

首先是正式分开文理班，文科班开设的理科课程就此拜拜。班里的同学人数，也由七十多人变成九十多人，更加拥挤。其中新来的同学大多是从理科班转过来的，这些同学普遍出于对文理科的重新认识，觉得在理科班没有把握考取最好的大学，到文科班倒有优势，有可能考上重点大学，因而提前退而求其次；还有就是国家强调文化强国，影响到部分学生的高考取向，感觉学文前途更好。凡是理科班过来的，往往数学、英语都过硬，这就可能打破排名的格局，让原来就在文科班的同学无形中平添了几分焦虑。当然也有从文科班转去理科班的，仅仅七八个而已。

再就是英语老师的调整，林玲根本没料到这竟给她带来一次沉重的打击。头一位英语老师怀孕了，因为保胎不能坚守工作岗位，学校新聘来

和班主任合影

教室留念（右为林玲）

一位来自山阴的女老师赵老师。赵老师三十多岁，英文水平不低，上课时还喜欢夸几句她两岁的儿子。天热时同学们看见赵老师身体裸露出来的部位出现显眼的乌青，又听别的老师私下说：赵老师家庭不和，正与丈夫闹离婚，儿子又不让她带走，令她烦恼缠身。或许这也是她有时无端发火的原因之一。不过一开始林玲留给赵老师的印象不错，原因是有一次她要求学生轮流上台讲课，必须是纯英文的形式，不得掺杂半句汉语。同学们无法做到，所以没人举手，赵老师点名点到了林玲。林玲小时候学过剑桥英语，硬着头皮上台讲了一番，赵老师表示满意，也就对林玲另眼相看。谁知福祸相倚，这次表现却为日后埋下了隐患。

大约是升入高二三个月时，有一天赵老师上英语课，在黑板上写下一句英文，让同学们回答问题，属于语法结构类，但是谁也不会。赵老师再把林玲叫上讲台作答，林玲也答不上来，赵老师大失所望，举手朝林玲的脖子打了一下，批评说："我讲过的东西你居然不会？"本来打得不疼，但林玲上学以来从没被老师打过，这回当着全班百十个同学之面挨打，自忖很没面子，当即头脑一热，不等老师发话，就自顾自走下讲台回到座位上。这回轮到赵老师有失颜面了，她开始气恼地发火，不依不饶地数落林玲，其中一句是："我教出的清华、北大学生多了，没见过你这样的。"很伤自尊的，林玲低着头哭了。

看看得罪了赵老师，林玲难免心中惴惴，打算找个时间跟班主任姚老师解释一下，谁知赵老师下课后第一时间就去姚老师那里抢先诉说了，姚老师非常生气，立即把林玲叫到办公室里骂了一顿，指责她不尊重任课老师云云，也不给她辩解的余地。林玲回到教室心情更加难受。一节课后，姚老师来班里召开班会，先是大范围提醒同学们："你们在座的，有的家庭条件不错，但决不允许把公主病、王子病给我冒出来！"随即就有了针对性："我和林玲的家长已经通了电话，这件事一定要有个处理结果。"林玲害怕了，但更多的是心灰意冷，心中蓦然萌生了要转学离开的念头。

晚上她回到家里，父亲什么也没说，母亲却问她："你是不是动手打了老师？"林玲一愣，委屈得又哭起来。直到次日早上八点多，她没有按时去学校，父亲才向她问清楚来龙去脉，并没有责难她。那会儿林玲的情绪很不稳定，她固执地说："我要转学。"父亲答应说："转学可以，但你得先回去上课。找老师道个歉，咱们再说。"然后他把林玲送回学校，准备见见姚老师却没找到，就嘱咐林玲说："一中是朔州最好的高中，尽量不要转学。你找姚老师约约，我请老师们吃顿饭，把这件事说开去。"林玲点了点头，留在了教室。实际上她何尝不珍惜在一中读书的机会呢？又有多少学生对这所名校可望而不可即呢？

但事情还在发酵。当天轮到赵老师跟自习，她却反常地没来，英语课代表前去相请未果，这时候心急的同学开始窃窃议论，多是抱怨林玲，有些话很不中听，比如靠着家长如何如何等。第二天上午第一节课又是英语，赵老师仍未露面。班主任姚老师再开班会，告知大家说："赵老师不想上课，你们看怎么办？自己想想办法。"于是许多同学结伴去央求赵老师，仍然无济于事。姚老师一筹莫展，叫出林玲说："看着你还委屈的。要不再叫班长代你去道歉吧。"林玲已不考虑尊严什么的，她含泪说："姚老师，既然事端由我造成，我一人承担，我去找赵老师道歉。"她迈着沉重的脚步走进赵老师的办公室，对赵老师恳切地连说对不起，赵老师态度倒也和气，却说："我接受你的道歉，但没法给你们班上课了。我打了你一下你就让我下不了台，以后我没法管别人了。"看怎么说都不行，林玲表示说："如果您因为我不去上课，那我就只能离开了。"赵老师还是不答应。林玲出来碰上小黑老师，小黑老师劝她再去跟赵老师多说好话，林玲只好再去赵老师那里低三下四地说了一气，没啥进展。中午她给父亲打电话说了情况，父亲说："你再找赵老师道歉，看看怎样？"林玲就去了第三次，照样没戏。父亲无奈地说："那你先回家吧……"

　　当天下午林玲就不去学校了，一连四五天都待在家中，天天哭泣。父亲忙着多方周旋，最终联系朔州市一中，准备为林玲办理转学手续。这个时候，班主任姚老师打来电话，说："可不能转学，赶快回来吧。"小黑老师也发来短信，委婉地挽留说："林玲，你受些委屈没啥，走了太可惜。"林玲心中悲伤，干脆关了手机。其间她有一次打开电脑上了QQ，看到几乎所有同学都给她留言，要她回去。一个平时与她关系不算很好的同学，留言最多，有满满一大篇，絮絮叨叨，写得情真意切，这让林玲感动得稀里哗啦的。

　　隔天班里一个要好的同学要过生日，早已约好一帮子女生一起下饭店吃饭。林玲心想，就把这顿饭当作自己转学的告别仪式吧。所以她提前到学校大门口，给那个同学拨了电话，很快那个同学就跑出来了，而且后面还跟着同班的十五名女生，林玲故作淡定地说出去意，但一下子连她在内的十七个女孩哭成一片，那一刻林玲忽然就死活不想走了……接着碰到了历史老师，历史老师也劝林玲说："事情已经发生了，本也没啥。你就不要转学了，王校长和姚老师都想让你留下，你莫非没有感情？"林玲终于决定不走，饭后就回了教室，并用电话告诉小黑老师，很快班主任姚老师得到消息，晚自习时将林玲叫去，推心置腹地说："你别有什么心理负担。我原来并不了解真相，冤屈了你。但不管怎么说，老师也有老师的苦衷，希望你能够理解。"一席话解开了林玲心中的疙瘩，往后她和姚老师特别亲近。

　　这时候英语赵老师已经复课，不过林玲和她总显得别扭，不大得劲。同样，全班同学在她的课上都有一种无形的压迫感，提心吊胆的，特别是林玲，课堂听讲无比认真，却不知道听了些什么。从那以后，她心中的阴影不散，对英语有了不由自主的抵触，全凭吃以前的老本。满分一百五十分的考试，她的成绩从以往的一百二三十分，倒退到一百分左右，而全班的英语成绩也出现了不同程度的下滑。班主任姚老师曾经做过一次全班的民意调查，征询同学们对林玲事件的意见，所有排名靠前的同学都认为林玲有错，连累了大家。不过老师都同情林玲，其中地理老师在给林玲批阅了作业后，特地留了批语："一切都会过去，好好加油！"林玲看了，倍感温馨。

三个月后，英语赵老师调到别的班级。而经过这次风波的林玲，似乎长大了不少。

转眼就是高二的下半学期。好像没有什么先兆，林玲突然间感觉到高考即将来临的压力和紧迫，不知道这不对劲的气氛从何而来。一天晚上回家，看见迎候她的父亲鬓边明显多了白发，心头忍不住哆嗦一下，那种期望，实在是无声胜有声。林玲在班里的排名，其实还是稳定在前十名左右，但她已经一下子与高一时判若两人，变得不再爱说爱笑，终日沉默寡言，时间也好像太匆促起来。

实际上作息时间足够紧凑：早上草草吃饭，六点准时离家，到学校后上一节早自习外加五节课，十一点五十放学回家午饭；饭后写作业，一般到一点二十，然后午休半小时，起来再去学校，从两点半上课，下午到晚上连自习算八节课。其中晚上七点零五到七点三十五，半小时吃饭时间，可以到食堂吃，也可以到校外买，同学们大多是一次性购买大包的面包、方便面，储备够一周用，很少离开教室；晚上十点十分放学，十分钟回到家。到了高三后，晚间再加一个自习，放学就是十一点了。这些四十五分钟一节课的课间，上午下午第一节课后休息十分钟，第二节课后算课间操时间，休息二十分钟，其余课间休息五分钟，拖沓的人上厕所都来不及。

至于所谓的自习，名义上一天六个，但基本被老师占用了讲课，抢赶教学进度。别的学校，一般是高二下半学期学完全部高中课程，高三全年复习；但朔城区一中的重点班，高二上半学期就要完成全部课程，复习时间为一年半。就这还得挤时间。林玲在高二期间，学校推广"衡水经验"，就是让学生买了语文、英语、历史、地理和政治等科的口袋书，利用上学路上或吃饭之际的一切点滴时间，背诵学习。据说最早学得衡水经验的一位原先学理科的同学，成绩上升很快，所以这一经验很快在林玲和同学们中间风靡，见效不见效另当别论。

2011年秋季，林玲升入高三。高三年级学生要搬到朔州南环的新校区学习，同时入驻的还有高一的几个重点班。为了免除一切干扰，一律实行封闭式管理，门禁严格，不得随意出入，同学们称之为"魔鬼训练营"。不过学校允许家长在校区租住老师们的住房，可以不出校门陪读。老师多数住在市区，新校区分到的楼房奇货可居，百十平米的居室，年租金动辄接近两万元，不错的一笔副业收入，而且很快爆满。林玲父亲稍微慢了一步，已经没房可租，只好让林玲住在学生宿舍。宿舍并不紧张，找个熟人一说，林玲还住进了二人间，按理说没有拥挤和嘈杂之忧，但她怎么也没法适应。一来宿舍管理严格，每天晚上十一点五十务必熄灯就寝，否则要被扣除生活分，一旦扣完二十分，那就失去住宿资格，可是林玲每晚起码需要学到十二点半，甚至更晚，显然时间不够。二来她也手忙脚乱照顾不了自己，因为住宿舍需要打扫卫生，拖地扫地、叠军被什么的浪费时间，别看顶多二十分钟，在寸阴寸金的高三却是个可观的数字。对此林玲深有体会，她说每天五点起床，假如睁眼一看是四点五十九，也会感觉很幸福，因为还有一分钟的睡眠时间！

勉强住了七天学生宿舍，林玲和父亲提出说不行，父亲旋即在校区多方物色搜寻，居然找到仅剩的一套待租的楼房，离教室最远，也很偏僻，步行有十几分钟的路程，跟原先在旧校区时林玲跑家差不多。但也没法挑剔了，马上租下，年租金一万九千元，不包括水暖电气费用。林玲搬进来，大姐先来照管她，一个月后因为家有小孩拖累，再换了二姨过来，担任林玲的免费保姆，无私无怨地陪到林玲高中毕业。

生活安顿妥当，林玲就心无旁骛投身到更加紧张的学习中。学校的节假时间也做了变更：原来每两周休息一天半，暑假十五天、寒假十天，现在是每三周或者一个月才休息一天半，只剩下一个寒假安排不变。也许是形势所迫，高二还会注重仪表的林玲，跟班里大多花季女孩一样，再也顾不得考虑自己的形象，整整一年多她几乎不常洗脸、洗澡，一副邋遢模样。高考前十个月，"倒计时三百天"的牌子就立在了每个同学的心中，看不见，摸不着，却又无比醒目、无比真切，大家好像听见秒针"咔咔咔"跳动的声音在一下一下地撞击心扉。班里的气氛也奇怪地同时骤变，即使下课的几分钟，都没人闲聊说话，大家一个一个形同陌路。林玲吃惊地发现，她自己的心态也开始不稳定了，原来的好朋友一律疏离。仍在月考，仍在排名，无形中好像每个同学都在互相竞争。虽然老师一再强调：你们要放眼全省、全市竞争，不要把眼光狭隘地只盯着自己的班级和同学。这个道理大家心知肚明，但还是不由自主地提高警惕，看着谁都像随时杀过来的敌人。

一天的劳动量加大了。一共六门课程，每门都在上课，晚自习各门轮流组织"限时练"，由老师出题考试并限时收取，以练习同学们的做题速度，强化基本功。这些考题有的偏难，有的偏易，由同学们自己选择，根据各自的需要可做可不做。这些程序化的学习之余，同学们还自发地到书店购买了试卷，每天挑选各门的六套，完成后自己批改，对照答案评分，但每人所买的试卷各不相同，不知是防范或者戒备，总之刻意采取各自为战的形式吧。

很快，全校性的模拟大考拉开了帷幕。

按计划一共十次，前边的间隔一个月，后边的密集一些。十场模拟考试，用以熟悉门道，进入临场状态，适应模式，发现短板，积累经验，磨练意志等。用打仗来形容的话，应该比喻为实弹演习，场场刺刀见红。

第一次模拟考试时间是2011年9月，即高三开学的一个月头上。全校统一组织，同学们如临大敌。完全和正式高考一样，打乱教室和座位，排好了考场。前五个考场三十人，后面的是四十五人。所谓的指标生都在前五个考场，按平时的名次随机排座，以后根据成绩再行更替。全校文科生，加上五个补习班共有一千多人，考后排名时六百名之后的不上榜公布，类似陪太子读书的角色了。林玲以第一百一十七名的基础名次，被抽选到第三考场，然后一切就绪。

考试十分正规，纪律非常严格，首先屏蔽了考场的通讯信号、开启了视频监控设备。每个考场由两位老师监考，领导小组成员不断巡查，考生不得带入手机和书包，只能携带装有笔尺的透明资料袋，六门课的考试时间也是两天半。林玲坐在考场之际，心情很激动，信心也十足，浑然没什么思想包袱，因为她自恃经过高二后半学年的复习和巩固，早已积蓄了足够的能量亟待爆发，所谓"三年不翅，将以长羽翼；不飞不鸣，将以观民则。虽无飞，飞必冲天；虽无鸣，鸣必惊人"，她希望自己一展所学，一炮打响。

考完了，林玲的自我感觉良好，保守估分为五百二十九分。满分七百五十分，参照惯例，五百二十九分差不多就达到大学一本的录取线。然而，成绩公布后大出林玲预想，竟然只有四百九十八分，就算达二本线也还勉强。不知是阅卷严格，还是她的经验实在稚嫩了些，而全班的情况也大致类似，多属眼高手低，虽说林玲在全班还排在第九名，在全校文科生中却排在第二百一十三名，直跌九十六名。林玲不能接受眼前的现实，到班主任那儿哭得很厉害，惭愧自己没能给班级争光。班主任安慰她说，总是第一次嘛，不能有什么负担，结果实属正常，而同学间的排名密度很大，往往多一分可能就会前进三十名的。老师还分析说，因为应届生跟补习生混在一起考试，补习生往往压人一筹。说心里话，林玲原先不怵补习生，认为凡是补习的肯定是学习不够好，因此她才有初生牛犊不怕虎的心理，谁料补习生卧薪尝胆，不容小视，其成绩不少都在五百六十分左右，还有六百多分的。相应地，林玲转而对补习生心存畏怯，有如被大山压顶，慨叹拦路虎凶猛，不怕不行。

老师的开导并没能使林玲放松多少，她不知道怎么跟父亲交代。那天很早就歇息了，却整整想了半宿，直到深夜十二点才拿出手机，用短信将失望的消息告诉了父亲，忏悔一样地表达她的歉意。第二天早上，她还是忐忑不已，自习都没去上，七点四十手机响了，是父亲打来的，可是她不敢接听，硬让姐姐代劳。姐姐接完了，转告父亲的安慰，说是要她稳定心情。

稍稍冷静下来，林玲自己总结，还是数学不行，总分一百五十分只得到九十三分，刚及格的样子。她真的对数学没有好的办法，终归是基础不扎实。虽说平日已把精力和时间尽力向数学倾斜，而且自上了高中，每周的两节体育课都牺牲掉去找数学老师补课，两节课八十元的补课费也没少掏，成绩却仍然鲜有起色。那么是不是补课老师只让做题点拨不到位？

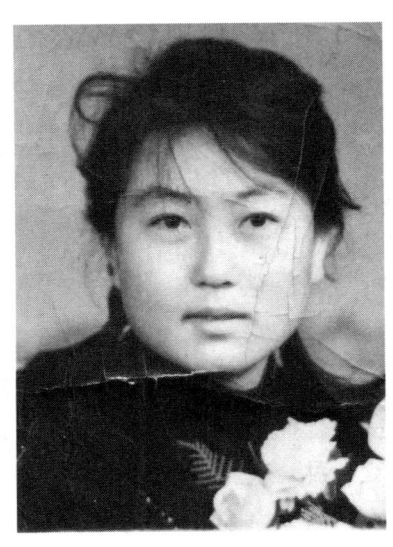

林玲的漂亮妈妈

于是林玲跟父亲商量一回,第一次模拟考试后赶紧换了补课老师,还是一位亲戚,每周两节的费用涨成四百元。这回见了效,后边有一次数学考了一百一十六分,等于放卫星了——这是后话。

头一次考砸了,还得整军再战呀。头一个星期从沮丧中不能自拔,第二个星期需要汲取教训,第三个星期制订整改计划,第四个星期刚要实施,仓促之间又一次全校模拟大考已经来临,各项规程、形式照旧。这次一上考场,林玲就非常紧张,坐在那里双手冰凉,但暗暗给自己鼓劲,决心要绝地反击,一雪前耻。考完还是觉得可以,分数下来是五百一十分,倒也提高了十二分,不料整体的成绩都高,考题稍微简单了,格局变化不大。跟全校文科生去排名,林玲竟然落到了二百三十名,再次后退了十七名。左思右想,她根本不敢再去向父亲提及,只是隔天回家时母亲小心翼翼地问她:"成绩下来没有?"她含糊着嘟囔说:"有点儿退,不好。"母亲再也没说什么,父亲则问都没问。

那次是晚自习时公布成绩的,林玲失意之下,三节自习都没写作业。回到住处,也不睡觉,而是开了电脑上网,大量浏览网上关于励志的名言,什么"眼泪不是我们的答案,拼搏才是我们的选择",什么"怀才好像怀孕一样,怀得久了才能显现出来",诸如此类。然后,她用阿Q式的精神胜利法鼓励自己:我怀得分明不够久,机遇也还没等到异彩绽放的那一天,所以还要丰富底蕴……

朋友不在身边,又怕父母担心而不能倾诉,所以满腹心事只能自己和自己说。那天林玲给自己写了一张纸条,上面写着:"玲玲,你继续努力!你最棒,你加油!"她还把对这次考试的检讨和反思写上纸条,比如数学哪道题不该错却错了,哪道题是蒙对的;已明确考试的范围究竟包含有哪些不同的类型,哪门课还有可以提高的空间和方向等。仿佛《封神演义》中各路神魔祭出的法器,林玲除了精神胜利法,另有心理暗示法。早上起来,她对着家中的一面镜子,跟镜子里的林玲挥舞拳头,说:"玲玲,你最棒!加油!"开始口羞,声音几如蚊鸣,后来每天都说,脸皮也厚了,练的声音稍大,就像搞传销的一样。她自以为心态得到了调节,保持了一种豁达的愉悦,但事实上压抑的阴影隐藏得更深,威胁更大了。

随后,林玲突然就想调换座位。看看周围的几个同学,都进入全校的前十名,在班里也雄踞头一二把交椅,前后左右的氛围让林玲不堪忍受,信心累被打击,自己想找找客观原因,可是对照人家几个,怎么找?谁能理解?总之在高手云集之地,"梁园虽好,非宜久恋",她实在自卑,于是跟班主任提出要求,把座位调到了讲台一侧的"雅座"上。雅座,在老师眼皮之下,初中时候属于调皮捣蛋学生的专座,到了高中却成为受到争抢的香饽饽,此一时彼一时也。林玲坐过去后,好歹躲开了如同马拉松队伍中的第一领跑集群,这一逃避行为使她的心烦有些缓减,感觉眼不见为净。还有变态之处,就是每天早上一进教室,她如果看见有的同学比她早到了正在大声背诵,心中非常不舒服,就像听到噪音一样无比排斥。因此,她每天总要第一个赶到教学楼,敲开楼门,抢先到教室背诵,等看到别人姗姗来迟自己才有阴暗的快意。更极端的是,她对另一位雅座同学采取隔离措施,桌上摞起二尺多高的书墙,躲进自己森严壁垒的小世界里,自我封闭,干什么都不想让邻座看见,真像一个吐丝结茧的蚕宝宝了。

结果是第三次全校模拟大考,林玲取得了一定的进步,斩获五百二十分，排在文科生第一百七十五名；第四次保持了稳定态势，又靠前了十几名。

到第五次模拟考试时，学校已采取了先进的电脑扫描阅卷，评分后试卷交还了学生。林玲拿了自己的语文试卷前去让小黑老师过目。那次的作文是话题式的，她写的题目叫"天上人间"，颇有美女作家安意如婉约动人的文风，表达"爱不分地点、不分领域"的主题，得分却并不理想。小黑老师看完后不置可否地笑了，说："你要去适应高考作文。"林玲明白老师的意思，不甘心地说："我这性格，怕是适应不了。"小黑老师直言告诉她："你如果适应不了它，它就淘汰你。"这样一句话，小黑老师说出来的语气不重，但却像尖利的投枪戳中了林玲的心灵。晚上回去，她又大哭一场。多年以来，如果说学习别的课程带有功利色彩，唯独学习语文是她享受的过程，是她唯一的乐趣。之前，她始终坚持写日记，喜欢神思飞扬、无拘无束地徜徉在文字的灵性里，喜欢把感情或畅快淋漓或含蓄婉转地表现出来。初中时，因为时间允许，她还在网上发表过青春类的小说，甚至把文字当作情人一般的爱。同学看了就怀疑她是不是早恋，她曾经应答说：知我者，谓我心忧，不知我者，谓我何求……

现在，让她去适应她印象中模式化的、机械式的、没有生命力和温度感的高考应试作文，就好像让她背叛了令她喜欢的文字，一时间，梦想和现实发生了最深刻的碰撞。都说在破茧成蝶的阶段，必然遭受撕裂般的痛楚，林玲却感觉自己正走向化蝶成茧的蜕变，自己分明化作一个作茧自缚的毛毛虫了。到底是坚持还是屈从呢？林玲的内心在挣扎，最终做出伤心的决定：还是屈从吧。于是她继两三年前因中考放弃在网上发表小说之后，再次因高考搁下了写日记的笔，强迫自己不再刻意地为文字激动，将对文字的激情雪藏起来，接着去书店挑选自己最不屑的高考作文买了几本，揣摩其方式和技巧，琢磨怎样去模仿，一段时间下来竟还多有长进。

等到第六次模拟考试完毕，语文六十分满分的作文，题目是"诗意的生活"，她得了五十一分，很高的得分了。当时她把十点半收卷的时间误记成十一点，醒悟时作文时间只有二十分钟，属于仓促草就，反而事半功倍。原因是林玲完全照搬了高考作文的套路，只不过她拿着自己的试卷，但看不到自己的文笔，陌生得就像出自别人的手笔。她又去和小黑老师探讨，扬扬试卷说："小黑老师，我写成这样，竟给了这么高的分数。"小黑老师双肩一耸，说："高考，就需要这样。"林玲负气似的说："那我宁愿不去高考。"小黑老师说："淡定，淡定！不能意气用事。"不过，第二天她硬是为林玲想出一种量身定制的应试文体，要林玲夹杂文言文写作文，表现复古的风格——正是传说中的"黑马文"。小黑老师说，这种文体，有四大好处：其一，一般高中生玩不了，要有一定的文学修养；其二，可以夺人眼球，容易博得阅卷老师的好感；其三，现代人们普遍浮躁，偏喜欢崇旧尚古；其四，顺便能够兼顾作者的文学性发挥。林玲领会良久，"窃以之为然也"。

……

匆匆，太匆匆。

眼看已是高考前的最后三个月了。林玲的心境始终不得安宁，脑海里时不时就冒出冥想之念："考不好怎么办？最终能考多少分？能考上哪个学校？"中国传媒大学的三维坐标感觉有些遥不可及，别的大学也胸无成竹。这时候老师不吭声，家长也不吭声，生怕林玲着急；林玲同样不吭声，唯恐老师和家长担心。大家都在假装平静，平静背后却潜伏着风暴，好像每一个关于志愿方面的话题都是火药桶，一不小心就会擦枪走火引发恶劣的后果。班里也一样充满古怪的风潮，好学生频繁地要求更换座位，好像武侠高手过招之前通过移形换位抢占有利位置一般。

等到第八次模拟考试过后，林玲实在忍无可忍，终于打破冷漠，跟班里三个原先最要好的朋友一拍即合，大中午跑出学校，坐了专通校区的公交车朝市区出发，到一处名叫"糖果"的KTV歌厅去K歌，自带饮料，每小时三十元。三个朋友，各有绰号，也算昵称吧，一个较胖的叫"筛筛"，一个是老同桌叫"死女人"，另一个不雅叫"屁屁"，四个不洗脸、不洗澡、脏兮兮的青春美少女在小包间无所顾忌地唱了两个小时，吼得声嘶力竭，吼得很爽很疯。是放松，是发泄，也是潇洒走一回吧。

吼也吼了，唱也唱了，回到学校还得考试。模拟考到第九次，就考得麻木了，也快崩溃了。林玲考完已不看分数，只注意一下排名，大致在一百六七十名之间，听老师说："成绩就是这样了。高考成败取决七分实力，三分心态，保持一个好心态吧。"可是心态不是那么好保持的，那些天上课时，林玲无缘无故地烦闷，无名之火压不住，寻着茬儿和同学吵架，只盼着赶紧高考完毕一了百了。有一天她把这一情形发短信告诉了父亲，父亲急忙过来看她，并把她带回家里，一反常态臭骂她一顿："成大事者，举重若轻才行。你连考试这点儿小事都承受不了，以后还能成些大事？没出息！"林玲又哭，一直哭累了才哽咽着说："我知道了。"回头想想，是呀，多大点儿的事？不就是高考吗？不就是做几张试卷吗？至于被压垮吗？回了学校，立即给父亲发去短信一条："做林大的女儿，他不怕的，我也不怕；否则就不配做林大的女儿。"林大先生很快回了短信："好。我林大的女儿就要这样。"父女俩虚张声势了一个回合，各自获得了安慰。以前林玲老觉得父亲很粗暴，这回发现他原来很细腻的，因此对父亲更依赖，好像有了精神支柱。

第九次模拟考试后，学校对症下药，很适宜地请来权威专家，组织了两场心理讲座。专家循循善诱，诲人不倦，心灵鸡汤醍醐灌顶，告诉即将毕业的同学们怎样以良好的、积极的心理状态应对高考；又请来北京、哈尔滨、山东的六位顶级名师，各负责一门课程，现身说法为同学们传授实用技巧、实战要诀，算是高水平的临时抱佛脚；再者，学校从黑市上为文、理生各花八千元购买了一套高手猜题的"押宝卷"，复印了交由每位同学解答完成。医者仁心，谁也不知哪个偏方起了大补的疗效。

最后一次模拟考试时，已到了临考前一个星期，实际无所谓了，连成绩都没有公布。忽然间，林玲和同学们的心中装满了离愁别绪，之前的"老死不相往来"的思想随之消散。整整三年了，眼看大家将天各一方，各奔前程，恋恋不舍之情渐至浓稠。老师上课，都讲些无关紧要的情感话题，同学下课，纷纷围着圈儿说话哭笑，乱哄哄的，整个学校宛然成了一个大派对。林玲还算理智些，心想不能因为感情影响最后的冲刺，所以干脆躲避回家，自学了七天，将所学过的知识全部过滤一次。高考前一天，她领了准考证、高考指南及相关档案袋，然后跟全班同学拍摄了集体照。其时，小黑老师趴在她耳边悄悄说："我不教书了，调单位呀。"林玲一愣，不知是高兴还是酸楚。

第二天，林玲跟全省三十六万一千五百七十名考生一道走上高考的考场。没什么奇异的感觉，和平时一样，考题难易也差不多，发挥也差不多。所有语文、数学、英语、文综考下来，没有发生诸如失眠呀，昏聩呀等令人担心的意外，很安稳，波澜不惊地度过了一生中最最重要的两天半时间。

考完后的头一个早晨，林玲准时于五点半醒来，翻身就要起床，猛地意识到高考结束了，那种起五更睡半夜的生活告一段落。然而她还是有点儿不相信：高考这就完成了？难道苦学十二年就为了这短短的两天半？想着，心中一片怅然。

直到三天之后，林玲的头脑才彻底清晰，她确凿无疑地明白，高考过去了，她自由了。于是非常兴奋，也不管考不上补习什么的，一股脑儿把自己所有的学习资料和各种做过的试卷，填满装过电脑的三个大纸箱，卖给收破烂的，收入了二十元，用事实实践了网上流传的一句潮语："花了几千元，买了一麻袋；全部卖掉，换不来一个麻袋。"

再等十五天，高考成绩揭晓。林玲去网上一查，语文一百零九分，数学九十七分，英语一百一十七分，文综一百九十一分，总分五百一十四分，跟估的分差不多，不能说很理想，也不能说不理想。全班二本以上达线二十七人，包括林玲在内，其中最高为五百五十八分。任课老师超额完成了高考指标，得到精神和物质的双重奖励。

2012年7月6日，山西新闻网朔州频道发布消息，标题是"朔城区第一中学2012年高考再创佳绩"，摘录如下：

> 花香杏林桃李满天下，鱼跃龙门栋梁遍九州。随着2012年高考成绩的揭晓，朔城区第一中学又传捷报，再度取得骄人成绩！
> 
> 一是全市文、理科双状元再落该校：继去年冯昕怡、兰吉云二位同学夺得全市文理科双状元之后，今年学校的李雪婷同学和刘凯同学又夺取全市文、理科双状元，成为该校历史上第四对、本届校委会履职以来第二对文、理科双状元。

二是二本B类以上达线开创新纪元：全校共达线2076人，首度突破2000人大关，比去年净增327人。

三是一本达线再树新丰碑：全校共达线861人，比去年净增177人。

四是尖子生兵团再显神威：600分以上共有87人，其中理科640分以上10人；文科580分以上10人。刘凯同学总分669分，谢楠同学总分654分，贾国强同学654分，李雪婷同学614分（文科），已被清华、北大招生办确定待录。

五是应届生达线再创奇迹：学校二本B类以上达线共计755人，比去年净增123人，占本届统招生总数（录取人数787人，录取线618分）的95.93%；600分以上44人，一本达线共431人，占本届统招生总数的54.76%。

这条新闻还说："连日来，清华、北大、浙大、南大、中科大、西安交大、天津大学、南开大学、武汉大学、中山大学、中南大学等二十多所全国一流名牌大学，纷纷来学校进行招生宣传，抢挖优质生源，彰显了朔城区一中强劲的教学实力和良好的办学声誉。"可以断言，我们的林玲不在被全国一流大学抢挖之列。再看新闻所述，朔城区一中的文科生最高分为六百一十九分，状元的桂冠由一名补习生摘取，可见补习还是大有可为的。不过，林玲已经毫不犹豫放弃了补习的打算，甘心情愿地接受了命运的安排，最终走进了山西大学中文系。

她想，文学梦非得在中国传媒大学才能实现吗？在山西大学就不能实现吗？

# 第十四章 烈　属

李翠梅，烈士李雨的女儿，证书上由彭德怀司令员和习仲勋政委致敬的李士杰先生的孙女。物是人非，或许是时间销蚀了人们的记忆，或许其背后似有隐情。这些年来，吉庄已经很少有人谈及村里有过李雨这样一位烈士，也几乎没有谁再提起李士杰有过一个烈士儿子。

## 一、证　书

这是一张不到一尺见方的《革命军人家属光荣纪念证》，在华表、国徽、国旗围绕的图框内，金黄色的"永垂不朽"四个大字构成醒目甚至炫目的压底背景。纪念证内容如下：

**革命牺牲军人家属光荣纪念证**
　　字第肆玖陆贰贰号

查李雨同志在革命斗争中光荣牺牲，丰功伟绩永垂不朽，其家属当受社会上之尊崇。除依中央人民政府"革命军人牺牲病故褒恤暂行条例"发给恤金外，并发给此证以资纪念。

　　　　　　　　　　主席　毛泽东
　　　　　中华人民共和国中央人民政府之印（章）
　　　　　　　　　一九五二年十二月十日

烈属证明

时间一下子追溯到六十余年前，加上毛泽东的手书体签名，足以见证其珍贵的文物价值。

比这张纪念证稍前颁发的，是另一张同样尺寸的《革命军人牺牲证明书》，图框以八一军徽、军旗及麦穗、军舰剪影组成，内容如下：

### 革命军人牺牲证明书

*烈字第 04296 号*

李雨同志于一九四六年九月参加革命工作，在二团三营七连任副排长，不幸于一九五二年五月二日在执行剿匪任务中光荣牺牲，除由我军奠祭英灵外，特怀哀悼之情敬报贵家属，并望引荣节哀。持此证明书向朔县人民政府领取抚恤金及革命牺牲军人家属光荣纪念证，其家属得享受烈属优待为荷。

此致

李士杰先生

中国人民解放军　西北军区

第一野战军

司令员　彭德怀　政治委员　习仲勋

中国人民解放军西北军区政治部印

一九五二年九月十三日

烈士证明

这一证明书不像头一张那么完好。经过六十余年的存放，折痕透纸，有些字迹需要放大方能辨认，后面用几条细白的胶纸粘贴，无言传递着烈属的孜孜情怀，叫人看了唏嘘不已。在其背面，以填表的形式记录了烈士简单的相关资料：

部别：**一师二团三营七连**

职别：**副排长**

姓名：**李雨**

性别：**男**

年龄：**二十三**

参加革命简历：**一九四六年　二团三营七连战士　副班长　班长　副排长**

是否中国共产党员或新民主主义青年团员：**一九四七年二月入党**

曾建何种功绩：**练兵记小功一次　行军记小功一次**

安葬地点：**青海省贵德县尖巴区**

烈士遗物：**草包、太平洋单子、条单子、被面、被里、枕头、背心、衬衣各一件；西北、华北纪念章、功臣章各一枚；五万元**

适合条例第七条规定之意见：**不适合第七条可执行第三条**

政府发给抚恤粮数：**人民政府于一九五二年十二月十日发给抚恤粮壹仟捌百斤**

……

　　透过两张证书已经泛黄的纸面，我们依旧可以感受到身为烈属而受到的诚挚礼敬。如今，烈士的所有遗物早已不知去了何处，为我们留下一个陌生的名词叫太平洋单子，那是解放前后一家叫太平洋的织造厂生产的粗布床单；还有一个五万元的数字，那是第一套人民币的金额，币值一万元相当于今币的一元。再就是抚恤粮，因为当时的物价不稳，政府曾采取粮本位货币体系，以小米为基本核算单位，收支开销都论小米的斤数，所以一千八百斤之数无法准确折合人民币多少元，不过根据1979年1月财政部、民政部关于调整军人抚恤金标准的通知，部队连排职干部的牺牲抚恤是五百五十元，两个数据大体可以参照。

　　《革命军人牺牲证明书》背面的最后一栏"政府发给抚恤粮数"中的"人民政府于一九五二年十二月十日发给抚恤粮壹仟捌佰斤"是以不同的笔迹填写的，盖有朔县民政科方形印章，说明抚恤粮和《革命军人家属光荣纪念证》比《革命军人牺牲证明书》稍后三个多月交付给烈属。

　　令人庆幸的是，而今这两张证书依然珍藏在退休教师李翠梅女士的手中。

李翠梅，烈士李雨的女儿，证书上由彭德怀司令员和习仲勋政委致敬的李士杰先生的孙女。

物是人非，或许是时间销蚀了人们的记忆，或许其背后似有隐情。这些年来，吉庄已经很少有人谈及村里有过李雨这样一位烈士，也几乎没有谁再提起李士杰有过一个烈士儿子。查阅1986年朔县解放四十周年时党史办编印过的一本《朔县党史资料汇编》（卷二），在两千多位朔县籍革命烈士的名单中，竟没有李雨这个名字，原因竟然是登记错了，写成了"李甫"。内容极其简略：

> 李甫，一九二〇年生于山西省朔县神头镇吉庄村，一九四六年九月参加革命，一九五二年五月在剿匪中牺牲，时任一师二团七连排长。

如果不是两张原始的证书还保存着，李雨这位烈士定将一直被子虚乌有的李甫取代，并最终无迹可寻。所以我们现在需要作一勘误，将"李甫"还原为"李雨"，相应职务也得降一级，从排长变回副排长。

那么，李雨究竟是怎样从戎、怎样牺牲在遥远的青海省呢？其中的情节，对李雨唯一的后人李翠梅来说也比较模糊，她始终没有渠道得知。

好在李雨还有吉庄籍的战友。仍然是在《朔县党史资料汇编》（卷二）中，吉庄的另一位烈士在籍，名叫李喜。《汇编》说，李喜生于1915年3月21日，1947年11月11日参加革命，1948年8月20日在陕西清涧县战斗中牺牲，生前是一师一团一连战士。

一个在一师一团，一个在一师二团，李雨和李喜既是同师，又是同村，他们之间是不是存在某种关联？

而在吉庄，绝不可能没人记起他们吧？

## 二、剿 匪

2013年7月3日傍晚，在吉庄村南垣街西端，八十六岁的村民李树银静静地坐在墙根纳凉。

李树银的身后就是他家的祖宅槐树院。近三四年来，院内那棵六百多岁的老槐树正在成为吉庄李氏家族的一个根祖文化符号，前来观瞻的游人和文人骚客络绎不绝，但是李树银极少开口说话，一副拒人千里的神态，显得有些古怪和孤僻。

在冲着老槐树的来访者眼里，槐树院的李树银不过是一位极其普通的老农，岁月使他的耳朵失聪、眼睛浑浊、腰腿佝偻，所以大家有理由忽视与他的交流。但是，村里上年纪的老者都知道，李树银曾经是声名赫赫的王牌部队三五八旅的老兵，参加过著名的蟠龙镇战役。

谁说人可以貌相呢？

就在 7 月 3 日这天的夕阳下，李树银老人缓慢地脱掉鞋子，露出失去两个脚趾的残疾的左脚，然后他终于打破沉默，一字一顿地讲起记忆深处的 1946 年那个秋天的故事。他说时间是阴历八月间，朔县刚刚解放。其时八路军一二〇师三五八旅从包头下来休整并补充新兵，地方上号召青年人光荣参军，前提是家中弟兄够三个的选拔一人。当时吉庄一共有四人应征入伍，成为三五八旅的战士。除了李树银之外，另外三个是：四面子、五辣椒、四年友。四面子官名李守信、五辣椒是李喜，四年友就是李雨。这么说来，《朔县党史资料汇编》（卷二）中关于李喜的参军时间也是有误的。

我们不妨推算一下他们的年龄。李树银，残疾证显示生于 1928 年 10 月 14 日，1946 年应该是十九岁；李守信，吉庄现任副支书李清可以肯定他的叔叔李守信当年的年龄是二十三岁；五辣椒按朔县的资料记载生于 1915 年，但据其侄子、吉庄四辣椒的儿子李宏业说叔父是二十一岁参军，那么应该是 1925 年出生；李雨，烈士牺牲证书上写明牺牲时二十三岁，由此推算入伍时应是十七岁，朔县的资料显示他生于 1920 年，推算牺牲时间是三十二岁，相差太远了，不过李翠梅说，她父亲牺牲时的年龄应为二十五岁，入伍那年就是十九岁。入伍前，李守信未婚，李雨和李树银新婚，只有李喜结婚稍早，女儿已经八个月。

据李树银回忆，他们四个都被编入三五八旅七一五团，他在炮兵连担任二十式 82 毫米迫击炮炮手，其余李雨等三人是步兵，至于下了哪个连队，他也不太清楚了。但他至今不能忘记的是，他们的团长是罗坤山。

军史记载，三五八旅是抗战时期八路军一二〇师贺龙的部队，曾经浴血敌后战场，令日军闻风丧胆。1946 年时，原旅长张宗逊担任晋绥军区第一纵队司令员，三五八旅旅长为黄新廷，政委余秋里；下辖第七一五团、第七一六团和第八团。七一五团的团长正是担任过贺龙警卫营长的罗坤山，以后的开国少将。七一五团和七一六团是著名的红军第一师第二团和第三团的前身，南征北战，功勋骄人。就在李树银他们刚刚穿上军装之际，三五八旅就接到命令，紧急向临县行军，"朝辞爷娘去，暮宿黄河边"，11 月中旬从碛口渡过黄河，奔赴陕北，保卫延安。随即全旅由晋绥军区划归西北野战军建制，改称第一军第一师，军长贺炳炎、政委廖汉生、师长黄新廷、副师长罗坤山。黄新廷于 1949 年 6 月升任第三军军长后，罗坤山接任第一师师长，政委曾祥煌；李雨所在的七一五团改称第一师第二团。第一军第一师这样一支解放军的王牌部队，在延安保卫战和解放大西北的金戈铁马中所向披靡，于 1949 年 9 月进军青海，解放西宁。

李树银在 1947 年 5 月的蟠龙战役中负伤，旋即复员回到村里，政府给了二百斤小米；同时负伤复员的还有李守信，于 2008 年去世；李喜应该在 1947 年西北野战军发起的延清战役时牺牲于陕西清涧县；唯有李雨闯过了无数次激战的枪林弹雨，在军旅生涯中迎来了第一面五星红旗从天安门广场冉冉升起的历史性时刻，获得了华北及西北解放纪念章。

人们都以为硝烟该要至此散尽了，李雨却马革裹尸人未还。

李雨牺牲的具体情况，提前复员的战友李树银一无所知。不过，李雨的《革命军人牺牲证明书》清楚地显示，时间是 1952 年 5 月 2 日，他牺牲的地点是青海省贵德县。循着这些线索，寻找西北野战军第一军第一师征战的足迹，我们可以得出结论：那次战斗叫昂拉平叛，虽然剿匪战的时间很短，规模也不大，但就其影响程度来说，竟获得过毛泽东的大加称赞。

青海省尖扎地区昂拉部落，位于西宁市东南三百华里，是黄河上游西岸高山丛林中八千余藏族人民的聚居区。青海解放后，国民党马步芳残余匪徒，有不少逃聚尖扎地区，煽惑昂拉千户项谦与人民政府对抗。人民政府经过多次政治争取，但项谦始终执迷不悟。根据史料记载，1952年5月，项谦纠集匪特一千九百八十人，裹胁当地群众六千七百余人，公开进行武装叛乱。为了防止匪患扩散蔓延，巩固当地社会治安，当时人民解放军以步兵第一军一师二团全部、一团两个营另加一个连、三团两个营，第二师五团一个营、六团一个营另加一个连，一军骑兵团、骑兵支队，四军骑兵团，骑兵第六团，省军区独立一团，炮兵团，贵德独立营等，共一万余人，统归第一师师长罗坤山指挥，进剿昂拉地区的叛匪。

据《青海文史资料集萃》记述，当时我剿匪部队采取"四面合围、层层包围"战术，从5月1日晚间进入战斗状态，前后经过德钱寺、铁瓦寺、尖巴昂、卡里岗、尖扎寺、楼可、党家、羊圈、古浪湖等大小数十次战斗，实际上到2日午时整个战斗就基本结束。因叛匪大部溃散，部队不顾疲劳，夜以继日地遍山搜剿，歼匪特一千五百九十五人，解救出被裹胁群众。关于李雨所在的二团，战斗经过也比较具体：

……二团于1日24时至2日5时前，以羊皮筏子在修家吾具以西秘密渡过黄河，为争取时间与友邻协同动作，即以第三营沿黄河西岸北进，向尖巴昂攻击，第二营经如及直插尖巴昂。7时，我军占领愁家尕冬、日札后，遭到尖巴昂及左家地区叛匪之反扑。此时二营从如及逼进尖巴昂，三营亦乘机发起攻击，并以炮火拦阻逃走之匪，尖巴昂匪全部向北山逃窜，我二团跟踪追击至牙那冬左家地区继续搜剿散匪……

透过这段不到二百字的记载，我们仿佛看到了烈士李雨牺牲的场景。准确的数字表明，在作战中，我剿匪部队指战员牺牲八十九人，负伤七十一人，而李雨就是八十九位烈士中的一位。真的太可惜了。青化砭战役不死，羊马河战役不死，蟠龙镇战役不死，沙家店战役不死，乃至陇东战役、三边战役、榆林战役不死，吉庄走出去的战士李雨，竟然不幸倒在执行剿匪任务的军号声中。

至于昂拉平叛的后续事宜，也有足够的理由告慰烈士。

据载，7月11日，昂拉千户项谦走投无路，向青海省人民政府投降，至此青海地区社会秩序趋于稳定。项谦归降后，时任西北军政委员会副主席的习仲勋非常欣慰，亲自接见、宴请款待了这位回头是岸的"末代千户"，委任他继续担任昂拉千户，并先后安置项谦任尖扎县县长、黄南藏族自治州副主席、青海省政协常务委员会委员等职务。习仲勋多次指出："必须坚持在充分军事准备基础上以政治争取为主的方针，十分慎重，首先是用和平方式解决。对于项谦必须采取反复争取，特别宽大政策。"毛泽东非常赞赏，把习仲勋比作诸葛亮。后来毛泽东见到习仲勋时还不忘开玩笑："仲勋，你真厉害，诸葛亮七擒孟获，你比诸葛亮还厉害！"

1952年6月，第一野战军第一军与第三军合编为重装军，番号仍为第一军，1952年12月雄赳赳气昂昂跨过鸭绿江，参加了1953年抗美援朝春季反登陆战役准备和夏季进攻战役。其时，第一师师长罗坤山将军的麾下，已再不见了李雨的名字。

李雨，长眠在被他的热血浇灌过的青藏高原。

## 三、成　分

把时间调回到1952年的一个秋日。

那时李雨的女儿李翠梅刚过五岁，已经开始记事。她从来没有见过父亲，因为父亲自从入伍，六年间一次都没有回过家。新婚不久的父亲走的时候，母亲已有五个月的身孕，次年的正月二十八生下了女儿。她给女儿取了乳名叫"平女"，饱含了一位妻子对丈夫平安的祈愿。

在李翠梅心中，"父亲"两个字不仅仅是一种心灵极度渴望的寄托，而且还有一个非常英武的形象。父亲在牺牲的前一年，曾经寄了一封家书回来，随信还有他的一张3寸的黑白照片，模样像爷爷，头戴绒棉帽，腰间系着皮带，身穿棉军装，胸前"解放军"三个字依稀可辨。李翠梅不知听奶奶还是母亲讲，父亲信中说他在部队学了文化，自己会写信了，等打完了敌人就回家……

"烽火连三月，家书抵万金"，父亲的一封家书让全家人欣喜万分。

当年寄给亲人的照片

随即李翠梅由奶奶和母亲带着，三人步行十几里到神头火车站，坐火车进城去拍了一张照片，急急忙忙按地址给李雨寄到了部队。李翠梅记得，那次进城是她平生头一次坐火车，她对那个喷出白雾的庞然大物感兴趣得不得了。如今娘仨的那张照片犹在，烈士的母亲和妻子略带拘束地坐在镜头前，中间的小人儿李翠梅站着，戴着银锁，穿着新衣服和花布鞋，一双童真的眼睛充满对拍照的好奇。

是的，四岁的她怎么能知道仅仅一年后她的生活就将笼罩浓重的悲剧色彩呢？

就在那个秋日，傍晚时分，吉庄的李士杰收到儿子李雨的牺牲证明书。按乡俗说法，传送死讯的这类书信都叫"白头信"，所谓"青鸟已无白鸟来""噩耗传来梦亦惊"。幼小的李翠梅只记得当时满街满巷都是围聚的村民，大家纷纷低声议论："唉，可惜，可惜……"言外之意，都在为李雨感叹：全国早已解放了，怎么还会有牺牲？

一幅画面永远定格并铭刻在李翠梅的心扉：母亲从地里回来了，臂弯挎着一个箩头，从向东而开的院门进来，夕阳映照在她的脸上，她的表情木然，傻傻呆呆的……当天，大伯带着母亲和李翠梅，到东庙沟烧纸祭奠，李翠梅看着母亲哭得撕心裂肺。那段日子正值秋风乍起的季节，每到晚上，稍稍懂事的李翠梅总也睡不踏实，听着户外的风声呼啸或是其他什么响动，总感觉是父亲回来了。

可是，父亲还会回来吗？

而且，母亲也不得不面临何去何从的抉择，毕竟，她才二十四岁不到。

不能否定，李士杰在吉庄很算个人物。他的亲舅舅正是邻村小泊人霍天龙。霍天龙是明代霍巡按的后代，民国初年属于朔县有名的地方士绅，日寇入侵朔县时他到南山落草，打出抗日旗号拉起一支绿林队伍，接着又被日军收编，所谓曲线救国担任过日军手下朔县兴亚团的团长，中途随着兴亚团因反水嫌疑的解散而归田回村。到了日军投降，霍天龙旗帜鲜明地站到共产党一边，他打算凭借自己的影响，策反城内的警察部队归降八路军，谁知谋划不周遇害身亡。

李士杰生性与乃舅略同，在村里颇有胆识，解放前家境殷实，共有一百多亩土地，其中包括红围地的三十亩良田，田间有井，可以手摇辘轳种菜。家里自有牛犋，又养着六匹大灰驴专门跑关南从事贩运生意。在内，则赖他老婆高大女的持家有方，精明勤谨。高大女的娘家在朔县水磨头村，她年纪比丈夫大四岁，据说刚嫁来时丈夫还是个小孩，每天要她抱着去睡觉。她的婆母双目失明，生活自顾不暇，所以她自从过门就当家主内，由于她安排收支滴水不漏，硬是和丈夫把光景过好了。夫妻二人一共育有四个子女，老大是闺女，嫁给邻村司马泊村的王德；王德还在日军手下担任过太原亲贤区的区长，却因为以身事敌无法妥善处理人际关系，最终积郁成疾不幸早逝。吉庄的李如岐给王德当过秘书，说起王德就赞叹不已。另外三个都是儿子，按家族排行分别叫年友、三年友和四年友，一概没读过书，都在村里随父亲开创家业。

还把时间的节点放在四年友李雨参军的那一年，即朔县土改的前夜。

其时李士杰的三个儿子均已成亲。最令公婆不遂心的，据说就是年友的媳妇王兰英——邻近的野场村人。好像当初李士杰反对年友的婚事，觉得王兰英脑子不够用，但王兰英很有哄男人的手段，搞得年友非她不娶，最终父亲没能棒打鸳鸯，但老东家夫妻对大儿媳的反感，确是不争的事实。在"父母之命，媒妁之言"未衰的解放前，也算乡绅一个的李士杰居然没能主宰儿子的婚事，实在叫人感觉奇怪。具体对大妈的评价，李翠梅感觉她就像村里人形容的"精愣子"，喜欢耍耍小聪明，欺骗家里人，顺便也欺骗了她自己。

不过另外两个儿媳也都精明，三年友媳妇说话风风火火的，娘家在北山那边的圣佛崖村，是吉庄刘克功的小姨子；四年友李雨媳妇即李翠梅的母亲卢桂英，是平鲁卢家窑村卢满的女儿。李士杰那会儿在村里开着炭店，卢满则有煤窑，还养着两匹好驴。平素卢满下来卖炭，与李士杰互有业务，交情甚笃，于是才结成儿女亲家。卢桂英1946年与李雨成婚时刚满十七岁，就周围比较，夫家的家庭条件还是蛮不错的。

1947年晋绥边区"三整三查"运动开始后，卢满已经败了光景，被划为贫农成分，李士杰却进入富农名单。按政策不冤："占有多量的土地、耕畜、农具，自己参加主要劳动，同时剥削农民的雇佣劳动，就是富农。"随即，李士杰识得时务，主动献出宅院、田产、牲畜等，交由穷人平均分配。客观说来，吉庄的土改斗争相对温和，李士杰夫妻虽也被绳子捆过，却没受更多的皮肉之苦。村里至今健在的李如昆老人回忆说，张家口村的任焕文在区里做事，好像与李士杰曾有过节，就借机想把李世杰捆到别的村子批斗一番，那就存在性命之忧了，但吉庄农会主席李成斗和民兵队长李存富坚持说："我们村的事，就由我们自己办吧。"任焕文不依，双方争吵起来，结果李存富叫来民兵将任焕文捆起来吊在李江家的门头上，任焕文气得大叫："我是上级领导干部，你们这样胡闹要负责任的！"但吉庄民兵不买账，保护李士杰躲过一劫。这也从侧面说明了李士杰在村里为富亦仁、睦邻亲善，没有什么诸如横行霸道、作威作福之类的劣迹。

土改完毕，李士杰全家跟吉庄所有村民一样，平均每人分到四亩多田地，十几口人一共四五十亩。而且，村里特殊照顾军属，不仅给他们退还了房院，另又退还了一辆平板车和一头大黄牛，确实待遇不错。虽然戴了富农帽子，毕竟军属的名分放在那里，因而做父母的、做妻子的、做兄嫂的，难免把更多的希望维系在李雨身上，共同呵护着襁褓中的李翠梅渐渐成长，仿佛转眼间，李翠梅就长成了一个五岁的小女孩。

然而，怎曾想李翠梅父女团聚的希望在她五岁那年的秋天戛然破碎，一封白头信宣告了李雨再也不可能回来的无情现实。

刹那间，多少牵挂化作了虚无，军属被烈属取代；刹那间，父母失去了儿子，妻子失去了丈夫，女儿失去了父亲。

可以断言，李雨的牺牲与他的亲人们以后的命运密不可分，李士杰、高大女、卢桂英、李翠梅，每个人的人生之路，都将随着李雨未能凯旋还乡而彻底改变，就此走入莫测的方向。

## 四、刺　字

"时代不同了，男女都一样，妇女能顶半边天。"

毛主席这句著名的语录，据说是他在1958年5月25日参加十三陵水库劳动期间接见参加建设的"燕子工作组"时发表的指示，也成为妇女地位飙升的标志性口号。不过在解放初期，妇女基本上毫无地位可言，一直以来都属于男权社会的附庸。尤其是小媳妇，至今在词典里还是受气包的代名词，普遍逆来顺受、低三下四。吉庄的李树银老婆谈起她的婚后生活，唏嘘说："那时候，媳妇们没事就待在家里，连院门也不出……"相应地，妇女失去丈夫后终身守寡，都要受到褒赞，谓为贞节。

所以，李雨牺牲后，李翠梅的母亲卢桂英绝对考虑过从一而终。关于这个问题，她父亲卢满必须面对，李士杰也不能回避。"三从四德"谓："未嫁从父，既嫁从夫，夫死从子。"卢桂英丧夫无子，还得返回去由父亲拿主意。卢满对女儿这样说："你再嫁吧，不能守寡。膝下只有一个女儿，无法顶门立户，你守下去没什么结果。"毕竟解放了，国家第一部《婚姻法》已于1950年5月1日正式颁布，其中一条是"禁止干涉寡妇婚姻自由"，富农李士杰很清楚这条红线，即使他再封建，但也没有以身试法的胆量，于是他只好同意李雨媳妇再嫁。

同样的情形是，村里另一位烈士五辣椒的媳妇林桂英，已经带着三岁的女儿改嫁给村里的李宗山，重新组建了家庭。下一个就轮到卢桂英了。

就在李雨牺牲的第二年，即1953年，二十四岁的卢桂英改嫁吉庄的二成才李明德。当初是由谁给牵线保媒的，现在已经无法得知了。不过，村里刘克勋的妻子是卢桂英的干姐妹，她俩私下里商量过卢桂英改嫁的一些策略，当时李翠梅跟着母亲串门，隐约记住了两个大人的交谈。

按照推算，二成才生于1920年，到1953年成家已经老大不小，可谓大龄剩男。那时候打光棍超出三十岁的，不用说光景穷得叮当响。更为巧合的是，二成才居然也有一段当兵经历，只是很遗憾，他参加的是国民党阎锡山的部队，本来称作国民革命军麾下的晋绥军，但抗战胜利后老百姓都叫顽固军。

根据吉庄李如昆老人介绍，二成才的父亲名叫李惠堂，日军侵略期间在吉庄也有几亩好地，但听说毛道村的土地便宜，就把吉庄的土地转手了，跑到毛道村再买，亩数增加了，接着还买窑在毛道村定居下来。这番投机经营想必乏善可陈，反正二成才和三成才兄弟二人不愿过去，常年日久留在吉庄晃荡，有一顿没一顿赖着家人族亲们托嘴混饭。二成才是一位手艺不错的乡村鞋匠，好歹有事可做，得过且过直到日军投降。

二成才的当兵日期，比李雨要早几天，大概在1945年底到1946年6月朔县解放之前。

当时日军走后，阎锡山的晋绥军将领楚溪春率部抢占了大同及北同蒲沿线的朔县、岱岳、怀仁等县城，大肆收编伪军，组成省防第五军。二成才的大姐夫薛国新就是在大同的阎军中混了个所谓"兵农合一"的编组兵排长，还带了妻小过去。二成才悄悄找到大姐夫，希望谋些出路，薛国新看他在村里食不果腹，便建议他留下来当兵，起码赚个一人吃饱全家不饿。就这样二成才当兵了，但据说连枪把子都没有摸过，一直发挥所长专职负责缝制军鞋。1946年6月解放战争全面打响后，晋绥军区及晋察冀军区部分部队首先发动了晋北战役，解放了朔县等地，随即于8月发起大同集宁战役，不过未能攻克大同，使晋北留下了一座敌占的孤城。直到太原解放后的1949年5月1日，大同才因守敌总指挥于镇河率部投降而宣告和平解放。

李如昆老人回忆说，就在大同解放的当年秋后，他曾去大同城里籴粮，晚上舍不得花钱住店，难免找找吉庄籍的老乡家里借宿，不期打听到了二成才也在大同南关谋生。李如昆寻去一见，发现二成才和他大姐夫薛国新在一起纳鞋底,为鞋铺子供货。打问了一番村中的情形,二成才归心似箭,毫不犹豫地说:"我也回呀!"当即与姐夫姐姐拜拜,跟李如昆结伴徒步百十公里返回吉庄。

当被问起怎么就弃甲脱逃,二成才含混其词顾左右而言他。不过后来于镇河撰文回忆,当时大同和平解放时,解放军答复了阎军的条件:"不算旧账,请发三个月饷,回家的要发路费和护照。"大概二成才和大姐夫不愿留下来接受解放军改编,所以被遣散了。回村以后,他虽然是贫农成分,却因为错过了土改,照旧房无一间地无一垄,倒是兄弟三成才,分到了土地不说,还分得大南院富农李如松的一间西房。反观二成才干了半天顽固军,两手空空没有得到任何实惠,却留下了一个永远的噩梦,原因是他一条手臂的上部被刺上铜钱大小的两个字:"剿共"。

阎锡山在山西或也有所作为过,但是"夫阎君不惜其乡人子弟",给士兵手臂刺字,叫你以绝后路死心塌地,绝对是江湖所言的下三滥之举,实在是末路技穷、不择手段,够损够毒的。

据说二成才想尽办法又烫又挖,硬是使刺青的两个字几无可辨,变成模糊的两团青蓝,但他一直提心吊胆紧紧地掖藏,即使最热的暑天都穿长袖上衣,生恐有人看见。而且对谁都绝口不提,包括娶过卢桂英后,和妻子也不曾吐露过这一最为要命的隐私。

据李翠梅回忆,母亲之所以再嫁时没有带她,原因是爷爷不同意。明摆着的,如果孙女被媳妇带走,就要涉及孙女名下的四亩多人头土地的归属问题。那么卢桂英选择不离开吉庄,肯定也有就近关照女儿的考虑。虽说村里并没有传言爷爷和母亲在她的去留上发生什么冲突或争端,但二人之间确实由此出现过龃龉。而且李翠梅还说,母亲试图带走一些不值钱的个人物品,爷爷不给,大概是让媳妇净身出户吧,于是两人的关系就僵了。不过,奶奶非常通情达理,她同情媳妇的境遇,立场也倾向媳妇,因此以后她也一直和媳妇情同亲人,保持着来往。

## 五、宅 院

母亲改嫁了,从户口和监护人的角度而言,李翠梅就等于失去了母亲。俗话说"爹死娘嫁人",比之"少年丧父、中年丧妻、老年丧子"尤为不幸。但好在母亲只是嫁在本村,二成才后来住进去的是地主李广生宅院,与李士杰宅院同在南垣街,距离不过百十米,童年的李翠梅两边跑动,有时晚上也住在母亲那边。二成才为人和善,也很喜欢她,丝毫没有让她感受到母亲在这边和那边有多大区别。直到念书后她慢慢地思想复杂了,意识到彼家不是己家,过去的次数才少了,直至极少再去。

老实说,那时母亲也无法给女儿拿出一口好吃好喝的,因为她压根儿没有。二成才成亲时,自己没有房子,只能把卢桂英临时娶进三成才的家里,让三成才出去寄宿了几天。随即,夫妻二人搬到村里李成斗的闲房借居。在那里的第二年,李翠梅目睹母亲生下过一个女儿,却连接生婆都叫不起,只能让二成才扶着她的后腰自己生产,疼得泪如雨下。眼看生出来了,孩子头发黑黑的样子,却连脐带都没剪就无奈摁死了,因为实在养不活。李翠梅形容说,当初二成才的光景"穷得往死里可怜",几乎接近断炊,常年只能喝些南瓜稀饭充饥,最窘时,南瓜稀饭也仅仅一天两顿,下午的第二顿硬要等到阳光照到某一窗棂才喝。为了多种一些南瓜,母亲甚至不管迷信忌讳,到村东庙沟把大王庙的庙基土墩刨下来平整垄畦。这样的日子,她哪里顾得了女儿李翠梅呢?

按理,二成才维持两口人伙食,应该不至于揭不开锅。不过李翠梅听母亲说,也不排除被穷亲戚所累。二成才共有四个姐妹,每年正月里都会有几个拖儿带女的前来省亲,一住就得月余,吃喝还得有个待客水平,消耗太大,总要见到瓮底。正如童谣说"拉大锯,扯大锯,姥姥门上唱大戏,外甥小子也要去,外甥女儿也要去,气得姥爷不出气",还有"外甥是狗,吃了就走",都具有时代特征。还有就是粮食太匮乏,大家都穷,一心算计着怎么能多吃一点儿。梳理吉庄历史,也正是1954年到1955年间,国家实行粮食统购统销政策,全村的征购指标被定得多了,为完成交粮任务,多数人家只能缩减口粮,致使出现了解放后第一波次的饥荒,二成才家的小气候也与全村的大气候有关。

李士杰家的日子要好得多,李翠梅印象中没受饥饿。一来毕竟是富农人家,传统的节俭有方,比如至今村里还流传着一句歇后语"李春看见白面笑哩——不吃",说的就是李士杰的长子大年友李春,节俭到把白面当作一种精神鸦片似的,可见一斑。二来,李士杰一直擅长种菜,挑到神头卖了手里能见几个活钱,还有就是可以定期拿到一点儿烈属抚恤,而卢桂英改嫁就享受不到了。烈属抚恤究竟有多少,没有查到资料上的准确数字,钱也一直都是李士杰去县里的民政局领取,李翠梅听说大概是每月五元。有个佐证,烈士五辣椒的父亲李林仁也领抚恤金,老伴去世早,只他一人有份,他孙子李宏业说肯定每季度是九元。李宏业还讲,李林仁平时多去民政局跑跑,一般可以额外要来三元两元;开始时也跟李士杰结伴,可是后来阶级风声一紧,大约感觉李士杰的富农成分疑似有负面效果,也就不再同行。

公允地说,从土改到大跃进,李士杰全家因为富农成分除了名誉不好,并没有受到多少冲击,再有烈属的事实存在,最起码是毁誉参半,所以过了十几年安稳日子。但是,在阶级斗争之弦开始在全国有了绷紧的迹象之时,身为富农者便不容易继续独善其身了,即便是烈属。

把时间调回到1958年。

稍前,吉庄村合作化后曾经开展了一场类似急功近利的运动——当然也是县里号召的。这项运动说得专业些,称为"集资",土俗些则叫"死宝变活宝",做法就是动员社员贡献出旧社会留存下来的银器、银元、首饰、元宝,支援国家建设。村干部先是开会倡导,然后分工上门进行思想动员,当然针对的目标仍是地主富农居多。其中大队长李如昆负责说服李士杰,说:"四爷,人家都说您有现洋,如果真有就拿出来,是个好事情,给您荣誉的。"李士杰的回答不乏幽默:"你们不妨捆我紧些,吊我高些,银元是没有的。"他跟村里的李壮两人因此还被送到县里的学习班提升觉悟,最终还是没有交出来。李翠梅当时五年级,她清楚地记得,爷爷回来后还有纪念品,那就是双手十指皮开肉绽。她还描述过另一个场景:村里的积极分子确实搜走过爷爷的一百个大洋,还把爷爷保存的一盒子原始地契给烧了,一时间院内纸烬飞扬,好像死了人烧纸一样。本来土地已经在合作化中重新被收归集体,地契除了极有可能被定性为"变天账"外毫无实际价值,但对于曾将全部心血倾注到土地上的李士杰夫妻来说,留着的地契或可画饼充饥，而一旦连充饥的画饼都没了，打击着实不轻。

李翠梅说，这时候的生活开始让奶奶失去信心了。

还有雪上之霜。

同样在1958年，三年友的妻子也步了卢桂英后尘，带着年幼的一儿一女改嫁到水磨头村，也就是她婆婆的娘家门上，因为三年友不幸于上一年被一场疾病夺去了年轻的生命。这样，李家三子，到头来剩下大年友李春一棵独苗。李春夫妻也有一儿一女，儿子叫大全，女儿叫改女。在重男轻女的年代，本来大全是李家的一脉香火，可惜其智力连差强人意都挂不住，而且长得个头不高，村里人描述像爬地虎似的，所以给他取了绰号叫"茅篓篓"，慢慢倒把原名忘了。若在解放前，凭着李士杰的光景，茅篓篓娶个像样的媳妇不成问题，李士杰就曾说过："想嫁咱大全的好姑娘们，能拿鞭子赶来一队。"但解放后已不可同日而语，茅篓篓该成亲时无人问津，打了光棍。在李士杰妻子高大女眼里，曾经的人丁兴旺，竟然一朝变得后继乏人，老大这样，老三病死，老四烈士，三媳妇改嫁，四媳妇改嫁，未来的希望渐渐暗淡……

而压垮老太太的最后一根稻草，也于1958年不期而至。

随着大跃进热潮的持续升温，吉庄被树立为县里的"五化"典型，雄心万丈准备一步迈进共产主义。所谓"五化"，说法不一，但从吉庄的"五化"痕迹看来，可以肯定包括有"吃饭食堂化、幼儿托管化、生育产院化"，因为曾经折腾出来过所谓的托儿所、产妇院和公共食堂。其中的托儿所，美好愿望是将学龄前儿童集中起来，统一服装及卫生用具，配套小食堂，安排保育员免费看管，为的是解放妇女安心从事农业生产。而产妇院则是专门为全村妇女坐月子服务，接生和护理一律免费，每名产妇还给吃些细粮、供应一斤黑糖。愿望固然良好，但没有房舍不行呀，于是瞄准了富农李士杰等人的宅院。

现在，那一片房院早已面目全非，不过根据李翠梅的记忆，可以勾勒一下当年的规模：

院子有两道门，大门朝北开在南垣街槐树院斜对面，门楼比较气派；进入大门，是一条窄廊，廊内两道二门，分别是李士杰和李士达弟兄二人

夕阳依旧，老宅早已物是人非

的院落。单说李士杰这边，选择以西为正，东向开了院门，进去就是布局合理的四合院格局；西边是面东的三间青砖砌檐的土窑，叫正窑，正窑左右是空地，左边凿有一口水井，右边堆放柴炭；北下房包括三间土房、两间较小土房和一大间的牛圈、一个猪圈；南下房依次为三间瓦房和草房、磨房、羊圈，以及厕所。解放初的居住情况是：李士杰夫妻和李翠梅母子分别住在正窑的南北两厢，大年友李春一家占用南下房一排，三年友一家占用北下房一排。到了1958年，三年友一边空置了，四年友也仅留下一个孤女，所以院落的凋敝显而易见，这才让村里看到了其潜在的利用价值。

那时候集体占用一处富农的院落，绝不像如今的拆迁那么繁琐，顶多就是大队干部的一句话而已，更不闻补偿一说。据说"大跃进"之初朔县组建超级农业社，神头村的社员也被迁来吉庄村安置，有些乱套。形势使然，需要搬家的不止李士杰一家。当然共产主义不是流离失所，大队也有统筹考虑，决定让李士杰夫妻带着孙女李翠梅入住村里大丑葫芦家的一间小西房，茅篓篓一家也给找了相邻的一间小房。

眼看"乔迁"在即，七十岁的高大女对丈夫和孙女平静地说："你们走吧，我不走。"

## 六、壁 虱

1958年秋季，李翠梅虚岁十二岁，刚升上五年级开学不久。

其时吉庄的小学还只有一、二年级，所以李翠梅上学后从三年级起就到神头小学走读，两村相邻，路程很近。

就在她永远也不会忘记的农历八月二十八日那天，早上家里吃了稠粥，奶奶还给她煮了一颗鸡蛋，吃完她就上学走了。但是刚刚上课不一会儿，冷不防继父二成才气喘吁吁跑到学校，从教室叫她出来，说："平女，你奶奶病呢，你赶紧回家吧。"李翠梅只感到脑袋嗡的一声，好像意识到什么，立刻没命地往吉庄跑去，到了南垣街，只见又是满街满巷的村民，见她后发出一片窃窃议论："苦命的娃娃，苦命的娃娃……"

事实很残酷——奶奶跳了院内的那口水井，已经被打捞上来，死了。一早起来，她等家人全部出去后，选择了自寻短见来表达对尘世的绝望。只见她湿漉漉躺在那里，进水的肚子那么大，任凭孙女扑在她身上，怎么撕扯怎么呼唤都没了反应和声息。这时候李翠梅才明白什么叫天塌了。她一直把奶奶当作相依为命的人，十几岁了夜里还得捉着奶奶干瘪的乳房才能安然入睡，她说自己离不开奶奶。奶奶撒手，大树凋零，叫她怎么活呢？她嚎啕大哭，抬头看天，看见原本湛蓝的天色，居然幻化成彻底的昏黄，正如俗话所说的那样，天也不蓝了。然后，她忽然发疯一样跳起来，也要跳进那口夺命的水井，但是一旁的母亲死死拽住了她。

那一刻，李翠梅心中除了万念俱灰，还有深刻的痛悔，责怪自己怎么没能发现奶奶的反常呢？奶奶说过："你们走吧，我不走。"这样的一句话，让李翠梅和爷爷听来，充满赌气的口吻，但谁都没有往别的方向去想，事后揣度，不走怎么可能呢？其实话中已经预示出不祥的兆头。另外还有迹象。李翠梅记得，奶奶在针线笸箩的碎布线团里一直藏着一个小黑布袋，一次她无意间翻到，听着里边叮叮作响，就好奇地问奶奶装着什么，奶奶谎称是糖，却不给她吃。她经不住诱惑，到底乘着奶奶不在时悄悄扒开袋口，发现竟有二十个银元。而出事的前一天，李翠梅已经离奇地察觉那个小黑布袋瘪了。听母亲说，奶奶突然把其中的十个银元送给她了，还送给她一纸坛子二十几斤的小麦，要她拿着以备不虞。那么另外十个哪去了？母亲说肯定给了三大妈，因为奶奶对老三媳妇和老四媳妇从来都不偏不倚，一碗水端平。大妈王兰英和婆婆不睦，当然不会有她的份。

二十个银元，可能是奶奶仅有的私房了。一来按当时的形势，银元万万不宜出手变成现金补贴家用，二来即使兑换也不值钱，一个银元仅仅相当于人民币一元钱。尽管数量微薄，尽管两个媳妇都已改嫁，但终归奶奶倾囊馈赠，她在变相地交代后事，指望为几个孙辈铺点后路。谁又料到那是她的绝命钱呢？

当五十余年弹指一挥间过去，吉庄已经很少有人知道村里发生过李士杰妻子跳井一事。个别老者，包括对吉庄百年历史耳熟能详的李如昆，被刨根问起时也显得记忆模糊或讳莫如深的样子。不管高大女走向极端有多少条理由，隐隐约约只被全部归咎于她的三媳妇改嫁。总而言之，革命烈士的七十岁老母亲毕竟是自尽的，对一个村庄来说绝没有光彩可言，不愿启齿和回避淡化也算情有可原。当然这是一种推测而已，或许仅是因时间久远造成了遗忘。

再找当年出事的院子，几乎变成了一处遗址，除了三间破败空置的正窑，其余房舍荡然无存；窑侧的那口水井早被填平，未留下任何痕迹。在那个院内，疯长起生机勃发的土杏树，暑夏之际，枝头的累累杏子让人丝毫也不能与当年曾经上演的悲剧一幕发生联想。

但是，李翠梅记死了那个日子，1958年农历八月二十八日。并从那天起，她清楚地明白，自己提前并一下子长大了。在她最无助的时刻，好歹还有嫁出去的母亲。母亲无力使女儿脱离苦命，也没有监护资格了，却能给予女儿舐犊情深的安慰。她结合自己一步一步走过来的苦难阅历，一遍一遍告诉女儿："世上该谁难活哩？活下去，咬紧牙活吧。"母亲的话，麻醉着李翠梅心灵上遭受重创的伤口。她需要过早地直面失去奶奶的悲恸，也需要过早地承受一生挥之不去的阴霾。在村民们的印象中，她几乎极少说话，走路从来都低着头，花季少女却一点儿也不阳光，性格特征表现得无比自尊而又无比自卑。

逝者已矣，而村里的既定方针不会改变。等打发了奶奶、擦干脸上的泪痕后，李翠梅还得跟爷爷一起住进大丑葫芦的小西房。那间房子太小了，身材高大的李士杰进去根本抬不起头，而且让李翠梅感到恐怖的是，壁虱肆虐，成千上万。壁虱即臭虫，是臭名昭著的吸血杀手。李翠梅记得，每到夜间入睡，成群结队的壁虱就会爬出墙缝和炕席，鬼鬼祟祟却也虎视眈眈。不知多少次从睡梦中被咬醒，她都会看见爷爷在灯下大开杀戒，手掌拍下去制造出一团又一团的血渍。就在那样不堪壁虱攻击的夜晚，她唯一一次梦到奶奶，梦中她看见奶奶趴在对门李银家的院墙上，她问奶奶干啥，奶奶始终没有吭声。

从那往后，爷爷一直给李翠梅做了五年饭，有时候她就看见躬身在锅台前的爷爷鼻子下的清涕吸溜吸溜的，卫生说不上，饭却特别有味。李士杰这人，非常刚强，不管面对多么不公平的遭遇，他始终不发出一句抱怨或评论，他和孙女说话的内容，老生常谈只是提到他做的梦："又梦见你的曾爷爷和曾奶奶了"，或者"梦见和村里的李佐又赶着毛驴上了草垛山"……李翠梅总结，爷爷的世界观完全有了"安之若命"的境界。他也不亏待自己，比如抽烟一直保持每天两盒不断，先是每盒两毛五分钱的大前门，往后降格了也还是每盒两毛钱的大婴孩，直到老年时喘不上气才戒掉。就一位解放后的富农而言，李士杰正是以有效的生存哲学应对阶级斗争口号喧天的社会环境，竭力避免惹来无妄。事实是，即使往后的"文革"中吉庄对地富分子的批斗很不留情，他都不是被针对的目标。

众所周知，当年"大跃进"的许多急功近利的做法，都像大炼钢铁一样虎头蛇尾。比如吉庄的托儿所、产妇院好歹办起来了，其中产妇院还占用了李士杰的宅院，但维持下去根本不具备客观条件，先是吊儿郎当办了年载光景的托儿所散了摊子，然后产妇院也到1960年后无疾而终。李士杰爷俩寄人篱下一两年后，终于获准搬迁回去，允许住进小正房里。其时院内另有了其他住户，包括村里的李耀斗、请来在产妇院专职坐诊的西河底村的土医生史宪章等。再以后，鸠占鹊巢的住户逐渐搬走，李春一家也搬了回来。

住回自家宅院的李翠梅没有什么喜悦可言，那是她的伤心地，每日进出，都要看到那口水井，而且还得吃水，因此也就一次次撕开她心中的伤口。她只想着逃避，甚至一天都不愿意在吉庄村多待下去，但怎么样才能离开呢？

只有念书。

说起"读书无用论"思潮泛起的时间，应当在"文革"开始后。之前人们仍旧抱有"万般皆下品，唯有读书高"式的传统观念，村里的说法更直白更朴素，所谓"念成书洋袜子球鞋，念不成书赤脚板锄田"。只是20世纪60年代初，三年自然灾害期间也有抛下长期工作跑回农村的个例，因此村民对子女念书的重视还不到现在的程度，基本顺其自然，考上了就去读，考不上就回村劳动，无所谓。但具体到李翠梅则不然，早熟的她比同龄的孩子们更清楚，念书不仅是她改变命运的唯一出路，更是她逃离吉庄的唯一门径。至于上高中考大学对她太遥远，但听老师说，只要初中毕业考上师范，那就可以分配工作，有皇粮吃了。

她憋着一口气，暗暗下了决心：不管别人考上考不上师范，我一定得考上！

## 七、失 盗

1962年，原来设在吉庄的雁北师专下马了，改办为朔县神头中学，那时候李翠梅刚刚读完初二，随全班一起转回神头中学，开学就升入初三年级，就此就近上学，不需要继续去神头村走读，老师也全换成原来的大学老师。她所在的初（2）班一共五十多个学生，吉庄村的有十二个，其中有后来担任过村支书的李忠祥。

进入初三的一年，学校的条件不错，李翠梅念书更加用功，每天放学了，回家还要学到深夜。灯下，爷爷守在她一旁吸烟，爷俩的身影组成一幅很忧伤的画面。她一直没有书包，老是抱着书本匆匆往来于学校和家之间，又是一幅很感伤的画面。

支撑李翠梅的，是一种看不见的孤注一掷的信念。她在班里的成绩，老是前三名。

1963年，她终于扼住了命运的咽喉。

初中毕业考完之后，她的心里也没底。全部六门科目，语、数、理、化、史、地，也不兴公布成绩。记得回家时大妈问她考得怎样，她急忙说没有考好。时值暑期的一天，爷爷在院内种起的各种蔬菜长势撩人，她赤着脚挽着裤腿，帮着从井里提水浇菜。忽然母亲过来了。自从改嫁，母亲十分多虑，除了奶奶死时进过前夫家的院子外，再也不曾踏入半步。李翠梅回忆，那天母亲仍是站在大门外探头喊她："平女儿，神头有人路过，从师专捎回话了，说你考住了。"她一听这个消息，连鞋子都顾不得穿，扔掉水桶就跑，一口气跑到师专，在教师楼撞上学校团委书记孟耀文老师，孟老师向她证实说："你考上了。"然后带她取了一纸朔县师范的录取通知书。据说其时朔县师范的校长刘志英恰是孟老师的岳丈。

　　拿到录取通知书的那一刻，李翠梅终于有一种扬眉吐气的感觉。考师范也不能说容易，全班二十七八个女生，仅她一人达到录取分数，班里和她一起考上的另外三四个同学都是男生，包括吉庄村福将老汉的二儿子李池、神头的李怀、周庄村的张富等。

　　不管师范之于李翠梅有多么至关重要，爷爷和母亲却对师范基本寡闻，顶多视作李翠梅将要换个学校继续读书而已，也就没有可喜可贺的反应，至于鼓励呀、鞭策呀一直没有过。虽说念师范由国家供养，但需要准备行李。很简单，也就一被一褥而已。家中只有一床薄被，还是用当年父亲遗物中的被面及被里缝制而成；褥子嘛，只有奶奶铺过的一小块羊皮和李翠梅从襁褓一直铺过来的小尿褥，实在见不得人，最终还是母亲，给女儿拿了一条她家的棉褥。

　　其时母亲和二成才的家庭，已经添丁进口。1955 年儿子李维雄降生时，夫妻俩百般节俭，精打细算，已经奇迹般地攒起一点儿钱，花了四十五元从别人手中买下原来地主李广生宅院的一间半下房，有了属于自己的栖身之所，性急地在儿子生下二十六天未过满月就搬过去，结束了寄居的日子。1959 年又生了一个女儿李维珍，忆苦思甜，感觉今非昔比，所以女儿的小名取了"银女"，意味深长。李维雄兄妹俩跟李翠梅属于同母异父，村里说法叫"隔山"姐弟和"隔山"姐妹。

　　因为常年搬个小凳在神头街头摆摊绱鞋，二成才经不起山风疾袭，曾经患过一次重度伤寒,奄奄一息。全凭他懂医的舅舅下了猛药才救回一命,把卢桂英吓得半死。她经历过一次丧夫之痛,越发体贴丈夫,一吃一穿都想让给丈夫和孩子,从不珍惜自己,拼命劳作,累死也不松动。原来单干,地无一垄很难走出困境,相反倒是大集体的体制运作对二成才有益,他一朝扔掉鞋掌成了大队烧白灰的老把式,还兼半个石匠,是上等劳力;而卢桂英一样劳动不辍,极少误工。村里的工分不低,家中两个劳力两个小孩,分红分粮各有优势,比之家有四五个小孩的寻常农户宽松不少,从而日渐走出"南瓜饭强充饥"的困窘,光景才过出一点儿模样。当然,节俭的本色依旧不变,李翠梅印象中,母亲舍不得给妹妹额外增加营养补贴,妹妹幼年的样子形同非洲饥民,满脸青筋蜿蜒,瘦得好像只剩眼睛。

母亲能给自己一条褥子,李翠梅又夫复何求呢?她谈及自己在村里时的穿衣,天暖时可以将就,冬天却难熬至极。她记得母亲曾给她做过一件棉衣,连同奶奶给做过的一件,使她度过幼年童年阶段的一共就这两件棉衣;当两件棉衣全都又烂又小实在无法再穿,最后爷爷竟给她胡乱定制了一件白茬的皮袄,保暖却无法清洗,前襟上脏得油腻黑亮,上学的每个冬天都穿,她得了心病似的,成年后极其爱干净,几近洁癖。

或许就在她拿到师范录取通知的那会儿,心中已经有了讲卫生的萌芽,因为除了被褥齐备,她自己又买了一个搪瓷的脸盆。就这一点儿行李,开学的日子到来时,由大伯李春背着前去送她。当她踏上那条离开吉庄的乡间小道时,随身还有迁出的户口,这意味着她就此变为城镇人口,而不再属于这个村子的农户。

在秋风送爽中,爷俩先是徒步走到神头,再坐上火车到了二十公里外的朔县县城,下车徒步继续行走十几里地,过了桑干河的上游河流恢河,就到了传说中的朔县师范所在地——朔县米昔马庄村。

米昔马庄,听起来非常古怪的村名。据说米昔马是一位意大利传教士,于1913年在此地设计和督建了天主教堂,占地四百多亩,曾是当年周围十五个县的教区中心所在,建筑群包括尖顶教堂及修道院、传教会、保赤会、小学校、诊疗所、啤酒坊、制鞋坊、园圃、宿舍等,房屋共计三百七十五间。外边居民逐渐多了形成村庄，故名米昔马庄。资料说朔县解放后，米昔马庄的天主教堂院由晋绥五中占用，1949年3月，在晋绥五中的基础上成立了雁北地区朔县中等师范学校，直到朔州建市更名为朔州师范，1994年才搬出米昔马庄教区，迁入市区。

可以想象，1963年的朔县师范，在一个神往它的女孩眼里，形象比之吉庄村那个1959年才建起的有着俄式楼房的师专气派多了，也神秘多了，令她对未来充满憧憬。

入学后，李翠梅被分在中师63级33班，学制三年，全班四十多个男女同学，来自雁北各县，无不散发着青春和朝气。物质生活嘛，李翠梅感到了质的飞跃：食堂打饭，吃供应粮，细粮占百分之十五，每月另有二斤猪肉等，全部由国家负担，其余书费学费什么的全免，真的无可挑剔了。而她所有的个人花销，满打满算只买一块洗脸的肥皂，半年也用不了，几乎可以忽略不计。

既然念书不花钱，就省得李翠梅向爷爷伸手，不过爷爷总会给她几元，使她常常身有余资。不可思议的是，她居然有一个很小的钱包，忘了是谁给的，类似于一件奢侈品吧。翻开小钱包，另有透明的夹层，正好让她装进了父亲牺牲前寄回的照片。虽说她没有见过父亲，但是她觉得父亲很伟大，是她的骄傲，并且一直活在她的心里。她渴望得到如山的父爱，往往对着父亲的照片陷入甜蜜的遐想，把钱包揣在身边，就像父亲始终陪伴着她，这赋予了她改变生活与命运的精神力量。

然而就是那个钱包，竟惹了一次无端的风波。一般意义上讲，钱包总是露富的物件，容易遭到不善的惦记。有一天，李翠梅发现，她的钱包不翼而飞，死活找不到，分明失盗了。本来钱包丢了没啥，但装着绝版的照片，所以她十分着急，便告诉了班主任老师李尧。李尧以后担任过朔州市副市长，当老师时的能耐也不小，硬是帮李翠梅找回了钱包——原来是邻班的一位女生被钱包吸引，凑机会伸出第三只手来了个顺手牵羊。物归原主一看，里边的几元钱和几张布票、粮票原封未动，唯独不见了那张烈士遗像，据说为了销毁证据，被三只手扔进厕所里了。就是那么把照片随手一扔，李雨烈士留在人间的容貌便不复存在，也留给李翠梅无以挽回的遗憾。

永远失去父亲的照片,李翠梅一段时间内心空空。

实际上她已经置身于令她不安的政治气氛中。

## 八、串 联

新中国成立后起于青萍之末的"阶级斗争扩大化"之风,应该在1957—1958年间的"反右派运动"就有了苗头。1959年,曾经的西北野战军司令员彭德怀的一封万言书,则又适得其反地把风头助长了一下,再往后中苏交恶,形成了外部大气候,终至在1962年9月的中共八届十中全会上,"以阶级斗争为纲"思想成型了,催生了历时三年多的"社教运动",从开始的经济"小四清"发展到夺权斗争的"大四清",成为"文革"的前奏和预演。

李翠梅进入师范的1963年下半年,恰逢社教运动如火如荼之时。

入学都要填写学生登记表,李翠梅对家庭成分的敏感不言而喻。虽说她必须承认自己的家庭出身是富农,但曾经跟接任的班主任郝老师一再解释:我爷爷是富农,但我母亲是贫农,而且我父亲是革命烈士。甚至她幼稚地以为,贫农母亲和烈士父亲足以使她避免受到风雨的冲击。

然而她想错了。社教运动人为制造阶级斗争,需要"追根子"的。很快,班里一共十五个出身不好的同学包括她在内,就被定性为"阶级敌人",受到另一方"革命阵营"的坚决斗争。其方式当然不是建立在公平亮剑的基础上,而是刀俎之对鱼肉的追讨。在李翠梅的记忆中,班里接二连三地开会,由郝老师和学生中四五个积极分子组织,集中批斗"阶级敌人",他们往往人云亦云地高喊口号:"阶级斗争是一场不可调和的、你死我活的斗争""阶级敌人伺机反攻倒算,梦想复辟变天,妄图恢复他们失去的天堂"等,责令阶级敌人上台老实交代、低头认罪。大多挨批的同学迫于形势,胡代交乱一番,拼命承认自己坏透了,继而表现出痛心疾首的样子:一定"清洗脑筋,接受教育,划清界限,站到人民这边来"。然后等候积极分子们的群起声讨,然后循环往复。

事实上,双方根本不明白怎样才算"站到人民这边",当然也就没人能站过来,而李翠梅更加糊涂,想不通朝夕相处的同学如何就要你死我活,更想象不来失去的天堂是如何的金碧辉煌,所以一味地死不吭声,沉默以对,既不做笔记,也不写检查,气得郝老师七窍生烟,敲着桌面大吼:"你态度不端正!"班里有个应县的女生姚焕熙,跟李翠梅关系亲近,为人古道热肠,悄悄问李翠梅:"不是说你父亲是烈士吗?真的假的?你拿出证明来,肯定就万事大吉了。"李翠梅说:"我和郝老师说过的,难道我会说谎吗?"

她倔强起来,或许不屑,或许觉得没用,反正宁折不弯,也不取证书,批斗时始终不做任何的辩解。当然她心中不怕,父亲的烈士身份无形间令她胆壮气硬。只是她又被人家多戴了一顶帽子——"隐瞒成分",性质比成分本身更恶劣了一个级别。不知在多少个被斗后的不眠之夜,她埋头痛哭,泪水将被子都弄湿了,但第二天起来照旧若无其事,绝不露半点儿异常,表现出来的是顽固也罢,抵触也罢,总是以这样的所为来维护自己的一点儿尊严。她抱定一个想法:作为烈士的女儿,绝不能流露出任何懦弱而给父亲丢人。经受过奶奶跳井的灾祸,她的抗压能力已经不可小觑,在别人看来确实很与众不同。好在学校的斗争总还温文些,没到"触及灵魂"的程度。

直到三年后的1966年,"文革"全面爆发。

普遍的说法认为,1966年5月的"五一六"通知是"文革"开始的标志,接着在很短的时间里,大、中学校的学生率先起来,蜂拥成立红卫兵组织"造修正主义的反"。朔县师范亦然。那年五六月,李翠梅和66届三个班的同学一道就该毕业走上工作岗位,雁北地区教育局曾经派员前来安排分配事宜,但据说学生们响应号召,一致要求留校闹革命,所以推迟了毕业。青春的激情一旦失去理智,狂热势所难免。依旧是那些社教运动的积极分子同学牵头,赶时髦一样,臂缠红卫兵的袖章,胸别毛主席像章,踊跃地投身"文革",开始毫不留情地斗校长、斗老师、破四旧,其中战果之一就是拆毁了校园内那座哥特式大教堂的塔尖。

具有讽刺意味的是,33班的班主任郝老师不幸"中枪",地位一落千丈地变为牛鬼蛇神,不得不在自己学生"不是请客吃饭"的批斗声中低头认罪。李翠梅就曾看见他挨斗后手持一把扫帚，老老实实地打扫校园。倒是一干"黑五类"的学生，虽然张皇失措，却并非革命火力针对的目标，得以暂时躲在运动漩涡的边缘，小心翼翼作壁上观，有点类似于红卫兵中造反派、保皇派、逍遥派的逍遥派吧？——后来别处甚至出现过所谓的"四·三派"，就是由那些被运动排斥、不允许参加红卫兵的黑五类或家庭背景不好的学生组成，但李翠梅在朔县师范好像没有听说过。

随着"文革"运动的迅猛推进，两三个月后全国性大串联拉开帷幕，红卫兵们"北上、南下、东征、西进"，免费赶赴外地交流革命经验，后来被形容为"周游列国"。从当年的 8 月 18 日起到 11 月 26 日，毛泽东连续八次在北京接见过红卫兵，场面蔚为壮观。大约在 9 月份，朔县师范 66 届三个班的红卫兵百余人闻风而动，也将踏上赴京之路，名单上自然没有李翠梅等。这一下李翠梅真的沉不住气了。她自忖是烈士的女儿，应该比谁都有资格受到毛主席的接见，不去还行？听到同学们开拔在即的消息后，事关紧急，她连次日坐火车也等不及，竟在当天的傍晚独自徒步回村去取父亲的证书，因为不认识路，只管沿着铁路摸索，到了吉庄村已经晚上九点多。爷爷看她跑得辛苦，把两张证书交给她后，说："以后你干脆就拿着吧。"为保险起见，爷爷第二天还去大队，让会计李权另外开具了一纸村里的证明。

当李翠梅把烈属光荣证书和烈士证书展开在同学们眼前时，那些坚定的红卫兵顿时瞠目结舌，赧然汗颜，可以想象他们受到的震撼，继而无不对李翠梅肃然起敬，大约只差握着她的手激动地喊一声"同志"了。没说的，李翠梅一刻也不耽搁就被恭请到串联队伍中，大家一路奔向祖国的心脏，露宿在北京龙潭中学，然后到天安门广场参加了一次毛主席的接见。具体毛主席在哪儿，她根本没有看见，只记得险些被挤死。

在北京逗留期间，李翠梅老是喜欢看看铺天盖地的大字报，有的同学不解，说："好容易来了大城市，你不是多去逛逛，看那些大字报干啥？"却不知李翠梅想得复杂，隐隐也有了一个疑惑，试图从大字报中寻找答案："红卫兵造反到底有理没理？这么多红卫兵跑出来，要跑到什么时候？"事实是，半个月后大家从北京回来，随即又去了一次上海，往返也是半个多月，然后就待在学校没有再跑，大约是"鸢飞戾天，望峰息心"了。

当然，自从亮出烈属证书后，李翠梅的境况就完全改观，受到同学们应有的另眼相看。所以她的心情有了难得的舒展，更多体验到了班集体的亲和。实践证明，李翠梅全因为她自己骨子里易入极端的傲然，付出了几乎三年心灵罹灾的无谓代价。如果早拿出证书，她三年的情形或被改写。

就在66届在朔县师范附加出来的第四个学年间，虽然学校里被"文革"的氛围笼罩而失却了正常的教学秩序，但总是有人管事，不是想象的那样混乱，学生们基本保持着正常的在校生活模式。前两年李翠梅及其同年级三个班的学生实行半农半读，用一半时间在学校南门外的马场种地打粮，最后这一年依旧被安排种地，没有因为运动而让田地撂荒。对城里的娇小姐来说干农活可能算苦役，但对李翠梅来说简直是小菜一碟，而且劳动使她更充实。因为大冬天出去拾粪，她没有棉鞋，冻得双脚流了黄水，母亲因此跟爷爷闹腾，爷爷破例为孙女买了一双棉鞋。为了尽量弥补爷爷的损失，李翠梅曾经在暑假时回村割草挣工，腰缠麻绳再别了镰刀出去，五十斤一捆的青草一天就能背回四捆，日均收获两个工分。

## 九、轶　事

与李翠梅的状况相反，身为贫农的母亲竟在"文革"的激流中猝然落入漩涡，险些走向不测。

"文革"前两年，吉庄小学学生人数不断增加，将近一百多，所以学校已从李渠家搬迁到李广生宅院内。大队为了安置原先分到李广生房子的六户人家，特地动工在村子东北角碹起十八间土窑，让他们搬迁过去，其中二成才也置换分到三间，仍与支书林满、副支书刘克功等为邻。在村民眼里，住进这处院子里的人家很值得羡慕。不过塞翁失马，相随二成才的乔迁之喜而至的，就是吉庄的"文革"。

跟中国的大多数乡村类似，吉庄也照猫画虎地搭上"文革"快车，并且受到被冠以"朔县文革策源地"的神头中学影响，运动相对地有声有色。其时村里成立了凌驾于党支部和生产大队之上的"文革"小组，由小栓成李儒担任主任，"四清"时的贫协主任三成才跻身为副主任，下面参加的还有十几个年轻人。虽说这一团队对运动更加不明就里，有的属于起哄，有的属于无知，有的甚至是借机发泄私愤，但批斗会并不少开，不走过场。主要批斗对象还是几个所谓的地富反坏分子，也发生过吊打现象。幸而李士杰只是陪斗，没受过暴力对待。不过有个刘军，解放前当过顽伪的甲长文书，挨斗时竟被外号"稀糊糊"的李庆银当头拍了一板砖，几乎结果了，以至村里传开一句歇后语："李庆银打刘军——真恶毒"，可见此举给一个村庄都留下了久久不能平息的惊悸。

且说李翠梅母亲卢桂英改嫁的二成才，凡有风吹草动，一律战战兢兢。什么"镇反""肃反""四清"乃至"文革"，历次运动接踵而来，不管与他是否相干，他自己肯定都会此地无银一番。前边倒也天知地知，遮掩得没露破绽。谁知"文革"一来，朔县西山的一个与二成才一起当过阎军、手臂也同样被刺字的老战友经不住批斗，供出了二成才。消息传来，二成才东窗事发，"剿共"两字在吉庄尽人皆知，骇人听闻，成了沸沸扬扬的热点。想想也是，有些罪名捕风捉影都不稀奇，还能比切肤之字更一目了然吗？

置身当时的政治形势，二成才接受专政顺理成章。而且关键时刻，一条最叫人震惊的消息传来：本已转行在大同砖厂烧砖并当了劳模的姐夫薛国新，竟然在运动中不幸大难临头，他因为历史问题被叫去交代，最终吓得悬梁自尽。确实，许多无法洗刷历史污点的人下场悲惨，不死也得褪层皮，连累妻子儿女都未可知。所以二成才的恐惧绝对超乎想象，全家人惶惶不可终日，引用《聊斋志异》中《促织》一篇的文字来形容，可能也是"面色死灰，如被冰雪，夫妻向隅，相对默然"。多少年后，女儿李维珍的丈夫李成斌仍说妻子"极其胆小，树叶落下也怕砸头"，没准就与当时的惊吓有关。

然而，出乎人们所料的是，二成才的事情没啥后续新闻，最终不了了之。村里人都说，全亏三成才得势，从中徇私周旋，硬将兄长的麻烦给摆平了，真是上帝之手。这人还算好汉，感觉二哥的污点让他脸上挂不住，当即急流勇退淡出"文革"小组，不再心存政治念想。回头分析，二成才之所以逃过一劫，也不排除与他的为人处事有关。或许是心存积虑，或许是天生的性格，他一贯谨小慎微，在村里极其低调，说话从不高腔，对谁都会谦卑善待，于是老好人的名声有口皆碑，也就没人把他死死咬住不放。村里的事嘛，说大就大，说小就小，没有那么多的原则性可言。用李翠梅的感悟来说，还是做个好人，总会逢凶化吉。

不过，母亲从来没把家中的一场几欲不可收拾的虚惊跟李翠梅提起，做母亲的知道她不能多让女儿再受刺激。

就在那段日子，惊魂甫定的她还给李翠梅做了一身学生蓝的衣服。那是李翠梅学生时代第一次穿上时兴的新衣，自然十分愉悦，始终穿得干净整洁。再者，在烈士父亲的荫庇下，她不必为自己的富农出身忍辱负重，不必夜半三更以泪洗面，所以渐渐地脸色红润，人也好看了，浑身散发出青春的气息。她记得自小头发老是不洗，梳头的当儿就有虱子掉落下来，这番当务之急也得收拾，当然肥皂舍不得用，就和宿舍的女同学轮流找食堂讨回碱面洗头，倒是去污彻底，却把大家乌壮的黑发灼得枯黄。可惜还得推后三十年，才是 fashion 的玉米须款烫发头。

总之化茧成蝶，李翠梅开始爱美了，真的长大了。

长大了之后呢？应该是情窦初开吧。但李翠梅没有那般苗头，因为在当年的朔县师范，学生恋爱堪称绝对的禁区。在李翠梅的记忆中，一个非常优秀的男生就曾因为有恋爱嫌疑或实有其事而付出事关终身的沉重代价。

还是"文革"前的事情，根源是一次失火。

班里的那名男生名叫靳蔼，是阳高人，能把板胡和二胡拉得荡气回肠，而且画得一手好画。他有一本个人的画集，其中一幅狂风吹折树枝的画作无比逼真，"狂风骤雨暗江干，萧籁山中夏亦寒"，叫人如临其境，过目难忘。不能否认，李翠梅由衷欣赏过靳同学的才气，否则她也不会在五十余年后对一幅绘画习作历历在目。但好像靳同学心有所属，正是李翠梅的女伴姚焕熙。

当时，靳同学在男生宿舍睡着大炕头，冬天生火烧炕竟然烧过了头，他的被褥被炙燃了付之一炬，无奈家贫难以添置，境况比较狼狈。姚同学素来热心，又是教师家庭，相对宽裕，当即向靳同学伸出援手，临时借给他一条褥子救急。不知女同学的褥子铺在身下是否格外温暖，反正靳同学与姚同学走得近了，慢慢地有关两人地下恋情的传闻不胫而走。靳同学本人又比较卓尔不群，动辄喜欢自我表现一下，本来就显得惹眼，却还敢冒学校之大不韪，吃亏在所难免。有一次他在教室里偷偷给姚同学草拟情书，忘我地斟词酌句，不防早就注意他的班主任郝老师大步流星走过来，一把抢走未完稿的情书，等于人赃俱获。

姚同学是否投桃报李，无据可查，所以事不关她，不受牵连，但靳同学因违反校规校纪遭到严厉批斗。他的私人画集里有几张古代的才子佳人图，同时被定性为莫须有的"小资产阶级情调"，这就上纲上线了。最后，可怜的靳同学没能逃脱开除的严厉处分，他归还了意中人的褥子，就此黯然回家，别说爱情无果，前途也都毁了。李翠梅得知，直到1976年，靳同学才借助落实政策的春风，跑回师范申诉，好歹被重新录用为公办教师。

有了靳同学的沉痛教训，朔县师范33班直到离校，班里再无恋爱故事发生。1967年，恍惚四年的学业结束，再不走就没啥意思了，同届学生全都分配了工作，从此告别了学生时代，走上教师岗位。那时候不兴托关系走后门，一律由学校和雁北教育部门根据学生的表现统一安排，李翠梅被分配到雁北地区马口煤矿子弟小学，同去的一届同学还有她的初中同学张富和另一位同学姚崇邦。这一去处还可以，最主要是每月工资除增加两元的地区补差，还另有八元的煤矿附加补贴，所以多数同学刚工作时工资是二十九元五角，李翠梅的月薪就有三十九元五角，一年后定级再加五元，就是四十四元五角。在那个人民币值钱的年代，多挣十几元钱不算一个小数目，也显得自身的含金量高了。消息灵通的同学姚焕熙对李翠梅说："学校还是照顾了你是烈士子女。"

假如李雨烈士泉下有知，应该很欣慰了。

而烈士的父亲李士杰，从理论上也就完成了对孙女的抚养使命，其时他已经七十五岁，风烛残年了。这位经历过人生大起大落的乡村精英，毕竟对家庭与幸福的关联有所不惑。当孙女拿着工作派遣证即将离开他时，他叮咛了唯一的一句话：

"你自己擦亮眼睛，好好找个对象吧。"

## 十、情 书

1967年10月，正赶上中共中央、国务院、中央军委、中央文革小组联合发出了《关于大、中、小学校复课闹革命的通知》，因为"文革"而陷于停顿状态的学校陆续恢复正常。所以李翠梅参加工作的第一个学期，批斗之类的喧嚣声已经听得少了，她开始扮演按时作息、登台授课的寻常小学教师角色。

马口煤矿距离朔县百十公里，地处雁北左云县境内店湾镇的一座鸡爪山南侧下的马口沟内，是雁北地区的重点煤矿之一。其子弟小学就在矿区一个名叫麻皮泊的山梁下，规模与普通的乡村小学类似，一共六七位老师。又在山区，远离县城，马口的地方也不算大，社会人文环境与外面的世界相对隔阂闭塞，再者教师的职业注定脱不了孔孟之道的影响，难免更封建一点儿，林林总总的因素使得李翠梅即使擦亮眼睛，物色终身伴侣的选择余地还是相对狭窄一些。

不排除办公室恋情的土壤。与她同来的两位男同学，姚崇邦已经结婚，剩下一个张富倒也具备条件，有可能成为李翠梅的一盘菜。首先两人初中三年同学、中师三年同届，不能说青梅竹马，互相了解却不为过。最重要的是，不论李翠梅感觉到还是感觉不到，张富无疑对她情有所钟。眼下两人歪打正着又分在同一所学校，给张富制造了收获比翼双飞的机会，正所谓"窈窕淑女，君子好逑；之子于归，宜其室家"。

该发生的情节总要发生。李翠梅记得，有一天，平日在她面前不拘言笑的张富忽然变得紧张忐忑，尝试再三终于悄悄塞给她一张纸条，然后就远远地逃到麻皮泊的山梁上去了。李翠梅诧异间展开纸条一看，原来是她平生第一次收到了情书。那封情书实际上太寒碜了，根本没有什么华丽精彩的辞藻，没有情呀爱呀，也没有指名道姓，只有没头没脑的几句家乡土话。内容如下："我家里人催得很急，你究竟能不能，给我个回话。"就这也不知张同学怎样推敲才写出来，不过也算好歹把意思说清楚了。

也不能说李翠梅没有考虑过老同学张富，只是她看完情书保持了理智。毋庸置疑，理智是爱情的大敌。在她心中，张富始终很关照她，和她不乏在同一方水土长大的特殊亲近。但仔细考虑，李翠梅认为张富太善于处理人际关系，"资之深，则取之左右逢其源"，看着好像圆滑或八面玲珑，不是她欣赏的性格，觉得和自己的太过耿偏大相径庭。一个理由：性格不合。直到若干年过去，李翠梅才发自内心承认，身为农家子弟，张富那样的生存哲学是一种朴素的中庸之道，绝对正确。

但在当时总得给个回话。不久后校长安排张富和李翠梅一起到大同出差，李翠梅拣个机会委婉拒绝了老同学的一片期待。她说："我们不当紧，忙啥考虑个人事情？趁着年轻，有些成绩再说。"张富听了十分沮丧，心意萧索之下很快就经亲戚介绍调往怀仁县劳动局上班，临走前匆匆成亲，妻子来自乡村，是一位矿工的小姨子。最终，张富一直游刃于仕途，一路当到副市长，也算朔县走出去的大官——这是后话了。

之后，马口煤矿新分来一个大学毕业的技术员，名叫张骞，又有热心人为李翠梅介绍，两人曾到矿上的招待所见面，李翠梅却没有看中。当时对方很大方，过来就主动跟她紧紧握手，她如被火烫一样动作很大，慌忙甩开把手缩回来。事后她还自嘲，那样的行为太不礼貌，思想真够腐朽的。自然相亲失败，据说张骞后来也当过县级领导。

谈及曾与两位"潜力股"男青年擦肩而过，李翠梅不无感慨地说：婚姻大事，鬼差神遣，都是命运使然。

其后她安心任教，积极上进，暂时再没有缘分谈婚论嫁。所谓"山中无岁月，春尽不知年"，不知不觉两年多时间一晃而过。就在1969年，爷爷李士杰走完了人生的全部里程，在吉庄村老宅里溘然长逝。

自从李翠梅上班后拿到第一次工资起，她就开始按月给爷爷邮寄十元钱，反哺老人以免他因手头拮据而晚景凄凉。因为爷爷的腿脚已不灵便，她都是把钱寄交母亲收取，每次二十元，事先交代由母亲留用一半，另一半转交爷爷。假期回去，她还要不放心地悄悄问爷爷拿到拿不到。爷爷说：都送来了。并且他到村里逢人就夸："我的孙女平娃，指靠上了……"只可惜他临终都没能等到孙女择得佳偶、身披嫁衣的那一天。

那是已近年关的阴历十一月底,李翠梅接到大伯李春发来的电报,她急忙向学校暂借了一百元,请假赶回村里。那天已是爷爷出殡的前一日,乡俗叫"正日",第二天就要下葬。李翠梅扶棺恸哭,然后跟大爷李春表示由爷俩共同负担丧葬费用。大爷说:"你是老汉的孙女,就别拿钱了,你的这份孝心大伯心领了。"李翠梅不听,坚持支付了吹鼓的花销。那时候村里打发死人花钱不多,棺材不过二三十元,白布、烟酒等项加起来也就几十元,一共不会超过两百元。本来"文革"环境下是禁止吹吹打打的,不过李春还是偷偷请了一个吹鼓班子,演奏了正日的一个晚上,也就十几二十元劳务费,李翠梅的一百元绰绰有余,剩下的她全都留给了大伯。

听堂妹改女说,爷爷除了咳嗽气短没有别的病状,先兆只是早上给他送过去的一碗稠粥他没有吃,然后在咳嗽声中让一口痰堵断了呼吸,临终没有经历太多的痛苦。还说老人最近的心情不错,因为前一段三十多岁的孙子茅篓篓终于娶了北山宋红沟村的一个姑娘为妻,而且那媳妇模样俊俏,看着也聪明,让爷爷心中重新看到家庭后继有人的曙光,所以特地养了一头大猪,每天趴在锅台熬猪食,不顾烟火把他住的一间屋子熏得污黑。李翠梅进去一看,越发悲从中来。

爷爷一走,李翠梅放假了回村也就无处可归,结果回到母亲身边暂住,等于在行为上正式接纳了二成才这个继父。村里还给她保留了二分自留地,她做主向大队申请,划归母亲,而宅院属于她的房产,则宣布放弃继承,留给大伯。那年春节前的腊月廿八,大伯过来说那口大猪杀了,家里炖了猪肉,叫她回去吃肉,她说:"爷爷不在了,我回那边心里难受……"最终没有跟随大伯回去。当她默默注视着大伯孤单的身影远去,担心的是大伯李春和堂兄茅篓篓能不能真的就此撑起这个家庭?

李翠梅的担心也不无道理。

这里不妨提前交代一番李士杰这一富农之家或光荣烈属的后续世系结果:

之前茅篓篓曾经有过头一任媳妇,不知是通过什么来路收留回的一个吕梁地区临县的女子。那个媳妇显然并不甘心命运的摆布，过些时日觉得在夫家没有任何盼头，居然撒腿跑了，可能觉得原因不明地回娘家没有面子，据说干脆在军渡大桥徘徊后跳入滚滚黄河。至于茆篓篓又娶的宋红沟的媳妇，看似身体正常，实则患有严重的先天性心脏病，嫁给茆篓篓不乏有其父母"转移债务"之意，加上当时的医疗条件所限，结果婚后没两年就早逝了，没给丈夫留下一男半女。此后茆篓篓一直打光棍，不到五十岁就抛下命运多舛的父亲、母亲先行离开人世。他的妹妹改女比李翠梅小八岁，虽说身有背锅的残疾，但幸运地嫁入吉庄邻村东邵庄的一户正派人家。李春夫妇上年纪后就被女儿接去东邵庄夫家照管养老，20世纪90年代中期相继去世，埋骨吉庄祖坟。据说吉庄老宅的南北房子都由李春拆了，将木料送了女儿，院子最后卖给同村的二安仁，也宣告李士杰一门，在吉庄李氏的族谱上就此往后形成空白。

自从爷爷死后，李翠梅再没有回过那处生她养她的老宅。她也无从知晓，三间土窑历经风雨，依旧保存到现在。

她记得，曾经有一次她去看望年迈的大伯。一生受到家庭成分压制、性格怯弱的李春与侄女相对怅然，他回首往昔，有一个问题始终困惑不解，所以问侄女："你说咱们家这光景怎么过成这个样子？"李翠梅倒也直言："是你娶了大妈的缘故。"李春听了，长叹一声，默然未语。

应该说李春提出来的，是一个永久伴随人类的复杂命题，大诗人屈原"天问"了半天都没有答案。这里引用北宋名相吕蒙正《命运赋》中一段："……我昔居洛阳，朝求庙僧，暮宿破窑，思衣不得蔽其体，思食不得充其饥。上人憎，下人怨！人道我贱，非我之贱也。此乃时也、命也、运也。今我身居廊庙，位列三公，躬身于一人之下，列我于万人之上，思衣有罗绸千箱，思食有珍馐百味。上人宠，下人拥。人道我贵，非我之贵也。此乃时也、命也、运也。"有些道理，不知能不能替吉庄农民李春来诠释一二。

但不管褊狭或辩证与否，李翠梅认定：婚姻决定人生成败。

## 十一、浪　漫

送别爷爷那年，李翠梅已经虚岁二十三了。

根据2007年国家教育部公布的一百七十一个汉语新词，"剩女"是其中之一。其年龄定义所指，是二十五周岁以上没嫁出去的女孩，分作四个等级来比喻：剩斗士、必剩客、剩者为王及齐天大剩。按照这样划分，李翠梅远不够入围"剩女"的条件，但是此一时彼一时，在四十几年前，女孩大多不超过二十岁就结婚，纵向比较，二十三岁大约就算进入警报拉响的"剩者为王"阶段了。

就是在爷爷的葬礼上，姑姑意识到侄女李翠梅婚姻的紧迫性。前边介绍过，姑姑嫁给司马泊村的王德，丈夫还担任过太原那边的区长。王家是四乡八里有名的望族，其中王德的父辈弟兄七人，小辈人数众多，不乏才俊。李翠梅姑姑是老四家的媳妇，她有意为侄女挑选一位王家的儿郎。李翠梅曾听姑姑这样说："王家的男人爱女人。"怎么个爱法？姑姑现身说法举例描述说："早年在太原时，晚间我在家里点了油灯做针线，你姑父坐在院内拉胡琴……"那样的情景，真有些"红袖添香夜读书"或"小红低唱我吹箫"的理想化意境，叫李翠梅想象起来，实在是很romantic，富有诗情画意。试问哪个女孩能不渴望爱情的浪漫呢？李翠梅亦然，她被姑姑说得心驰神往。

雷厉风行地，很快姑姑就找来一张王家后生们的合影照片，指着其中的一位说："他叫王兴舟，很优秀，是大学生，你觉得如何？"李翠梅端详半天，却把目光流连地锁定了王兴舟旁边的一位。那个小伙子实在帅气，脸庞棱角分明，戴一副眼镜，文质彬彬，温文尔雅，令她怦然心动。姑姑瞧出了端倪，介绍说："他叫王兴龙，是我们老五家的孩子，年龄吧，你比人家大一岁多，而且他上的是中专。还有，我们家虽是地主成分，怎人家是贫农。"

推算王兴龙的出生时间为1948年的年底，具体比李翠梅小二十个月，也是在神头中学初中毕业，低李翠梅一届，考上了大同的616工校。当年在雁北地区，一说616厂，因为属于国家大型军工涉密企业，颇有几分神秘色彩。其工校好像就是定向为616厂培养机械类中等专业技术人员，曾经面向全国招生。王兴龙的入学时间在"文革"前一年，到1969年时已经就地分配了，在616厂210总装车间担任坦克发动机试验员，还没有对象。

既然王兴龙工作不错，家庭成分也好，李翠梅倒不在乎他是大学生还是中专生，她在乎的是一见钟情的眼缘，事实也表明她的确比较主动。姑姑一想，女大一岁好活一辈，婚姻讲究缘分和般配，年龄就算其次，那就将王兴舟改为王兴龙吧。于是她开始进入媒妁的角色，在征询了王兴龙一方的意见后，下一步就要安排男女双方见面相亲，一方是她的亲侄女，一方又是夫家的堂侄，两头沾亲，知根知底。

相亲时已是1970年的暑假期间。好不容易等到放假了，李翠梅的心就向与吉庄隔着桑干河相望的司马泊村萌动，但一个大姑娘家独自跑过去不像回事，所以她找了村里的女伴李翠英充当电灯泡，借口陪她去姑姑家串门。当然先去了姑姑家，再由姑姑带着到了王兴龙家。王兴龙的家庭同样贫寒，与当时的所有农家差不多，不过刚建起五间新窑，让人眼前一亮。当时正好王兴龙出去了，王母忙着热情接待，看得出来举止动作非常麻利。

坐下等了一会儿，王兴龙回来了。李翠梅偷窥之下，果然好生模样，眼光虽有些游离，但一看就是灵气逼人，他的个子也高大颀长，头发梳得纹丝不乱，穿着非常干净得体。这就是李翠梅的第一印象。继续打量，她感觉王兴龙唯一不足就是太瘦，而且比她明显要小。总之，和照片相比，一点儿都没令李翠梅失望，她心扉的那盏绿灯顿时为之亮了。

短暂的一面见完了，姑姑问李翠梅行不行，李翠梅不好意思说出"同意"二字，表示需跟母亲商量。回到吉庄后，姑姑紧跟着送过话来，说是王兴龙也看对了。李翠梅甚至有些不太自信，不敢肯定自己哪一点吸引住王兴龙，后来她曾经听得司马泊村有人议论，说王家父母主要看重她有工作。想来这也很正常的，当时的双职工家庭凤毛麟角，女方有工作肯定加分不少。

不管怎么说，当红娘的姑姑虽给搭桥却未予包办，李翠梅和王兴龙无疑属于自由恋爱的范畴。

年轻时的李翠梅　　　　　才子王兴龙

仍在那个假期里，王兴龙主动来过吉庄村一次，让未来的岳母岳丈看看他。卢桂英早就被女儿的终身大事焦迫得消瘦了十几斤，终于看见女儿心仪的对象，也感觉出类拔萃。不过满意之余她还冷静，当面提醒王兴龙："平女可比你大一岁，女人生了孩子老得快，你得考虑周详。"王兴龙没有回答，只是含糊笑了一笑。就是那笑容，不知是真傻还是装傻，让李翠梅一辈子爱恨交织："那人，永远是个不成熟的娃娃。"

送走王兴龙，母亲及继父回头为李翠梅拿主意，确定是否值得交往。继父总是比较见多识广，说："这后生确实是瘦。天庭不饱满，地阁不方圆，似乎没有福相。"但母亲与之意见相左，说："瘦点儿好，瘦点儿利利索索。要那么胖干啥？咱们村的大长命老人倒是挺胖，村里人都叫压油墩的。"一句话轻松了气氛，也统一了意见，最关键还在李翠梅，事实上她已经不可救药地决定将一生的幸福赌给王兴龙了。

不过她真正进入恋爱状态，是在暑假完毕回到马口煤矿之后。在麻皮泊的马口煤矿子弟小学，李翠梅独自住着一间宿舍，距离机关食堂较远，她都是买回供应粮自己做饭。宿舍很小，是早年建起的坑口小屋，也就一桌一凳一个小炕而已，但李翠梅一年两三次将四壁粉刷得雪白，收拾得非常整洁，总能显出纤尘不染的闺房情调。自从那年秋天开学,每到周六的傍晚,王兴龙就来了,而且整整一个学期,从不间断,风雨无阻。路程也不近,需要换乘两路公共汽车,再走四五里翻过一道山梁,每次得一个小时以上。每次过来,他总是那么风度翩翩,即使偶然走过煤屑,竟也能保证进屋时鞋子裤脚不沾污尘,简直神奇而脱俗,李翠梅由衷认为他是俘房女孩的白马王子的典型。

来了,王兴龙也不多说话,"讷于言而敏于行",往往进门后一脱外套,对李翠梅就说一句:"你吃啥呀?我给你做饭。"李翠梅从小没有父爱,不知道"父爱如山"的含义,母亲和奶奶虽然给过她母爱,却也是残缺不全和畸形的,所以王兴龙简单的一句"给你做饭",反而胜过无数的夸夸其谈或甜言蜜语,令她听了感到很踏实,有一种莫名的温暖在发酵,好像已经得到了想象中的父爱。做饭嘛,就她每月供应的八斤白面是细粮,副食蔬菜几乎没有,但这并不妨碍王兴龙发挥手艺,面片、烙饼什么的添油加醋,花样翻新,李翠梅吃着特别可口。

王兴龙的确聪明过人,不仅掌厨手艺学得一流,其实生活和工作中的任何技术门类于他都不在话下,看看就通,包括复杂的坦克维修技术照样举重若轻。记得有一次,也不知是否有意,李翠梅把学校的一把二胡放在宿舍,王兴龙看见了,居然咿咿呀呀拉动琴弦,无论《洪湖水浪打浪》还是《二泉映月》,无不行云流水,一点儿不亚于专业水平。李翠梅听得那个专注,心想这不就是姑姑一生萦怀的浪漫吗?她在中师虽也专业学过音乐,却仅算入门,弹弹风琴还行,二胡拉奏那就更加提不起来了,哪能和王兴龙相比?

另外李翠梅见识过,王兴龙的下棋、书法同样颇有造诣。他还喜欢运动,是排球、篮球、足球场上的高手。不可否认,他是个公认的少见的才子。他的到来,让李翠梅小小的宿舍弥漫着理想主义的爱情气息。晚上到了该熄灯的时间,她就抱一套被褥,将王兴龙送去隔壁男老师宿舍寄宿,周一一大早又把他送到山梁那边的公交车站,再安心等候下一个周末。

后来琢磨,李翠梅也意识到了两人交往过程中致命的残缺之处,就是彼此都不善言辞,不仅没有一般情侣那样动情的搂搂抱抱和卿卿我我,甚至缺少应有的语言交流和沟通，也就缺少了心心相印的深入了解。因此她至今都在胡思乱想：王兴龙当时跑得那么殷勤，到底是自己这儿让他找到心灵的避风港湾或世外桃源或伊甸园呢，还是他对父母的有关指点言听计从呢？这些统统没有答案。但李翠梅承认，那个学期值得她一生怀恋。特别是因为工作性质，王兴龙身上始终带着一股淡淡的柴油味儿，这是她最喜欢闻到的，甚至有些迷醉不拔。

她觉得应该就是传说中制造两情相悦的气味相投吧？

## 十二、登　记

经过整整一个学期的聚散依依，李翠梅跟王兴龙的亲事有了眉目，顺理成章地订了婚约。王兴龙的师傅到南方出差，还特意买了几尺深灰色的薄涤卡布料，由王兴龙捎给李翠梅作为订婚的礼品。李翠梅请人为自己做了一身夏装，进入"佳期如梦"的状态。

紧接着，学校放了寒假，她觉得该到谈婚论嫁的时候了。可是一连几天，迟迟不见王兴龙过来，她竟有些沉不住气，每天忍不住就会伫立在山梁上张望。忽然有一天，学校几个玩耍的学生跑过来，说："李老师，你那个朋友来了。"然后，李翠梅的视野里出现了那个洒脱的身影。

想不到这次相会，出现了两人认识以来的头一次不欢而散。

其间李翠梅提及操办婚姻事宜，王兴龙忽然冒出一句："你有啥条件？"李翠梅本来没考虑条件一说，既然王兴龙问及，她沉吟一回，用商量的口吻说："我自己无所谓。只是我母亲那边日子贫困，也是咱们婚后唯一能往来的亲眷，要不送她三百元？三百元不行就二百元，实在不行一百元也算。你看吧……"实际这也真算一个条件。当时年轻人结婚，彩礼仍属于传统礼仪，人之常情，很难因倡导移风易俗而杜绝。朔县神头一带相对富裕，行情是七百元，当然不乏男方太穷而挂账的个例。

但是，李翠梅毕竟对王兴龙的了解行于浅表。熟悉王兴龙的人都知道，这个人就像武侠小说中著名的黄药师一样，恃才傲物，极其漠视传统礼教，他跟朋友常说一句："墨守传统的人没本事。"对于彩礼，他极有可能视为买卖婚姻的封建残余，当然也可能有经济因素在内，他家刚刚建起五间窑，借了一笔外债。

反正不知王兴龙当时是怎样想的，他听得李翠梅谈及彩礼，默不作声良久，忽然自顾自探手从炕上拿起装有师傅送给李翠梅订婚新装的包袱，夹在臂下转身出门，头也不回，扬长而去。这一惊人之举立刻让李翠梅傻眼了。那不等于宣告两人的事就此一刀两断吗？究竟是一百元嫌多，还是一分钱都不出，起码说句话，怎么不哼不哈抬脚就走人？想想他跑了数月，每月四周每周一趟，正好吃完李翠梅按月供应的八斤白面，李翠梅再怎么都得问个说法，得清楚是怎么回事。

怀着一腔憋屈，李翠梅第二天动身到大同去找王兴龙。但她没去过616厂，只好先去姑姑家落脚，进门就哭得稀里哗啦。姑姑就是二成才的大姐、薛国新遗孀，她简略问问，对李翠梅说："平女啊，你看对人家了，你和人家有感情了。"李翠梅不得不承认姑姑的火眼金睛，一语中的。姑姑还安慰她说："你别哭，我叫你表兄找他论理。"她抽抽嗒嗒说："您告诉我方向，我自己去找。"然后按着姑姑指点，乘了公交来到616厂，问到王兴龙的宿舍，王兴龙却正好不在，屋里只有他的师傅一人，姓王，快人快语说："哦，你就是王兴龙对象吧？你们的事王兴龙跟我说了，都是这小子的过错。我马上叫他给家里写信赶紧把喜事办了。这事我包了。"看看王师傅蛮有把握，李翠梅稍稍心安，也不等和王兴龙相见，独自回了马口煤矿。

大约过了三五天的样子，继父二成才和王兴龙的父亲结伴跑来马口。只见两位家长行色匆匆，穿着皮袄，浑身裹满风霜，肯定获知了消息，所以急着赶来，只为告诉李翠梅一句："家里该怎么做，你俩别操心。你们只管安心地结婚吧。"李翠梅很感动，招呼二老吃了一顿饭，再将他们送走。果然没几天，王兴龙又来了，前番的绝情表现他也不提，没事一样，等于莫名地闹了一场别扭后两人和好如初，开始忙着筹办婚事。李翠梅为自己准备了嫁妆：吉庄的小贵贵在北京的铁路系统上班，她寄钱去请人家帮忙买回一双翻毛皮鞋；三姑家的儿子娶了一名北京的插队青年，她给女知青三十元相托对方给她买了一条毛涤的裤子；自己又去大同做了一身棉衣，好像还买过一件呢子外套。

腊月廿六七，李翠梅和王兴龙一起，拿着各自单位开具的介绍信，到马口煤矿街道办事处领取了结婚证。工作人员例行公事地问李翠梅："你愿意吗？"李翠梅说愿意。再问王兴龙，王兴龙也是不加犹豫地说："愿意。"就这样，两个人的命运再也分不开了。那一刻，李翠梅百感交集，甜蜜地意识到终于有了自己的家庭，她毫不怀疑，在以后的岁月里，身边这个潇洒的男人会给她朝夕相处的爱情，还有更多的父爱。

　　然而出乎她所料，领证出来时王兴龙竟然没头没脑问了她这样一句："假如我打了你，你离婚不？"李翠梅一愣，说："看你这人！我好好地过日子，你打我干啥？"许多年来，她一直在琢磨丈夫的这句话。或许是王兴龙最知道他自己的脾气？或许是对妻子的性格有所忌惮？或许是他对婚姻的信心不足？很难说。

　　但愿不是一语成谶。

　　就在登记后的当天，王兴龙带着李翠梅赶回大同616厂，车间出面按惯例在小会议室为两人举办了简单热闹的婚礼仪式，所有工友人人随礼五元，买齐了全套厨房用品等。接着，小两口回到朔县司马泊村，王家请了五六个亲戚吃饭，以示贺喜。公公言而有信，硬是塞给李翠梅三百元彩礼，让她转交给父母。李翠梅回娘家时还把自己最好的衣服——呢子外套送给母亲，母亲爱不释手，但始终没见穿过，好像压了箱底。

　　说是成家了，实际上所谓的家还是马口的那间坑口房。1971年春季开学，李翠梅就返回岗位上班，王兴龙每天跑家，从大同到马口的路上，留下他常年如一日的行迹。凌晨天刚蒙蒙亮就起来，夫妻二人忙着做饭，并准备了一盒饭菜由王兴龙带走，搁在机器上焐热了中午用餐，晚上下班再赶回来，时间都到夜幕降临。天长日久，李翠梅已经听熟了丈夫的脚步声，每当门前有人经过，她马上就能辨别是不是丈夫，"候人兮猗"的温馨成为生活的主旋律。就在1972年的阴历三月十九日，头一位王氏千金诞生了，洋娃娃一样粉雕玉琢的，是个天生的小美女，更加给做父母的带来说不尽的开心。为了不影响上课，李翠梅从矿上雇了一位老婆婆帮着照料孩子，每月支付六元钱。日子虽清贫，但两人工资加起来近一百元，生活也不至于有压力。

或许那时候的李翠梅，绝不会意识到她跟丈夫之间存在着什么隐患。其根本在于两人的生活经历不同。她从小在苦水里泡大，对吃苦受累等闲视之，能够拥有倾心的爱人和可爱的女儿，能够衣食无忧，即使住着摇摇欲坠的小房，已感觉无可奢求，像在天堂上活了。截然相反的是，王兴龙受尽父母的宠惯，好像在蜜罐里长大，不仅聪明绝顶，在他的弟弟和两个妹妹中拔尖，一直是全家的骄傲，而且学习争气、工作顺利，没有受过任何曲折坎坷，结果养成了率性而接近奢靡的习性，管理自己的能力实在太差。正如以后三女儿对母亲一针见血地说的那样："你和我爸绝不是一类型的人。"

我们似乎可以这样猜测，在马口跑家期间，王兴龙之所以与妻子琴瑟和鸣，不排除小家庭被妻子打理得井井有条，半点儿不用他操心劳神，基本延续了在母亲身边那种无忧无虑的模式，兴之所至可以掌勺做饭，可以抱着女儿含饴自乐，甚至可以拉一把二胡。再一个因素，不论616厂还是马口，都属于相对单纯、相对封闭的小环境，"不知有汉，无论魏晋"，远离社会，没有为王兴龙个性的放旷不羁提供适宜的土壤。

但是生活嘛，唯一不变的就是多变。

## 十三、调　动

1974年，王家二千金出生之际，王兴龙也离开大同616厂，调回故乡家门口的山西神头发电厂。

促使他下决心调动工作的原因，是他母亲突然遭遇了一场车祸。其时姥爷去世了，母亲忙着赶去奔丧，没运气搭坐了一辆马车。走到半路时偏偏马惊了，疯狂乱奔，竟把母亲从车厢抛落下来，她本能地单手撑地，结果硬生生折断了腕骨。因为就医的条件不行，没能彻底复原，留下瘸手的残疾。王兴龙是家中老大，感觉父母年龄渐长，应该调回去方便照顾。正好举国著名的神头发电厂已于1972年正式上马建设，一开始选址在吉庄地界，然后才改在"靠路靠水"的司马泊村边，是朔县境内第一家特大型国有企业。对王兴龙来说，这是一个得天独厚的机会。

能够守家在地，总强于孤身在外，所以李翠梅也赞同丈夫先回去。

不过，当时的616厂全面冻结人事，调出很不容易。王兴龙毕竟是王兴龙，在他的字典里从来没有"困难"二字，即使朋友托他办事，不论能行不能行他随口就说："没问题！"虽然有办成的时候也有办不成的时候，但给人印象是王兴龙有本事。为自己办事，他确实有其高招，也不按常规出牌，据说私下提笔给某位司令员写了一封信，题头还是"司令员阁下"，离奇的是司令员不仅收到了，而且还被信中内容打动，居然打来电话询问616厂可有王兴龙其人，厂里哪敢问什么关系，赶紧破例放人。神头发电厂那边，王兴龙有一个本家姐夫担任车队的队长，至于如何疏通、费没费什么周折，李翠梅不知详情，反正是丈夫顺利调回神头发电厂，在车队负责维修。想想军工厂的技术员去鼓捣车辆，绝对的技术权威，很快他就驾驶上了崭新的解放牌卡车。那个年代路上看不见几辆汽车，王兴龙的风光不言而喻。

从形式上看，李翠梅跟丈夫变成两地分居，但她并不在乎，而且也没有一辈子待在深山沟里的打算，王兴龙回去就开始替她办理调动事宜。因为有了二女儿，她独自拉扯不来，无奈将大女儿由丈夫接回去，让婆婆帮着暂带。记得次年大女儿要过生日了，正值春风和煦时节，麻皮泊的沟畔坡沿绿草繁茂、野花盛开，站在山梁翘首期盼的李翠梅等来了王兴龙和大女儿，她看着父女俩一个大人一个小孩牵手踏青兴高采烈的，那一刻高兴极了，内心真满足。她噙着泪水喃喃自忖：这就是属于我的幸福！她发现回去一年间，丈夫晒黑了，也吃胖了，而女儿已经伶牙俐齿，见了母亲活蹦乱跳。

就是那年，王兴龙很快为妻子办了手续，调回刚刚落成才一年的神头发电厂子弟学校。具体路数，据说是他结交了电厂的一位朋友老白，通过老白又认识了雁北地区一个说话管用的官员，说办就办了。仍是那句话，王兴龙就是王兴龙，有本事就是有本事。在离开麻皮泊的时候，李翠梅心中充满留恋，她知道以后再回这个幽静安谧的地方，肯定很少有机会了。许多年过去，一次次回首往昔的时候，她甚至后悔不已：麻皮泊哪儿不好呢？当初不走那该多好，或许就不会有那么多的是非和烦恼……

事实上，她理解的幸福，就定格在一个叫麻皮泊的山沟；离开，已经预示着那种简单而浓醇的幸福渐渐被稀释。

全家团圆以后，李翠梅跟着丈夫回到司马泊村的公婆身边。当时家中的正窑还留租了电建二公司一位副总，不好撑起，夫妻就在大门一则另搭了两间小房过渡居住。时隔不久就因为符合双职工条件，分到电厂的一套家属楼，顶多五十多平米，却已像换了人间。从方方面面推测，日子好像正朝着好的趋势发展。

调回的那年，李翠梅再度怀孕。那时候国家虽已倡导计划生育，但上升到基本国策要到三年之后，所以三胎现象还是非常普遍。王兴龙的父母同所有中国农民一样，坚定地认为女孩再聪明都属外人，只有孙子才能栽根立后传宗接代，所谓"真孙子，命根子"的观念根深蒂固。李翠梅前边生的都是丫头片子，公婆难免着急万分，谁知不遂人愿，1976年阴历九月，王氏的三千金闪亮出生，爷爷奶奶父亲母亲不能说失望，不约而同的一声叹气却是事实。

在这一点上，王兴龙自诩鄙薄传统却又不能免俗，无法早生贵子，大概也是他走向消极人生的其中一块不容忽视的短板。

李翠梅的三女儿才十二天头上，阴历十月初八，继父二成才不幸病逝于肝硬化腹水，年仅五十六岁。因为害怕惊吓了坐月子的李翠梅，家人对她隐瞒了消息，直到满月那天，王兴龙才告诉了她。虽然她身体还很虚弱，又没学会骑自行车，但还是一刻不等，不顾一切地冒着凛冽寒风，徒步跑回吉庄看望母亲。母亲在二次丧夫之痛的打击下神思恍惚，唯一能做的就是团团转，循环往复地拿块抹布擦家具。当她见到女儿的一刹那，情绪顿时失控，"哇"的一声就哭了，声泪俱下说："平女啊，以后妈的日子可怎么过呀，怎么活呀……"李翠梅一样泣不成声，说："妈，您别哭了，该怎么活就怎么活，有我呢。只要有我一口吃的，就有您一口吃的。"

然后，李翠梅听母亲伤心地叙述起继父死前的情形，说来真是叫人可怜。继父毕生身体欠佳，上辈都不长寿，大同的姐姐死于肝病，他又是没逃脱肝病，乡下都叫"臌症"，那个年代没药可治，最终瘦得不成人样。大概他自己感觉来日无多，总想考虑后事减少妻儿的负担，正好院门外种起一棵杨树，看看勉强能够做一具棺材，于是强撑病体把杨树砍倒了，以为自家的树砍了没啥毛病。谁知大队干部发现后，虽未予以追究问责，但是在大喇叭里吆喝了一通，以儆效尤："有人砍树了！……"二成才听见，吓得好像惊弓之鸟，缩在炕角瑟瑟发抖。一生夹着尾巴做人，晚节百密一疏，一斧子下去，成为他最后的不能承受之重，加速走向生命的崩溃。

当时正值"文革"谢幕之际，"以阶级斗争为纲"被彻底否定已经为时不远，但二成才没能等到他卸掉心灵枷锁的那一天。除了他自己，儿子李维雄实际上也算时代的伤员一个。在父亲去世稍前，李维雄初中毕业，在家门口的学校，完全可以升学读完高中，但是偏偏出现了贫下中农推荐。什么成分论、出身论阴魂不散，贫下中农中有人认真，在会上提出二成才的历史问题，结果李维雄政审不过关，上高中的资格就被剥夺了，小小年纪只好回村劳动。以后他说起来并没啥怨气，只归咎于所谓的"政策"。具体时间他也想不起来了，应该在1974年或1975年，因为现存有一张照片，拍摄于1974年5月4日，身为学校篮球队员的李维雄跟队友参加比赛后合影留念，顺带着秀秀肌肉，看着还是个孩子。

二成才的去世，等于家中的顶梁柱断了。儿子李维雄刚刚二十岁出头，妹妹李维珍十七岁，再度守寡的母亲也才不到五十岁。李翠梅知道，帮助母亲扛起生活的担子，她已经责无旁贷，从那往后经常周济十元二十元、有时三十元不等，宁愿自己勒紧裤带紧张一点。不仅在物质层面解决不时之需，更多意义上在于亲人间的精神依托。

回顾卢桂英的一辈子，生活在婚姻中的日子不足三分之一。面对漫长的后半生，再嫁肯定绝没有可能了。身边少了那个嘘寒问暖的老伴，正如俗话说的"孤炭难着，孤人难活"，伴随她的注定将是无边无尽的心灵孤寂。村里又不缺好事者，背地里免不了随口议论她的两次守寡，"克夫""命硬"之类的说法都有，人言可畏，也使她有了解不开的心结。不过，除了和大女儿李翠梅偶尔哭哭，在另外一双儿女面前，她始终没有表露过悲观的心迹，劳作、持家一如既往，按部就班。难为她的是，她让二成才儿女双全，如今独自完成丈夫未尽的夙愿，给儿女安排终身大事，才是她最重要的使命，自己那点苦水，也就微不足道了。

当然，她还得没完没了地为大女儿李翠梅操心。不管怎么说，当初她把李翠梅狠心抛下，没能给她正常的母爱，为此毕生愧疚不已，所以女儿过得舒心一些，是她最大的欣慰，但老天能够如她所愿吗？

## 十四、对　立

生完三女儿后，李翠梅产假到期，就赶紧上班了，为了多挣几元钱，不惜兼任两个班的班主任，完成两份教学任务。看看上边两个姑娘，老大拉着老二到处玩，再添了老三，李翠梅只能暂时送到吉庄请母亲照管。那年冬天，她每天都要往返在电厂和吉庄之间，跑得心身疲惫，瘦弱不堪，体重下降到不足八十斤，更无力顾及形象：上身裹一件丈夫穿过的旧棉大衣，头上戴的是男式棉帽，风吹土熏的简直有碍观瞻。那时她还没有学会骑自行车，想让王兴龙骑车接送一下，王兴龙犯愁推诿："你不会骑不知道，那骑车子带人费劲呢！"然后还不认识似的打量她，表示大惑不解："你怎么成了这副模样？"

可见，对于小家庭的扩容及相应带来的繁忙琐碎，王兴龙缺乏必要的应对心理，也不善于为妻女着想，一味嫌烦，从"你吃什么我给你做"，变得对家里懒得管顾。外人看来，他完全保持军工出身的优良习惯，所驾驶的车辆擦得铮亮，有时拉完煤了，线手套及布鞋的白边依旧洁白如新。而且他的业余生活丰富，篮球场、足球场、排球场或棋摊子样样不误，据说也兼任神头中学的球类教练，训练出来一支学生篮球队在朔县小有名气，号称"小老虎队"。内弟李维雄就曾是小老虎队的一员，他特别崇拜这个姐夫，一天到晚黏着，初中毕业后又跟姐夫学会了开车。他们二人的关系一直亲密无间，所以不管姐姐怎么说，在李维雄眼里，他的姐夫棒极了。

玩玩球类棋类也罢，李翠梅也愿意丈夫开心，家里吃饭，总习惯给丈夫加一颗鸡蛋。二女儿费解，就问过母亲："怎么老给爸爸鸡蛋，不给我们？"李翠梅说："爸爸身体单呀，你们长大些再吃。"按理大家平均都吃鸡蛋，双职工的家庭好歹不会遥不可及，但是李翠梅又增添了更需要的花销。就在那两年，另一个不让人乐观的现实临头了。一次，李翠梅忽然发现大女儿不经意闻到芫荽味就呕吐，过敏反应强烈，再后来竟然发展成过敏性紫癜。那是小孩易发的顽症，紧治慢治，仍是损及肾脏，据说到读高中时，上课她只能站着，直到婚前才艰难地痊愈。

带着大女儿频繁出入医院的时候，李翠梅更被丈夫出现的反常牵动了敏感的神经。

先说司马泊村。这个传统的农耕村庄，原先贫穷落后、固步自封，一旦裹挟在大企业之中，即刻处于城镇的边缘化，带来诸多致富机会的同时，各种新鲜的思潮、超前的观念以及五色斑斓的大工业生活气息冲击而来，人们应接不暇，无所适从，出现邯郸学步、东施效颦现象在所难免，尤其老年人看了无法接受，直叹村风日下。王兴龙回来，村里熟人本就很多，厂里也交往广泛，鱼龙混杂，良莠不齐。他素来不屑积极上进所必需的循规蹈矩和必学的阿谀奉承，"人以群分，物以类聚"，众多朋友慢慢分出亲疏，李翠梅评价是"狐朋狗友走到一起"。出于消遣，王兴龙不知怎么就玩开了麻将，圈儿里有男的必然也有女的，当然要见见输赢，彩头一大性质便变为赌博。

可以说，工作调动让王兴龙从安分守己的单纯工薪一族一头扎入类似江湖性质的陌生环境。或许他自我感觉有些如鱼得水，但江湖历来要用"深不可测"来形容的啊。

王兴龙的连襟，即李维珍的丈夫李成斌，曾经客观评论说：王兴龙思想开放，独树一帜，恃才而自负，办什么都不服输，很少有谁被他瞧得起，动辄就是"他算什么"，加之交友不慎，纵有本事，其后果也可能适得其反。

涉足麻将及其他手法的赌博，可能是王兴龙走入旁门左道的第一步。他极有可能把赌博看作一门寻常的学问或技术，感兴趣起来后以为完全不愁掌握并精通。然而赌博这个玩意，臭名昭著，既能让无数英雄入其彀中，又能使所有入彀之人血本无回，所谓"赌场有鬼"，凭借凡夫俗子的智力绝无称雄的几率，可谓迷人本性、欲罢不能。王兴龙也不例外，渐渐从小赌怡情恶化为大赌伤身，而且他真的缺乏自控能力，只能越输越不服输，越不服输越赌，终归无法翻盘，据说举债的数目达到过十几万元，仍旧满不在乎。那时候的万元户对一般人来说都属天方夜谭，十万元是个什么概念可想而知，几乎骇人听闻，无法想象王兴龙从哪里借得出来，要不就是被夸大得妖魔化了。但神头一带的赌风之盛也是不争的事实，至今屡禁不止。

开始李翠梅对丈夫参赌的风言风语并不相信，但渐渐觉得不是空穴来风，因为丈夫深夜迟归或夜不归宿的现象多了，时间没有准确节点可寻，抑或是调回来的第二年伊始吧。那几年三个女儿稍大一点，无不精灵古怪，送进幼儿园时中午从来不睡觉，只是捣蛋，也就不能送了，李翠梅只能自己为女儿们多费辛苦。每天晚上，她打发孩子们睡下，再去忙着细致地收拾家，洗洗刷刷，做做针线，一般在十点之后休息，可是丈夫一不在跟前，她就无法入眠。原因是她从小没有体验过家庭的幸福，当她一手缔造了自己的小家庭后，对幸福的珍惜过犹不及，有点"含在嘴里怕化了、捧在手里怕摔了"的程度，甚至觉得只要和丈夫、孩子在一起，哪怕地震楼塌，一家人死在一起都是幸福。

再就是与性格有关。与丈夫相比，李翠梅极其传统，也极其注重生活的规律、规矩。她一生不忘哲学家苏格拉底的名言："未经思索的人生不值得一过。"因此过日子都有明确的方向和有条理的筹划，所以得知丈夫不能洁身自好，不用说她万万不能容忍，二人的世界大战就此触发。

就按三女儿所说，她父母完全是两个类型的人。两个类型不一定就过不下去，在中国白头偕老、糊涂一生的例子很多，恋爱和初婚时期彼此吸引的青春之火一旦降温进入漫长的经营家庭阶段，什么七年之痒、什么左手捉右手的麻木、什么审美的疲劳，都属自然规律，不可违背，伊甸园的诗情画意也就荡然无存，以致荒草萋萋，这才导致不少怨夫怨妇将双方的结合定义为历史的误会，要不怎能把夫妻形容成冤家呢？而李翠梅与王兴龙这对性格迥异的冤家，感情基础畸形，素来没有推心置腹的交流，这虽然有助于维持生活的平静，但一旦平静在某一个时刻被打破，诱因肯定就是原则性的矛盾，就像火山封闭越久，爆发时越惊天动地。而且双方各自棱角分明，谁也没有妥协之说，疙瘩往往越绾越死，势必造成不可愈合的硬伤。

直到三十余年后，李翠梅自己还在反思说："我这人毛病太多了，易走极端。"想她从童年、少年起，记忆里都是受尽压制，养成了自立不屈的性格，生活中又唯恐落于人后，结果对丈夫的要求依旧停留在理想化层面，又不善于容其毛病，以至眼里揉不得半点儿沙子，有些太挑剔了。她自己承认，"可能吹毛求疵"。她曾经提笔填词，其中有这样两句："至深情怀似宇广，几人能担当？"字里行间爱恨交织，有自责，有谅解，有总结。

对照自己的婚姻，李翠梅经常想到姥姥。姥爷卢满人到中年时沉沦颓废，放浪赌毒、拈花惹草，让姥姥痛不欲生，她只能忍气苟安、逆来顺受，眼睁睁看着家业被败光而束手无策。那是受封建纲常的桎梏，不知多少妇女注定充当了牺牲品，但时代不同了，李翠梅哪甘心像姥姥那样任凭命运的摆布？面对丈夫对家庭的漠视，她又一次承受人生天塌一般的沉重打击，固然痛苦得令她窒息，但她骨子里不屈不挠的潜能促使她直面危机，转而行动起来，殚精竭虑开始挽救幸福，试图改造丈夫。

对丈夫采取过什么具体措施和手段，李翠梅自己一言难尽，反正她生来不懂柔情蜜意那一套，却在单位和熟人圈闯出过"烈女"之名，这就可以展开丰富的想象。不妨拿王兴龙和朋友说过的两句话来简单烘托一下——第一句话是："我家里全凭妻子打里照外，她绝对是个天底下再也找不到的好女人，可不知为什么我一回家两人就不得安生……"第二句话是："人八辈子娶不来老婆，也别找女教师。"一句话，领教了。王兴龙也许真的想不通矛盾的根源所在，也许知道根源却已"人在江湖，身不由己"，不过他在妻子的各种规矩和管束面前，不胜其烦和排斥逆反情绪溢于言表，甚至偷偷在家庭之外寻找心灵寄托，也就注定李翠梅所取得的效果不怎么样，基本可以用徒劳来概括。

据说王兴龙的脾气天生不小，在与妻子漫长的冤家对峙中，结果只能应验他领取结婚证那天的话："假如我打了你……"

没有假如。真的打了。

## 十五、反　差

关于丈夫的第一次动手，李翠梅记得，有那么一个夜晚，王兴龙在家里放着几百元钱,他连着两次回来,窸窸窣窣取光了。她忍无可忍,干脆起来从里插死门锁,当午夜之后丈夫终于回来想休息时,钥匙插入锁孔毫无反应。亏他身手不凡,居然从外卸掉门头的顶框玻璃,从那个狭小的通道攀越进来,开门再装上玻璃,然后悄然睡到另一间居室。次日一早,李翠梅起来,如常收拾床铺,看见丈夫越想越气,冷不防抽去丈夫的被子,骂得也就不可能相待如宾了:"就像一具僵尸似的,臭烘烘的不起?"王兴龙惊怒交加,猛地跳起身来朝妻子挥手就打。

那一次好像打得不重,却是一个恶劣的开端。因为夫妻间有了第一次动手,就会有第二次,就会有往后的不可收拾。有时王兴龙打完了还找歪理:"你比我年龄大两岁,谎说大我一岁,哼哼,我凭什么让着你?"气得李翠梅出言也没了分寸:"我比你大一百岁,我是你奶奶!"彼此失却了尊重,是矛盾明朗化的苗头。她回忆自己受伤最重的一次打斗,是在弟弟李维雄娶媳妇的前一个多月,也是因为王兴龙的夜不归宿,她跑出去四处打听寻找,终于在神头泉边发现了丈夫,当即拿着一块石头穷追不舍。王兴龙兜着圈子逃跑,跑着跑着李翠梅的石头扔出去了,也没有瞄准,可是惹得王兴龙发起反击,回头就像扔麻袋一样将妻子一下子拦腰抱起摔倒在地,接着上来又踢又打。李翠梅的眼镜都被打得粉碎,眼睛周围的乌青直到弟弟举办婚礼时还没有散尽,就像大熊猫似的。

而王兴龙,照样不误他很尽职地当女婿,那天他为小舅子的婚筵担任掌勺主厨,再次展示了他那过人的厨艺。

李维雄的结婚时间是1979年。当时他在神头发电厂当临时工,媳妇谢步清比他小两岁,是神头镇红壕头村一名普通的农家姑娘,识字不多,只念到小学二年级就辍学了,因为父母重男轻女思想严重,让她早日挣工分,帮着供养两个哥哥读书。从小就务农劳作,风吹日晒并不影响她出息得楚楚动人,正好姨姐嫁给吉庄村赵家,为她和李维雄当了媒人。

随着十一届三中全会召开,什么历史问题早已没人再提,谢步清记得姨姐从中介绍说,男方的家庭条件中等,名声也正派厚道,而且李维雄勤快肯干,嫁过来不会有错。于是相约见面,彼此都也中意,很快就成亲了,彩礼按行情给了七百五十元。谢步清说,大姑子李翠梅就像个当家人，没啥帮啥，出力最大。而婆婆更是对媳妇的过门心满意足，不久丈夫三周年祭日，她和子女们到坟前烧纸祭奠，特别带了新媳妇去，说："老汉活的时候没能盼到儿子娶亲，现在就叫他看看媳妇的模样，在阴间也能了却心愿。"

或许是好事多磨，谢步清嫁过来哪儿都好，吃苦耐劳风风火火的，只是迟迟不见怀孕，头一年肚子瘪瘪，第二年还不见动静。眼看着状况不妙，守寡两次的卢桂英心急如焚，早见孙子显得尤为迫切和重要，这是她生命的全部价值所在。万一媳妇真的不生，那她的一切希望就将付之东流，后果不堪想象。她像变了一个人似的，一改往日的矜持少语，整天把忧虑挂在嘴上："唉，这可怎么办呢，这可怎么办呢？"即使面对媳妇都掩饰不住声声长叹，给媳妇谢步清造成很大的思想压力，所以婆媳二人出现了龃龉，一段时间内各怀心事，和睦家庭蒙上了浓重的阴影。

这个时候，李翠梅扮演了关键先生，她果断介入，说："咱们不放弃。我来负责吧。"她不止一次带着弟媳到大同和太原，又是托学生又是托同学，找了权威的大夫诊治，中间王兴龙也曾和谢步清出去求医问药，终于使谢步清调理过来，在结婚三年之后生下了大女儿李雁翔，次年再接再厉又生了男孩李宏翔，五年后又生下二儿子李凤翔，几成超生专业户。这下全家皆大欢喜，婆媳之间的不快也烟消云散。至今说起来，谢步清对大姑子仍充满由衷的感激。

有了孙子，有了孙女，带给卢桂英无比的满足和充实。从那往后，她的脸上难得地重新展露出笑容。更值得一提的是，二女儿李维珍也找到了如意郎君喜结良缘。女婿名叫李成斌，邻村神头人，后来担任朔城区职业中学的副校长。2013年，他写过一篇回忆性的短文《我的丈母娘》，情真意切地回忆起岳母留给他的良好印象。这里摘录其中的两段：

> 三十一年前，我第一次走进丈母娘的家门，与她的二女儿谈婚论嫁。那天晚上，她老人家喜出望外，一双小脚跑进跑出，又是下饺子，又是炒肉菜，我感觉这是她一生中最快乐、最幸福的时刻。
>
> 我说："您老对我有些什么要求？请给我细细提一提。"我想，一

来试探一下老人的态度，二来看她在女儿的彩礼问题上是水深，还是水浅？谁想，一听这话，她咯咯笑了一阵说："啥也没，只要女儿找个好人就行了！"人对缘法，马对毛片。大概老人家是相中了我这个女婿吧？她表态的时候，竟然毫不思索。我不知道找对象原来是如此的简单。成亲以后，每逢我来到丈母娘家，她总是加心在意地给我做那些拿手的饭菜。临走时，不是给我切一块羊肉，就是包一两碗豆面。夏天菜畦里的西红柿刚露出半个红脸蛋蛋，她就挑大的给我摘几个，塞进我的口袋里。在当年那个物质生活还远不丰富的年代里，我真是感激不尽，真不知道说啥话才好。人们说"女婿是丈母娘的半个儿"，这话一点儿也不假……

说来有些巧合，李成斌与大姨子李翠梅属于校友。只是他入学的1975年，正值白卷英雄引领潮流，所以高中阶段就回村积极劳动，很受贫下中农好评，结果没经过考试就被幸运地推荐进入朔县师范，1977年毕业分配到乡办的神头学校任教。其时，李维珍在高中就读，毕业后高考没能达线，回村待字闺中。她和李成斌师生间都有好感，大概和母亲取得了共识，于是主动托人上门提亲，请李成斌去吉庄村家中见面，结果岳母的热情款待和开明实在让李成斌深感温暖，也就认准了李维珍。李成斌在回忆文章中说："在我的认知里，我以为丈母娘和所有没文化的农村妇女一样，日出而作，日落而息，生活简朴，思想单纯。但是，当我真正走进她的生活，才知道她是一个极不寻常的女人。她的艰难而坎坷的一生，就是一部人间大剧，听着她那一桩桩悲情的诉说，就仿佛在聆听一组与命运搏斗的交响曲……"他还描述了岳母第二次丧夫时的情景："她睡不着，听着窗外呼呼的西北风，她想了许多许多，但她唯一没有想到死。因为她觉得死并不可怕，但自己不能死！为把三个孩子抚养成人，用骨头磨地也得活！于是她简单地埋葬了丈夫，挽起袖子，咬破嘴唇，带着孩子们，迎着岁月的风雨，饱尝着人世的艰辛，继续奋然前行。"可以看出，李成斌有一种悲悯的文人情怀，岳母承受的的苦难和坚韧性格博得他更多的敬重。而卢桂英曾把李成斌与大女婿对照，感觉李成斌沉稳敦厚，不像王兴龙那样有些轻佻，因此另眼相看，欣赏有加。

对二女婿李成斌，卢桂英确实没有看走眼，李成斌也没有让岳母失望，他不仅和妻子关系和美，而且脚踏实地努力工作。1986年雁北师专从吉庄村迁往大同市后，神头学校占用原址，改办为朔县神头职中，开设了水产、养殖、医药有关专业，1987年又与交警队合办起全县第一所驾校，李成斌担任汽修队的队长，有机会将大舅子李维雄招聘成为驾校的第一批教练，使李维雄由大姐夫王兴龙教会的驾驶技术获得用武之地，每月的收入将近一千元，数额就算很可观了。包产到户时，全家只承包了六亩田地，媳妇谢步清一个人就可以搞定，卢桂英只负责看管孩子，凡事各不相误，因此日子过得芝麻开花。好几年后，正好村里的三焕子进城居住，留下一处瓦房大院作价出售，经过省吃俭用，谢步清夫妇攒起了一笔钱，当即以三万元的价格买下了，一家人离开已经破损的旧窑迁入新居，看不出比全村的上等人家差在哪里。

但唯一让卢桂英忧虑的，仍是大女儿李翠梅日益糟糕的处境。因为李维雄性格老实，她就打发二女婿李成斌出面到司马泊王兴龙家斡旋，李成斌回来却一个劲地摇头。

## 十六、积　怨

就在帮助弟媳求医期间，李翠梅的婚姻已是火药味十足，往往随便一句话可能就会引发王兴龙动手。李翠梅在打斗中全无反抗之力，唯独留下每次都要气瘫的毛病。那两年她几乎到了崩溃的边缘，模样也足够吓人，黑干黑干的，简直是形销骨立。

在司马泊与吉庄间的桑干河南岸有一处深水潭，名叫三泉湾，每到夏天游泳淹死的不少。李翠梅就曾经数次徘徊在三泉湾边，想想自己的幸福指数被无情的命运归零，脑海里就回忆起奶奶当年自我了断的情景，打算就此跳入水潭一了百了，但是三个可爱无辜的女儿怎能忍心丢下？最终她没有下定以死相搏的决心，从而与死神擦肩而过。若干年之后，她始终对经受过的伤悲萦怀不忘，长门怨艾无以排解，写下过一首古体词记录往昔：

### 蝶恋花

人生苦多涟涟泪，

春去秋来，荣辱皆成碑。

斜月半窗不能寐，辗转反侧心欲碎。

所作所为所想事，

点点滴滴，皆是透愚昧。

红烛自怜几多回，夜寒衾冷总不悔。

很有李清照式的婉约风格。

那时母亲感同身受着揪心之痛，她发现了女儿厌世的迹象，一次一次开导女儿说："就这样过吧，得过且过地过吧。你有三个孩子呀，再艰难还是完整的一个家……人就是为娃们活哩，要不是你们姐弟，我早就不活了。"她也曾泪眼婆娑地规劝过女婿，虽然我们不知王兴龙怎样回答，但事实证明岳母的眼泪在女婿面前无比苍白。

不能说王兴龙本质就恶，也不是冥顽不化、一门心思就准备踢散家庭，因为他曾经对着妻子以头撞墙，说："我怎么就改不掉？"完了却依旧故我，直至再无悔意。其中固然与他的性格有关，但进一步放任失控也不排除有工作中遇到挫折的原因。始作俑者还是他自己，真正的"为才所误"。

具体时间李翠梅不能肯定，大致在1977年，神头发电厂二期扩建，成立了扩建指挥部。在与其关系亲近的领导关照下，王兴龙也被抽调过去开车。其间好像是指挥部高层内部不团结，形成对立的两派，一派为朔县本土的"地方派"，一派为从大同那边调过来的"大同派"，明争暗斗不可开交。当时还时兴"大鸣大放大字报大辩论"，两派各自以大字报的形式相互攻讦。本来王兴龙的角色不可能卷入风波，但是他在地方派阵营，文采、书法都受赏识，一次地方派就动员王兴龙写一张大字报。王兴龙的回答也许又是那句"没问题"，也许属于"箭在弦上不得不发"，反正他构思一番写了一张，张贴了出去。

毫无疑问，这张大字报的内容见了水平，极具攻击力。李翠梅也过去围观，觉得果然伤人，虽然上面并没署名，但她一看就知道是王兴龙的手笔，很不自在，这也就是她一直恼恨丈夫有歪才没思想的原因。当然，别人同样猜测得出作者是谁。历史上有过类似的两个人，一位是三国时的陈琳，写过《为袁绍檄豫州文》，一位是唐初骆宾王，写过《代李敬业传檄天下文》，都因骂得声文并茂、痛快淋漓而名动天下，不同之处是陈琳得到曹阿瞒的赏识，骆宾王却被追杀不知所终。王兴龙嘛，没有骆老前辈下场那么惨，也不像陈老前辈那么幸运。其时"大字报"的形式已经快被从宪法中删除，王兴龙的一纸文章倒是没有给针砭对象带来什么后果，但难免疑似被秋后算账，以后大同派在神头发电厂占了主宰地位，对王兴龙弃之不用，所以1981年左右二期工程进入尾声后扩建指挥部解散，发电厂竟没给他安置新岗位，将他闲置了起来。

大半年没事可做，王兴龙却全然不当回事，可能还乐得清闲，越发有了充分的时间在实战中钻研赌圣秘籍，有些走火入魔。李翠梅看着心急如焚，而且她在工作中也切身体验到大字报负面效应的波及。比如有一次涨工资，按条件应该有她，可是被卡下了，而且一位领导还把她叫去训斥，说："好好教我的孩子，否则下次提级仍然没你。"她因此迫切希望夫妻双双赶紧调离，躲开这是非之地。可去之处就是同在神头的电建二公司，那边工资还较多，相对更实惠些。因为曾有电建的一位副经理在司马泊婆家租住过，关系一直可以，李翠梅张了一口，很顺利地于1980年如愿先把王兴龙调过去了，依旧安排在车队，还当了几天调度。剩下她自己的调动暂时没有着落，只因是教学骨干，学校不愿意放人，她不免焦头烂额，一刻也不想在电厂再待下去。

烤饼子火大了就会焦煳。李翠梅失之太急了，最后理智之坝决堤。

那年过春节时，李翠梅一家回司马泊家中，四世同堂共度佳节。刚刚住了一天，初二李翠梅就待不住，留下三个女儿，自己与丈夫先行回到电厂，按计划利用假期的几天拜访相关领导，疏通人情关节。本来下午就要开始出去串门，但午饭后楼下有人吹了口哨，肯定是牌友相邀的讯号。王兴龙立马起身说："有人叫我，我出去一下马上回来。"但是这一走没了踪影，直至夜色阑珊都没回来。李翠梅等得百爪挠心，最终抓狂起来，好像精神失常一样，不由自已下了楼，没命似的往司马泊婆家奔跑，进门的样子可能和武侠人物梅超风或李莫愁没啥区别了。她没看见丈夫，嘶声问公婆："王兴龙哪里去了？"公公看着情形不对，说："那媳妇你别急，我给出去找找看。"一会儿居然找回来了，说是跟王兴舟下棋，下午赌没赌不得而知。

看见丈夫的那一刻，李翠梅说她的脑子一片空白，不顾一切抄起火炉旁的一簸箕炭块朝丈夫泼去，吓得婆婆张皇失措，本能地保护儿子，从后抱住媳妇。李翠梅挣扎不开，忽然低头抓住婆婆的手掌，往拇指咬了一口，见血了。

冲动是魔鬼。

全亏当时王兴龙的父亲临事不乱，果断而权威地下了逐客令："各回各家去！"避免了事态的扩大。再回到电厂的家里，王兴龙怒不可遏，他先是吃下半盘花生米充饥，又把剩下的半盘撒落在地，然后抬脚一粒一粒踩得粉碎。接下来就进入争吵程序，这次彻底撕破脸皮，升级到恶语相加，平时不多说话的王兴龙只想找出最具报复性的用语，其中就辱及妻子的家门，很刻薄很难听的，致使李翠梅也因此积怨不化。从那天起，两人好像结下了所谓的"隔夜之仇"。

归咎起来，不管情绪失控不失控，李翠梅咬婆婆是个大错特错的行为，不仅破坏了喜庆气氛，也让她在婆家的形象大大打了折扣，同时造成她一辈子不可原谅自己的内疚。换位思考，她深感任何男人看到生身母亲被老婆咬伤都不会再有"似宇广"的胸怀了。

这场风波发生得足够多余，正月初二去不去领导家中好像也无关大局，显然该怪李翠梅有欠淡定。大约王兴龙调离神头发电厂之后的几个月，她终于夫唱妇随跟着调过去了，在电建二公司子弟学校当老师。同时，为了给家庭稳定创造很关键的一个条件，她做了最后的努力，冒着被严厉查处的风险，1982年冬天生育了第四个孩子。但是实在遗憾，仍是女儿，没能留存住。王兴龙的儿子梦也就宣告彻底放弃，大失所望之下他跑得更加不恋家了，对妻子也越发频繁动手，越打手下越不知道留情。他曾经知己知彼地告诉妻子:"谅你被打死也是这家的鬼。"

王兴龙的自信不无道理,李翠梅对三个女儿无比爱惜,仅此一条就不可能与他解散家庭分道扬镳。只是长期的家暴已经让李翠梅的神经系统极其脆弱,她比喻说七根神经至少要断了五根。除了一受气浑身瘫软外,还常常坐卧不宁,间歇性地有些歇斯底里,有时失魂落魄、莫名其妙地跑到外边乱转,正是医学上典型的狂躁症现象,以后医治过程也证明是患有其病的初期,距离精神分裂症不远了。不过,她的头脑非常清醒,意识到继续这样维持现状,自己终有一天非让王兴龙打死不可。

那么离婚就是唯一明智的选择。

1983年,李翠梅果真与丈夫办理了离婚手续。

## 十七、博　弈

在了解李翠梅的人看来,她的离婚匪夷所思。因为谁都知道她不仅用情极专爱家如命,而且生性宁折不弯,凡事从来不言放弃,怎么就经不住挫折而屈服投降了?实则不然,其中有她的一番良苦用心。李翠梅说,除了出于生存第一的自保本能,她将离婚作为绝地求胜的一个策略,以图迫使王兴龙就范并最终改邪归正。

她说当时是这样想的:只要离婚,王兴龙首先再没有权利动她一指;再把三个女儿全部协议给他留下,叫他既当爹又当娘的如牛负重,达到分身乏术、无暇再赌的效果,从而认清他的生命中离不开老妈子一样的妻子,此外加上社会的压力,终能服服帖帖重回温暖的家庭。当然李翠梅不太担心把丈夫拱手让给别的野女人,她的筹码和法宝就是膝下的三姊妹,一来没有哪个女人肯来为三个女孩当继母,二来经她在幕后运筹,足以掌控局面,而女儿们也不是好欺负的善茬,足以将任何来犯之敌拒之门外。

离婚很顺利,马关条约式的,几无主见的王兴龙都按李翠梅的要求完成了程序。外人看得蹊跷,两人就是离婚不离家,不曾一刀两断,形同陌路。只不过在形式上一纸离婚证的约束下,将一个家庭分开来,财务独立核算,好像内部实行了承包责任制,究竟离了还是没离?有名无实?似是而非?赌气吓唬?统统说不清楚。但不得不承认,李翠梅和王兴龙绝不单单属于夫妻或者离异的夫妻,说冤家对头或合作伙伴也不准确,总之说不清道不明,关系实在是复杂。

事后做一分析,李翠梅的离婚,是她的一次人生赌博,孤注一掷却不得不赌。青春已经不再,只能说她"为此生赌明天"。后面的赌局说明,她走了一招险棋,也称得上一招臭棋,离婚成了一柄双刃剑。离婚倒是使她不再挨打,管束王兴龙却相对不能理直气壮了。她万万想不到,王兴龙也就此拿到了通向自由的护照。而他毕生观念开放,性喜自由,不论真离假离,都等于瞌睡了递给个枕头,好像羁鸟归林,"若为自由故,二者皆可抛"。让三个女儿"躺枪"去跟父亲,实际上没有可操作性,李翠梅也根本做不到一狠二狠丢开女儿不管,手中的筹码就轻如鸿毛,名存实亡,胜算也就渺茫了。很快,不傻的女儿们就发现名义上待在父亲阵营不舒服,即行集体反水,厮守回母亲身边,与父亲的距离渐渐疏远,王兴龙成了孤家寡人一个。

那样不缺女人缘的倜傥男人,正是人到中年极具风采的时候,虽然没有条件再去谈婚论嫁,但身边少不了花花草草吧?李翠梅一边自我调理心身创伤,一边独力拉扯女儿,一边盯住王兴龙的风吹草动,断不了修补一下篱笆,三头六臂顾此顾彼,一力地安内攘外,不过邻里或亲朋看着她的生活倒是安稳了。

谁能想到,李翠梅的一赌,竟然遥遥没了终点。

在李翠梅心中,她的家庭始终形散神不散,所以也要继续经营,1986年,她又协助王兴龙寻找有效渠道调到了比邻朔州市区的平朔露天煤矿,一来看好那里的工作前景,二来希望有助于他抽身躲开神头那一伙无良朋党。平朔露天煤矿是中国最初的大型中美合资企业,被誉为邓小平的改革试验田,1984年才刚刚开始运作,各色人等趋之若鹜,但想进去很不容易,不免再次让王兴龙有本事的名号名副其实了一回。原本李翠梅作为家属也能跟着调动,但她顾虑到如此的家属关系不伦不类,因此观望踌躇之下,暂时未办。

平朔是一扇向国外敞开的窗口,新鲜空气和苍蝇蚊子同时而入,思潮、观念更加开放,男女的风流韵事视若等闲。一向思想超前的王兴龙走进这般环境，怎能独善其身？李翠梅还得时不时带女儿前来与王兴龙一起小住并监督一二，两人纠缠不休。光阴荏苒，不觉十余年一闪而过。到了20世纪90年代左右，他好像累了也倦了，人过不惑之年，对家庭对子女对妻子总会重新审视，发现其情感的归宿何在，所以多少有所觉醒，有时候回来就和李翠梅搭讪，说："我刚开了工资，给你好了，咱俩打伙计吧。"打伙计是土话，做情人的意思，实际他想重归于好，不会绕弯儿表达。

而李翠梅也觉得身体恢复得差不多，又感觉孩子们渐渐懂事了，家庭的分裂状况对她们的刺激所致的负面效应日渐彰显，再不亡羊补牢将给她们的心灵造成不可弥补的巨大伤害。中间李翠梅曾通过朋友向公婆一方传递过复婚的意向，但绝不会无原则的随便苟且，她这样嗤之以鼻地回答王兴龙说："打伙计那算什么？我们是离过婚的，你想修好也行，但要重新娶我。"王兴龙又像当年那样说："你有啥条件？"李翠梅说："从头打扮打扮我。"什么意思？礼数不可或缺呀，等于半推半就同意了。破镜重圆似乎一片曙光，甚至李翠梅都请了两位朋友，想与王兴龙一块商量有关事宜，但是左等右等，王兴龙最后一刻爽约。他已经负债累累，力不从心，金盆洗手势同登天。

不过，王兴龙毕竟是王兴龙。曾经被公认过有本事，却因赌圣之路没有走通致使声名狼藉，亲朋侧目，他依旧心比天高，恃才不服，企望堂堂正正回头当个好丈夫、好父亲，也为了挽回声誉，证明"到底王兴龙有本事"，他竟而不惜铤而走险，投身于最后的一场豪赌。好像是不知从哪里获取了信息，他和几个朋友决定操作什么民国时期的股票或钱币，以求一夜暴富，彻底摆脱困境。大约1992年，二女儿找父亲要钱解决紧缺的学费，结果空手而归，但她给母亲讲，自己看见父亲用头巾包了一包的钱，几捆的样子，判断好像六七万元，就要上北京走了。开始李翠梅不太清楚王兴龙干啥，究竟王兴龙哪来的那么多钱，也是解不开的谜，事后她才隐约听了是要投资云云。

王兴龙无疑误入了一场缺少科学依据的骗局。他果真太缺少江湖经验了，在本地还混得头破血流，去首都哪有施展本事的余地？毫无悬念地，他们几个到了北京以后，很快就血本无回。从此王兴龙独自滞留北

王兴龙（右）在北京

京，就像从李翠梅的视野里蒸发了，再没见过一面。据说同伙各自散去，只有吉庄的李生，几年后才回村。

面对现实，李翠梅只能对王兴龙死心了，但她必须鼓起信心，不能对人生泄气。其时，女儿们一个接一个正处在高考的要紧关头，她独自全力以赴为她们挡风遮雨，谆谆引导，相伴始终，而且令人称奇的是她凭着自己的微薄工资，含辛茹苦，独力支撑起收支失衡的困局。那些年，公公在村里开了一个车马大店，孙女上学有时尽力资助一点，杯水车薪而已。李翠梅说起自己的诀窍，很自豪地说："我会过日子呀，没人比我更会省钱。"她举一个例子："我买东西，总能买到最便宜的，也是最好的，物超所值。"说来似乎轻松，其中的孜孜甘苦，就不好形容了。

开始李翠梅无法知道王兴龙具体在哪里，干什么，多方打听得悉，王兴龙身边好像有了一个女人。其间王家老二接住过兄长写回的一封信，就把地址抄与李翠梅，在朝阳区什么东六巷。1995年10月，大女儿代表单位参加反腐倡廉演讲，虽然获得第一名，下台后却晕倒了，李翠梅急忙陪着女儿到北京检查，返回时按预计多待了一天，翻着地图硬是找到那个地址，果然是王兴龙的栖身之所，但没能逮住王兴龙。不过，那位传闻中王兴龙的尹姓女人接待了她，还叫了外卖恭敬地请她吃了一顿饭，好像遇到知音，抱怨说："王兴龙老是哭老是哭，抱住花瓶哭，不知哭什么……"

还说:"那人的脾气忒大!动不动就往死里打我。"李翠梅听了,甚至有些同情尹姓女人,心中连怨愤都没了。

紧随其后,已上了大学的二女儿,也专程跑去北京辗转见到了父亲,央请父亲无论如何回来,但父亲坚决拒绝了。事后李翠梅问女儿:你父亲的情形怎么样?二女儿说:"他每天就在住处打麻将。看他的样子,已经有病了,而且有了白头发。"李翠梅心想:王家上两代男人临老都没有白发,王兴龙四十几岁却早生华发,肯定受尽了心灵煎熬啊。她又问女儿:"他说了什么来着?"二女儿说:"他就说了一句话:无颜再见江东父老。"李翠梅回味再三,霎时心灰意冷,残存的幻想随之破灭,她终于怅然彻悟:王兴龙再也不可能属于她,她赌输了。

"至今思项羽,不肯过江东。"

这是王兴龙对故乡、对亲人的最后交代。

### 十八、宿 命

大致在王二姑娘的北京之行不久,一封急电送达司马泊村,将王兴龙的死讯报知了他的父母。

一代才子,就此不归。王兴龙漂泊了将近四年,最终丧命异乡,满打满算,年仅四十七岁。

电报说王兴龙死于"心脏病猝发",但李翠梅深表怀疑。她认为,王兴龙素无心脏病史,所谓"猝发"的概率不大,极有可能是自寻短见。她最了解那个人的人生观,毕生自负其才,从不服输,心理却无比脆弱,一旦看清自己真的彻底惨败,绝对承受不了,生命对他就没有了留恋的价值。但不论病卒还是自杀,终归于事无补,人死不能复活。父母托人把儿子的遗体从北京偷运回来,白头送黑发葬入祖坟。当叔伯三小叔把消息告知了李翠梅时,她顿时哭得没有半点儿力气,急急先让大女儿回去送别她父亲。爷爷对大孙女说:"叫你母亲也来见你父亲最后一面吧。"但奶奶固执地说不来也罢。李翠梅知道,她名义上不是人家的媳妇,去了无益。再说自己也受不了那种生离死别的刺激,深怕身体垮了,孩子们还没有交代,那可怎么办?因此,她踟蹰间逃避了王兴龙的葬礼。当然,王兴龙结交的北京的尹女也没有扶柩回来,他从人世间离去的背影,无比苍凉。

无人能够体察李翠梅再也挥之不去的悲哀。王兴龙是她一辈子唯一爱过的男人,纵然他在感情上有负于她,纵然他有过不能原谅的过错,李翠梅依然情深不移,只不过形之于表的,还是那句话:爱之深,恨之切。她对王兴龙没有思想、缺少人格魅力深深失望,但是从不否认爱情。她始终不能忘记当年头一面见到王兴龙的样子,头发纹丝不乱,眼神有些小坏,嘴唇有棱有角,眉毛浓黑……她始终不能忘记王兴龙在那个麻皮泊的山沟小屋,为她用二胡拉响一段悠扬的曲子,那曲子在她耳边缭绕不散……她始终记着王兴龙对她说的那句简单而熟悉的话:"吃什么?我给你做。"……真是"人生若只如初见,何事秋风悲画扇",如果一直待在麻皮泊,是不是就能浪漫依然?

"十年生死两茫茫,不思量,自难忘,千里孤坟,无处话凄凉",这是苏东坡那阕《江城子》中的名句,悼亡之情,感人至深。李翠梅写过一首《相见欢》,诉说她满腔的离愁别恨:

> 独自伫立海边,
> 浪接天,
> 孤魂寂寞扪心问苍天。
>
> 心欲碎,
> 情未了,
> 是痴恋。
> 凄风苦雨竟尽入心田。

还有一首《蝶恋花·秋悲》:

> 伫立田园秋雨细,
> 望极秋悲,黯然生天际。
> 残草败叶余照里,无言有谁知其意?

> *春种秋收徒累己，*
>
> *泥沙满身，强乐遣自闭。*
>
> *一生为情斑斑泪，来世再选郎中萃。*

是的，李翠梅一生为情，痴恋未了，她也无悔——"来世再选郎中萃"。

她还是感谢王兴龙。虽然那人一事无成，但留下了优秀的基因。女儿们都没有辜负母亲苦心孤诣地拉扯和全身心地栽培，家庭的阴霾并没有成为她们的拦路虎，相反在逆境中勇往直前。简单做一罗列吧：

老大 1990 年高中毕业，因为一度生病反复，所以母亲没敢叫她考大学，只报考了学习相对轻松的大同电校，毕业后分配到朔州市供电公司，如今是一个中层部门的支部书记。

老二是上海复旦大学管理学研究生毕业，如今在上海一家外资跨国银行供职，据悉年薪百万。她的求学之路，极具传奇色彩。1991 年高中毕业应届考入西安电子科技大学，入学却不喜欢理科了，两年后竟然擅自中途退学回家，转而进入文科补习班，在毫无基础的情况下，当年又考入南京河海大学法律系，引起朔城区学子们的一片惊呼，流传说她把高考视为儿戏："王二女上课听讲，最多不超十分钟，考大学都能考上。"毕业后本已应聘到张家港农行，有了一份不错的工作，但不久听得三妹到上海上班，她居然义无反顾丢开工作，跑到上海自己复习了三个月，轻松跨进复旦大学的校园。

老三是西南财经大学博士。她最初于 1993 年考入西安财经大学，毕业后再经考试，被建行神头办事处录用，干了两年觉得没劲，就像二姐一样断然放弃了工作，考上西南财经大学硕博连读，然后经过考试进入国家机关。

"亭亭玉立丽人胚，艰苦博弈，尽情展智慧。"这是李翠梅赠与女儿们一首词中的句子。熟人跟她开玩笑说："李老师有本事，培养了朔州版的'宋氏三姐妹'。"本事说不上，那是王兴龙曾经被人夸赞过的优点，李翠梅只是觉得，当三个女儿可以自立的时候，她自己基本上快要蜡炬成

李翠梅的全家福

灰。特别是因为给大女儿熬药医治整整八个年头，繁重的生活负担使她后期在学校已经无法正常代课，曾经的优秀教师好像成了一个刺儿头似的，王兴龙去世后越发不堪打击，第二年也即1997年，她刚刚五十岁时获准提前五年办了退休。

按年龄比较，母亲守寡时年近四十八岁，而王兴龙死时李翠梅竟也是四十八岁出头。很难说是不是宿命，不过心力交瘁的母亲再也过不去这个坎了。她自己早早守寡，命苦就罢了，最害怕的就是大女儿步她后尘。早也怕晚也怕，谁知好像中了魔咒，最终她还是目睹了女儿的婚姻悲剧。

就是李翠梅带着大女儿去北京的那次。临行，她跟母亲说了准备顺便找找王兴龙，但当时社会上纷传王兴龙被黑势力控制着，所以母亲很不放心，整天牵肠挂肚，夜不能眠，苦等没有音讯，由不得胡思乱想，曾经神思不宁地和二女婿李成斌说："翠梅她们娘俩肯定被人家给害死了，这下可回不来了，这下可回不来了……"李成斌安慰一番，没想到第二天岳母正在院内洗衣服时，忽然一头仆倒，突发了脑出血。她竭尽全力却爬不起来，等儿子被邻居叫回时已经昏迷不醒，可能是一番挣扎引发了更大量出血。李维雄急忙将她送往医院，抢救了一个多月，侥幸保住了她的性命，但就此瘫痪卧床，说话也含混不清。李成斌叹息说："大概她天生就与幸福无缘吧？"从那以后，卢桂英再也没有站立起来，居然一卧就是漫漫的将近十九年。

都说祸不单行，其实卢桂英需要面对的灾难远没到头。

在她跌倒的次年，本来李维雄的好运已临头。平朔露天煤矿招聘载重170吨巨型卡车司机，李维雄报名应考一路过关，得到了一份高薪的合同制工作，三年后就会转为正式工人，据说工资可能上万。然而，在两年头上的1999年12月19日，轮到休班，他没有请假就回了一趟吉庄村，返回来走到平朔生活区的西门口时，竟被平鲁的一辆长途客车迎头撞了，颅内出血几乎不治，直到手术后十三天才苏醒过来，医生又断言可能成为植物人。媳妇谢步清说，当时她把婆婆交给大姑子和小姑子，自己在丈夫住院的四个多月间昼夜守候，就像重新哄弄小孩似的，硬是帮助丈夫基本恢复了神志，但他的身体永远留下严重的后遗症，半边手脚不听使唤，就此丧失了劳动能力。平朔公司规定很严，凡超出大门外五十米距离的员工人身安全一概与公司无关，李维雄出事地点刚刚超过五十米范围，所以不仅公司不予负责，他还丢了工作，错过了来年即可转正的机会。仅仅拿到肇事车主的四万元赔偿，也很快在后续的检查求医中花费殆尽。最初瞒着母亲，慢慢地老人从儿子头上醒目的伤痕以及蹒跚挪步的样子中发现了端倪，无奈身不能动口不能言，唯有默默地不知流下多少眼泪。

尽管以后不断得到姐姐和妹妹的周济帮助、出钱出力，李维雄一家的生活仍然不可避免地沦入极端的贫困。那一年，女儿十六岁，大儿子十五岁，二儿子才十岁。为了苦苦支撑这个家庭，谢步清付出超过常人百倍的艰辛。开始在妹夫李成斌通融下，她去职中的食堂做饭，每月收入三百五十元；五年之后职中搬迁进城了，她又给村里的小学老师做饭，每月四百八十元；不到两年，小学被撤并，她就在附近找活儿，苦累一概不挑。举个例子吧，她曾经受雇为电信公司铺设光缆的标志桩涂油漆，日均徒步走过的路子最少三十里，相对还算轻活。丈夫李维雄手脚不便足不出户，日常主要陪着母亲解闷，当然也心疼老婆，家务尽量打打下手，后来锻炼得能够烧火做饭，很难为他了。他还养成一个习惯，每天无论如何都看电视里的天气预报，注意第二天该不该提醒妻子带把雨伞。

母亲瘫痪的若干年间，李翠梅在神头电厂居住，李维珍也在丈夫工作的职中食堂做饭，姐妹俩都方便过来照应母亲。在冬天时，李翠梅就把母亲接到自己家里，只为楼房的取暖条件更好些。其余时候，李维珍也把母亲接去住上几个月。这样也分担了李维雄夫妇的繁重负担，直到老人状况堪忧，才不敢送她再到女儿家了，但两个女儿还是每周日轮流去村里送吃送喝，隔两天就去伺候老人擦洗全身等，几乎雷打不动。

由此可以这样说，卢桂英虽一生不幸，最终却创造了一个生命的奇迹。

## 十九、后　话

当王氏三姐妹一个一个飞走时，李翠梅留在神头电厂的家中独自生活。2010年，不觉她已经六十岁出头，大女儿考虑年龄不饶人，就把父亲当年在平朔生活区分到的一套小型楼房收拾一新，接她进城来居住，为的是能够就近陪伴她。老二、老三远在外地，只能每天打个电话。

老了，李翠梅的日子倒是可以用安逸来形容。前几年她就迷上了炒股，整天抱着电脑玩得乐此不疲。初学的时候机会不好，沪指已跌到四千点左右，而且继续狂跌不休，一路直往两千点下滑。李翠梅说纵使费尽脑筋，仍旧算是"叫股市收拾得不轻"。本来不在乎赔赚，只为找个事情做，但她就爱较劲，越遇熊市，越能炒起斗志，只想最终hold出一个名堂，日常跟人说话，满嘴都是股票术语。这一点看来，抑或跟王兴龙类似。

搬进市区，因为与大女儿住得很近，小外孙就是李翠梅家里的常客，孩子的顽皮嬉闹，活蹦乱跳，驱散了姥姥的寂寞，别有一番其乐融融。李翠梅犒劳外孙，难免也要变变花样提高伙食档次，却往往费了功夫博不来叫好。做饭真不是她的强项。她想，假如王兴龙还在，当姥爷定然称职，随便露一手厨艺就能让外孙食欲大开，那样该多好。然而，假如就是假如，不知他在另一个世界过得好吗？

平朔生活区不愧是朔州的最宜居之地，除了花香鸟语，风景如画，人们的业余生活实在丰富多彩。李翠梅炒股之余，也是公园和广场的文艺活跃分子，跳舞或京剧票友的同龄圈子都少不了她，活动起来优雅而闲适。再有闲暇，她会去跟早年师范的一帮子同学聚会，包括姚焕熙、姚崇邦等，大家吹拉弹唱，又说又笑开心极了。同学们都说，李翠梅变得开朗了，从她身上再也看不出那个整天低着头独来独往的沉默少女的影子了。确实，李翠梅已经能够做到尽量不让别人发现苦难岁月给她留下什么外在的伤痕。

只是无数的暗夜里，往日的一幕一幕常常浮现在她的脑海，每次都让她泪水长流。她还经常梦回吉庄，梦回儿时的院子，其中一次就梦到在吞噬过奶奶生命的井边，竟然长起一丛一丛的烂漫黄花。很奇幻，不知与现实有没有什么联系。许多时候，她不由自主就想起希腊神话中的科奇斯岛公主美狄亚叹过的一句话："唉，在一切有理智、有天性的生物当中，我们妇女是最不幸的。"对照自己的半生坎坷，从不向命运低头，但总是感觉没能抗衡了一双看不见的命运之手左右。女人莫非总该命苦吗？包括奶奶，包括司马泊的姑姑，包括大同的隔山姑姑，当然，包括她至亲的母亲……

2013年的农历四月十七日，李翠梅的母亲卢桂英走完了将近八十六年的生命历程。之前一年，她的臀股部位已经有了褥疮，孙女从天津买回再好的药物都不大见效，捱过了最后一个春节，就一天不如一天，最后三天连水都喂不进去，终于溘然撒手人寰。她去世后，与丈夫二成才合葬。她应该走得引以为豪，因为在她的灵前，接踵回来的孙辈们个个有出息，难得都是凤毛麟角，如此齐楚。除了李翠梅膝下的王氏三姐妹，李维雄的三个孩子中，女儿李雁翔于山西医科大学研究生毕业，在天津市北辰医院当了医生；大儿子李宏翔于河北师范大学研究生毕业，即将走上工作岗位；二儿子李凤翔唐山地质勘探学院毕业，已经对口上班。还有李维珍的一女一男，女儿李敏是山西大学研究生毕业，已在海南三亚市的海航旅游职业技术学院担任讲师；儿子李力，山西大学工程学院毕业，已入神头第二发电厂工作……这些都是卢桂英的传人，他们步入的，已是另一个截然不同的时代。

送别卢桂英的时候，二女婿李成斌致了悼词，他首次提及了岳母的第一次婚姻，提及了那个名叫李雨的烈士。逝者已矣，他想留住岳母曾经的故事，留给孩子们，不管他们懂还是不懂。

那天李翠梅发现，侄女把爷爷奶奶仅有的两张单人照片在电脑上PS

母亲与继父的PS夫妻照

2013年深秋,在电视台帮助下,李翠梅终于在青海尖扎县烈士陵园,祭拜了父亲的陵墓

到一起,加工为一张夫妻合照,放大了摆在家中作为纪念。她不觉心有触动,推算父亲牺牲已经整整过去了六十年。六十年光阴如梭,六十年世事如烟,但她深信母亲临终前肯定会想起她初为人妇时最为刻骨铭心的头一个男人、那个与她一别永远的戎装军人。三女儿重情善感,发现母亲黯然出神,悄悄跟母亲说,她有一个心愿,日后有机会到青海出差,无论如何要找到姥爷埋骨的陵园,看看那究竟是怎样的一个地方。

于是,等到按照乡俗出殡的次日去墓地"复二"时,李翠梅悄悄在母亲坟头掬起了一抔黄土带回家中,然后一针一线亲手缝制了两个精致的绸袋,先把黄土装入其中一个,另一个准备交给三女儿,等她有朝一日从姥爷的坟头也装一袋黄土回来,把两袋土放在一起,以寄托不能忘怀的思念。

在李翠梅心中,那样就算父母团聚吧……

# 第十五章 父子支书

许多时候,林建国有满腹牢骚却不知牢骚何来,曾经的自信似乎被一丝一缕地耗尽。能够自我安慰的是,他认为这几年干下来,基本上实现了上任时的承诺,也基本完成了父亲生前的夙愿,应该休息休息,趁着还有精力再干干自己的事情。那么下届究竟该不该留任呢?假如身不由己退不下来,最终会有什么结果?

首先把日期定格一下:2013年3月27日。

早晨八点,吉庄的村支书兼村委会主任林建国已经来到村委会办公室,约好了准备跟村民月红的老婆到镇上为小孩上户口。月红老婆说,她自己到镇里,恐怕派出所不会搭理,而林支书的面子大,总得帮这个忙。虽属小事,可是林建国习惯了对村民有求必应,往往推脱不得。

**林家的土窑**

八点零五分时，林建国没有等来月红老婆，却接到一个让人心惊的电话，是铁路部门的大新站派出所打来的，说是火车在吉庄地界鸿运煤站的站台下轧死一个人，要他快去认尸，看看是不是吉庄人。这下林建国顾不上去镇里了，赶快出来开了车子就走。他倒不怕见到死人，但心里总对血腥有些寒意，所以路过村中的大王庙前，吆喝庙祝李兴富说："火车碾死人了，你要不怕就跟我过去一下。"李兴富说："那有什么好怕的？"当即上车，和林建国一起到了不远的煤站，时间为八点零七分。派出所的人早来一步，正在查勘现场。

场面确实惨不忍睹。只见死者被火车齐胸轧作两截，身子倒在道心，腔内的器官散乱溅落，脑袋却抛在道外，脸孔全然变形了，并且沾满血污煤灰。林建国和李兴富把那脑袋观察半天，议论有可能是吉庄的某两个怀疑对象，不过一时难以确定；再去扒拉尸身，从血泊中抠出一张手机卡，而手机早被压碎了。林建国把卡装入自己手机一试，却没啥显示，坏了。再找下去，忽而发现一个小本，上面记着不少电话信息，多是吉庄人的号码，遂肯定死者是吉庄人无疑。接着，经派出所警察许可检查残破的外衣，口袋里居然有一张身份证，这才确定死者叫苗四，早年由苗子山迁移到吉庄。苗四五十七岁了，老婆是陕西人，下面三个儿子，两个结婚一个未婚。

死者甄辨完毕，派出所却不让林建国离开了，要求他留下协调处理事故，并决定临时将死者抬到煤站的煤场。林建国搬弄尸体时，浑身及双手沾满血迹，甚至还得端起半片肺叶塞进苗四碎裂的胸腔，好歹拼凑一二。然后大家找到煤站的站长，站长哪愿揽事，态度很是冷淡地表示：铁路事故与煤站无关。说话之间，消息已在吉庄传开，死者的家属闻讯赶来，哭声震天。派出所提出把死者拉走冷藏存放，苗家人则反应强烈拦着不许，一旦陷入扯皮，事态可就棘手了。

不言而喻，光天暴尸对当事双方都难以接受，所以一致要求林建国发声，唯有他可以在这种时刻扮演中间人的关键角色。一边是乡亲，一边是村里的租客，他根本不能袖手旁观。他先是苦口婆心安慰苗家的老少接受了现实，好说歹说将死者弄去了殡仪馆，接着跟派出所交涉："无论如

下雨了，村干部出去防洪（左一为林建国）

何，车祸发生了，怎么处理、找谁、什么程序，咱们沟通才是。"派出所汇报上去，车务段过来一位李段长，说："事情与我们铁路有关。双方就在煤站协商善后吧。"总算有了交代，时间已经过了中午。接下来所谓协商，说白了不外乎讨价还价。死者家属开口就要一百万元赔偿，铁路部门却生怕被无休止纠缠，林建国的作用就是从中斡旋、担保，一连几天进行说合，想方设法请这边少要一点，请那边多出几个，其过程简直如从事外交，动之以情晓之以理，嬉笑怒骂绥靖诈唬。最终苗家拿到了煤站支付的一笔赔偿金，随即苗四入土为安，林建国为葬礼送出三百元礼金，事故才宣告画上句号。

处理上述事故，实际上只是林建国村级工作的一个片段，形同窥豹之斑，但其中也从一个侧面体现着他近几年的感受。比如苗四撞火车，若是放在早年，国家按规矩抚恤区区几百元，家属也无话可说，自认祸从天降，给几个就几个；改革开放以来，村民们多把"民生至上"曲解，凡事不论有理没理，都要率性而为，不依不饶讨要说法，现管不管敢找县官，县官不管敢上省城和北京,以至于好像民风怠懒,也算时代特色。许多时候,林建国对此十分无奈,不由想起当年父亲担任支书时的情景。那时候的村民管理模式是专制化命令式的,而今变成服务型协商式。时代进步了,虽然村子还是那个村子,乡亲还是那么一群乡亲,但同样是村里的一把手,其做法已经今非昔比。

林建国的父亲就是林满,在吉庄近百年间也算首屈一指的人物,从1952年担任村支书,直到1975年才卸任,时间跨度将近二十四年,任上经历了合作化、大集体、"四清"、"文革"等一系列的风云变幻,而地位岿然不动,不能说没两下子。

在李姓大户的吉庄,林家当然是孤门小户。林满的父亲林应祥解放前穷困潦倒,妻子死后生计无着,只好背着一口饭锅,带着两个儿子林芳和林满从北山的宋红沟老家来吉庄岳父门上落脚。土改时区里鼓励青年参军,村里提出条件说只要林芳兄弟有一个当兵,可以将他们的户口落入吉庄,能够分房分地。林芳抢着报名了,对弟弟说:"我这人也不成器,就轮我去吧。万一我上战场回不来,你自己无论如何要娶个媳妇,不要断了咱林家的香火。"说完义无反顾地入伍而去,不久便雄赳赳气昂昂跨过鸭绿江,参加了抗美援朝。

林芳不仅没有马革裹尸,而且火线入党,光荣复员。他见过了世面,也不夸夸其谈,给人感觉颇为深沉。由他担任支部书记,也算党员中的合适人选。他虽然一字不识,但口才不错,人也直爽,上任之初,工作还比较尽职。那两年经人介绍,林芳结束光棍生涯,娶过一个山阴的女子。无奈媳妇天生的近视眼,做饭什么的难免不太利索,因此不受林芳喜爱,她本来已经怀孕,但跟丈夫经常闹别扭,最终还是离婚走了。所怀小孩最终生下存活没有,已无人知晓。

与父兄不同,林满很有思想。他从小放羊,受尽风霜,土改后分田分地后,对共产党的恩情感激不尽,所以始终积极上进,担任过村里的民兵队长,并且入了党。当因为家庭散伙而使林芳变得有点儿颓废时,乡里经过考虑,觉得林满更适合当支书,于是弟弟接过哥哥手中的接力棒。林满既是吉庄的外甥,又是吉庄的女婿,无疑拥有了广泛的群众基础。让村

林满留下的遗产

民们评价，林满首先对毛主席无限忠诚，有一个经典故事可以为证。据说在1968年秋天，吉庄建起一座主席台，请县文化馆的画家执笔画好一幅毛主席他老人家在北戴河的巨幅油画，由林满亲自带了一辆大马车进城迎取。因为当时桑干河大桥尚未修建，神头一带的人们进城，仍需涉水。那天偏偏碰上秋风乍起，桑干河洪水高涨，林满他们返回时，马车进入河道中央，猛地一股大风吹来，装有毛主席画像的画框顿时倾倒。为了保护画像，林满自己掉入了湍急的河水。随车的同伴忙着伸手拉他，他却大声说："不要管我！主席要紧！"这句豪言壮语深刻地留在村民的脑海。现在听起来似乎令人莞尔，但当时绝对是发自林满的肺腑，丝毫没有作秀的成分。谁能否认，这不是当年中国农民的共识？

或许正是因为心中虔诚，林满才会不折不扣地按照毛主席指示办事。何况置身那个年代，阶级斗争常抓不懈，特别是"文革"初期，村里的批斗会成了家常便饭，诸如四类分子、落后分子、阶级异己分子等动辄要被触及灵魂。虽说投身运动的积极分子多是"文革"小组的成员，也没有林满亲自使用任何暴力手段的事实，但遗留的骂名好像全都落在了他的头上，因为他是一村之首，由他来背负历史的包袱似乎名正言顺。比如1967年吉庄小学夜半失火，事后有人分析可能是电线老化短路所致，却因为学校占用的是地主李广生的宅院，竟被定性为阶级斗争新动向，大队

林建国和父亲

年轻时的林建国

派人将李广生的儿子李道抓起来屈打成招，制造了一起反革命分子人为纵火的冤案。大约是1989年，李道早已落实政策回到包头居住，他仍然难忘旧事，给林满写来一封书信，字里行间充满了切齿的怨怼。正如俗话所说，"当家三年狗还嫌"，林满担任了那么多年的村支书，一直原则性极强，工作认真，又不擅长"活学活用"，不懂得圆滑一点，这就趋于死板和教条，日积月累，总要得罪不少人，包括寻常村民甚至班子成员，这注定为林满以后在吉庄遭受非议涂上一抹悲剧色彩。

而在林建国印象中，父亲的支书生涯又是另外一种情形。

林建国开始记事时，已是"文革"后期，但一到初冬的拖拉机耕地时节，上级的工作组仍依惯例进村开展"冬季小整风"，这令村干部草木皆兵。刚上小学的林建国每天放学后就背着书包趴在大字报集中张贴的庙墙前，仔细搜寻有没有针对父亲的检举内容。他好像发现过一次，但忘记了具体事由，只记得赶紧回家告诉父亲，父亲请教师李峰针锋相对写了一张大字报作为回击，这才辩清事实。私下里林满曾跟林建国说过："你知道吗？吉庄李家树大根深，家族势力很强大，咱们是小户，需要处处小心在意。"抛开觉悟不说，林满绝对做到了自知则明，他一直如履薄冰，廉洁自律，从来不敢占集体一点儿便宜。最明显的事例是在"四清"

运动中，村长李如昆、会计张有财、保管高富贵全都被查出或多或少的毛病，唯有林满顺利过关，一身清白。有一年秋后，女儿从耕过的地里捡回半弓包土豆，硬是让他一步一棍子打得送还给集体，几乎到了不近人情的地步。林建国说，当年他和姐弟们连窝头也吃不饱，晚饭从来都是玉米面稀糊糊灌肚。林满留下的五间土窑内，至今依旧保存着家徒四壁的原貌，墙上的几个小相框内，装的多是毛主席的相片。

据林建国分析，父亲之所以能把二十四五年的村支书当下来，工作踏实是一方面，另外肯定是上层路线走得也不错，大概少不了曲意逢迎。林建国小时候，频繁见到过县委书记来他家里做客，他站在当时十分稀罕的吉普车前曾经好奇地摸了一把，竟被漏电打得浑身哆嗦，去学校便跟同学夸耀说："汽车可摸不得，麻人呢。"至于公社的书记、主任，更是三天两头来家里吃饭，一般用黑酱调起的手擀面片招待，本来家中没几斤白面，怕是都让上级干部吃了。当然小孩只有老远闻闻味，再眼馋地偷偷哭一鼻子。吃不上也罢，眼巴巴看着人家吃那才叫羡慕嫉妒恨呢。

据林满同时期的村干部追忆，林满为吉庄劳心费神、不辞辛苦，全村有目共睹。特别是每年从进入初秋直到秋收结束，他几乎每天夜间都要在全村的田间转悠一圈，防贼巡视，北到洪涛山脚，南到小泊村口，西至神头，东达吴佑庄地界，足迹所至达三平方公里。一般夜间十二点前各种会议不断，他往往在会后动身巡查，凌晨三点后才回家，若干年如一日，以呕心沥血形容应该不为夸张。当然，毋庸置疑的是，在集体化的历史上，吉庄与朔县范围的其他村子横向对比，富裕程度数一数二，每个工分飚上两元钱左右，还有隐藏的水分不敢多报。而其他村子每个工分想上一元钱都是神话，就像东南乡一带，好多村子一个工分是一角出头，差的比如南榆林村一个工分还要倒贴一角二分。

但林满到底因此背了一个"走资本主义道路"的黑锅。

人民公社以来，吉庄的副业一路领先，进入1970年后，开山和运输已很发达，成了全县名副其实的副业村，副业收入远远超过农业收入。大约在1974年，公社一位名叫李世伟的干部在吉庄下乡期间带来县里、公社对吉庄的看法：副业追农业追得过头。结果吉庄又一次成为县里的典型，不过此典型非彼典型，不是先进而是后进。接着公社书记陈连元来了，县委书记郭巨民来了，组织开展"割资本主义尾巴"，还责令村干部"退工"，支书、主任从当年收入中退还三百元，一般大队干部如出纳、会计、保管、民兵营长等退还二百二十元，正副小队长退还七十元，一律上缴集体财务。当时李朴已接任大队主任，他回忆当时县委书记郭巨民批评林满时说："林满你扛着社会主义大旗，引上村民沿资本主义道路瞎折腾。"还开导林满："你们走了资本主义道路，造成了两极分化。你们干部多吃进去了，挤一挤肯定会疼的。"公社书记陈连元则引用张春桥、姚文元的精神说："猛喊一声回过头！"

当时一说走资本主义道路，问题很严重的，意味着革命路线错了。懊丧的林满实在不理解他怎么就和资本主义沾上了边。在极度的彷徨中，他于1975年初被免职，告别了吉庄的政治舞台。不过公社转而对林满委以重任，安排他去负责管理全公社除了农机站以外的所有社办企业，比如石料厂、装卸队、稻子地等，很具有讽刺意味。在新的岗位上，林满一直干到1988年左右才回村安度晚年，其间不仅大集体解体，社办企业也随着市场经济冲击即将走向夕阳西下的光景。"千古兴衰多少事""无可奈何花落去"，设身处地地想想林满的内心，他怎能不痛心疾首？据说他常常独自在已被破坏殆尽的高灌站边徘徊，连连地唏嘘叹息。李峰跟林满关系过硬，但有一次李峰的儿子想来废弃的渠沿取用一车黄土，林满遇到了，仍然顿时翻脸，好像动了他的命根子。

或许是思想跟不上形势而被排斥，或许是时过境迁、世态炎凉，或许是旧有嫌隙的长期发酵，不可否认，林满的晚年有些形影孤寂，不少乡亲对他敬而远之。相传一帮子老年人围坐一起晒太阳，但凡看见林满过来，立即起身四散走开，好事者还为林满起了一个刺耳的外号，叫他"人散"。虽然其中不乏添油加醋，但那样的一幕想象起来，林建国实在难以接受，心灵留下了永远的伤痕。1994年11月6日，林满郁郁而终，时年七十一岁。他临终前半个月间，林建国一直陪侍在侧。夜里林满被肝癌的剧痛折磨得无法入眠，就和林建国讲起村里的事情，一桩桩、一件件，"包罗万象"，好像用筛子过了一遍，甚至谈及每个家庭的特点、每个人的性格,无不相当精准。他对吉庄人的了然于胸和对工作的苦心孤诣,非语言可以形容。清者自清,浊者自浊,毁誉谁能评说呢?林建国心想,社会弄人,时代弄人,莫非父亲用一生的付出就该得到所谓"人散"的名声?

从那时起,林建国就产生了强烈的愿望,他一定要为父亲赎名,让乡亲们看看林满到底是什么样一个人,而他林建国又是什么样一个人。

这也是林建国心存回报、以后再当村支书的直接动机之一。

但林建国的支书之路,那就曲折多了。

事情要从1979年说起。虽然在文艺作品里,1979年的春天是中国一个具有标志性的春天,但在吉庄,春风依旧未度,集体化按部就班,照常运作。其时李祥担任支书,村里财大气粗,一次就添置了三辆30型拖拉机,各自配备了司机。正好林建国刚刚初中毕业,与多数同龄人一样,基本上是在学校混了几年,自然没学到多少知识,父亲就让他回村务农。李祥是林满培养起来的接班人,当然要照顾这层关系,当即安排林建国跟了其中一辆拖拉机学习驾驶,司机刘旺就成了林建国的启蒙师傅。那年林建国才十六岁,却对开车颇有钻研,从当年11月9日上车到次年6月10日,短短半年多就考取了拖拉机驾照,另外车上的两名同伴却名落孙山。同时刘旺当了工人,由林建国接任司机,他屁股后面也带上了小徒弟。

紧跟着包产到户,林建国承包了那辆拖拉机,承揽了为平朔露天矿生活区建设运送石料的活。他往外跑得较多,眼界开阔,想法超前,也锻炼了胆识,干事与父亲的保守形成鲜明对比。1982年,林建国结婚了,他瞅准国家政策号召农民发家致富、鼓励贷款的机会,感觉眼下的30型拖拉机运力有限,当即自作主张在信用社贷款一万九千元,个人购买了一辆55型拖拉机,兴冲冲开回家门口时,却遭到父亲的激烈反对。林满叉着腰将林建国骂了个灰头土脑:"你就胡作非为,贷款那么多干啥?能还得上吗?不戳娄子才是假的!"但是林建国对父亲的杞人忧天置之罔顾,开车照跑不误,以致被失望的父亲不予过话,无奈躲到姥爷门上暂住了两年。

买来新车的一年间,露天矿的业务繁忙,林建国赚回一万多元,就兴致勃勃买了木料准备盖房。但可惜时运不济,媳妇由于误食米猪肉,引

那时候能开汽车很了不起（左一为林建国）

当年的个体营运户

发严重的眼疾。为了给媳妇看病，林建国别无选择，只好咬牙卖掉了拖拉机，也放弃了盖房子，卖掉木料，把钱全部花进医院里，北京、太原跑了个遍。断断续续治疗了六七年，最终媳妇的病情才算稳定下来，却只能接受双目失明的不幸现实。林建国暂时从泥潭中拔出腿来，他才有余暇发现自己的光景还在原地踏步，并且失去了致富先机。贷款卡严了，平朔露矿生活区的建设完工了，他只在1986年承包过朔州安庄煤站一点小工程，收入也不多。不过他不曾气馁，一旦生活趋于正常，马上重新起步：先是承包了运输公司一辆大巴往返乡村客运，然后又和村里的存如合伙养卡车，1990年后终于成立了自己的车队为煤站拉煤，一直发展到拥有二十八辆乌拉尔卡车的规模。自己有了能力，他不忘因父亲而留下的心结，平日里力所能及地热心帮扶乡亲，谁家盖房给拉一车土，谁家有了红白事筵他给当个总管，谁考驾驶证带着找找关系，还有出面调解调解村民矛盾，诸如此类。用他自己的话说就是"混了个人缘"，用社会上的评价就是仗义，反正人们习惯叫他"林大"或"老大"，听起来有些令人浮想联翩。

大概正因为村民的好评，1990年林建国差点儿当了村干部。那段时间吉庄的村级工作好像不太让人满意，神头镇领导有意培养后备梯队，几位副职如张青山与林满交好，常去林家吃饭，比较看好林建国，所以轮番跟林建国谈话，动员他先干村委会主任，再发展入党接任支书。林建国觉得机会也不错，遂动了当干部的心思。谁知林满闻讯，旗帜鲜明地表示反对，可见大半生村支书当得他追悔莫及，尝遍酸甜苦辣，所以生怕儿子走他的老路。他一连跟着儿子二十余天，唯恐将生米做熟，据说还数落过老朋友张青山，最后他态度决绝地告诉林建国："你如果敢当这个主任，我立马死在你的跟前，说到做到！"林建国看父亲以死相逼，心想算了吧，何苦步其后尘？再说村委会主任也不算什么香饽饽，因此他回绝了镇领导的好意。

对于经商来说，选择机会很关键。从1994年到1996年间，吉庄的个体运输业江河日下。一来煤站及煤矿自己建立了车队，二来煤炭市场陷入疲软周期。于是林建国及时处理了所有车辆，转而组建了瑞宝公司，拉起队伍包工。1997年，一天他在饭店吃饭，偶然认识了一位铁道部门的项目经理赵建林，言谈十分投机，彼此就熟了。后来赵经理在朔州施工遇有困难，难免找林建国帮忙，还介绍林建国结识了铁路设计院的郭总工程师。就在1997年冬天，平鲁一带铺设煤运专线，需要从西易地界横穿石崖弯一座砂石山。郭总现场看了地势，把林建国叫来，问他能否揽这个瓷器活。实际上当时信息闭塞，项目部无法租赁到大型机械，不过林建国留心，知道露矿有D10型铲车。他向在露矿开车的吉庄人孙鹏图咨询，探讨D10能不能施工，孙鹏图说没问题。林建国心中有底了，赶紧托了朋友请副市长阎沁生给露矿老总写了一个希望用车的条子，露矿很爽快地答应无偿支援。这下林建国心中更有了谱，才跟郭总承诺可以承包，人家问他多少钱，他也不能漫天要价，试探说三十万元，对方很高兴，二话不说就答应了，随即写了合同，双方说好完工付款，看情况五十万元郭总也能接受。

穿过小山包的铁路也就五十多米，测算是一万多石方，工程量不大，但麻烦的是有当地的村民阻拦，林建国又请了老家在朔城区的平鲁公安局刘政委协调一回，勉强说成施工的同时商量补偿。这就有了回旋，他雷厉风行将铲车到位，从深夜十二点挖到凌晨四点，居然大功告成，村民再纠缠就不管了。林建国连夜找郭总来验收，郭总几乎不能相信自己的眼睛，连连致谢，次日中午还做东请客以示庆祝。计算一下，这笔合同不仅给林建国带来令人惊喜的报偿，而且以后朔州地界凡有了铁路工程，他总能顺利拿到手。比如南道口立交桥、大新站天桥、大忻线神泉堡段工程，都是林建国承包的，终于在铁路系统闯出了名头。当时他的包工队一共有二百多人马，其中十几个都是从吉庄带出来的管理人员，其余是广西的农民工，施工效率很高。记得2003年大新站0#线道天桥改造，一千八百多万的工程，上级11月20日下了通知，要求12月25日前必须完工，时间很紧张，但林建国硬是提前十天完成了任务。接着23日再被调去晋南的侯马啃一块硬骨头，却因水土不服，忙活半年颗粒无收。

不觉到了2006年8月，林建国继续在大忻线施工，忽然接到中铁六局李经理的电话，说："在吉庄地界新建一座国能煤站，工程就由你来做吧。"五千多万元的业务，对任何一支包工队来说都是求之不得的，但林建国另有顾虑，因为占地涉及吉庄及其邻村小泊的三百多户人家，其中恐有纠葛，弄不好伤了乡里乡亲情面，那就舍本求末了。因此他很是踌躇，推诿说："我这边也忙，不想贪多……"显然李经理也是考虑到占地可能棘手才想到林建国的，说："用你之际，你不回来还行？否则那边的业务也不给你了。"林建国不得不从，这才接下国能煤站工程。据说达成租地合同时确有风波，不过地方上做了不少工作，乡里乡亲中也没见有人出来找林建国的麻烦，或许换了外地包工队就不好说了。

正是这次施工，才使林建国下定了回村当干部的决心。

先得提提他在村里的好朋友李清。2003 年，李清竞选村委会主任，曾请林建国幕后参谋，大家做了不少努力，志在必得，谁知最终以微弱劣势落选，败在村民李日增手下。当时投票完毕后公布结果，获胜一方为了庆祝还大响了一通炮仗，林建国听着很受刺激，心里好歹不是滋味，暗暗就有了一种冲动，想着迟早还得争回这口气。其后不久，一家优秀民营企业的党支部发展他加入了中国共产党。而李清因觉颜面无光，不想留在村里丢人，干脆携家人进城打工，村里人都说他跑得没影了。2005 年，林建国听闻李清落魄，特意寻到阳方口一处工地看望打工的李清，见他头发蓬乱，浑身沾满土尘，鞋子都开口了，脚趾露出在外，几乎和讨吃的样子差不多，不由悲酸不已，劝他说："该回村就回村吧，败选又不是作奸犯科，有啥见不得人呢？"李清一个劲地摇头叹气，直言打击太厉害了，始终走不出阴影。林建国同情李清，所以在国能煤站开工时就把他招呼回来，让他负责带工。

虽说李清失去了锐气，对于参加下届竞选早已打消了念头，但内心始终不甘，他不止一次在工地上和林建国交流，一力鼓动林建国出面报名问鼎村委会主任。林建国沉吟一番，说："按理咱们还是应该好好挣钱才是……"李清说："互不矛盾呀，又不是当县委书记需要你每天上班。"他还找出一个很能打动林建国的理由："我倒没有什么个人恩怨，关键是村里没有领头羊了，好端端的村子散摊子呀。吉庄的名声臭了，咱们的子孙跟着也不沾光。"前前后后，村里大南院的几位老者都来找林建国，苦苦相劝说："你无论如何回来参选吧。咱大南院是吉庄的李姓大户，却连一个像样的村长都推不上台还行？家人父老羞得抬不起头啊。"其中的李峰、李作栋竟然哭了。因为林满是大南院外甥，林建国也和大南院走得很近，彼此为一门之亲，李峰他们这才一致认准林建国是不二人选。

不排除大南院考虑家族声望的因素，但吉庄的今不如昔也是无法回避的事实。原来吉庄是远近闻名的标杆村，全县都知道"不敢小瞧吉庄民兵没枪"的俚语，现在却有足够的理由被人小瞧。林建国沿着街道和田间走走，只见村北由于无序开山严重破坏了植被，山坡土石裸露，坑坑洼洼，烧出来的白灰随处堆放，致使风起时灰雾弥漫；村里的街巷散摞着村民攒存盖房的石头和家家户户倒出的炭灰及垃圾，有的地方占去多半的路面，入目一片狼藉。林建国自己描述说："再加上烂窑烂房的烘托，如果拍一部日军扫荡村庄的教育片，倒是个很好的现成场景。"再就是村里人心涣散。村民种地闲暇时，男人们酗酒、打麻将，女人们传闲话、惹纠纷，年轻人打架斗殴等屡见不鲜，曾经发生过外村前来卖西瓜的商贩被哄抢并被几个发酒疯的后生拿菜刀砍伤的丑事。而村里的小学只有几个困难家庭的孩子支撑，多数学生流失走了，即使一年一度的"六一"儿童节也鸦雀无声了。究其原因，一来包产到户后村组织的职能好像边缘化，几至有名无实；二来主要干部的力气使不到一处，镇领导虽然多方协调，却也不大见效。难道吉庄真的不可救药？林建国却感觉不尽然。最明显的优势独一无二，起码两座煤站都在吉庄，2005-2007年由于煤炭紧俏越发兴旺，看着灰土矸石都能发运出去，每年两家的利润近亿，村里却一共只能拿到十四万元的租金，村民们打工卸煤，也才有每吨三角九分的收入，实在太微薄了。实话实说，村里收取煤站十个十四万元都不多，乡亲们完全能够获得更多实惠，到时何愁吉庄的面貌不能改观？

　　再三考虑，林建国觉得于公于私都应该站出来想办法将吉庄带出困境。总之，各种因素促使他最后跟李清等人达成共识，酝酿由他回村竞选村委会主任。

　　有些时候，一个人对命运的抉择并非由自己做主，而是情势所迫。林建国就是这类情况。就像历史上很多有名或没名的人物，走到某个人生的节点处，为了事不关己的利益，往往会散尽万贯家私，甚至不惜付出生命代价，叫人难以理解。相对而言，林建国参加竞选并没有什么可以预知的风险，最多也就是当个村干部而已嘛。可能这就是他的出发点和心理准备。

　　这时候林满已经去世多年，林建国面前的阻力已没有。

　　积极运筹的骨干，即竞选团队主要成员包括李清和李维龙等人，大

# 第十五章 父子支书

吉庄的选举：区委书记来了

家吸取当年李清败选的教训，思路明确，准备充分，精心布置，争取票源。同时，李清提前在村里传递信号：吉庄要想发展，必须走马换帅。不久，到了2008年下届选举之前，林建国参选的消息慢慢明朗化了。虽然他的群众基础不错，却也不乏杂音，比如"单门小户的不适合""不能叫外姓人上台"等，不过言轻声微。然后进入程序，第一步是选举产生选举委员会，仍旧波折不小。开始时几名在任的村委会人员拿了票箱准备入户发票收票，涉嫌违规在小卖部小范围内谈及选情导向，李清闻讯过来打翻票箱，要求公开公正公平。于是下乡干部重申一番纪律，这才按要求完成了选委会成员的投票，李维龙票数第一，依次是李育、李常义、李忠友、李顺等。按规定李维龙当然出任选委会主任，他给林建国打电话征询意见，林建国说："你问这干啥？咱们这一段做工作的目的是什么？"李维龙说："那我就当了。"后来他还要参选村委会的委员，所以在正式选举前两天退出，依次由李育继任，这两人都厚道公道，很受村民信任。

选举委员会成立以来，即从派出所参阅户口、登记选民、宣传造势、发放选民证等，相应的工作有条不紊地逐一展开，两位报名竞选村委会主任的候选人林建国和已经连任两届主任的李日增经审查符合条件，便也开始各显神通，跃跃欲试。一个月后的11月20日，选举投票正式进行。全村一共发出一千零五张选票，林建国获得九百一十六票，李日增获得六十一票，剩余的是包括误投为李建国的废票和几张弃权票。这样，林建国稳操胜券，镇政府也在第一时间贴出公示，宣布选举有效，林建国当选。其余村委会成员选上了李清、李维龙等人。公示要求村民可在两天内举报或提出异议，结果没有。

当时根据组织意图和换届精神，如果当选村委会主任是中共党员，就要求村支书和村委会主任一肩挑，因此原任支书李仁义因年龄关系退职，林建国同时兼任了吉庄村支书，时隔三十多年之后，他走上父亲林满曾经离去的岗位。为此林建国还发了一通感慨："人要想进步，担当重任，需要具备四个条件：一是有人说你行，二是说你行的人行，三是本人要行，四是身体要行。身体不行的话，其他条件都失去了载体，就什么事也干不成。就这样我从老板变成了支书。"

按理说在选完的三五天内就应该由上级安排工作交接，但过了一星期没见动静。据说有一位老同志向组织建议：吉庄村子较大，恐怕林建国一肩挑不下来，可否另外任命一位村支书。这一动议遭到否决，却拖了时间。11月27日，朔城区财政局下拨吉庄普九义务教育专款二十六万元，吉庄重建小学已向煤站借款支出了，需要办理款项的接收和转还事宜。因为催得很紧，林建国只好临时向镇里拿到公章，让会计具体处置，他等于提前进入了角色。再等下去，直到2009年的1月9日，镇里的分管干部才来吉庄主持召开会议，宣布林建国正式走马上任，现场完成了相关手续移交。

一朝如愿以偿，林建国依照村里的惯例，自掏腰包六千多元，请大伙吃了一顿庆祝饭。席间李维龙说了一句冷静的话："咱们是不是被逼到火上烤呀？日后的工作怎么做？如果连以前都不如，那我们就没脸见人了。"林建国一想真是，村级工作以前没干过，虽然在竞选时喊出过几条承诺，但那毕竟属于口号式的纸上谈兵，一旦真正挑起担子，才发现没有具体思路，一下子有了压力。而且，时机也作对似的露出不利趋势：2008年上半年，因为国家的环保政策，村民所有的采石场、白灰窑被强制取缔，副业来源顿时枯竭；跟着下半年中国又遭美国次贷危机冲击，煤炭市场步入空前疲软，吉庄地界的三家煤站几乎关门，只是唯恐发运手续作废，无奈两三个月赔钱走一个车皮，村里若想抬高租金不大现实。就像土话所说:"黑夜谋下千条道,到了临明没一条。"

形势不容乐观,林建国自己理不出头绪,忽然想到那句"说你行的人行",说他行的还不是投票给他的绝大多数村民?改革开放三十多年了,从大集体解体,到包产到户,从免除农业税,再到新农村建设规划纲要实施,村民经历了一次次的农村社会变革,他们到底在想什么?他们的愿景如何?林建国这样自问,忽然豁然开朗,决定从稳定人心入手,问计于民。看看临近2009年春节农闲,他跟班子成员开会,要求大家立刻行动起来,挨门逐户与村民沟通,一来礼节性地对投票信任致谢,二来广泛征求意见,尤其不能冷待老党员、老干部。"村民愿意做的事咱们就做,村民反对的咱们就不做,走和谐路线。"这是林建国开会的原话,思路还是比较超前的。

从那年腊月开始,林建国几个就虚心地和村民们坐下来长聊,并把所获信息记录下来。进入正月,村里的在外工作人员都回来省亲,他们有的居官,有的经商,要么有学有识,要么能耐不小,对乡亲的影响力不容忽视。林建国借机布置,于正月初六召开了"拓思路、谋发展"座谈会,邀请了一百六十多人参加,包括在外工作人员、区镇的有关领导,最值得一提的是,当年在吉庄插队的一帮子北京知青也被林建国请回来,请他们为第二故乡献计献策。座谈会的气氛那个火热就不说了。其间,朔城区委副书记南志中不仅代表区委区政府来吉庄出席座谈会,而且还热心地为北京知青们安排了两天的食宿,这令林建国很受感动。南志中是个文化人,他在选举前调研时就对林建国产生了不错的印象,村里换届后他多次在全区公开表扬说:"林建国是朔城区第一个优秀村支部书记。"他一直对吉庄关照有加,直到调任山阴县县长前还指导林建国设计了详细的一千亩养殖园区规划方案,可惜由于煤站污染的环境因素搁浅。这是后话。

座谈会结束了,林建国也有了方向,根据收集到的建议、意见和书面问卷调查表,汇总起来,集思广益,确定了这届村委会的任期目标,大致有四方面的内容:保护农业基础设施、整顿小学、改变村容村貌村风、修缮村里现存的一座建于明代的三大王庙从而打造文化品牌等,最终实现发展经济、改善民生的目标。村民评价说,这些还是很切合实际的,并不

送给市委书记两本书

曹俊和笔者被授予荣誉村民

是夸夸其谈和好高骛远。

定了调子，就要落实。一应事务，看似不足以夺人眼球，实际上做起来非常不易，其中的困难可想而知，在这里不一赘述，总之当年见了成效。2009年10月27日，《朔州日报》曾经详细报道了吉庄的事迹，盘点很是条理，其中提到完善了机井配套、整顿了村办学校、维修保护了大王庙等，所谓"开门三件事，件件有回音"，新村委获得了村民的肯定。

往后直接把时间穿越到2012年，参照林建国在全市一次村干部经验交流会上的总结，罗列一下吉庄发生的有目共睹的变化：

……从环境上看，村内街巷整洁，全部硬化为水泥路面，两旁安装了路灯，栽植了松柏；破烂的古庙和象征根祖文化的槐树院修葺一新，破房烂墙有的铲除，有的遮挡，垃圾进行了清除，墙面做了粉刷，整个村落人居环境得到改善；从人的精神面貌看，往日的麻将声听不到了，喝酒起哄场面见不到了，取而代之的是村民忙碌致富的身影和80多名小学生重返村里小学的朗朗读书声；几年来新打机井11眼，配套三台变压器，整修渠道，缩短了春天灌溉周期，保障了增产增收，村民的浇地费用由原来的每亩30元下降为每亩10元；具体到村民的年收入，统计局统计的结果是由人均5700元上升到11000元，实现了医保、养老保险全覆盖；招商引资，促成了计划投资7个亿的山水新时代水泥厂落户吉庄，已经投产在即，有望安排不少劳力就业；到了正月，村里成立的文艺队热闹活跃，还请人谱作了村歌《我热恋的吉庄》，唱到了朔州大街上……

特别是2011年、2012年，吉庄连续举办的两届《中国·朔州吉庄文化旅游节》，同时策划出版了两本著作，一本是以吉庄的百年历史为素材的纪实文学《吉庄纪事》，一本是回忆雁北师专落户吉庄三十多年间的散文集《村里有所大学叫师专》，打造了不同凡俗的文化名片，在朔州内外都提升了吉庄的文化形象。作为一个小小的村庄，不能不说是一鸣惊人之举，光是《山西日报》就刊发了七篇报道。文化是一个地方产生凝聚力的灵魂，可以说林建国为此煞费苦心。客观而言，他把眼光已经放得较远，与社会上一些心浮气躁、急功近利的不良风气形成了对比。

在林建国的努力下，人们发现吉庄仿佛又回到土改或大集体时明星村的位置，上级有关部门的领导接踵而至，来吉庄参观调研。其中的原朔州市委副书记马彦平曾在报纸上撰文总结朔州农村的换届选举，一再提及吉庄，肯定说："选准一个能人，带动一方经济。"2013年3月22日，朔州市委书记王安庞专程到吉庄"访民生、知民情、解民事"，当面表扬林建国说："你这个村子搞得好，各项工作有声有色，很有潜力。"

至于村民的口碑，当然选票就是直观的答案。一届任满，2011年底吉庄又逢换届选举，这次区委书记、朔州市民政局长都来检查，选举结果是一共收到选票一千一百九十六张，林建国获得一千一百六十三张，不言而喻再次当选，连任村支书和村委会主任。百分之九十七以上的得票率，这一数据的背后，记录了村民的信赖，也记录了林建国的忙碌和辛苦。

2008年竞选时，林建国确实设想过胜选后兼顾包工程，但他想错了。就像本篇开头叙述的2013年3月27日一样，村里几乎每天都有事情，正如他自嘲的"不是个官却管事宽"，除了日常例行公事外，其他诸如谁家起纠纷叫他，谁家房子破了叫他，谁家红白事筵叫他，乃至谁家老婆生孩子也要喊他一声，让他开车拉着进城住医院找医生，还有下雨要防涝，刮风要防火。结果他从来没有星期日或节假日的概念，被村里的各种事务紧紧缠住，根本不得脱身，就像满负荷转动的陀螺。

成语说"顾此失彼"，林建国忙于"顾此"，势必就要"失彼"了。还是2009年他刚当村支书时，铁路上的业务关系户在内蒙的呼和浩特段包给他一段筑路工程，他自己抽不开时间，只好打发小舅子带人去了。浩浩荡荡出动了三十多台施工车辆，毛收入才拿回十几万元，不够管理人员开支。第二年再去一次，更赔了五万多元。虽说也有铁路工程趋向于二包三包的倾向、利润空间一再缩小的客观因素，但不能亲自到场，肯定是赔钱的主要根源。古人说"人到利到"，自有其道理，甩手掌柜不是那么好当。考虑再三，林建国只好断了继续外出包工的念头，抱定既来之则安之的心态，安分守己地执掌吉庄。现在按照组织部门制定的待遇标准，类似林建国的村支书每月工资应该是一千多元，其中的一半由区财政开支，另一半由乡镇按相关提成给予，不过镇里的一直没给林建国兑现，他每月只能拿到五百元，比较寒碜；另外村里浇地和值班的补助，每年将近一万元；还有历年获得省市表彰如"农村发展带头人""农村廉政建设先进个人""新农村建设先进集体"等，上级都有相应的奖金，平均每年可以收入两万多元。三项加起来，他的年收入三万五千元左右，维持全家生活肯定不足，难免吃吃老本，紧缩紧缩银根，跟包工时的宽裕没有可比性。重当大老板也不是对他没有吸引力，但既然当了支书，总得善始善终罢，否则被选下

吉庄旅游文化节

吉庄秧歌队

来,岂不要被加冕"人散二世"?

屈指算算,截至2013年,林建国在吉庄当支书已有五个年头。五年来他最大的体会就是:酸甜苦辣尝遍了。对下,村子也确实复杂,特别是改革开放以来形成他自己分析的"异质性"阶层结构:有穷的有富的,有文化的没文化的,进步的愚昧的,混杂在一起,以及祖祖辈辈在村里繁衍生息形成的家族观念、亲属关系、恩怨情结等。对上,区里镇里,大官小官都得敷衍，都得罪不起，各部门工作都得衔接。最忌讳下边有不满意的越过村组织向上反映，那就叫上访，虽然上访是群众反映意见、上层政府了解民意的一个重要途径，但如今重视得有些变味，感觉有碍和谐，令人头疼，若不未雨绸缪，就得被问责，所以村里更得眼观六路，耳听八方，把问题发现并处理在萌芽状态。

林建国还好，自己归纳出一个"林氏经验"：一是坚持原则，二是在原则外讲求灵活。老百姓的说法叫"维兑"。这个"维兑"一词，意蕴不可谓不丰富，说褒义就像打太极一样，绵中有刚，刚中有绵，剑走偏锋等，说贬义也不能排除左右逢源、见缝插针的嫌疑。举几个例子：比如2010年，吉庄小学因为朔城区教育资源整合，竟被一刀砍掉了，百十号学生都得外出求学，林建国百般阻挠于事无补。不过到了2012年秋天，村民李如业在一家个体石料厂打工，死于一场安全事故，同样是一方漫天要价，一方不愿多赔，石料厂请林建国从中协调，他两边跑得腿都细了，最后得以圆满处理。其间他有机会认识了一位领导，博得人家好感，不仅获准恢复小学，还争取来百十万投资，最后重新修缮了小学校舍，前期先招收了七十多个幼儿，到2013年下学期一年级也可开课了。再比如针对村里的酗酒聚赌恶习，又不能像大集体时那样强令禁止，林建国就得迂回，他不惜花大量时间，到村民家里说服引导，慢慢笼络感情，耐心做家人的工作以求配合劝阻，完了派人跟踪打探改了没有，直至刹住了歪风，日后还要回访，始终不敢松懈。再比如前两年山水新时代水泥厂占了集体的山地，给了村里五百万元补偿，镇里领导鼓动林建国做个投资，村里干部们则希望由村民来分，但一时没有成熟的项目，林建国思忖也绝不能随意分给个人，所以对领导顶住压力憨笑应酬，顾左右而言他，对村民讲清道理，公开收支。最终把钱借给企业，一来赚取利息给村民按时发放一点儿福利，二来再图长远。这样的例子不胜枚举，林建国手中的"维兑"牌打得让自己心身疲惫，打得让吉庄全村受益匪浅。

但也有没法维兑的，那就涉及深层次的农村问题了。

问题首先归集在土地上。随着国家经济发展和城镇化推进，老百姓越来越意识到土地的含金量不可估量，当然不是耕耘收获，而是拥有的价值。体现在合同上，土地虽是集体所有，但承包给村民后，先是写明三十年不变，继而又是五十年不变，这就制约了农业集约化的经营。谁都知道，集约化是现代农业的必由之路，怎么集约？绝大多数村民根本不让动地，已然成了新的瓶颈。相关矛盾随之而生，近两年尤甚。

2012年，朔州市准备在桑干河源头上马保护神海湿地水系工程，将河谷里属于吉庄的土地摸底登记，从而引发了争地争端，两户村民发生了流血冲突；一家洗煤厂想在大峪沟选址落地，协商将村民祖上的百十多个坟头迁去，费了牛大的劲谈妥了八十多个，剩下二十多个，户主不管补偿多少绝口不谈，谁也没有办法。更为严重的是，村里还有些荒地和无主地，按理也属集体，但几个强势惯了的村民肆意非法抢占，争相铲一车石头扔进去，就要据为己有，甚至连个别承包地都不放过。反映上去，上级让村里自行解决，但村里能有什么手段解决？

2013年，中央1号文件要求五年内完成农村土地确权登记，一旦实施开来，农村的矛盾将层出不穷。因为土地二轮承包时，农村土地正处在不吃香阶段，特别是不产粮的坡地、旱地、滩地等，都无人承包荒芜了，如今听说要确权，拳头大的人都要出来抢地，到时候很难说不会发生"黑吃黑"的流血事件。在林建国看来，一方面是国家政策与农村实际脱节，落实起来难度很大，另一方面是法治的缺失，导致村里个别人无法无天，使村里许多工作无法正常开展。

这就是林建国最担忧也是最迷茫的"前景"。没有行之有效的措施，没人给出面做主，他越来越感到力不从心。说句难听话，是有点儿黔驴技穷了。

独自思索之下，林建国十分清醒地认识到，在外人看来确实风光无限的吉庄，村民除了个体种地，基本依靠打工增加收入，在全社会普遍看重和亟待推进的农业产业化、新型合作化等方面实则没啥眉目，这也就是市委书记所讲到的"潜力"所在。然而受到土地难题的制约，在目前的形势下，想让吉庄继续发展下去已经越来越难，或者说不大可能。许多时候，林建国有满腹牢骚却不知牢骚何来，曾经的自信似乎被一丝一缕地耗尽。能够自我安慰的是，他认为这几年干下来，基本上实现了上任时的承诺，也基本完成了父亲生前的夙愿，应该休息休息，趁着还有精力再干干自己的事情。那么下届究竟该不该留任呢？假如身不由己退不下来，最终会有什么结果？

可惜林建国不是歌星刘欢。他若是刘欢，一定会站在吉庄的黄土高坡上放歌一曲：

"我不知道！我不知道！我不知道嗷……"

[全书完]

2013 年 12 月

# 草根梦想（代后记）

李世唐

> 我的老家哎就住在这个屯
> 
> 我是这个屯里土生土长的人儿
> 
> ……屯子里面发生过许多许多的事儿
> 
> ……朋友们若是有兴趣儿呀
> 
> 我领你认识认识哎 哎
> 
> 认识认识我们屯里的人儿……

当我读完郭万新的新作——长篇纪实文学《草根吉庄》的初稿时，脑海里突然想起了由赵本山演唱的电视连续剧《乡村爱情》的主题曲《咱们屯里的人》。《草根吉庄》所描写的，正是我们村儿里的人，因此感觉格外的亲切，仿佛回村坐在街头跟我的父老乡亲零距离地聊着家常，于是情不自禁想为这本书写点儿东西。

还是在2009年，万新头一次走进我的家乡吉庄村，怀着他与生俱来的乡土情结，倾情创作了长篇纪实文学《吉庄纪事》。令我没有想到的是，2013年年初《吉庄纪事》获得了山西省第十届精神文明建设五个一工程奖，实在可喜可贺。如果说，《吉庄纪事》是从宏观的角度、以编年体的手法书写了吉庄近百年来的风雨沧桑；《草根吉庄》则是从微观的角度、以人物传记的手法记述了中国改革开放三十余年来吉庄十几户普通百姓的传奇经历。如果把《吉庄纪事》比喻成一幅凝缩了厚重历史人文的绘画长卷，那么《草根吉庄》就像一幅幅生动质朴的年画，乡土气息更加浓郁，人物刻画更加传神，一切都是那样熟悉而温馨，令人流连，令人回味，令人不忍释卷。

首先，《草根吉庄》通过小人物的跌宕命运，真实地反映了大时代的变迁。

自从1978年党的十一届三中全会召开，农村最先享受了改革开放春风的吹拂。由此开始，包产到户，发家致富，村民自治，城镇化推进等等，社会的转型使吉庄每一位父老乡亲都站在全新的命运转折点上，各自走出不同的人生轨迹。比如，在《小龙女再嫁》一章中，当土地承包后每个家庭需要小平车时，勤劳的李文富抓住特定的机遇拿起焊把加工小平车，率先脱贫，成为全村的第一个万元户，在吉庄的历史上写下闪亮的一笔。再如《李清版的围城》一章，再现了2003年村委会主任的普选，反映了村民因人而异的诉求，颇有开启乡村民主政治的里程碑意义。其他如2008年奥运会前的环保风暴，吉庄的所有采石场和白灰窑一夜关停，也是经济发展的大趋势让一个村庄必须接受的洗礼；还有2010年当地整合教育资源，吉庄小学被撤销，那种一刀切的现状，又是那么沉重地带给一个村庄不能承受之痛。所以，不论哪一次大气候的变化，在吉庄都有小气候的响应，我们的乡亲们都要经受一番心灵的震撼，从而留下一个个不可磨灭的印记，这个印记便是一个个乡村历史的真实细节。

凤凰卫视首席时事评论员阮次山先生曾说，每一位外国政要都是一本书。而我认为，每一个平民百姓也是一本书，或者至少也是社会这本大书里的一段细节。因为在历史的长河中，每个人总是生活在一个特定的社会历史时期，而复杂的社会生活正是由生活在其中的形形色色的"个人"

所组成的。一个时代要被未来记存，就需要有真实可感的细节和鲜活的人物。不论是外国历史，还是中国历史，最后流传下来的都是这样的细节和人物。这些人物里既有帝王将相，也有寻常百姓，他们共同构成了历史长卷。而那些小人物，像是朵朵浪花，看似平淡，却能折射出阳光的多彩；看似平凡，却能反映出时空的变化。百川东流，每一朵浪花都不可能停滞不前，朵朵浪花汇成了滔滔大江。

其次，《草根吉庄》传递着中国梦的正能量。

作为中国农民群体的一个单元，吉庄父老同样具备了中国农民的传统美德。他们在追求幸福与梦想的过程中，爆发出来的是坚忍不拔的责任意识和生生不息的正能量。这些平凡的品质，在《草根吉庄》中的每一个人物身上，都体现得淋漓尽致：薛二白遭遇家庭变故，老公离奇出走，她能够走出伤痛，艰辛地劳作，只为把孩子们培养成人，从来都不曾抱怨；五日金因为成分不好在"文革"时被剥夺了上学的权利，但他寄托于孩子们身上的希望始终不渝，终于将孩子们一个一个送入大学校园；特别值得一提的是村里的两位媳妇——李桂兰和白翠萍，两人因为家庭的原因，义无反顾地走入陌生的城市，全力为儿女们搭建健康成长的平台，其曲折的遭遇，说不上感天动地，也足以催人泪下。还有我的堂弟李宝唐，不懈地努力奋斗，不屈不挠远涉重洋，最终成为全球著名的动物营养学家，虽入籍加拿大，但他始终不忘自己是吉庄李姓子孙，创办的第一家公司即取名"激励"，谐音"吉·李"，他还一直无私地帮助国内饲料企业实现国际化的目标，其赤子情怀，如同冰心玉壶，可鉴可佩……

《草根吉庄》中除李宝唐之外，其余都是生活在社会底层的小人物，他们物质生活一般，没有太多、太高的欲望和要求，但他们脚踏实地，不浮躁，不郁闷，累并快乐着。小人物，小欲望，小满足，才是大幸福；尔的梦，我的梦，大家的梦，构成中国梦。大家一起脚踏实地，幸福的中国梦必然梦想成真。

再次，《草根吉庄》带给人们对当今农村的深刻思索。

许多年来，我们都明白一个道理：农业稳则天下稳，粮食丰则天下安。中国是农业大国，农民的生存状况，事关国家的兴衰。近年来，国家大力推进城镇化建设，对农村的震撼不亚于当年的包产到户。在《草根吉庄》的《父子支书》和《官场》两章中，前后两任支书林满和李仁义以及现任支书林建国的经历，清晰地展示出吉庄近五十年来、特别是近三十余年走过的峥嵘历程。那么，农村怎样发展，农民怎样适应时代的要求，都是全社会必须面对的现实命题。这一命题，在《草根吉庄》中没有答案，作者和主人公一样，都在思索和探寻。综观当今吉庄，大部分精英走向城镇，甚而像李宝唐那样走向世界，他们的回归几乎已没有可能；留下来的，不少人顺应潮流尝试经商，却又受到小农经济思维的局限，很少能够真正发展起来；再有类似《最后一套骡车》里的李全营，走的是一条职业农民的路子，却受困于土地集约化的步履维艰，只能小打小闹；村支书林建国更是使尽浑身解数，在一定程度上改变了吉庄的面貌，但如何进一步实现农民增收，不断提高老百姓的幸福指数，他依旧面临不少的迷茫和困惑……

从吉庄村小人物的身上，我们可以走近真实的农民、真实的农村，可以看到改革开放三十多年来中国农村的发展足迹，可以说，《草根吉庄》将农村的现状客观真实地展示出来，为有识之士剖析、解读、思索"三农"问题提供了一个范本。

总之，真实，正是《草根吉庄》最大的价值所在。现今五十岁以上的农村人，或者从农村走出去的城市人，都可以从《草根吉庄》中找到自己的影子或感受。这是我喜欢这本书的原因之一。正如著名词作家阎肃先生为央视纪录频道所做的一句广告："我喜欢看记录片，因为它真实。它留住了真实，留住了生活，也留住了美。"

就在《草根吉庄》即将付梓面世之际，我又想起前段时间在央视一套热播过的电视连续剧《有你才幸福》，权且借用片头曲《小角色》的几句歌词献给我的父老乡亲，也作为本文的结尾吧：

小角色那又有什么

酸甜苦辣一样都过

小角色那又怎么了

暗淡时刻也是一种结果

小角色没有浓妆淡抹

不怕也是一种衬托

小角色不怕被埋没

早习惯了一个人自得其乐……

2014 年元旦